図1　現在の青森県関連図

図2　下北半島概略図

（下線の山は恐山八葉外輪山）

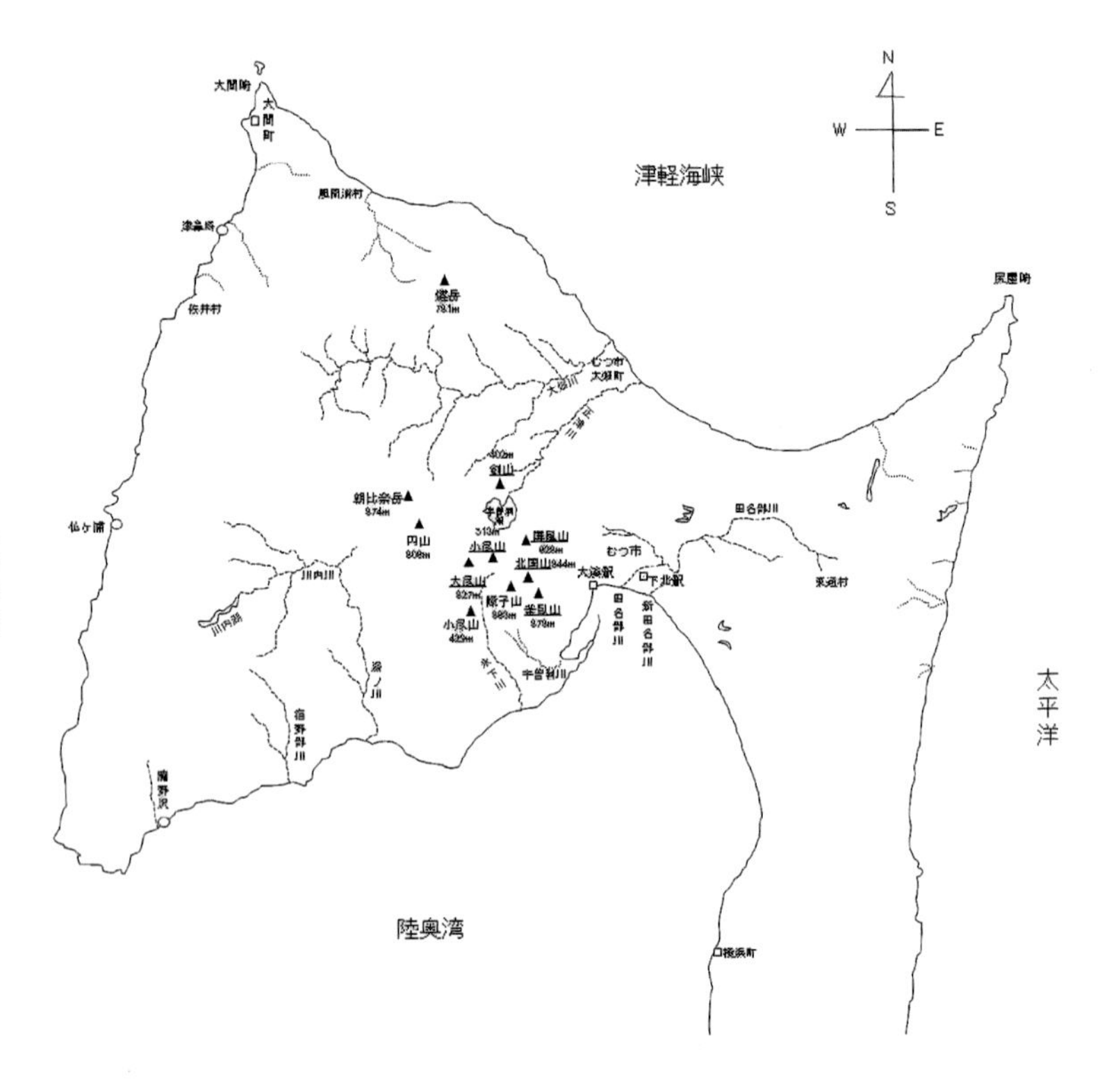

図3　恐山概要と宇曽利湖

（下線の山は恐山八葉外輪山）

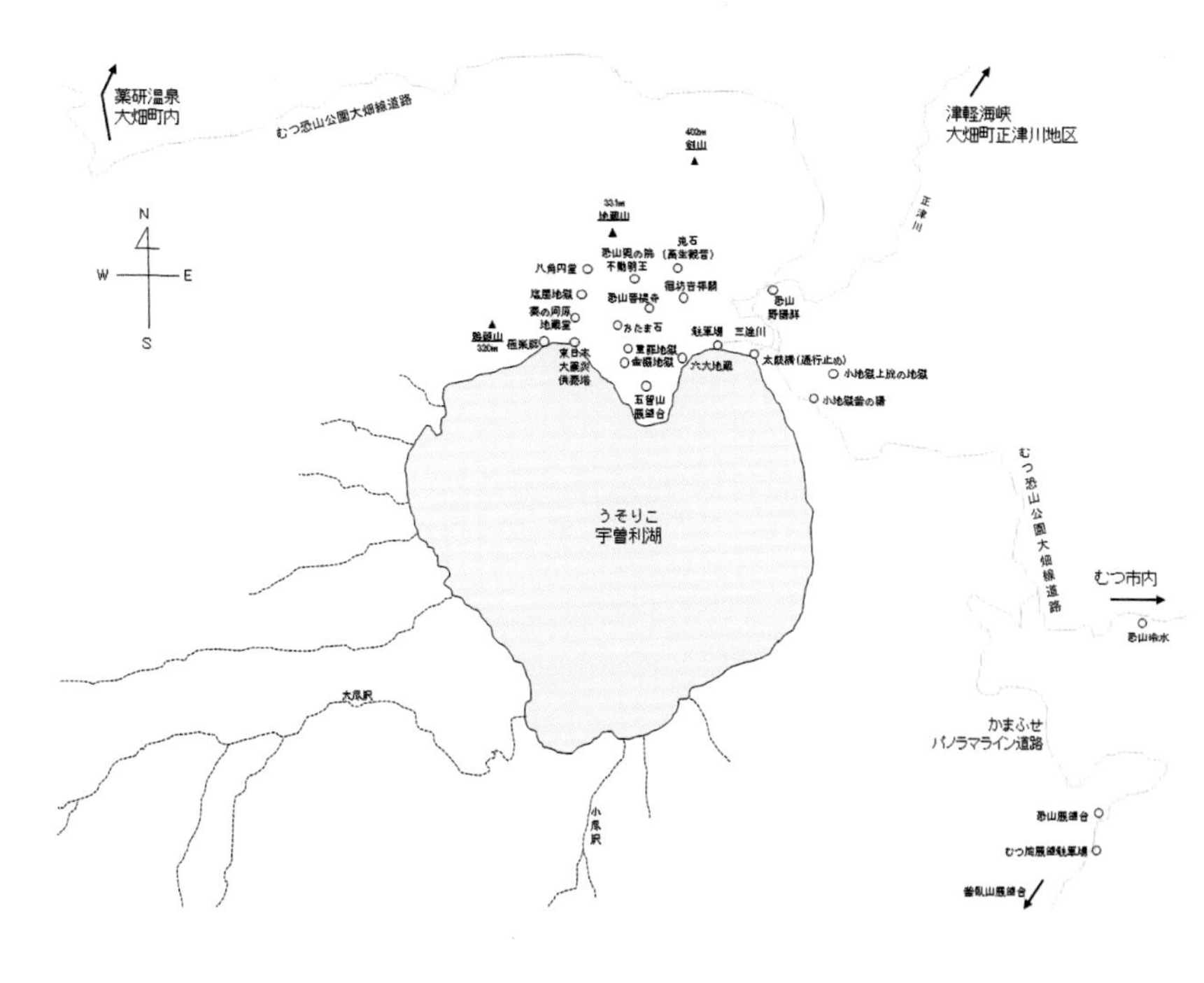

図4 縄文時代と弥生時代の人口密度変化

(takamiihf= https://www.pinterest.jp/pin/832251206111018018/
などより引用、一部著者改変)

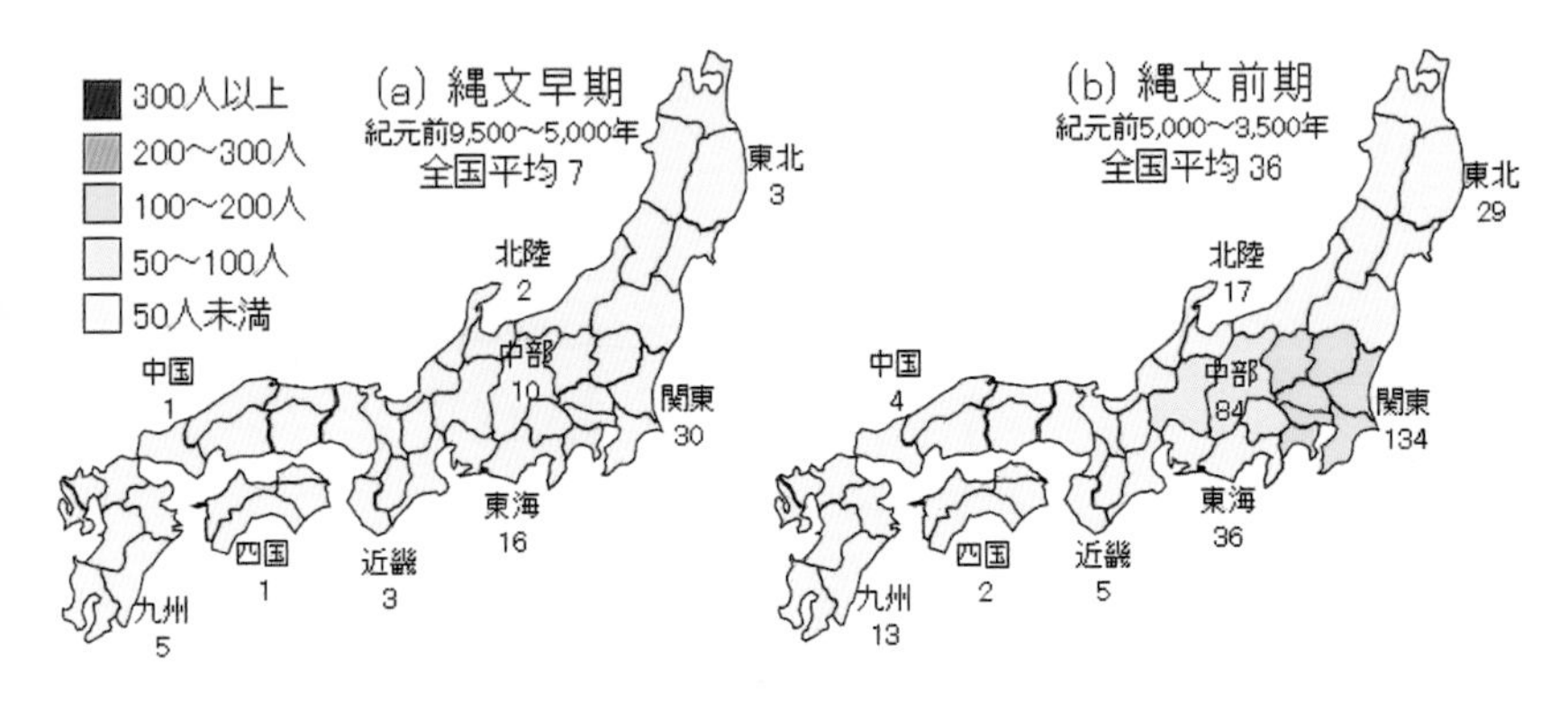

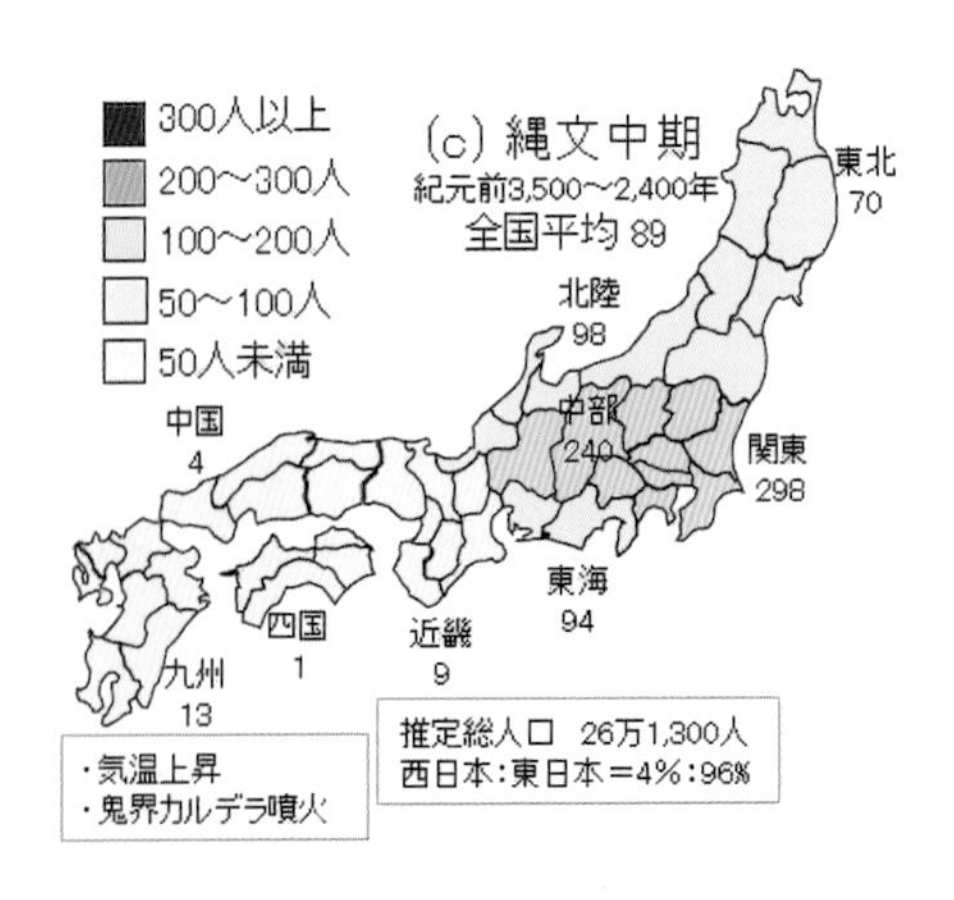

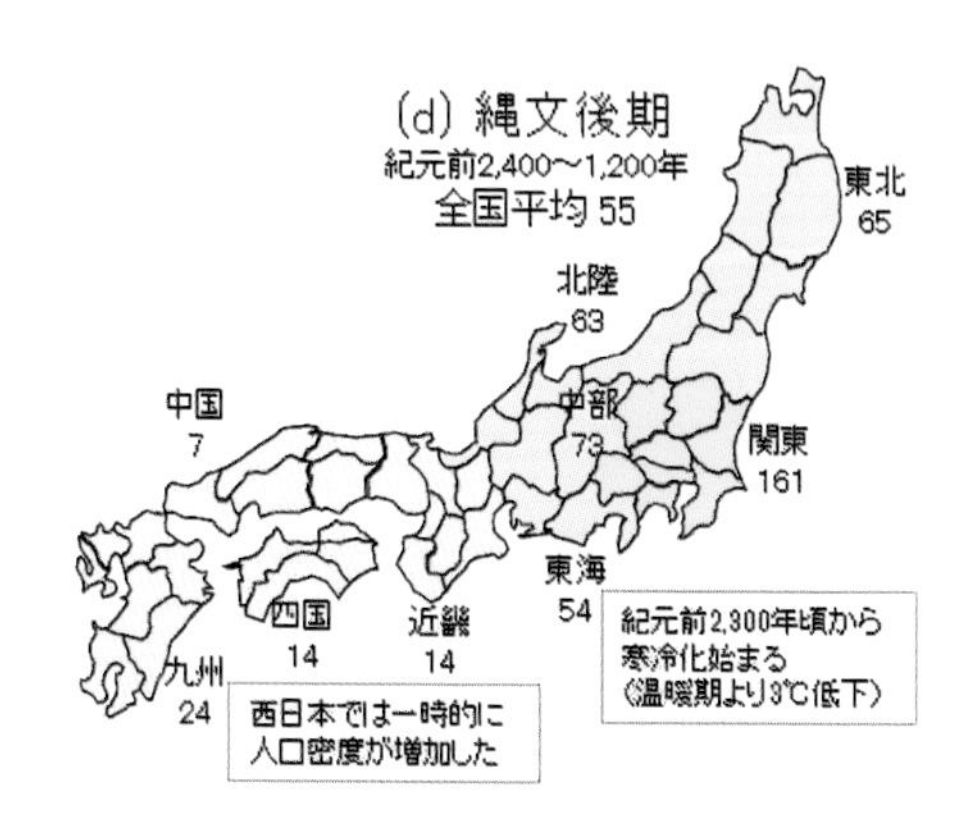
(d) 縄文後期
紀元前2,400〜1,200年
全国平均 55
東北
65
北陸
63
中国
7
中部
73
関東
161
東海
54
四国
14
近畿
14
九州
24
紀元前2,300年頃から
寒冷化始まる
(温暖期より3℃低下)
西日本では一時的に
人口密度が増加した

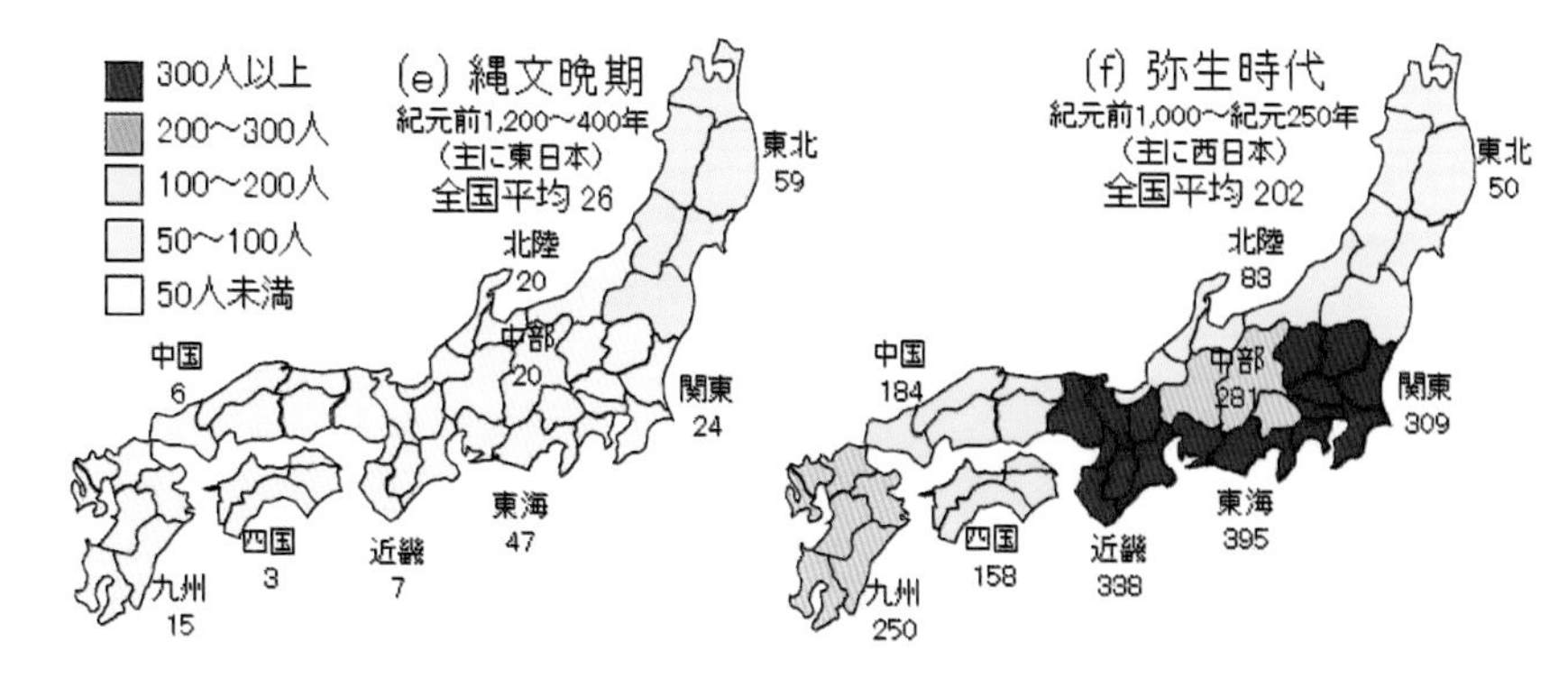
300人以上
200〜300人
100〜200人
50〜100人
50人未満
(e) 縄文晩期
紀元前1,200〜400年
(主に東日本)
全国平均 26
東北
59
北陸
20
中国
6
中部
20
関東
24
東海
47
四国
3
近畿
7
九州
15
(f) 弥生時代
紀元前1,000〜紀元250年
(主に西日本)
全国平均 202
東北
50
北陸
83
中国
184
中部
281
関東
309
東海
395
四国
158
近畿
338
九州
250

図5　縄文・弥生時代の畿内図と神武東征経路

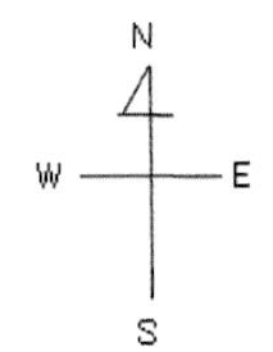

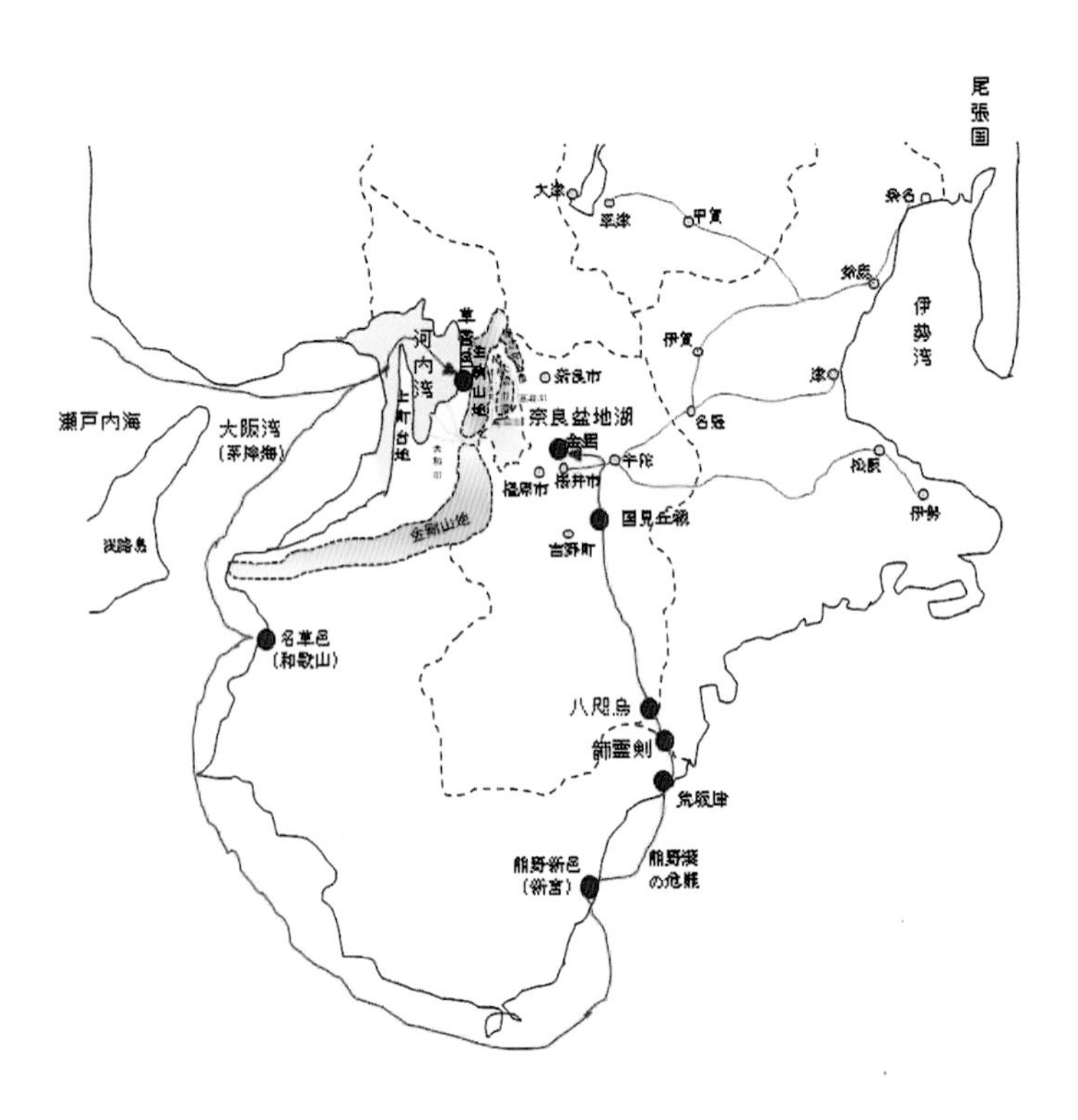

図6　縄文・弥生時代の畿内図詳細と神武東征経路

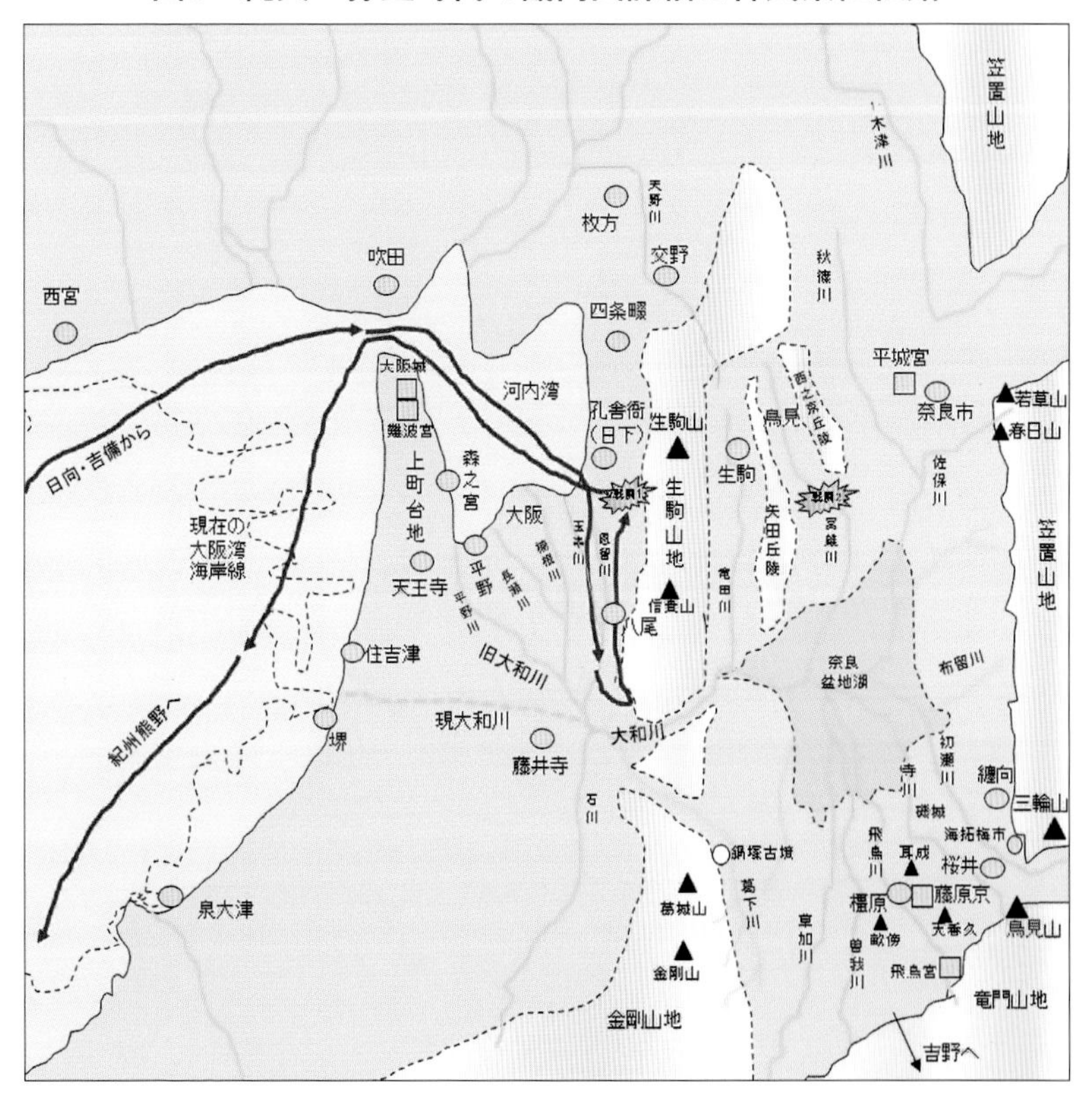

図7　古代大和豪族の支配圏と関連寺社配置図

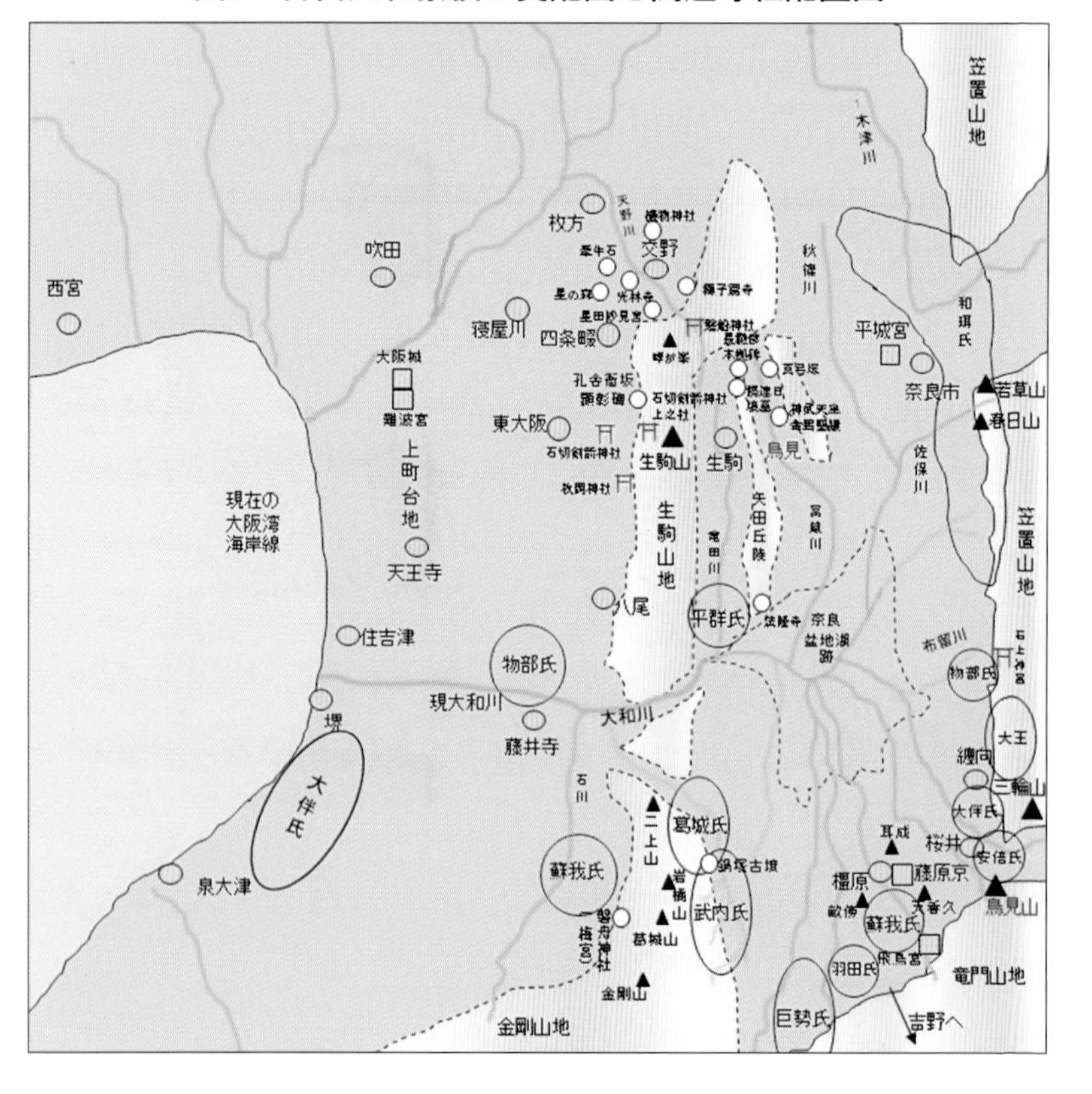

図8　記紀神話における神々相関図

・上部の灰色内は天津神系（あまつかみ系）　・下部は国津神系（くにつかみ系）

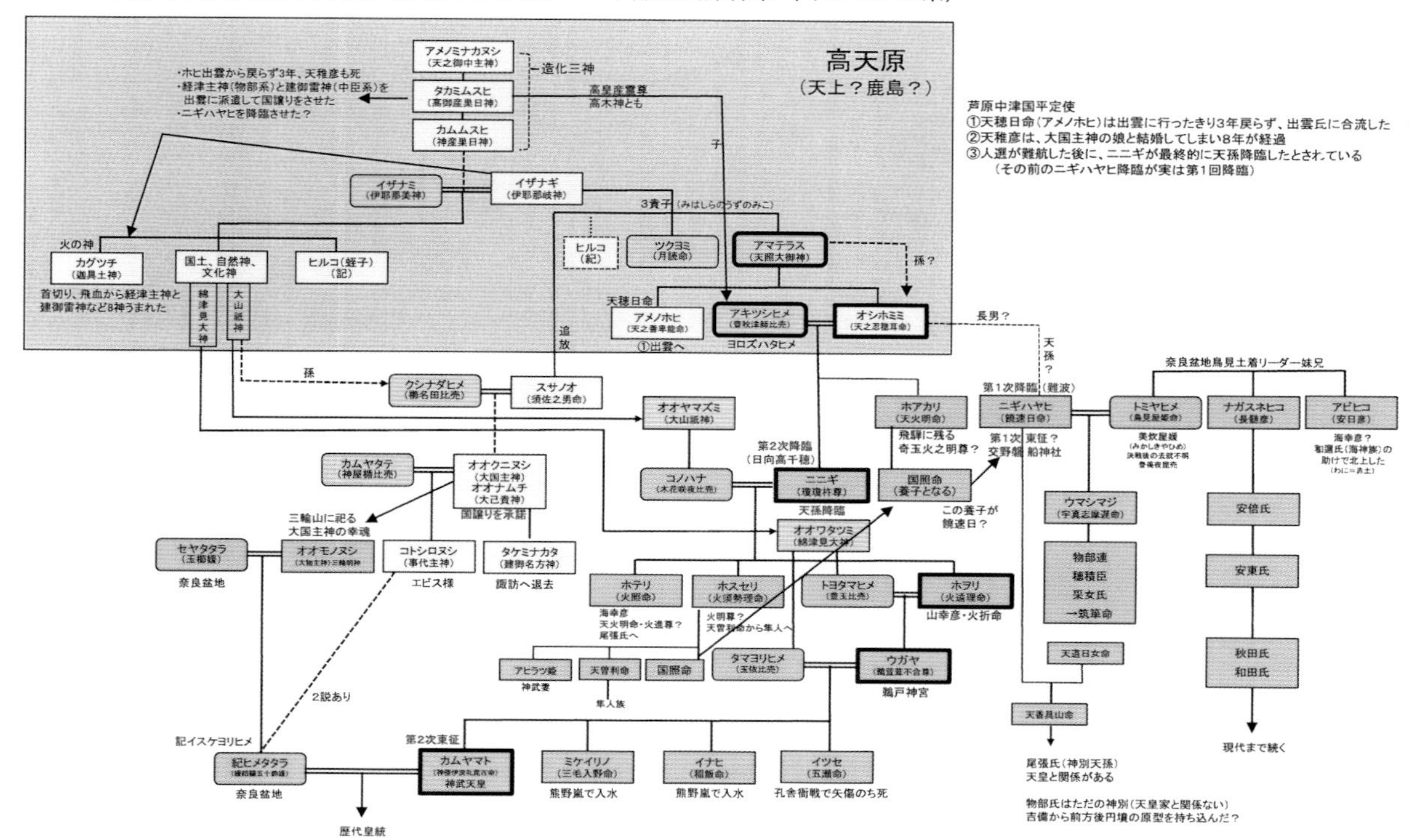

図9　神社建築の基本形（上段）と、出雲大社・鹿島神宮の本殿構造（下段）

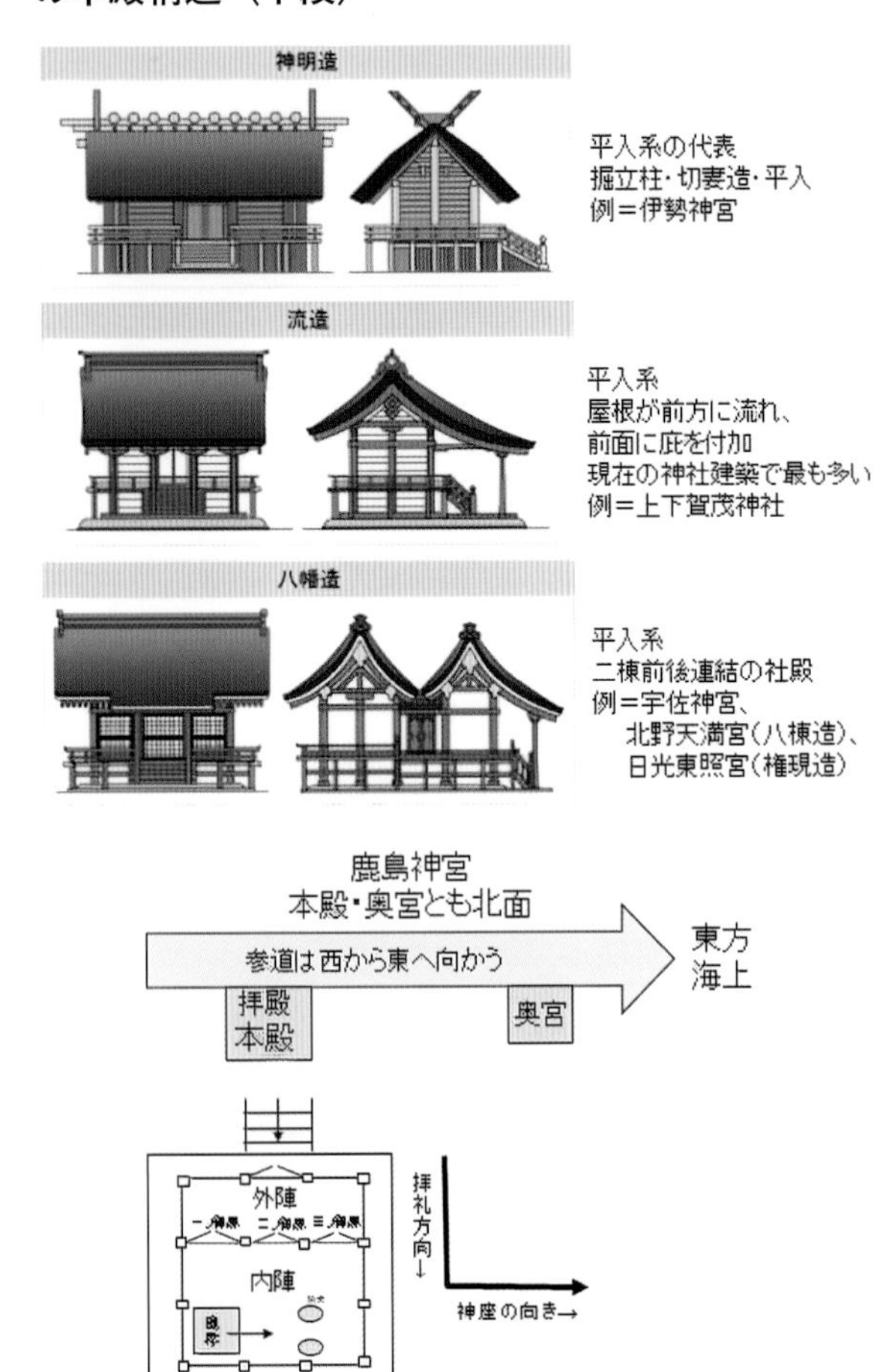

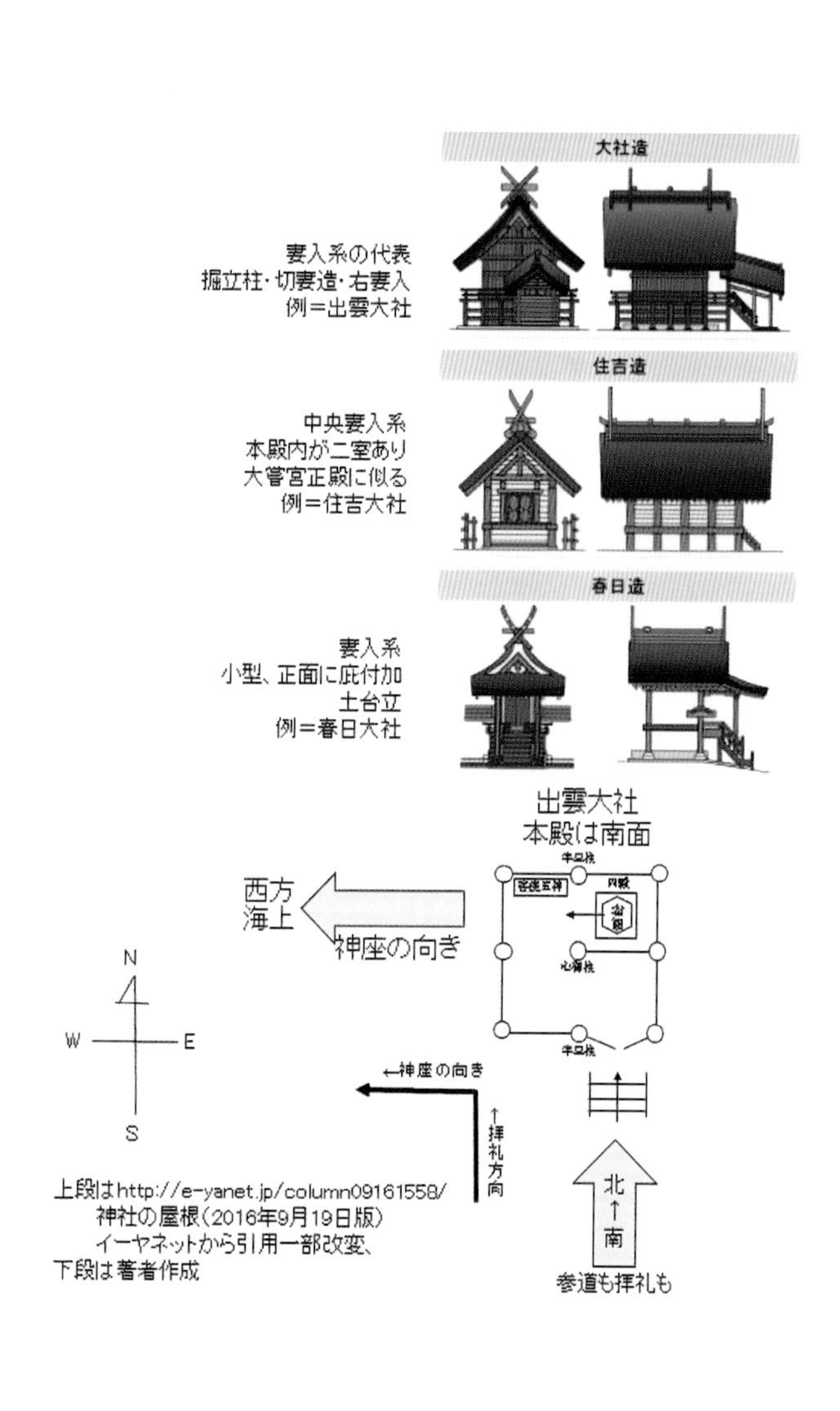

上段はhttp://e-yanet.jp/column09161558/
神社の屋根（2016年9月19日版）
イーヤネットから引用一部改変、
下段は著者作成

恐山イタコ伝説殺人事件

日高けん

文芸社

表１　世界と日本の先史年代と歴史年代

西ユーラシア地球地質年代	沖縄地方	北海道・北東北		日本（北海道・北東北と沖縄地方を除く）		概要
						約170万年前に氷河時代開始
旧石器時代	旧石器時代	旧石器時代		旧石器時代		BC38,000年頃　日本にホモサピエンス到達 BC31,000～26,000年頃　最寒冷期で海面低下最大約130m BC23,000年頃　始良カルデラ大爆発（南部九州シラス台地化） BC19,000年頃　温暖化による海進始まる
新生代第四期 更新世 （258万年前） 中石器時代	貝塚時代前期	草創期	縄文時代	草創期		BC15,000年頃　大平山元遺跡（青森県） 樺太＝北海道は陸続き、津軽海峡も冬期結氷渡海可能 土器・石鏃使用はじまる、定住化ムラ出現 瀬戸内海は未だ無く、朝鮮海峡は15kmの水路 温暖化による縄文海進始まり、海峡拡大する 関東で土偶作り始まるも直ぐに一旦消滅
新石器時代 11,780年前完新世		早期		早期		BC9,500～5,000年頃　日本列島は完全に島国となる 植生は針葉樹林→落葉広葉樹林と照葉樹林へ BC5,300年頃　鬼界カルデラ大噴火（西日本縄文生活壊滅）
打製石器、磨製石器、農耕・牧畜始まる、トラキア黄金文化		前期		前期		BC5,000～3,500年頃　海進ピーク（海面120m高に上昇） BC4,300年頃　十和田カルデラ大噴火 円筒土器文化成立、拠点集落出現、漆利用の発達 丸木舟漁労、耳飾り、勾玉、菅玉などの装身具が作られる 土偶に顔や手足造形 黄河文明・メソポタミア文明始まる
青銅器時代 文字の発明、国家の形成、歴史時代始まる		中期		中期		BC3,500～2,400年頃（三内丸山 BC3,900-2,000の1,900年間） 大規模拠点集落発達、ヒスイや黒曜石交易活発化 BC2,400年頃　三内丸山で円筒上層d式土器（中期最盛期） BC2,450年頃　クリ林ピーク BC2,100-2,000年頃　巨木六本柱（中期の末期） クフ王ピラミッド建設、インダス文明始まる
鉄器時代		後期		後期		BC2,400～1,200年頃　土偶再び作られ始める（東日本、九州北部 集落の拡散・分散化、環状列石出現 再び寒冷化、弥生海退始まる、トチノキに置き換わる（縄文里山の衰退）、人口減少、4文化圏に統合、稲作開始（陸稲） 殷王朝成立、ハムラビ法典出来る、ツタンカーメン王即位
西暦紀元0年		晩期		晩期		BC1,200～400年頃　亀ヶ岡文化栄える、遮光器土器や土面など祭祀道具が多数生産、装身具の多様化、北部九州に水田稲作伝来、中国春秋時代
ローマ帝国	貝塚時代後期	続縄文文化 BC400～AD600年		弥生時代		BC1,000～AD300頃　秦始皇帝統一、ローマコロッセウム建設 灌漑による農業開始（水田稲作）、吉野ケ里遺跡繁栄 朝鮮交易開始発展、鉄の独占による北部九州の繁栄（弥生時代後期まで）、出雲・吉備も少し鉄器あり 2世紀末畿内に倭国成立
		オホーツク		古墳時代 （倭王権）		3世紀後半～6世紀末 朝鮮半島からの輸入鉄鉱石から国内砂鉄利用による製鉄→ヤマト建国へ貢献 582年 物部氏滅亡
			擦文時代 600～1300年	飛鳥時代 （118年間）		592～710年 645年　大化改新（蘇我氏滅亡）
		トビニタイ		奈良時代 （84年間）		710～794年
				平安時代 （390年間）		794～1184年
		アイヌ文化期 （13世紀以降）		鎌倉時代 （149年間）		1184～1333年

表2　ブナ科（Fagaceae）とムクロジ科の植物

植物分類科	亜科	属	節	植物名（種）	植生地、特徴	落葉・常緑
ブナ科	ブナ亜科	ブナ属（Fagus）		ブナ（白ブナ）(Fagus Crenata)	日本（北海道南部～九州）実は三稜形で栄養価高い	落葉広葉樹、温帯性広葉樹林の主たる樹木、白神山地はこのブナのみ
				イヌブナ(黒ブナ)(Fagus japonica)	日本（東北花巻以南～九州）	落葉広葉樹
	コナラ亜科	クリ属（Castanea）		クリ	アクが少ない、日本、朝鮮南部、暖帯～温帯	落葉広葉樹
		コナラ属（タンニン、サポニン多い）	コナラ節	ミズナラ（大楢）アク抜きで食用可	温帯、家具材・洋酒樽	落葉広葉樹（ブナと並ぶ）
				コナラ（柞、ははそ）いすの木	北半球、マンサク科の常緑高木	落葉広葉樹
				モンゴリナラ	モンゴル	落葉広葉樹
			クヌギ節	狭義のドングリの木	ユーラシア、アフリカ、日本、茶席の菊炭	落葉広葉樹
			カシワ節	柏（葉に抗菌作用オイゲノール）	ユーラシア、アフリカ、日本	落葉中高木
			プロトバラティス節、アカガシワ節	オーク	北米	落葉広葉樹
			ウバメガシ節	姥目樫	日本、備長炭はこれで作る	常緑広葉樹（カシ）
		トゲガシ属		トゲガシ	米国	常緑広葉樹（カシ）
		シイ属		シイの実としてドングリ	アクが少ない、暖帯（東南アジア、東アジア）	常緑高木（シイ）
		マテバシイ属		薩摩ジイ	アクが少ない、熱帯～東アジア	常緑広葉樹（シイ）
ムクロジ科（サポニン多い）		トチノキ属	日本特産、西洋トチノキ	渋抜きに手間、西洋マロニエ	栃餅、栃煎餅、臼や捏ね鉢	落葉広葉樹
		カエデ属		英語でメープル、紅葉	アジア、北米、北アフリカ	落葉広葉樹
		ライチ属、竜眼属など			果物、熱帯アジア	

クチクラ（ラテン語: Cuticula）は、英語でキューティクル（Cuticle）、日本語で角皮ともいう。表皮を構成する細胞がその外側に分泌することで生じる丈夫な膜で、水分を通さないので乾燥地における植物の水分ロスを防ぐ。昆虫や甲殻類の外骨格も形成し、人間の頭髪表面も被う。

温帯		常緑広葉樹林	照葉樹林（クチクラ多い）	暖温帯（夏期に多雨）	西日本の山地帯、東日本の低地帯、カシ、シイ類、クスノキ科、ツバキ科、モクレン科、マツ科、マキ科
			硬葉樹林（クチクラ非常に多い）	地中海（夏期に乾燥）	コルクガシ、オリーブ、イナゴマメ
			落葉硬葉樹林（同上）	地中海	アーモンド、ピスタチオ、ザクロ、イチジク
熱帯	熱帯雨林	常緑広葉樹林	雨が多いのでクチクラ不要		

表3　スンダランドと日本周辺の海峡一覧

地名	①スンダランド	②対馬海峡	③津軽海峡	④宗谷海峡	⑤間宮海峡
国際名		朝鮮海峡	津軽海峡	ラ・ペルーズ海峡	タタール海峡
最狭部幅		約200km	19.5km	42km	7.3km
現在の深さ	水没したタイランド湾の平均水深約45m、最深部約85m	平均水深約95m	最浅部　約140m	最浅部　約30m	最浅部　約8m
		最深部　約135m	最深部　約450m	最深部　約60m	最深部　約10m
海流ほか		対馬海流（暖流）が北上する、対馬と壱岐の2島あり。	対馬海流（暖流）が津軽暖流となって太平洋側へ東流する。ブラキストン線を形成。中央部は公海扱い。	対馬海流（暖流）が宗谷暖流となってオホーツク海側へ東流するため、流氷少ない。	アムール河口からの淡水に混じったリマン海流（寒流）が南行し、厳冬期には流氷が出現する。
最終氷期（BC70,000～12,000年頃）＝海退期、最寒冷期（BC31,000～26,000年頃）に海面最大約130m低下	ヴュルム氷期にスンダランドは陸地となり（海面低下100m）、現代のマレー半島東岸から、南はタイランド湾、インドネシア、東はボルネオ、北は海南島や香港・黄海あたりまで広がる陸地を形成した。	氷期も15km幅の海峡を呈していたが、一部浅瀬が生じていた。	辛うじて陸地化せず、浅い海峡として水路部分が残ったが、冬は凍結して渡れた。海峡底に峡谷潮流川跡が東西方向に残っている。	最寒冷期には一年中大陸と陸続き	一年中大陸と陸続き
温暖期（BC12,000～4,000年頃）の縄文海進による海峡化時期、のち小規模の弥生海退	温暖化による海水面上昇でスンダランド水没	海峡の幅も深さも拡大	縄文海進ピークBC4,000年頃に最大化	縄文海進ピークBC4,000年頃に最大化	冬期は今日でも部分的に凍結し渡海可能
古代人獣の移動	BC約４万年前にスンダランドから直接日本に渡る、一部は北上してモンゴル・シベリアに渡り古モンゴロイド（縄文人）となって日本に渡る。一部は寒冷地適応して新モンゴロイドとなりベーリング海から北米に渡った。	最寒冷期でも結氷せず大型動物の日本への渡来は無かったが、人間は2島伝いに寒冷期でも温暖期でも船で往来可能だった。	ヘラジカなど大陸大型動物も石器人も、厳冬期には北海道と北東北を往来した。温暖化による海進期に海峡幅拡大のため今日のブラキストン線を形成し、北海道が孤立、そのためアイヌ文化が独自進化した。	最寒冷期には人獣が往来できたが、温暖期には海進と宗谷暖流のため厳冬時でも結氷せず渡海不能となる。	寒冷期は一年中、また温暖期でも厳冬時は渡海可能。

地球の寒冷化とそれに続く温暖化により、上記①→②→③→④→⑤の順番で自然環境が変化して行ったため、北海道を除く日本列島には先ず南方からの人獣流入が止まり、次いで北方からの人獣流入が止まって行った。つまり言語学的・遺伝学的・考古学的には南方の影響を残しつつ、特に北日本では北方の影響が長く続いた。対馬海峡は2島伝いに縄文時代以前から長期に亘って人間の往来が可能だった。

表4-1　日本の隕石伝説リスト（年代順）

番号	隕石名	落下地区	年月日	社寺	状況	サイズ等	備考
1	伝説	名古屋市南区星崎	637年 （舒明天皇9年）	星宮社、935年と1205年にも隕石落下説			1632年南野村（南野隕石）の近く
2	伝説	広島県神石高原町	645年 （大化元年）	星居山	一帯を真昼のごとく照らした流星群、孝徳天皇が命名		
3	伝説	大阪府能勢町	750年 （天平勝宝2年）	現在の能勢妙見山（神社）		手毬サイズ	行基に請うて山頂に祀り開山
4	伝説	大阪府交野市星田	816年 （弘仁7年）	星田妙見宮、七曜星が近隣3ヶ所に落下			弘法大師が獅子窟寺で唱行中
5	伝説	岡山県美星町	1219～1222年 （承久）	星尾神社に3ヶ落下、国立天文台あり			近くで安倍晴明が天体観測
6	伝説	愛媛県星原町	不明	星宮真星神社または星原神社と呼ぶ			平安時代以降、星原市に発展
7	伝説	京都市東山区	不明	青龍寺境内	鉄隕石？	大小2個	叩くと金属音がするので有名

表4-2　日本の隕石リスト（年代順、確認されたもの）

番号	隕石名	落下（発見）場所	年月日	経緯	種類	総重量（kg）	備考
1	直方	福岡県直方市	861年 （貞観3年）	落下	石質隕石	0.47	世界最古でもある
2	南野	名古屋市南区	1632年 （寛永9年）	落下	石質隕石	1.04	
3	笹ケ瀬	浜松市篠ヶ瀬町	1704年 （元禄17年）	落下	石質隕石	0.70	
4	小城	佐賀県小城市	1741年 （寛保元年）	落下	石質隕石	14.30	
5	八王子	東京都八王子市	1817年 （文化14年）	落下	石質隕石	多数	
6	米納津	新潟県燕市	1837年 （天保8年）	落下	石質隕石	31.65	重量国内第5位
7	福江	長崎県五島市	1849年	落下	鉄隕石	0.01	
8	気仙	陸前高田市気仙町	1850年 （嘉永3年）	落下	石質隕石	135.00	重量国内第2位
9	曽根	京都府京丹波町	1866年 （慶応2年）	落下	石質隕石	17.10	
10	大富	山形県東根市	1867年 （慶応3年）	落下	石質隕石	6.51	
11	竹内	兵庫県朝来市	1880年	落下	石質隕石	0.72	
12	福富	佐賀県白石町	1882年	落下	石質隕石	16.75	
13	田上	滋賀県大津市	1885年	発見	鉄隕石	174.00	重量国内第1位
14	薩摩	鹿児島県伊佐市	1886年	落下	石質隕石	>46.5	重量国内第3位
15	白萩	富山県上市町	1890年	発見	鉄隕石	33.61	榎本武揚短剣、重量第4位
16	仁保	山口市仁保	1897年	落下	石質隕石	0.47	

17	東公園	福岡市東公園	1897年	落下	石質隕石	0.75	
18	在所	高知県香美市	1898年	落下	石鉄隕石	0.33	
19	仙北	秋田県大仙市	1900年以前 （1993確認）	落下	石質隕石	0.87	
20	越谷	埼玉県越谷市	1902年	落下	石質隕石	4.05	
21	岡野	兵庫県篠山市	1904年	落下	鉄隕石	4.74	
22	神崎	佐賀県神埼市	1905以前	発見	石質隕石	0.12	
23	木島	長野県飯山市木島	1906年	落下	石質隕石	0.33	
24	美濃	岐阜県岐阜市等	1909年	落下	石質隕石	14.29	
25	天童	山形県天童市	1910年頃 （1977年確認）	発見	鉄隕石	10.10	
26	羽島	岐阜県羽島市	1910年頃	落下	石質隕石	1.11	
27	坂内	岐阜県揖斐川町	1913年	発見	鉄隕石	4.18	
28	神大実	茨城県坂東市	1915年頃	落下	石質隕石	0.45	
29	富田	岡山県倉敷市	1916年	落下	石質隕石	0.60	
30	田根	滋賀県長浜市	1918年	落下	石質隕石	0.91	
31	櫛池	新潟県上越市	1920年	落下	石質隕石	4.50	
32	白岩	秋田県仙北市	1920年	発見	石質隕石	0.95	
33	神岡	秋田県大仙市	1921-1949年 の間	落下	石質隕石	0.03	
34	長井	山形県長井市	1922年	落下	石質隕石	1.81	
35	沼貝	美唄市光珠内町	1925年	落下	石質隕石	0.36	
36	駒込	文京区本駒込	1926年	落下	鉄隕石	0.24	
37	玖珂	山口県岩国市	1938年	発見	鉄隕石	5.60	
38	笠松	岐阜県笠松町	1938年	落下	石質隕石	0.71	
39	岡部	埼玉県深谷市	1958年	落下	石質隕石	0.19	
40	芝山	千葉県芝山町	1969年	発見	石質隕石	0.24	
41	青森	青森県青森市	1984年	落下	石質隕石	0.32	
42	富谷	宮城県富谷町	1984年	落下	石質隕石	0.03	
43	狭山	埼玉県狭山市	1986年	落下	石質隕石	0.43	
44	国分寺	香川県高松市・坂出市	1986年	落下	石質隕石	合計11.51	
45	田原	愛知県田原市	1991年	落下	石質隕石	>10	
46	美保関	島根県松江市	1992年	落下	石質隕石	6.39	
47	根上	石川県能美市	1995年	落下	石質隕石	約0.42	
48	つくば	茨城県つくば市等	1996年	落下	石質隕石	約0.8	
49	十和田	青森県十和田市	1997年	発見	石質隕石	0.05	
50	神戸	神戸市北区	1999年	落下	石質隕石	0.14	
51	広島	広島市安佐南区	2003年	落下	石質隕石	0.41	
52	長良	岐阜市長良	2012年	発見	鉄隕石	16.20	
53	小牧	愛知県小牧市	2018年	落下	石質隕石	約0.65	
54	習志野	千葉県習志野市等	2020年	落下	石質隕石	約0.36	

表５　隕石の３分類

1	鉄隕石 （主にFe/Ni合金）	アタキサイト	Ni含量の多いテーナイト（18%以上）、希少、世界で50個未満、最大の隕石であるホバ隕石（1920年、ナミビアで発見、60トン）、チベットで発見された「鉄の男」と呼ばれる仏像は、アタキサイトであるチンガー隕石を彫って作られた。
		オクタヘドライト	鉄隕石で最も多いタイプ、Ni含量6-20%、IVA型のギベオン隕石、IIICD型の南丹隕石、IAB型のキャニオン・ディアブロ隕石、IIIE型の新疆隕石。
		ヘキサヘドライト	ほぼ全てFe/Ni合金（カマサイト）で構成、Ni含量5.3-5.8%、カマサイト結晶が立方晶（hexahedron）でこの名。IIAB型鉄隕石、IIG型鉄隕石。
2	石鉄隕石 （ほぼ等量のFe/Niとケイ酸塩鉱物）	パラサイト	代表的な石鉄隕石で、銀色の鉄－ニッケル合金中に透明な黄色の橄欖石が散在している。
		メソシデライト	橄欖石は6%以下しか含まず、ケイ酸塩としては元天体の表層に近い玄武岩質を多く含む。隕石のうちでは珍しいもので、2009年6月までに南極で発見された44個を含め145個が登録されている。落下が目撃されたものは7例である。最大のメソシデライトはチリのアタカマ砂漠のヴォカ・ムエルタで発見されたもので、発見された隕石破片の総重量は3.8トンに達している。
3	石質隕石 （主にケイ酸塩鉱物）	コンドライト （球粒隕石）	熱分化していない天体からの隕石、かんらん石・輝石類・長石類などのケイ酸塩鉱物を中心に少量の鉄も含み、0.5～3mm程度のコンドリュール（球粒）を含む。
		エイコンドライト	地殻・マントルと分化した天体からの隕石、コンドライトに似ているがコンドリュール（球粒）を含まない、鉄も殆ど含まない、月や火星からの隕石はこれ。

表6　世界の隕石リスト（確認されたもの）

名称	発見日	落下日	発見地（現在の地名）	重量（kg）	分類	備考
エンシスハイム隕石		1492年11月16日	フランス・アルザス	127	石質隕石	
モリト隕石	1600年頃	不明	メキシコ	10,100	鉄隕石	
クラスノヤルスク隕石	1749年	不明	ロシア・クラスノヤルスク	700	石鉄隕石	
ベンデゴ隕石	1784年	不明	ブラジル	5,360	鉄隕石	
ウォルド・コテッジ隕石		1795年12月13日	イギリス・ヨークシャー	25	石質隕石	
レーグル隕石		1803年4月26日	フランス・ノルマンディ	37（合計）	石質隕石	
スタンネルン隕石雨		1808年5月22日	チェコ・モラヴィア	52（合計）	石質隕石	
ブラヒン隕石	1810年以降	不明	ベラルーシ	1,000（合計）	石鉄隕石	
ケープヨーク隕石	1818年	不明	グリーンランド	58,200	鉄隕石	
ギベオン隕石	1836年	約4億5千万年前	ナミビア	26,000（合計）	鉄隕石	
ヴァカ・ムエルタ隕石	1861年		チリ・アタカマ砂漠	3,782	石鉄隕石	
バクビリート隕石	1863年	不明	メキシコ	22,000	鉄隕石	
オルゲイユ隕石		1864年5月14日	フランス	16	石質隕石	
シャーゴッティ隕石		1865年8月25日	インド	5	石質隕石	火星隕石
アングラ・ドス・レイス隕石		1869年1月20日	ブラジル	1.5	石質隕石	
ミドルズブラ隕石		1881年3月14日	イギリス	1.6	石質隕石	
ファーミントン隕石		1890年6月25日	アメリカ合衆国・カンザス州	89.3	石質隕石	
キャニオン・ディアブロ隕石	1891年	約5万年前（バリンジャー・クレーター）	アメリカ合衆国・アリゾナ州	30,000（合計）	鉄隕石	
新疆隕石	1898年	不明	中華人民共和国	28,000	鉄隕石	
ウィラメッテ隕石	1902年	不明	アメリカ合衆国・オレゴン州	15,500	鉄隕石	
カハルルィーク隕石		1908年6月30日	ウクライナ	1.886	石質隕石	
ナクラ隕石		1911年6月28日	エジプト・アレクサンドリア州	10（合計）	石質隕石	火星隕石
アデリーランド隕石	1912年12月5日	不明	南極・アデリーランド	1	石質隕石	
モラスコ隕石	1914年11月12日	不明	ポーランド	350（合計）	鉄隕石	
リチャードソン隕石		1918年6月30日	アメリカ合衆国・ノースダコタ州	90（合計）	石質隕石	
ホバ隕石	1920年	8万年以上前	ナミビア	66,000	鉄隕石	
カルーンダ隕石		1930年11月25日	オーストラリア	43.73	石質隕石	

名称	発見日	落下日	発見地（現在の地名）	重量（kg）	分類	備考
ムボジ隕石	1930年	不明	タンザニア	16,000または25,000	鉄隕石	
タタウイヌ隕石		1931年6月27日	チュニジア・タタウイヌ	12	石質隕石	
エクビィ隕石		1939年4月5日	スウェーデン・スコーネ地方	3.3	石質隕石	
シホテアリニ隕石		1947年2月12日	ロシア・シホテアリニ山脈	1,750（合計）	鉄隕石	
エイビー隕石		1952年6月9日	カナダ・アルバータ州	107	石質隕石	
シラコーガ隕石（ホッジス隕石）		1954年11月30日	アメリカ合衆国・アラバマ州	3.86	石質隕石	
プシーブラム隕石	1959年4月	1959年4月7日	チェコ	9.5	石質隕石	
ガオ・ギニー隕石		1960年3月5日	ブルキナファソ	10（max）、1,000（合計）	石質隕石	
バーウェル隕石		1965年12月24日	イギリス・レスターシャー	44（合計）	石質隕石	
ムンドラビラ隕石I	1966年	不明	オーストラリア	12,400	鉄隕石	
カンポ・デル・シエロ隕石（エル・チャコ隕石）	1969年	不明	アルゼンチン	37,000	鉄隕石	
アエンデ隕石		1969年2月8日	メキシコ・チワワ州	3,000（合計）	石質隕石	
マーチソン隕石		1969年9月28日	オーストラリア・ビクトリア州	100	石質隕石	
ベンチ・クレーター隕石	1969年11月15日		月の既知の海		石質隕石	月面探査の土壌中から発見
ハドリー・リル隕石	1971年		月面探査	–	石質隕石	アポロ15号の活動により発見
やまと 74662	1974年10月		南極大陸	0.151	石質隕石	
吉林隕石		1976年3月8日	中国・吉林省	1,770（max）	石質隕石	
				4,000（合計）		
エレファント・モレインA79001	1980年1月13日		南極大陸	7.9	石質隕石	火星隕石
カイドゥン隕石		1980年12月3日	イエメン	2（合計）	石質隕石	火星の衛星起源の隕石
クラクストン隕石	1984年12月10日	1984年12月10日	アメリカ合衆国・ジョージア州	1.455	石質隕石	

名称	発見日	落下日	発見地（現在の地名）	重量（kg）	分類	備考
アラン・ヒルズ84001	1984年12月	約1万3000年前	南極大陸	1.93	石質隕石	火星隕石
ウンバール隕石	1992年8月-1993年10月	1992年8月14日	ウガンダ・ムバレ県	150（合計）	石質隕石	
ピークスキル隕石		1992年10月9日	アメリカ合衆国・ニューヨーク州	12.4	石質隕石	
サンロベール隕石		1994年6月14日	カナダ・ケベック州	25.4（合計）	石質隕石	
モン・デュー隕石	1994年・1999年		フランス	530（合計）	鉄隕石	
タギシュ・レイク隕石		2000年1月18日	カナダ・ブリティッシュコロンビア州	10	石質隕石	
富康隕石	2000年		中国新疆ウイグル自治区富康（英語版）	1003	鉄隕石	
NWA 4734	2001年		モロッコ	8	石質隕石	月隕石
パーク・フォレスト隕石		2003年3月26日	アメリカ合衆国・イリノイ州	18（合計）	石質隕石	
NWA 1934	2003年6月		モロッコ	8	石質隕石	
アルマハータ・シッタ隕石（2008 TC3）	2008年12月6日-2009年	2008年10月7日	スーダン・ヌビア砂漠	4（合計）	石質隕石	地球衝突前に小惑星として観測された
バザード・クーリー隕石	2008年11月27日-2009年	2008年11月20日	カナダ・サスカチュワン州	100（合計）	石質隕石	
チェリャビンスク隕石	2013年2月17日	2013年2月15日	ロシア・チェバルクリ湖	1,000以上	石質隕石	2013年チェリャビンスク州の隕石落下
エル・アリ隕石	2020年9月		ソマリア・ヒーラーン州	15,150	鉄隕石	

2023年5月現在で世界125個の隕石が登録されており、日本で発見された54個を除いた、残り71個のうち、重量1kg以上の61個についてまとめた（86%）。

表7　饒速日命による第1次降臨時の随伴者リスト（先代旧事本紀）大阪交野市

役目・番号	人物名	読み	降臨後の系譜	備考
（A）防衛（ふせぎまもり）32名、四国は無い				
1	天香語山命	あめのかごやまのみこと	尾張連（おわりのむらじ）らの祖	東海
2	天鈿売命	あめのうずめのみこと	猿女君（さるめのきみ）らの祖	ニニギ降臨でも出てくる
3	天太玉命	あめのふとたまのみこと	忌部首（いむべのおびと）らの祖	ニニギ降臨でも出てくる
4	天児屋命	あめのこやねのみこと	中臣連（なかとみむらじ）らの祖	ニニギ降臨でも出てくる
5	天櫛玉命	あめのくしたまのみこと	鴨県主（かものあがたぬし）らの祖	天神玉命の子で、賀茂建角身命の父
6	天道根命	あめのみちねのみこと	川瀬造（かわせのみやつこ）らの祖	神武天皇と同世代の神
7	天神玉命	あめのかむたまのみこと	三嶋県主（みしまのあがたぬし）らの祖	神産巣日神の子で、天櫛玉命の父
8	天椹野命	あめのくぬのみこと	中跡直（なかとのあたい）らの祖	伊勢国造の一族、東海
9	天糠戸命	あめのぬかどのみこと	鏡作連（かがみつくりのむらじ）らの祖	ニニギ降臨でも出てくる
10	天明玉命	あめのあかるたまのみこと	玉作連（たまつくりのむらじ）らの祖	ニニギ降臨でも出てくる
11	天牟良雲命	あめのむらくものみこと	度会神主（わたらいのかんぬし）らの祖	天児屋命の子で、天波与命の父
12	天背男命	あめのせおのみこと	山背久我直（やましろのくがのあたい）らの祖	天底立命の子で、天日鷲神の父
13	天御陰命	あめのみかげのみこと	凡河内直（おうしこうちのあたい）らの祖	天照大神の孫、天津彦根命の子、御上祝（三上直）らの祖
14	天造日女命	あめのつくりひめのみこと	阿曇連（あずみのむらじ）らの祖	
15	天世乎命	あめのせおのみこと	久我直（くがのあたい）らの祖	
16	天斗麻弥命	あめのとまみのみこと	額田部湯坐連（ぬかたべのゆえのむらじ）らの祖	
17	天背斗女命	あめのせとめのみこと	尾張中嶋海部直（おわりのなかじまのあまべのあたい）らの祖	東海
18	天玉櫛彦命	あめのたまくしひこのみこと	間人連（はしひとのむらじ）らの祖	

19	天湯津彦命	あめのゆつひこのみこと	安芸国造（あきのくにのみやつこ）らの祖	櫛明玉命の子、中国地方
20	天神魂命	あめのかむたまのみこと	葛野鴨県主（かどののかものあがたぬし）らの祖	または三統彦命（みむねひこのみこと）、神産巣日神の子、天櫛玉命の父
21	天三降命	あめのみくだりのみこと	豊田宇佐国造（とよたのうさのくにのみやつこ）らの祖	天活玉命の裔で、宇佐津彦命の父
22	天日神命	あめのひのかみのみこと	対馬県主（つしまのあがたぬし）らの祖	高御産巣日神の子、朝鮮海峡
23	乳速日命	ちはやひのみこと	広湍神麻続連（ひろせのかむおみのむらじ）らの祖	中臣氏、添縣主の祖神
24	八坂彦命	やさかひこのみこと	伊勢神麻続連（いせのかむおみのむらじ）らの祖	長白羽神の子で、一説に八坂刀売神の父、東海
25	伊佐布魂命	いさふたまのみこと	倭文連（しどりのむらじ）らの祖	角凝魂命の子で、天底立命の父大和
26	伊岐志迩保命	いきしにほのみこと	山代国造（やましろのくにのみやつこ）らの祖	思金神の子、山代
27	活玉命	いくたまのみこと	新田部直（にいたべのあたい）の祖	高御産巣日神の子で、天押立命の父
28	少彦根命	すくなひこねのみこと	鳥取連（ととりのむらじ）らの祖	天湯河板挙の子で、建日穂命の父、中国地方・日本海
29	事湯彦命	ことゆつひこのみこと	取尾連（とりおのむらじ）らの祖	活津日子根命の子
30	表春命	うわはるのみこと	信乃阿智祝部（しなののあちのいわいべ）らの祖	八意思兼神（やごころのおもいかねのかみ）の子、信州
31	下春命	したはるのみこと	武蔵秩父国造（むさしのちちぶのくにのみやつこ）らの祖	武蔵秩父
32	月神命	つきのかみのみこと	壱岐県主（いきのあがたぬし）らの祖	朝鮮海峡

(B) 供領（とものみやつこ）の五部（いつとも）

1	天津麻良	あまつまら	物部造（もののべのみやつこ）らの祖	
2	天勇蘇	あまつゆそ	笠縫部（かさぬいべ）らの祖	
3	天津赤占	あまつあかうら	為奈部（いなべ）らの祖	
4	富富侶	ほほろ	十市部首（とおちべのおびと）らの祖	
5	天津赤星	あまつあかぼし	筑紫弦田物部（つくしのつるたもののべ）らの祖	

C）警備役の5造と25物部（合計30名）大伴氏や久米氏が無く、これらは神武東征時の随伴者

1	二田造	ふただのみやつこ		
2	大庭造	おおばのみやつこ		
3	舎人造	とねりのみやつこ		
4	勇蘇造	ゆそのみやつこ		
5	坂戸造	さかとのみやつこ		
6	二田物部	ふただのもののべ		
7	当麻物部	たぎまのもののべ		
8	芹田物部	せりたのもののべ		
9	鳥見物部	とみのもののべ		河内～大和
10	横田物部	よこたのもののべ		
11	嶋戸物部	しまとのもののべ		
12	浮田物部	うきたのもののべ		
13	巷宜物部	そがのもののべ		
14	足田物部	あしだのもののべ		
15	須尺物部	すさかのもののべ		
16	田尻物部	たじりのもののべ		
17	赤間物部	あかまのもののべ		関門海峡あたり？
18	久米物部	くめのもののべ		熊本
19	狭竹物部	さたけのもののべ		
20	大豆物部	おおまめのもののべ		
21	肩野物部	かたののもののべ		河内交野？
22	羽束物部	はつかしのもののべ		
23	尋津物部	ひろきつのもののべ		
24	布都留物部	ふつるのもののべ		
25	住跡物部	すみとのもののべ		
26	讃岐三野物部	さぬきのみののもののべ		四国
27	相槻物部	あいつきのもののべ		
28	筑紫聞物部	つくしのきくのもののべ		九州筑紫
29	播麻物部	はりまのもののべ		中国地方
30	筑紫贄田物部	つくしのにえたのもののべ		九州筑紫

（D）操船者6名

1	天津羽原	あまつはばら	跡部首（あとべのおびと）らの祖	船長
2	天麻良	あまつまら	阿刀造（あとのみやつこ）らの祖	梶取
3	天津真浦	あまつまうら	倭鍛師（やまとのかぬち）らの祖	船子
4	天津麻占	あまつまうら	笠縫らの祖	船子
5	天津赤麻良	あまつあかまら	曽曽笠縫（そそのかさぬい）らの祖	船子
6	天津赤星	あまつあかぼし	為奈部（いなべ）らの祖	船子

表８　ニニギノミコトによる第２次降臨時の随伴者５名（日本書紀）高千穂峰

人物名	読み	降臨後の系譜
天児屋命	あめのこやねのみこと	中臣（なかとみ）の祖
太玉命	ふとだまのみこと	忌部（いむべ）の祖
天鈿女命	あめのうずめのみこと	猿女（さるめ）の祖
石凝姥命	いしこりどめのみこと	鏡作（かがみつくり）の祖
玉屋命	たまのやのみこと	玉作（たまつくり）の祖

ニニギノミコトによる天孫降臨時に、天照大神が三種の神器に加えて五部（いつとものお）の神を随伴させ、衢神（ちまたの神）猿田彦が先導した。

目次

主な登場人物

水鳥長造（みずとりちょうぞう）：東京の暇な神楽坂診療所長、喘息専門医。自称神楽坂芸妓組合顧問。

梅原（うめはら）　剛（つよし）：水鳥の大学時代の同級生で、青森県つがる市木造町（きづくりまち）で消化器内科を開業。

渡辺（わたなべ）　晃（あきら）：大阪の難波大学（なにわだいがく）古代日本史専門のイケメン講師。

雪乃（ゆきの）：神楽坂芸妓、本名北斗有希（ほくとゆき）。秋田県能代（のしろ）市出身、先祖は斗南藩（となみはん）の武家、北斗と改姓。

料亭まきの：水鳥行きつけの神楽坂料亭。女将は八〇歳。

額田恭子（ぬかだきょうこ）：大阪在住で古墳大好きな自称難波（なにわ）の古墳ガール。

十文字（じゅうもんじ）　渡（わたる）：広前（ひろまえ）大学准教授、縄文文化研究者。

青森安方（あおもりやすかた）高校シャコちゃん同好会：女子九名、男子一名会員。

星宮（ほしみや）ひかり：大阪梅田のヘップフォアで有名な美少女カリスマ占師、本名登美夜（とみや）ひかり。

石木脛夫（いしきすねお）：十三湖（じゅうさんこ）オセドウ神明宮で先祖代々墓守をしている。

石木莉子（いしきりこ）：石木脛夫の娘、川倉賽（さい）の河原（かわら）でカミサマをしている。

狩場沢由子（かりばさわゆうこ）：東奥日々新聞八戸支社記者、縄文時代の精神文化と信仰について取材。

村中（むらなか）ハル：おばば様と呼ばれている恐山盲目イタコの最長老、先祖は斗南藩（となみはん）の武家。

主な登場人物

苫米地（とまべち）　愛（あい）：恐山イタコ、正統な修行をした最後のイタコ、八戸市在住。

鍋塚（なべづか）ひとみ：恐山イタコ、石木脛夫の親戚。

光明谷君香（こうみょうだにきみか）：ギャルイタコ、東新宿サブナードのアイドル占師。

津島洋治（つしまようじ）：黒ポークパイハットがトレードマークの温泉好き中年風来坊。

オスカー・ベナベンテ：スペインのマドリッドから来山。津島と宿坊で同室。

マリア・ペーヴェ：オーストリアのインスブルックから来山。狩場沢と宿坊で同室。

安東幸一（あんどうこういち）：八戸市の風車（かざぐるま）製造販売業者。

斗米（とまい）　司（つかさ）：むつ市から皮膚病湯治のため恐山に通っている。安東と宿坊で同室。

相馬裕介（そうまゆうすけ）：むつ警察署刑事課長。独断専行型刑事。

野内優代（のないまさよ）：青森県警本部鑑識係長。相馬と犬猿の仲。

湘南山ガールズ六名：五能線と白神山地を楽しみにして来た。

恐山観光客：大阪から団体一五名など。

恐山の受付婆、恐山住職代理（院代（いんだい））、恐山の僧侶

〈註〉＊この作品は全て架空のものであり、現実の人物や事蹟とは全く無関係である。
＊数値は万以上は万を付けて表示し、それ以下は読点なしで数値を記した。

＊恐山菩提寺隣に広がる瓦礫の地獄は、読者理解のため本書では地獄山と統一記載した。
＊巻末の参考文献はスペースの関係で、タイトルなど一部を省略して掲載している。

一　五能線（白神山地）

列車の窓を少し開けると、爽やかな風が吹き込んできた。窓辺に置いた左腕をすり抜けて、初夏の海の匂いが額をくすぐる。遠い水平線まで見はるかす日本海は、どこまでも明るく穏やかだ。昨夕、診療が終わってから、東京駅構内で秋田名物の比内地鶏弁当とビールの大缶を買い込んで、秋田新幹線こまち最終号に飛び乗ったのだ。途中盛岡駅を過ぎてから寝込んでしまったらしく、大曲駅を過ぎて秋田駅に着いて目覚めたのは夜一一：五三だった。

青森県つがる市木造町（旧西津軽郡木造町）で消化器内科を開業している大学時代の同級生から先日電話があり、縄文遺跡で有名な青森市内の三内丸山遺跡が、令和三年（二〇二一）七月に世界文化遺産になって丁度二年になるという。世界的に吹き荒れた新型コロナの流行も漸く一段落して、感染症法の位置づけも令和五年（二〇二三）五月以降は、二類相当から五類感染症に緩和され、我々の診療所も新型コロナモードから解放されたので、つがる市内の亀ヶ岡遺跡と青森市内の三内丸山遺跡を案内してあげるよと招待されたのだ。酒好きな旧友と久しぶりに一杯やれる。こんな嬉しいお誘いは何年ぶりだろうか？　どうせ神楽坂の診療所は毎日閑古鳥が鳴いているのだからと、二つ返事で行くことに決めたのだった。それにしても東京から三内丸山遺跡なら、羽田空港から直接青森空港に飛んだ方が手っ取り早いに決まっている。なのに今回敢えて、秋田駅から能代駅を経由して五能線に入る経路を選んだにはちょっと訳があるのだ。週に三回は晩飯を食べに行く神楽坂の料亭まきのに、水鳥お気に入りの芸妓がいる。雪乃（本名北斗有希）というその芸妓は、美人で気立てが良いので評判なのだが、以前故郷を聞いたら秋田県能代市出身だと言っていた。神楽坂芸妓組合の顧問を自称している自分としては、能代からの五能線は景色が綺麗よと言われれば、後学のために回り道してでも行かねばならないのだと、自分に言い訳を与えたのである。それに能代といえば、最近ではバスケットボールの田臥勇太選手を生んだ旧能代工業高校も有名だし、宇宙ロケット実験場なんかもあると言い訳の補強までして出掛けてきたのだ（図1〜3）。

昨夜は秋田駅前のホテルでぐっすり眠れて、今朝は爽快な初夏の朝だ。今日はこれから五能線に乗って白神山地を右手に、そして左手に日本海をのんびり眺めながらつがる市入りする予定だ。五能線は、その名からしてつがる市の中心都市である五所川原駅と能代駅を繋ぐ路線かと思っていた。しかし今回切符を買う時に駅員に教えて貰ったところ、五能線は正式には青森県南津軽郡田舎館村の川部駅と秋田県能代市の東能代駅とを結ぶものだという。秋田駅から北上して弘前・青森駅に向かう奥羽本線は、川幅の広い米代川の渡河を上流に求めたために、はじめ能代市街地を避けて手前を東方に屈曲したのである。このため、後にこの旧能代駅（現在の東能代駅）から西方に接続延伸する旧能代町駅（現在の能代駅）までの支線として能代市街地に入り、そこから能代線として明治四一年（一九〇八）に開業して、秋田県北部沿岸を北上延伸していった。逆に北方からは、先ず大正七年（一九一八）に私鉄の陸奥鉄道が奥羽本線川部駅から五所川原駅までの連絡鉄道（五所川原線、後に国有化）として開業したものを、少しずつ南に延伸してきた。そして昭和一一年（一九三六）に南の陸奥岩崎駅と北の深浦駅間が最後に全通した時に、五能線と改称されて今日に至ったのだという。

五能線で白神山地の裾野を回る旅なら、リゾートしらかみ号で秋田駅から北上して、そのまま東能代駅から能代駅、十二湖駅、ウェスパ椿山駅、深浦駅、千畳敷駅、鰺ヶ沢駅、木造駅、五所川原駅、川部駅、弘前駅と名所を効率よく巡ってくれるのが良いと東京駅切符売場で勧められた。何と言ってもリゾートしらかみ号は、四両編成のうち二号車には窓際にボックス席があり、大きなテーブルにランプが付いているのが嬉しい。一両目と四両目は両側に横長の大きな窓ガラスがあって、右手に白神山地が、左手に日本海の眺望が満喫できる展望室とイベントスペースまであるというではないか。この車内イベントスペースでは、津軽三味線の生演奏や、フランス語にも似ていると言われる津軽弁の語り部実演、津軽伝統の金多豆蔵人形芝居のコミカルな田舎漫才も実演してくれるという。五能線を走るリゾートしらかみ号は平成九年（一九九七）にデビューし、車窓の大きさや車内イベントで一躍人気を呼び、平成一五年（二〇〇三）に白神山地のブナ林をイメージした緑色基調の「橅」編成車、平成一八年（二〇〇六）に白神山地のクマゲラと五能線沿線の夕日をイメージした黄色と赤色の「くまげら」編成車が登場し、さらに平成二二年（二〇一〇）には日本海の水平線と十二湖の青色をイメージした「青池」編成車も登場した。現在は橅編成車と青池編成車が自然環境にも優しいディーゼルハイブリッド車両として運行している。自分は秋田駅午前八：一九分発のしらかみ一号で北に向かう予定だ。ホテルでの朝食を済ませて秋田駅に行くと、白神山地に向かうグループだろうか、様々な色のリュックを背負った中高年グループや若い女性グループが、一様にウキウキした顔で改札を今や遅しと待っていた。

「ホント楽しみだわ～。十二湖（じゅうにこ）をずっと巡（めぐ）って、最後に行きつく青池はキレイなんでしょうねぇ。」

「そうそう、何でも神秘のブルーらしいわよ。」

「きゃ～、何だかロマンチックだわ。十二もある湖の中で、一つだけブルーだなんて不思議よね～。それからね、白神山地には青森マンテマという雪のように真白な花が咲いているんだって。楽しみだわ～。」

などと期待に胸を膨らませているのは、湘南山（しょうなんやま）ガールズとバッジを付けている五～六人の中年女性グループだ。

青森マンテマは白神山地を代表する固有種で、青森県然岳（しかりがだけ）（標高七三〇m）の崖壁（がいへき）で昭和四三年（一九六八）に初めて発見された。マンテマはナデシコ科の多年草で、普通は五枚の白く小さな花びらの中央部が赤紫色に染まっている。青森マンテマはこの花弁が雪のように真白で、毎年五～六月頃に急峻な岩場を好んで咲く清楚な花である。耐寒性に強い氷河時代の残存植物として、環境省RDBでは絶滅危惧種二類（VU）に指定されている。鰺ヶ沢町に近い青森県然岳やその周辺の白神山地の一部、秋田県男鹿半島、岩手・秋田県境にある和賀山塊に分布する。高さは五～二〇cm前後で花径は二cm程度、花の下にある萼筒部（がくとうぶ）は膨らみを見せる。花言葉の「忘れそうにありません」は、氷河時代や縄文時代の記憶を留めるものとも受け取れる。日本語のマンテマという名は、江戸時代末期に持ち込んだオランダ人が海辺に咲く浜辺マンテマ（学名シレネ・マリティマ）がマンテマンに訛り、それが次第に略されてマンテマに変わったと牧野富太郎が記している。他にもこの辺りでは初秋の岩場に、津軽ミセバヤという別の白い花も咲く。これは日本原産のベンケイソウ科の多年草で、肉厚の多肉植物で三つ葉を節として蔓状に伸びていき、その先の花茎先端に球状の花穂をつけて、金の成る木によく似ている。江戸時代中期に吉野山の法師がこの花を見つけて、あまりの美しさに和歌を詠み、和歌の師匠である京都の大納言冷泉為久（一六八一～一七四一年）に送ったときに、添え状として「君に見せばや（見せたい）」と書いたことからこの名が付いたとされている。法師が師匠に送った歌は残っていない。

「五能線に乗るのは初めてだけど、日本海の青い海がとってもキレイだってパンフレットで見たから、楽しみよね～。」

「ホント。冬は寒くて暗そうだけど、初夏だからどんな青色なのかしらね～。日本海の夏は明るいって言うから、ウェスパ椿山（つばきやま）駅で途中下車して、黄金崎（おうごんざき）にある不老（ふろう）ふ死温泉（しおんせん）でゆっくり夏の日本海を楽しみたいわ～。」

とはしゃいでいるのは、大学生らしい若い女性四人組だ。

しらかみ号は全席指定であるが、自分が取ったのは二号車の四人掛けボックス席だから、どんな人と相席（あいせき）になるか分からない。改札が始まり列車に乗り込むと、ボックス席には既に一人、すらっとした青年が座っていた。

「こんにちは、同席でお世話になります。」

　と挨拶すると、

「こちらこそ、宜しくお願いします。大阪から来た渡辺晃（わたなべあきら）です。」と、にっこり白い歯を覗かせた。

「大阪からですか！　それはまた遠方からですね。私は都内で小さな診療所を開業している水鳥（みずとり）と申します。青森県のつがる市木造町（きづくりまち）で開業している大学の同級生が、津軽観光と三内丸山遺跡（さんないまるやまいせき）観光に招待してくれたのです。折角津軽に行くならということで、遠回りになりますけど、なかなか来れない五能線（ごのうせん）経由で津軽入りしようかなと思って来たんですよ。」

「あれっ、それは僕も同じです。僕は大阪の難波大学（なにわだいがく）で古代日本史を研究してまして、今回津軽地方の遺跡と三内丸山遺跡の調査に来たんです。でも大学も夏休みに入って学生もいなくなったので、観光も兼ねて五能線回りで津軽入りしようかと思ったんですよ。」

「なるほど、そうですか。それでは昨日秋田に？」

「はい、そうなんです。昨日伊丹空港から秋田空港に飛んで来ました。」

　はきはきした受け答えの中に、爽やかな探求心が溢れる新進気鋭のイケメン研究者といった感じが見えて、普段酒ばかり飲んでいる自分を恥じ入るばかりの水鳥であった。そこへ、

「あら、ここだわ！　失礼しま〜ス！」

　と元気よく渡辺の隣にストンと腰掛けたのは、長いストレートな金髪に鮮やかなピンクのミニワン

ピースが眩しいお嬢さんだ。年恰好は二〇代後半だろうか？

「あたし、これから五所川原まで行きますけど、ウェスパ椿山駅で途中下車しますので、そこまで宜しくお願いしま～す！」

　と限りなく明るいトーンで笑顔を振りまいた。

ウェスパ椿山は駅直結の観光施設で、温泉や体験工房、展望台から見える美しい日本海の夕日が人気だったが、令和二年（二〇二〇）に惜しまれながら閉館となった。ただ物産館コロボックルは、翌令和三年（二〇二一）にリニューアルオープンして、観光案内や土産物などを販売している。

「ハイ、こちらこそ宜しくです。もしかしたら、昨日伊丹空港から秋田空港までの飛行機で乗り合わせましたか？」

　と思い当たる節があるのか、渡辺が聞くと、

「あれっ、あたしやっぱり目立ってましたか？　恥ずかしいわ～、当たりで～す！　あたし難波の古墳ガールって呼ばれている額田恭子です。オジサンたちヨロピクで～す。」

　と、屈託のない笑顔に、オジサン二名も思わず顔を見合わせてニッコリ会釈するしか無かった。

「私は東京から来た水鳥と言います。古墳ガールって仰いましたけど、ウェスパ椿山とか五所川原辺りに古墳があるんですか？」

「やだ～、さすがにウェスパ椿山には古墳は無いですけど、五所川原から先の十三湖に古～い古墳があるので、そこを見に行くんですよ。ウェスパ椿山は温泉ですよ、不老ふ死温泉！　有名だから

知ってるでしょ？　あたし温泉も大好きなんですよ〜。」

それほど有名なのかと再び顔を見合わせた水鳥と渡辺は、それなら自分達も不老ふ死温泉に浸かってみようかと思った。どうせ二人とも急ぐ旅ではない。途中下車して一風呂浴び、後発のしらかみ号に乗り換えれば済むことだ。

そうこうしているうちに発車時刻となり、定刻八：一九分にしらかみ一号が秋田駅を出発した。土崎、上飯島駅を過ぎると、追分駅で分岐する男鹿なまはげラインを左手に見送る。その後八郎潟を左手に見ながら奥羽本線を北上すると、一時間弱で東能代駅に着く。もしこのまま奥羽本線を辿れば、米代川南岸沿いに大館駅を過ぎて行き、やがて広大な白神山地を左回りに北上しながら山間部を抜けて弘前駅・青森駅に向かう。しかし、しらかみ号は東能代駅で五能線に乗り換えたところで進行方向が逆になり、しばし西行してから北に進路を取って、米代川を渡る。やがて向能代→北能代→鳥形→沢目と北上するに連れて次第に日本海に近づいて行き、東八森駅を過ぎた辺りから、白神山地の広大な山容がすぐ間近に迫ってきた。右手の山々からは時々沢水が流れて日本海に注いでいる。左手を見れば、日本海はキラキラ穏やかで遠い水平線が美しい。この海岸線ぎりぎりの鉄路は、白神山地の縁をぐるり右回りに鯵ヶ沢駅まで続き、そこで漸く海岸線を離れて津軽半島内を東行して、木造駅を経て青森県津軽地方の中心地である五所川原駅に着く。そこからしばし南行すれば、終着の川部駅だ。川部駅は弘前駅から北上してきた奥羽本線とも合流し、奥羽本線はそのまま北上を続けて青森駅を終着としている。

そこへ車内アナウンスが入り、「ご乗車の皆様にご案内申し上げます。ただ今から一号車のイベントスペースにおいて、津軽三味線の生演奏が始まりますので、どうぞお集まり下さい。」ということなので、他の乗客と共に水鳥・渡辺・額田の三人も揃って一号車に向かった。イベントスペースでは、既に中年と青年の二名の男性が津軽じょんがら節などの曲をバチを叩きつけるように激しく弾き鳴らしていた。初めて津軽三味線の生演奏を聴いた水鳥には、厳冬期の地吹雪が荒れ狂う津軽平野の風土と共に、どこか遠く懐かしい温（あたた）かみも感じられた。約二〇分ほど生演奏を楽しませて貰った三人は、満足げに再び二号車のボックス席に戻ってきた。

「いやぁ、良い演奏でした。津軽三味線の生演奏はホントに素晴らしかったですねぇ。」と渡辺が感想を述べると、水鳥も額田も何度も頷いた。

「しらかみ号は色々楽しいわねぇ。やっぱり来てよかったわ～。」などと近くのボックス席からも感想が漏れ聞こえてくる。

　しらかみ一号が北上を続けて、あきた白神駅を過ぎ、白神岳登山口駅を通過すると、左前方に艫作（へなし）崎（ざき）（別名黄金崎（おうごんざき））が見えてくる。その昔、渤海国（ぼっかいこく）か朝鮮の船が嵐で難破してこの辺りに流れ着いた時に、この地で船の艫（とも）（舳先（へさき））を修理して再び出航できたことから名付けられたという。しかし本当は、沖合の船から見るとこの半島が船の舳先（へさき）に似ているので艫成崎（へなしざき）と呼ばれたとも言われている。もう直ぐ十二湖駅なので、隣のボックス席が騒がしくなってきた。

「きゃ～、もう直ぐ十二湖よ！」

「そうね、降りたら先ず一番奥の青池を見に行って、そこから戻りながら十二湖を一つ一つ見て、今日はアオーネ白神十二湖に泊まるのよね。」

「バンガローみたいな、きれいなコテージだなんて素敵だわね～！」

　などと大はしゃぎである。白神山地の観光スポットは、世界遺産に指定された核心部の周囲を囲むように、緩衝地帯と呼ばれる区域に点在している。なかでも美しい景色が続く十二湖や、ブナや松などの老樹が生い茂る渓谷に現れる暗門の滝、そしてそこから入るブナ林散策道などが人気らしい。十二湖は江戸時代中期（宝永元年、一七〇四）の大地震によって沢が堰き止められ、地盤が陥没して形成されたと言われている。本当は三三の湖沼があるが、青池から約二km南東の大崩頂上展望所から眺めると、小さい池は森の中に隠れて見えず、大きな池だけ十二個見えることから「十二湖」と名付けられたという。またブナ林散策道は落葉が堆積した腐葉土なので、まるで絨毯のように道はふかふかで、一時間ぐらいの散歩コースで、運が良ければクマゲラやニホンカモシカなどの天然記念物に出逢えるという。

「白神山地、良いですね～。一度はブナ林をゆっくり散策したいものですねぇ。」と水鳥が呟くと、向かいに座っている渡辺が応えた。

「ホントですね。ブナ林の中は明るいので、散策してマイナスイオンを浴びたら最高でしょうね。私の専門分野の古代日本史においても、特に縄文時代はブナ林のおかげで大発展したんですよね。」

「へえ、ブナ林と縄文時代とは関係があるんですか？」と水鳥が聞き返すと次のように渡辺が教えてくれた。

「白神山地は、標高一〇〇〇m前後の山々が連なる約一三万haに及ぶ広大な山岳地帯で、青森県岩崎村から秋田県田代町にかけての県境を東西に走る尾根を中心に広がっているんですよ。でも伐採などで森林は失われ、現在森林地帯として残っているのは、このうち三分の一の四万五〇〇〇haほどなんですって。その中でも特に中核的な部分の一万六九七一haは多くの川の源流が集中して、ブナを主体とする原生的な落葉広葉樹林が、殆ど手つかずのまま世界最大級の規模で残っているので、平成五年（一九九三）に世界自然遺産に指定されたんですね。このうち青森県側が七四・四％で、秋田県側が二五・六％です。世界遺産の核心地域は、秋田県側では入山禁止ですが、青森県側は一部だけですけど入山可能らしいですよ。でも外側に広がる緩衝地域にも、同様なブナ原生林が広がっているので、その部分は入山可能なんです。

　現在の白神山地は約二四〇〇～五一〇〇万年前には海底だったので、花崗岩を基盤とした上に堆積岩が載っているのです。更に約二〇〇〇万年前頃に、海底火山から噴出した火山灰を中心としてグリーンタフが堆積したので、地滑りを起こしやすい地形なんですね。北半球の冷温帯では、ブナの木は氷河期が終わった紀元前約一万年前頃から繁茂し始めました。日本でも丁度この頃に、新潟平野以南の日本海側の多雪地帯から茂り始め、紀元前約六五〇〇年頃の温暖化と共に、東北地方や北海道にもブナ林が広がっていったようで、この時期が丁度縄文時代早期に相当するんですよね。」

「へぇ、そうすると日本におけるブナ林の拡大と縄文文化は関係してるんですねぇ。」と、水鳥が感心しきりに相槌を打つ。

　ブナ林は森のダムともいわれ、そこから湧き出す水は、清流となり各所に川魚の生育場所や滝をもたらしてきた。特に白神山地を源流とする赤石川に生息するアユは、体の一部が黄金色を成す「金アユ」といわれ、全国的にも珍しいとされている。これは赤石川上流に多い花崗岩が黄鉄鉱を多量に含んでおり、この成分がアユの背中や腹部を黄金色に染めるのではないかと言われている。味もよく、毎年高知県で開催される高知県友釣連盟主催の「清流利き鮎会」では、二回もグランプリに輝いた。

「それにしてもこの景色は最高ですが、この辺りはなぜ白神山地と呼ばれるようになったんですかねぇ？」と、水鳥が素朴な質問をすると、渡辺が次のように上手く説明してくれた。

「それはなかなか難しいんですが、江戸時代中期の宝暦三年（一七五三）に作成された津軽領内山沢(さんたく)図(ず)には、既に白神嵩(だけ)あるいは白神沢と記載されているので、それ以前から白神岳と呼ばれていたのでしょう。世界遺産になる前は弘西(こうせい)山地とも呼ばれていたんですよ。津軽地方では何といっても岩木山が遠い昔から山岳信仰の中心で、津軽の民間信仰であるオシラサマの響きがシラカミに通ずるということで、オシラサマがシラカミサマと結びついたとも言われてますね。オシラサマ信仰は、馬とお姫様の悲恋の物語で、その忘れ形見が蚕(かいこ)とされ、養蚕業つまり生糸や絹糸の豊産に捧げた祈りとされているんです。北海道渡島半島(おしまはんとう)の白神崎（松前町）にもオシラサマが祀られていて、白神とオシラサマとの関連が指摘されているんですよ。あるいはまた、加賀国の信仰の山である白山信仰(はくさんしんこう)が、日本海を津軽まで北上して、津軽の白山つまり白神山に発展していったという説もあるんです。」

「なるほど、面白いですねぇ。白神山地といえば、私なんかはマタギをセットで思い起こすんですが、もはやマタギは存在してないんでしょうねぇ。」と水鳥。

「いいえ、白神山地では青森県鰺ヶ沢町に、最後のマタギがいるんですよ。でも本当に絶滅寸前という感じですね。鰺ヶ沢町を流れる赤石川沿いの一ツ森地区の赤石マタギは、頭領をシカリと呼んで狩猟中のすべてを統率するようですね。マタギは夏場は田畑や山仕事に従事しますが、秋冬の猟期が来ると、男だけの組を作って獲物を追いかけるそうです。時には一人マタギとして、単独で行動することもあるそうですから大変ですよね。赤石マタギは、古くからブナ林の生態系と深く関わりながら、山に入る前に先ず大然地区の大山祇神社にお詣りして、お神酒と魚を供えて大猟と安全を祈願するんだそうです。マタギの家には代々、山立根元巻という巻き物があって、マタギを守ってくれていると言います。縁起を担ぐのも重要で、地区にお産やご祝儀があった日は禁猟とし、逆に地区に死人が出た日は猟に良い日とされるそうです。また暦の上で大安や友引の日は猟に良く、十二支では丑・寅・午・酉・戌の日が良くて、申の日は猟に良くないとされたらしいですね。マタギは山に入ると、狩り場の近くに山小屋を作って、事前に味噌や塩、野菜、干物、餅、豆類などを準備し、一～二週間ほど熊やウサギ、鳥などを獲るんだそうです。江戸時代にはマタギは津軽藩の管轄下に置かれ、クマの皮や肝を藩に納める代わりに、米や味噌を貰っていたといいますね。」

するとそ、今までコンパクト鏡を見つめて睫毛や髪の毛をしきりと気にしていた古墳ガール額田恭子が急に話題に入り込んできた。

「渡辺さん、縄文時代には古墳は有りましたか？　あたしの感じでは古墳は弥生時代後半に始まって、あの古墳時代って時に大流行したって思ってるんですけど〜？」

思いがけなく横からの質問で一瞬面食らったイケメン講師渡辺は、気を取り直して答えた。

「そ、そうですねぇ。僕達がこれから行く三内丸山遺跡（さんないまるやまいせき）は、日本で最も重要な縄文時代の遺跡ですが、そこでは個人用の小さな墳墓が集落の東側からまとまって見つかっていますよ。地面に一〜二・五m長の楕円形の穴を掘って、手足を伸ばして埋葬されたものと考えられています。中からヒスイのペンダントや矢じりがまとまって出土した墓もあります。

一方、集落の西側では周りを石で囲んだ直径四mぐらいの円形墳墓が数個見つかっており、この集落の有力者のものと考えられています。しかしどの墳墓も規模が小さく、形式も単純なもので、後の古墳時代に見られるような大規模で定式化したものではありませんから、古墳とは言い難いですねぇ。」

「なるほど、そうなんだ〜。あたし今、鍋塚古墳（なべづかこふん）ってのにハマっていて、これが厄介なことに大阪府内に四つもあって、こんな感じなのよ〜。」とボックス席のテーブルに、持参してきたらしいメモ書き用紙を広げて見せた。

鍋塚古墳と呼ばれる古墳は大阪府内に次の四つがある。

一　交野市（かたのし）寺、前方後円墳、全長六五m、四世紀初め（古墳時代初期）

二　葛城市竹内、円墳、直径四〇m、古墳時代中期前半（～四五〇年、長髄彦の墓？）
三　和泉市府中（王塚古墳とも）、円墳＋突出二ヶ所、直径六〇m、五世紀
四　藤井寺市沢田、方墳、一辺五〇m、五世紀前葉

「へ～、確かに同じ名前の古墳が大阪府内に四つもあるんですねぇ。日本では縄文時代が紀元前約一万五〇〇〇～前四〇〇年頃で（表1）、それに続く弥生時代が縄文時代との移行期を含めて紀元前約一〇〇〇年～紀元後三〇〇年頃、さらに古墳時代が紀元後三世紀後半～六世紀末（西暦五九二年の推古天皇即位まで）とされていますから、この表で言うとどの鍋塚古墳も古墳時代のものと言うことになりますね。」

「済みません、渡辺さん、額田さん。この長髄彦っていうのは、あの神武天皇の東征に抵抗して殺されたっていう人ですか？　むかし私の父親が子供の頃に、日本の逆賊第一号として有名だと、学校で教わったって言ってましたが……」と、水鳥が遠い記憶を辿りながら、恐るおそる詳しそうな二人に訊いてみた。

「あれ～、オジサンよく分かってるじゃない！　その長髄彦様が実は死んでなくて、戦に負けたあと安日彦っていうお兄さんと一緒に、東北の津軽地方に落ち延びたっていう伝説があるんですヨ～。そこで東日本全体にまたがる大帝国を建てて、亡くなった後に津軽の十三湖近くに古墳を造って埋葬されたらしいんですよ。でもね、このメモの二番目にある葛城市内の鍋塚古墳は平べったい円墳で上

部は高い竹が生い茂って、まるでバスケットボール選手の頭みたいで、とってもカワイイんです〜。この古墳が地元では古くから長髄彦のお墓だっていう伝説が伝わっているので、その辺がどうなっているのかさっぱり分からなくて〜。難波の古墳ガールとしては、何とか解決したいわけですよ〜！」と額田恭子が口を尖らせた。

「それは額田さん、さすが古墳ガールだけあって詳しいですねぇ、僕ら大学の専門家も脱帽です。」と渡辺が苦笑した。

ガタンという音とともにしらかみ一号が十二湖駅に停車すると、ワイワイガヤガヤと日本各地からの山ガールや観光客が列車を降りて行った。十二湖駅で乗客が降りると、車内は急に静かになり、この二号車の八席あるボックス席は水鳥・渡辺・額田の三人と、もう一つのグループのみとなった。

車窓の左手には美しい海原が果てしなく広がり、右手にはブナ林が列車直ぐの所まで迫って、淡い緑色が延々と続いている。車窓の右手を見ながら、渡辺が、

「青森県と言えばヒバが有名ですよね。ブナの木は森では有名ですけど、私達の生活には余り馴染みが無いんでしょうねぇ。」と呟いた。すると珍しく水鳥が、

「そうなんですよね。私も今回五能線に乗るので、白神山地とかブナ林について少し予習してみたんですよ。お恥ずかしいことに私の診療所は患者が殆ど来ないので、丁度その暇潰しに少し勉強したって訳です、アハハ。」と頭を掻きながら次のように解説してくれた。

北欧のフィンランドは森と湖の国と呼ばれる美しい国で、森林面積が国土の七三%を占めている。

日本もスウェーデン（森林面積六八・七％）に次ぐ世界第三位（六八・五％）の森の国と言われるほど森林に恵まれている。日本での縄文時代に当たる約一万年前頃に、世界中の森林面積は約六二億haあったが、今日では約四〇億haと全陸地面積の約三〇％にまで減少してきており、特に南米やアフリカ諸国などでの熱帯性森林の減少が大きい。一方、日本は今でも国土の七割が森林のままで、そのうちの六割が天然林で、残り四割を昭和二五～四五年（一九五〇～一九七〇）に拡大造林政策で植林されたスギやヒノキ、カラマツ等の人工林が占めている。青森県では、県土面積の六六％が森林（六四万ha）で、そのうちの六二％が国有林、三八％が民有林や公有林となっている。国有林はスギやヒバを主とした針葉樹と広葉樹が多く、民有林ではスギが主体となっている。スギは真直ぐに高く伸びる木（直ぐ木）からスギと呼ばれる。青森県の木といえばヒバが有名だが、白神山地のブナや南部地方の赤マツも良く知られている。

ヒバは日本固有の植物で、ヒノキ科アスナロ属の常緑針葉樹アスナロあるいはその変種ヒノキアスナロのことである。アスヒ（明日檜）とも呼び、漢名は羅漢柏（らかんはく）である。地域によって呼び名が異なり、青森県ではヒバと呼ばれ、秋田県ではツガルヒノキ、岩手・山形県ではクマサキ、石川・富山県ではアテ（貴、阿天、档）、新潟県佐渡島ではアテビなどと呼ばれる。和名アスナロの由来は、ヒノキに似ていることから通説として「明日はヒノキになろう」の意と言われている。植物学者の牧野富太郎はこれを俗説と否定しているが、文学作品では井上靖の『あすなろ物語』にあるように、ヒノキになりたくても決してなれない木として扱われている。ヒバの花言葉は芳香で、ヒノキチオールを豊富に含有しており、殺菌力と耐水性に優れるため、船や桶などに広く使われ、特にアスナロ材の俎板は最高級とされる。往時ヒバはアテ（成長応力や乾燥応力による変形）が強くて家具には向かないとされてきたが、近年の乾燥技術や積層技術の進歩によりこの問題が解決され、逆にヒバ材中の精油成分による経年性変化（深色化、色合いがアメ色から深い金色に変わってゆくこと）が高く評価されてきている。

一方、ブナ（橅、山毛欅、椈、柏、橿、学名＝Fagus crenata）は、ブナ科ブナ属の落葉広葉樹で、樹皮の色から別名シロブナとも呼ばれ、日本の温帯性落葉広葉樹林の主要種である（表2）。ブナ林は、北海道南の渡島半島を北限に、本州・四国・九州まで広く分布し、低山の照葉樹林帯と、亜高山の針葉樹林帯の間に成立する。ブナは漢字で木偏に無と書いて橅（和製漢字）とされるが、その由来は材が腐りやすく役に立たないからとされたからである。しかし実際は、ブナ材はビーチと呼ばれ、家具や曲げ木の椅子に珍重される。奥羽山脈や雪の多い日本海側の山地では、太平洋戦争以前は天然ブナ林が広範囲に見られたが、戦後大規模に伐採されてしまった。その中で青森・秋田両県に広がる白神山地のブナ林は、保護活動によりまとまった天然林として最後に残った所である。それ以外の地域としては福島県只見町周辺や福井県の白山、霧立越と呼ばれる九州高地等にわずかなブナ林が残っているだけである。霧立越は九州山地中央の一六〇〇m級の尾根伝いで、西南戦争の田原坂で敗れた西郷隆盛が、人吉に逃れる時にも辿った古道が残っている。ブナの種子は小さなイガに覆われた殻斗の中に、堅果が二個格納されている（表2）。秋になると殻斗が割れて堅果が現れる仕掛けはクリと同じである。同じブナ科の中でも堅果の形は異なり、クリ属は直径五～六㎝と大きく丸く、コナラ属のミズナラ、コナラ、クヌギは長径三㎝×短径一㎝ほどの中サイズの細長い楕円形で（どんぐり）、ブナは長径一㎝×短径七㎜ほどの小さい三稜形をしており、大きなソバの実といった外観である。しかし堅果（けんか）こそ小さいが、ブナの実はクリ属やコナラ属の実と異なって、タンニンやサポニンが少なくて生食しやすく栄養価も高いので、森の動物には貴重な食料となる。一方、クリは実が大きくコナラ属よりはタンニンやサポニンも少ないので、アク抜きしたり煮たりするなど調理を施せば重要な食料になり、縄文人はこれを活用した。ブナは五～七年に一回の頻度で大量に実を落とすマスティングという周期的大豊作を示す。秋になって地面に落ちたブナの実は、ネズミやイノシシ、クマなどに食べられて、これらを養っている。平年は結実数を少なくして養う動物数を制限しておいて、数年に一度マスティングを行うことで地面で食べられずに残って発芽のチャンスを摑（つか）むのである。ただ無事に発芽したとしても、地表面は笹で覆われていることが多いので、数十年に一度しか起きない笹の一斉開花後の一斉枯死前後のマスティングで生き残ったブナ芽だけが、やがて樹木として成長していくことが許される。それでもブナの寿命は四〇〇年程度あるので、過酷さの中に命のサイクルがゆっくり回っている。一個体としてのゾウは強く、ネズミは弱い。クジラとイワシも同様だ。しかし個体としての強さと、種としての安定性とは逆であり、動物も植物もそれぞれの特性に応じた生存戦略によって種としての命を繋いでいる。つまり矛盾しているようだが、強いは弱い、弱いは強いということである。なお神武天皇が都を開いた橿原（かしはら）の橿（かし）（樫、古く橿、櫧）は、ブナ科の常緑高木であるシラカシやアカガシ、アラカシ、ウラジロガシなどの総称である（表2）。日本では中部地方以西に生育し、高さ約二〇ｍに達する大木となる。果実はどんぐりで、でんぷんを多量に含む。材は堅く弾力性があり、建築材や農器具材、炭として利用される。

「なるほど面白いですねぇ。」と渡辺が相槌を打つと、丁度列車がウェスパ椿山駅に着いた。

「それじゃ、オジサン達一緒に行きましょう！」と、額田恭子の元気良い掛け声で、先ほど車掌に頼んでしらかみ三号への乗換変更をして貰った水鳥・渡辺の二名も、一緒に途中下車した。ショッキングピンクのミニワンピースと地味なオジサン二名は、ウェスパ椿山駅でタクシーを拾って黄金崎の不老ふ死温泉に向かった。タクシーは海岸沿いを北上して、しらかみ号が停車しない艫作駅や五能線全線開通記念碑、そして白く聳える艫作崎灯台を右手に見ながら進むと、ものの一〇分ぐらいで不老ふ死温泉に着いた。この温泉は館内にも展望風呂はあるが、何と言っても波打ち際の「海辺の露天風呂」が有名で、それに入るためだけにここを訪れる観光客も多いという。自分達も同じ目的だ。ここは混浴と女性用とに分かれていて、水鳥と渡辺は混浴風呂に進む。額田は女性用でゆっくり日本海を眺めたいという。鉄分を多く含むため茶褐色の源泉かけ流しの温泉は、毎分四〇〇ℓの湧出量を誇り、身体の芯から温まる泉質が特徴ということだ。ここで養生すれば、老いたり弱ったりしないという効能なので、日頃の飲み過ぎで肝臓と体力が弱まっている水鳥には有難い。湯ざめしにくく、殺菌効果や肌すべすべ効果もあることから、熱の湯とか傷の湯、美肌の湯とも言われているという。流石に高波の時には閉鎖することもあるというが、目の前の荒々しい岩場とは対照的に、遠く望む日本海は穏やかに晴れ渡り本当に不老不死のご利益がありそうだ。夕暮れ時には、空も海も全ての景色が黄金色に染まり、日本の夕陽百選にも選ばれているという。夕陽が水平線に沈む瞬間にはジュッという音が聞こえてくるというから、今度はゆっくり泊まりに来てみたいと思った。混浴風呂には既に男性ばかり三～四名が湯に浸かっていた。風呂に入るのに黒い帽子を被った男性もいる。混浴とはいっても当然女性は一人もいない。ホテルフロントで赤褐色と聞いたが、むしろオレンジ色に近い明るい湯で、確かに肌もすべすべになる感じがする。

「いやぁ、途中下車して正解でしたねぇ。この眺めは最高ですわぁ。夕日が沈む時間帯はさぞかしキレイでしょうねぇ。」と温泉大好き人間の水鳥が呟くと、

「天気は良いし、波は穏やかだし、潮騒を聞きながらの温泉なんて初めてですよ。でも夕日はなぜキレイなんでしょうかねぇ。僕は学生時代に山陰の海辺で水平線に沈む夕日をずっと眺めていたことがありましたが、不思議な気持ちでした。今日は昼間の温泉ですが、不老不死とまでいかなくても、これで一〇年分ぐらいは若返る感じですねぇ。」と、若い渡辺は命の余裕がある風で応える。渡辺が続けて、

「それにしてもさっきの額田（ぬかだ）さんは、凄く古墳に詳しかったですねぇ。こう言っちゃぁ失礼ですけど、見かけによらずよく勉強してましたねぇ。今流行りの推（お）しってやつでしょうか。」と明るく声を潜めた。

「そうそう、額田（ぬかだ）って言ったら、私の世代だとむかし天智・天武両天皇との三角関係があったとされ

る、額田王という飛鳥時代の万葉美人を思い出しますね。」

「そうですねぇ、天智・天武両天皇といえば、その二人の母親である皇極天皇が後に重祚した斉明天皇四年目（六五八）の四月条に、阿倍比羅夫が軍船一八〇隻を率いて蝦夷地へ遠征し、現在の秋田市付近の齶田浦に上陸して（齶は歯茎の意）、一帯に飽田郡を置いたとあります。そして飽田・渟代二郡の蝦夷を降伏させ、降伏した蝦夷の酋長恩荷（現在の男鹿半島あたりか）に小乙上の冠位を与えて渟代・津軽二郡の郡領に定めたとされています。その後、秋田は天平宝字五年（七六一）に日本最北の古代城柵として秋田城が設置され、平安時代にかけて東北経営の重要な拠点となり、江戸時代は佐竹氏による久保田藩（秋田藩）として幕末を迎えましたね。能代については、先の渟代から始まって、七七一年の続日本紀では野代湊となり、この名称が一〇〇〇年近く続きましたが、江戸時代の宝永大地震（一七〇四年）の後に、野に代わるという名前は縁起が悪いということで、能く代わる（変わることができる）という意味の能代に改称されたと言うことですね。」

「なるほど、秋田も能代も色々名前が変わったんですねぇ。でもこの間津軽だけは一貫して同じ名称だったんですか?」

「いえ、それが津軽も例外ではなく、名前が色々と変わったんですよ。ツガルという語の初見は、日本書紀の斉明天皇元年（六五五）条に、『難波宮で柵養の蝦夷九人、津刈蝦夷六人に冠各二階を授く』とあるんですよ。その後の記載は都加留、津可呂、東日流などと変遷しながら、現在は津軽に落ち着いたんですね。」

「アハハ、何処の地名も落ち着くまで二転三転してきたということなんですねぇ。」と水鳥。

「そうなんですよね。でも考えて見れば表面的な漢字の当て方は二転三転してきましたが、元々の呼称音韻はほぼ変わらずに保たれてきたとも言えるんです。弥生時代以降は、渡来人による水田稲作の導入によって生活や文化に革命的変化がもたらされましたよね。でもその時に地名の多くは、現地人が使っていた旧地名の音韻を残したまま当て字した訳です。」

「なるほど、そうですか。そうしたら、そもそもアギタとかヌシロとかツガルっていう発音自体は一体どこから来たんですか？」

「そこなんですよ、水鳥さん。つまり畿内朝廷が東北地方に進出してきた七世紀頃に、アキタとかヌシロとかツガルという土地名は、現地では既に動かし難くそのように呼ばれていたということでしょう。アギタ名の由来は諸説ありますが、縄文時代から引き継がれてきた現地語で、実り豊かな土地を意味するアギ・タイ説を始め、葦の穂が生い茂るところを意味するアキ・タイの転訛説、水の湧く低湿地帯という意味のアイ・タ説、それからこれは如何にも畿内朝廷側の蔑視に基づくこじつけでしょうが、稲作に向かない悪田から転じたという説まであるんですよ。確かに古く久保田と言われた土地で、美名の久保は窪に通じて湿田を示唆していますよね。でも現在では、秋になると豊かに実る美田という意味の秋田と呼ばれていて、あきたこまちなんかはホントに美味しいお米ですよねぇ。」と渡辺。

「ホントに色んな説があるんですねぇ。」

「能代は米代川（能代川）下流の港町ですが、これも縄文時代から引き継がれてきた現地語で、台地上の草原地を意味するヌップシル【nup-sir】説や、同様に野の路を意味するノ・シ・ロ説などがありますね。この現地語のヌに阿倍比羅夫が渟（水などが留まる、澱む）の文字を当てたのは、沼に通じて元々は湿地帯だったのかもしれません。阿倍比羅夫が秋田郡や能代郡を置いたというのは、実効的に支配したということではなく、探検してその地名を朝廷に報告したという程度のことだったでしょう。」

「でもね渡辺さん。そのような日本海側の地域命名（現地呼称の文字表記）とは対照的に、東北地方の太平洋側については極めて大雑把に道の奥として記載し、翌年に陸奥国と変わっても基本的には『ずっと先の遠い場所』という一般呼称のままだったんですよね。それはこの地域との接触が殆ど無かったため、現地呼称の収録・文字表記すらできなかったということなんでしょうか？」

「はい、そうでしょう。宋書夷蛮伝の倭国条（四七八年）は、倭の五王のことが書かれていますが、武王（雄略天皇）の項に次のような有名な上表文があります。『東は毛人を征すること五五国、西は衆夷を服すること六六国、渡りて海北を平ぐること九五国。』このように使節が述べたとありますから、当初は毛人と呼んでいたんですね。当時毛人の住む国を毛の国、そこを流れる川を毛の川と呼んでいた名残は、今日でも和歌山の紀ノ川や栃木県の鬼怒川、群馬県・栃木県を上毛・下毛と呼ぶことにも残っていますね。それが斉明天皇五年（六五九）の遣唐使では、日本も異民族を支配する国であることを誇示するために、わざわざエミシを同行して、唐の高宗皇帝にそれを披露した時の様子が新唐書と通典にも蝦夷として記述されています。この時の倭国側の随行者伊吉連博徳による会話記録（伊吉連博徳書）では、エミシの国は東と北にあり、三種類のうち遠い者を都加留と名づけ、次の者を麁蝦夷と名づけ、近い者を熟蝦夷と名づけている。今目の前に連れてきたのは熟蝦夷である。エミシの国に五穀は無く、肉を食べて生活しており、屋舎ではなく深山のなか樹の根本に留まり住んでいるとあるんですね。ですから、弥生時代も古墳時代も過ぎた飛鳥時代（五九二〜七一〇年）中期の段階でしかも飛鳥に距離的に近いとされる熟蝦夷でも、縄文時代と同様の生活が営まれていた、またはそのように飛鳥朝が認識していた、あるいはそのように蔑視誇張して中国皇帝に陳列したと言えるわけです。」

「なるほど、すると畿内朝廷が三種類に分類したエミシのうち、距離的に近い順番に初めの二者は熟蝦夷→麁蝦夷と名付けて、都からの距離が近いか遠いか、あるいは慣れ親しんだか服属しないかと言う分類であるのに対して、最も遠いエミシについては遠エミシといった距離ではなく、ここだけ都加留と固有名詞で呼んでいるんですね？」

「そうなんですよ、ですからツガルだけは特別扱いで、そう呼ばざるを得ないほど固有名詞化していたということなんですね。」

「それは面白い！　では、そのツガルという音韻は何処から来たんですか？」

「それも色々な説がありますね。地名語源・角川小辞典では、アイヌ語でそのすぐ手前を意味するツカリ説、海豹の多くいる所を意味するツカル・ウシ説、舟を作った所という意味のチプ・カル・ウシ説などが列挙されていますが、どれも今一つしっくりこないですね。現在の津軽弁でもツガルとは、違う、別な、異なるという意味がありますから、何か特別に違うという意味なのかも知れません。東京堂出版の地名用語辞典では、崖の発達した所という意味のツガ・カル説や、（既に倭語である）水にツカル説、北の果てのツキル説など珍説まで掲載しているから面白いです。一般に、縄文時代に使われた地名の特徴は次のような三点に集約されます。

一　生活に直結した場所特定（地図）機能があること
二　それらの地名が当時の言葉で口承されたものであること
三　従って同じ地名が異なる地域で広く分布して使われていたこと

実際、本州と同じ地名が北海道にも見受けられますね。かつて各地をくまなく踏査したアイヌ語地名研究家の山田秀三なんかは、津軽海峡をはさむ南北で同地名が多く、北海道側を歩いていると津軽側を歩いているような錯覚にしばしば陥ったと書き残しています。ところがこのツガル地名だけは北海道に類例が見当たらないので、ツガル地名が縄文語由来ではないと考える説もあるんです。」

「へ〜、なるほどねぇ。そうすると秋田や能代と違って津軽の地名語源は難しいということなんですね？」

「そうなんですよね〜。でも私が考えるに、この北海道に類似地名が無いということが、逆にツガルという土地の北海道にはない固有の地形を意味しているのではないかと思うんですよね。」

「それは、どういうことですか？」

「現代日本でも昔からの地名については、縄文時代からの言葉が潜んでいることが多く、これらは縄文語地名というんですね。例えば北極海に面した先住民エヴェン族の言葉でチクシとは「上陸可能地点」という意味で、そこはヤナ川の北極海河口であるなんて聞いたら、九州の人達はエッと聞き返すでしょう。アイヌ語でチ・クシは我が越える（渡る）湊という意味ですね。また同じ九州で天孫降臨したと言われている高千穂峰（たかちほのみね）は、古事記では久志布流（くじふる）の岳と記されて九州の久住山や九重山に比定されていますが、アイヌ語のクシ・フルは越える・丘という意味ですよね。つまりクシとは山や海や川のような障害物を越えて渡る（越す）場所で、クシ地名は現代でも釧路や久慈、越（こし）、串良、串本、竜串、村串、串間など縄文人の多かった北東北や南九州に多いでしょう。同じエヴェン語でバイカル湖とはバイ・カル（豊かな・湖）ということで、モンゴル語ではバイガルになりますね。二つをトゥと発音するのは、アイヌ語を始め朝鮮語や英語、ドイツ語で見られますし、カルは海だから、津軽はトゥ・カルで二つの海に挟まれた土地、すなわち東側の陸奥湾と西側の日本海側有馬湾（うるま）（十三湊（とさみなと））に挟まれた土地という意味ではないかと思われます。古代津軽の中心地は弘前辺りではなく、十三（とさ）湊（みなと）の内湾沿岸である相内村（あいうちむら）や今日のつがる市・五所川原市辺りでしたから、これは海上交通上も岩木山を山アテにして、渤海国（ぼっかいこく）周辺からも寄港しやすかったことでしょう。」

「現在の十三湖（じゅうさんこ）は古く十三湊（とさみなと）と呼ばれていたことは知っていましたが、更に古くは有馬湾（うるま）と呼ばれていたんですか？」

「そうですね、縄文語はバイカル湖畔や黒竜江河畔由来と考えられているんです。オホーツク海沿岸のエヴェンキ語圏では、ウル＝水辺の土地という意味で、津軽十三湊（とさみなと）はむかし有馬（うるま）湾と呼ばれており、この名前は兵庫県有馬温泉や沖縄県うるま市にも残っていますね。日本語のルーツとも言われる南島諸語（オーストロネシア語）は、スンダランドから太平洋地域に広く伝播していく過程で、インドネシア語派からメラネシア語派、ポリネシア語派と分かれてきたんですよ。日本語を音韻的特徴から考えると、アイヌ語はこの中でも古いインドネシア語に近く、現代日本語はこれにポリネシア語に近い南方要素も加わっているんですね。中国北方の匈奴（きょうど）は、紀元前五世紀から紀元後五世紀頃まで約一〇〇〇年間に亘って中国に頻繁に侵入を続けましたが、このうち南匈奴の鮮卑族（せんびぞく）が建国した北魏や隋、唐は中国全土を支配しましたね。一方の北匈奴はフン族と呼ばれて、紀元後四～五世紀にヨーロッパに進出して、アラン族や西ゴート族、ゲルマン民族の大移動を惹き起こして、遂には西ローマ帝国を滅亡させてしまい、繁栄した古代ヨーロッパを暗黒の中世へ導いた主因となりましたよね。縄文語と共通する多くの地名がユーラシア大陸西部にも広く分布しているのは、このような壮大な民族移動の結果であると言われています。この言葉でクルマとは先住民の住む土地のことで、ウイグル、クルド、モンゴル、ムガール、ベルベル族、ガリア、アングロ、ゲルマン、エヴェン（サンスクリット語のヴァルvarから派生した言葉で、クルはエヴェン語）、ツガル、来栖、久留里、久留米、栗林、来島、久留孫峡（くるそんきょう）、久留孫山などが関連していると考えられますね。またルカは川のことで、駿河、有鹿川、斑鳩（イカルカ＝鹿のいる川？）などあり、エ・ルガは良い川、江川という名前、ウチュ・キ＝偉大な人の住むところ（臼杵市）などがあります。またエ・ヴェン族＝良い部族、エ・ミシ＝良い部族と考えられます。日本でのエミシ呼称も、畿内朝廷が初めは愛彌詩と佳名で記述していたものを、次第に征服対象として敵視するようになっていった頃から、中華思想を真似て、腰を折り曲げた卑屈なエビになぞらえて蛮族（蝦夷）と当て字したものなんですよ。」

　黄金崎不老ふ死温泉の黄金の湯で思いがけなく長風呂をしてすっかりのぼせてしまった水鳥と渡辺の二人は、ようやく露天風呂から上がって、ホテルロビーに戻った。

「遅かったじゃないですか～！」と額田恭子に明るくなじられて、二人で同時に頭を掻いた。

「済みません、ついキレイな日本海に見とれちゃって、遅くなりました。お詫びにランチをご馳走しますよ。」

「ワ～イ、やった～！　それじゃ私は張り紙のあった深浦マグロステーキ丼を食べたいなっ！」と深田が言うので、レストランに入り三人で同じものを昼食に頂いた。青森県でマグロと言えば下北半島北端の大間が有名だが、水揚げ高ではここ深浦町が青森県随一とは知らなかった。不老ふ死温泉の深浦マグロステーキ丼は深浦産の天然マグロを三種の小丼で楽しむもので、略称「マグステ丼」というらしい。色も異なる三種丼の蓋を開けてみると、刺身丼とマグロ片面焼きステーキ丼とマグロ両面焼きステーキ丼というマグロ尽くしで、豪華この上ないではないか。さすが大ヒットご当地グルメというだけある。ねぎと白ゴマを散らしたごま油など三種の異なるタレで頂くマグロは、本当に活きが良くて、風呂上がりの三人は冷たいビールと一緒に一気に掻き込んだ。満腹になった三人がホテルからタクシーでウェスパ椿山駅に戻ると、先ほどまで不老ふ死温泉で湯船を一緒に浸かった二～三名もホームに立っていた。ほどなく後続のしらかみ三号がやって来たので、午後一：一七発で再び五所川原方面に向かった。

二　木造町

途中、深浦駅、千畳敷駅、陸奥森田駅を過ぎて、午後二：五四に木造駅に着いて、水鳥と渡辺の二人は下車した。額田は青森市に用事があるとかで、そのまま川部駅経由で青森駅に向かった。駅員が一人しかいないこの木造駅では、大学時代の同級生で木造町で消化器内科を細々と開業している梅原剛が笑顔で出迎えてくれた。

「やぁやぁ、久しぶりじゃないか、梅原君。」

「いや、ホントに久しぶりだったねぇ、水鳥君。ン、飲みすぎか？　大分太ったなぁ。」とお互いに約三〇年ぶりの久闊を叙した。

「あ、梅原君、こちら大阪の難波大学古代日本史ご専門の渡辺さん。今朝のしらかみ号でご一緒したんですわ。」

「渡辺さん、こちらが今朝からお話ししていた私の同級生の梅原君です。要するに学校の勉強が嫌いな飲兵衛仲間だったということです、ハハハ。」と水鳥が真青な空を見上げて明るく笑った。

「さぁ、木造駅に来たら、先ずはシャコちゃんと記念写真を撮ろう。」と梅原に促されて駅舎の外に出て振り返って見ると、何とそこには遮光器土偶が、高さ二〇ｍはあろうかという巨大な模型となって立っているではないか！　シャコちゃんの愛称で有名なこの土偶は、二階建て駅舎の上まで頭部がはみ出していた。駅舎前の広場では、既に何組かの旅行者が盛んに記念写真を撮っている。

「おっと、そうだ！」と言って駅舎に慌てて戻った梅原が、駅員に頼んでスイッチを入れてもらうと、何とシャコちゃんの細い眼裂が交互に青や紫、黄色などに点滅して、さながら宇宙人が今この木造駅に降り立ったかのような異様な雰囲気だ。水鳥ら三人がシャコちゃんと記念写真を撮っていると、

「光った、光ったぁ！」

「シャコちゃん、来たぁ！」

「カッコ良いわぁ！」と歓声を上げたのは、駅舎の向こうにいた数名の女子高生グループだ。よく見ると男子生徒も一名加わっている。するとそのグループが、今度は駅舎の方に走ってきて、

「きゃ〜、十文字先生だ〜！　今日は何の研究ですか〜？」と、そう呼ばれた年恰好五〇歳がらみの半袖肩カメラ姿の男性を取り囲んだ。

「いやいや、今日はただ久しぶりにシャコちゃんの写真を撮りに来ただけだよ。また今度皆で勉強会やろうね。」と、その少し頭の薄くなってきた中年男性は、若者の熱気に圧倒されてタジタジしながら答えていた。

「あの方はどなたですか？」と、学者の勘で同業者の臭いを感じ取った渡辺が、梅原に訊ねると、

「あぁ、あの人は弘前市にある広前大学の十文字渡先生で、北東北地方における縄文文化の研究者として地元では有名な准教授先生ですよ。あの高校生達は青森市内にある私立青森安方高校のシャコ

ちゃん同好会の子たちで、日頃から十文字先生に色々と指導してもらっているようで、十文字先生をこよなく尊敬しているんですよ。この辺りでは有名な子達です。」と解説してくれた。

「へ～、僕と同じく地味な古代研究者なのに、高校生のアイドルになっているなんて羨ましいなぁ。」と、やっかみを込めて渡辺が肩をすぼめた。

「そうそう、あの高校生に一人男子がいるでしょう？　あれは誠君と言って十文字先生の息子さんなんだけど、弘前市内から青森市の安方高校に毎日一時間近く掛けて通っているんですよ。父親が縄文文化研究者だと言うことで、女子達から頼まれて無理やり一人だけ男子として同好会に入らせられてるそうですよ。」

「あらあら、女子会と父親とのパイプ役ですか、それはご苦労さんですなぁ。」と水鳥が誠少年に同情した。

辺りが少し静かになったので、もう一度駅舎のシャコちゃんを振り返って仰ぎ見ると、左足が欠けている。しかし身体全体は渦巻き模様をした鎧のような宇宙服にも見えて確かにカッコ良い。眼の部分は大きい眼鏡のような縁どりがあり、その中心部は細い一本線で、怖いようなしかしどことなく愛嬌も感じられる風貌だ。この独特な眼の形が、エスキモー（イヌイット）が銀世界の晴れた日に、眩しさから眼を守りつつ獲物をしっかり捉える目的で着用するスリット入り眼鏡（遮光器）に似ているから遮光器土偶と名付けられた。三人が駅舎内に戻ると、そこはシャコちゃんグッズが所狭しとならんでおり、青森ヒバを用いたお札やコースター、フェイスタオルやポーチ、シャコちゃん陶器に入った清酒「縄文つがる」、大（これは実物大で高さ約三〇㎝）・中・小のシャコちゃん型津軽亀ヶ岡焼、ストラップ、アイマスク（勿論これは遮光器型）、口マスク、Tシャツなど品揃えも多く陳列されている。駅舎内には東北の駅百選選定駅と掲示した大きなシャコちゃんレリーフも飾ってある。

次の列車が来るまで、この駅舎内で一時間ほど同級生の消息などについて水鳥と梅原が懐かしく話をした後、午後四：三五木造駅発で、三人は六分後の午後四：四一に五所川原駅に着いた。

「それでは後でに迎えに来るから、一緒に晩ご飯を食べに行こう。渡辺さんも良かったら一緒に如何ですか？　明日は少し強行軍ですが夏は風鈴列車、冬はストーブ列車で有名な津軽鉄道で五所川原駅から金木駅まで行って、そこからオレの車で太宰治の斜陽館や川倉賽の河原霊場、亀ヶ岡石器時代遺跡、十三湖、オセドウ遺跡、大平山元遺跡から外ヶ浜の蟹田駅までご案内しますよ。」

「えっ、私もご一緒させて頂いて宜しいんですか？　それなら早速今晩から、是非宜しくお願いします。」と、これで今夜は三人で明日の打ち合わせを兼ねて津軽の夜を楽しむことになった。

夕方六時になり梅原が迎えに来た。五所川原駅前のホテルから、駅前通りを西に歩き、そのまま立佞武多通りを進むと、すぐ立佞武多広場に着く。そこには高さ三〇～四〇ｍはあろうかという巨大なビルが建っており、見ると立佞武多の館とある。今日はもう閉館したので入れないが、見上げていると頸が痛くなると言われる立佞武多が、祭りの日にはここからも出てくるというのでその高さに驚いた。この立佞武多広場から隣の鶴屋稲荷神社にお詣りして、その前の通りを本町に向けて少し歩くと、梅原が予約してくれていた店に着いた。ここは五所川原市内でも有名な寿司屋らしく、新鮮なネタを使ったちらし寿司が人気だという。親方に挨拶して、小上がりに三人で坐り、先ずはビールと刺身盛り合わせで乾杯となった。

「さっきの立佞武多（たちねぷた）の館は高い建物でしたねぇ。」と渡辺が率直に驚きを表す。

「そうですね、青森県では青森市が佞武多（ねぶた）、弘前市が佞武多（ねぷた）、そしてこの五所川原が立佞武多（たちねぷた）といって呼び方もスタイルもそれぞれ違うんだよね。元々の起源も色々あるようで、一つ目の説は平安時代初期の延暦一四年（七九五）に坂上田村麻呂（さかのうえのたむらまろ）の陸奥征討（むつせいとう）の際に、山中に潜む蝦夷（えみし）をおびき出すために大きな灯籠人形（とうろうにんぎょう）に火を灯（とも）して笛や太鼓で囃（はや）し立てたところ、驚いた蝦夷（えみし）達が現地語であれは何だという意味のネプタン、ネプタンと口々にしながらお互いの顔を見合わせたとする説かな。二つ目の説は、安土桃山時代の文禄二年（一五九三）に初代津軽藩主津軽為信（つがるためのぶ）公が京都守護のために上洛していた際に、二間四方の大きな灯籠を作って中に火を灯してお盆の時期に都市中（みやこしちゅう）を練り歩いたという説ね。これは津軽為信（つがるためのぶ）公の幼名が扇と言ったので、これに合わせて城下町弘前ではねぷたが扇形となったらしいね。三つ目の説は、多忙な米の収穫期の眠気払いのために行うねむり流しを起源とする説かな。これは眠いことを弘前方言ではネンプテと言い、青森ではネブテというので、それぞれネプタとネブタに転じたとされていますよ。まあどれも怪しいけど、どれもあり得るかもしれないね、アハハ。」と酒が入って、元々明るく豪快な梅原はますます陽気になってきた。

「五所川原市の立佞武多（たちねぷた）は、江戸時代に入ってから大型化が進み、明治時代中期には既に高さ二〇mに及ぶ大型の屋台となっていたらしいよ。それが大正時代に入ると電気の普及に伴って電線が町内を網羅するようになり、背の高い立佞武多は縮小を余儀なくされることになったのよ。でも平成八年（一九九六）から地元有志の手で立佞武多が復活し、現在では合計三台が運行するようになったのサァ。」

「そうなんだ。どこでも伝統の維持というのは大変だよねぇ。」と水鳥が大きな同情の溜息とともにグイっとビールを呷った。

「ところで消化器内科の景気は最近如何だい？　ウチの呼吸器内科は全く流行らないんだよなぁ。」と水鳥が、今度は愚痴ともつかない溜息をつくと、梅原がすぐさま同調した。

「そりゃ、こちとらの消化器内科も同じサァ。最近は循環器内科とか糖尿病内科の方が患者受けするようだよなぁ。時代の変化には付いて行けないなぁ。」

　すると渡辺が気を利かせて話題を逸らすように、

「梅原さんは消化器内科の傍ら、津軽地方の古代史研究もされていると水鳥さんからお聞きしましたが、どのようなご研究をされているんですか？　私は古代日本史専門ということになっていますが、どうしても研究範囲が近畿地方や九州地方に偏りがちなので、東北地方や津軽地方は詳しくないんですよ。」

「アハハ、渡辺さんのような本格的な研究者の前で、オレの素人趣味なんか、とてもお恥ずかしくてお話しできませんよ。でも日本の古代史を津軽地方から眺めてみるとまた一味違った側面が見えるかもねぇ。自分の故郷だから感じるのかも知れないけど、ホントに津軽っていう所は変な所で、仮に縄文時代はこの辺りが日本の中心だった、なんて言ったら学会でも大笑いされて袋叩きにされますよねぇ。」と、酒が入って次第に声が大きくなってきた梅原は、まんざらでもない風で自説をちらつかせた。

「おいおい、大学の偉い先生に勝手な持論を吹きかけて困らせないようにしてよ。」と慌てて水鳥がやんわりと窘めたが、酒が効き始めてきた梅原にはもう遅かったようだ。

「お～、それは面白そうですね。是非勉強させてください。」と渡辺が身を乗り出して誘い水を増やした。

「大学の偉い先生に講釈などおこがましい限りですが、何かの参考にしていただければ幸いということでちょっとだけお話しします。ご存じだとは思いますが、まだ日本列島が存在していなかった約一億年前（中生代）に今日の北上山地が大陸から分離移動し始めましたね。それから大分下った新生代第四紀更新世の途中の約一七〇万年前から氷河時代が始まった訳です。それが極期に達した紀元前約七万～一万二〇〇〇年頃のヴュルム氷期には、海水面が一〇〇ｍも低下して、南方にスンダランドという広大な陸地が出現しましたよね。紀元前約四万年前に、そのスンダランドから人間が北上して、一部は直接日本に渡り、別の一部は更に北上してモンゴルやシベリアに渡り古モンゴロイド（縄文人）となって北から日本に渡ってきたんですね。この古モンゴロイドの一部はシベリアで極寒な気候風土に合うよう寒冷地適応して新モンゴロイドとなり、ベーリング海を渡ってアラスカやカナダなど北米に向かい、やがて南米にまで到達した訳です（グレートジャーニー）。先ほどのヴュルム氷期は最終氷期とも呼ばれて地球規模での海退期となりましたが、その中でも特に最寒冷期（紀元前約三万一〇〇〇〜二万六〇〇〇年頃）の五〇〇〇年間は、海水面が最大約一三〇ｍも低下したんですよね。この最終氷期が終わる紀元前約一万九〇〇〇〜一万二〇〇〇年頃を境に温暖化への揺り戻しが始まって、今オレ達が生きている新生代第四期完新世の始まりとなった訳です。オレ達の直接の祖先であるホモサピエンスは、既に三〇万年前にアフリカで誕生し（古代型サピエンス）、二〇〜一〇万年前頃にそのままアフリカ大陸内で現生人類（現代型サピエンス）に進化したと云われていますよね。六〜五万年前にこの現代型ホモサピエンスがアフリカを出てユーラシア大陸に移動し始めて、紀元前三万八〇〇〇年頃には日本まで到達した訳です。その経路は、主に陸上からの北海道ルート、海上からの対馬ルート・沖縄ルートの合計三ルートが考えられていますね。温暖化による海水面上昇（海進）と共に、日本では紀元前約一万五〇〇〇年頃から縄文時代草創期が始まりました。この時期の縄文時代最古の遺跡が大平山元遺跡で明日最後に訪れる予定ですよ。」

「へ〜、日本で最も古い縄文遺跡が津軽にあるとは知らなかったなぁ。」と水鳥は同級生の解説に感心した。

「まぁ、日本の古代文化を考える時には、氷河期の海退と縄文時代の海進、そして弥生時代の再海退は時代を変革した重要な気候変動ですよね。その気候変動と日本を取り囲む海峡の変化が、今日の日本の国と文化の基盤を作ったといっても過言ではないでしょう。」と、ここで渡辺が日本地図をテーブル上の紙ナプキンに書いて、次のようにおさらいしてくれた。

日本を取り巻く海峡は三つあり、北から宗谷海峡（ラ・ペルーズ海峡、樺太と北海道宗谷岬）、津軽海峡（北海道函館と青森県津軽・下北両半島）、対馬海峡（朝鮮半島と九州）である。これら三つに加えて、日本人と日本語の成り立ちを考える時に関連深い間宮海峡（タタール海峡）とスンダランドを加えた一覧を表3に示している。寒冷期にはこれらの海峡が氷結あるいは狭小化し、スンダランドも陸地化して、今日の日本列島へは北からも南からも人間の往来が可能となった。しかしその後の温暖化に伴う海進によって、海峡は拡大し陸地は縮小して、人間の往来も縮小あるいは途絶していき、そのままそこで独自の進化を歩むことになった。四つの海峡のうち最北の間宮海峡は現代でも最狭部長が七・三㎞しかなく、最浅部も水深約八ｍしかないので、最終氷期当時は一年中大陸と陸続きだった。樺太と北海道を隔てる宗谷海峡の現代の水深は約三〇ｍと浅いが距離は四二㎞と広く、ここも最寒冷期当時は一年中大陸と陸続きだったが、その後の海進によって水没したまま今日に至っている。その点、津軽海峡は列島を取り囲む三海峡の中では距離が約二〇㎞と最も近く、最寒冷期の冬期は凍結して渡峡もできたので、ヘラジカや石器人も厳冬期には北海道と北東北地方を往来できた。対馬海峡は最狭部幅が約二〇〇㎞と広く、今日でも平均水深が約九五ｍと深いため、最寒冷期でも結氷せず大型動物の日本列島への往来はできなかったが、後年航海術の発達によって対馬二島伝いに大陸文化の流入が可能になった。つまり寒冷期に人間や文化の往来が可能になった日本列島は、その後の温暖化に伴う海進によって、北からも南からも人的往来が難しくなり、特に海峡が広くて深い対馬海峡や宗谷海峡が早々と往来不能となり、唯一津軽海峡だけが当時の技術で往来できる海峡として残されたということになる。このことは後に北東北と北海道南の縄文遺跡が一括して世界遺産に登録されたことに繋がっている。温暖化に伴う津軽海峡拡大分断化ののちに、北海道アイヌは本州から分離して独自の進化へ向かうことになる。

図4に日本各地の遺跡発掘調査から推定された縄文時代と弥生時代の仮想人口密度を、縄文時代六期（草創期、早期、前期、中期、後期、晩期）のうちの早期以降と弥生時代について引用している（ブログ「縄文時代・弥生時代の人口密度@takami ihf」二〇二三年、小山一九八四年、枝村・熊谷二〇〇九年、高鹿二〇一四年など、著者一部改変）。これを見ると、縄文時代の早期→前期→中期の三期において全国平均を一貫して上回っていたのは、関東＞中部＞東海であるが、東北地方もこの間着実に人口密度を増やしつつあった。それが縄文後期になると、寒冷化の始まりによって人口密度が全国的に低下してきたが、それでも全国平均を上回っていたのは関東＞中部＞東北＞北陸と、地域間ランクの入れ替わりが見られるようになってきた。そして縄文晩期になると、東北が全国一高い人口密度となり、次いで東海＞関東の順にランクが入れ替わっている。つまり縄文時代を通じて東北地方は一貫して人口密度を増やし続け、縄文晩期には他地域での著しい減少に比べて減少が最小限に食い止められ、人口密度全国一として日本の縄文時代を終わっている。つまりこの時代の東北地方（おそらく津軽を中心とした北東北地域）が、最も人口を維持できる食料生産体制を堅持していたと言える。

因みに青森市の三内丸山遺跡（さんないまるやまいせき）は縄文時代中期に栄えた遺跡であり、シャコちゃんが出土した亀ヶ岡遺跡は縄文晩期のものである。ところが弥生時代になると、この人口密度地図は一変して、東海＞近畿

＞関東＞中部＞九州というふうに、近畿や東海、九州の急速な躍進が目立つようになるのは、大陸から持ち込まれた革命的な食料生産技術（水田稲作の普及）が貢献したと言える。しかしこの時期でも東北地方は人口密度が五〇に留まっており、気候的・米品種的問題で水田稲作の普及が進まず、人口増加に結びつかなかったことが推定できる。

「へ～、これは私も初めて聞いたよ。そうすると縄文時代六期のうちの早期から後期まで（紀元前約九五〇〇～一二〇〇〇年）の八三〇〇年ぐらいはずっと関東が人口密度が高い時代が続いて、縄文晩期（紀元前約一二〇〇～四〇〇〇年）になって寒冷化が進行して西日本を中心に関東でも人口密度が下がった頃は、逆に北東北地方が日本で最も人口密度が高かったってわけ？」と水鳥が問う。

「そうなのよ、驚きでしょ？　草創期から数えたら約一万五〇〇〇年間もの縄文時代の記憶は、もちろん文字記録としては残ってないよね。でも弥生時代を経て、古墳時代になって文字使用が始まり、やがて飛鳥時代を迎えて古事記や日本書紀が国としての歴史を記述する時まで、口述として、あるいは遠い記憶として伝承されてきたものが、理想郷としてのあるいは日本国の始まりとしての高天原という記述に繋がっているという説もあるんですわ。」

「そりゃ面白いなぁ。高天原なんて単なる日本の国造り神話上の創作物だと思っていたけど、そんな縄文時代に繁栄した関東や東北の遠い記憶と繋がっているなんて考えてもみなかったな。それってまるで、ギリシャ神話が作られたのと似た状況かもね。昔日の繁栄後にいったん暗黒時代を経験し、その文明が復活した時に、その遠い記憶が、イーリアスやオデュッセイアのような神話として口承され、後に文字として記録されていく過程に似ているね。」と水鳥。

「そうすると梅原さん、縄文人が持っていた昔日の繁栄の記憶を、後から来た弥生渡来人が聞いて自分達の中に取り込んでいったということなのでしょうか？　弥生時代の延長線上にあって古墳時代を経て確立した飛鳥時代の人々は、そのような先住縄文人をどのように見たのでしょうか？　やっぱり蝦夷（えみし）ということで蔑（さげす）んでいたのでしょうか？」

「そこが難しいところだよね。日本書紀の神武（じんむ）紀にある有名な一節では、神武軍の久米（くめ）部隊が敵対勢力である大和盆地の現地人を指して愛瀰詩（えみし）と呼称して歌っていますね。この時点では東征してきた神武軍に対抗する現地人として、エミシ（エヴェン語で良い部族）という現地音韻と意味もそのまま受け入れて愛すべき人々という当て字をしていた訳です。それが日本書紀の第一二代景行（けいこう）天皇二七年（九七）の項になると、武内宿禰（たけのうちのすくね）が東方諸国を視察して、東夷（とうい）のなかに日高見（ひたかみ）の国があって、この人達を蝦夷（えみし）というと変わったんです。また日本書紀の皇極天皇元年（六四二）九月から持統天皇三年（六八九）正月にかけては、一三条にわたり蝦蛦（えみし）という珍しい漢字が使用されているのよ。蝦蛦の蝦の字はエビに通じ、鬚（ひげ）が長いこと、つまり毛深さを表現したものであり、一方の蛦は、山に棲む虫や鳥を表す鳥獣を示す。丁度この時代の中国の歴史書である新唐書（しんとうじょ）でも蝦蛦と用字し、鬚（ひげ）の長さ四尺（約一二一㎝）ばかりとその容貌を記述しているのね。また同じ日本書紀の景行（けいこう）天皇四〇年条で、天皇が日本武尊（やまとたけるのみこと）に東夷征討（とういせいとう）を命じた場面では、冬は穴居生活をし、夏は樹上家屋の生活で、山に登る時は飛ぶ鳥のように速く、草原を走る時は逃げる獣のように速い、束ねた髪の中に矢を隠し、刀を衣のなかに隠し持ち、こちらが攻撃すると直ぐに草原のなかに隠れてしまい、追いかけると山中に逃げてしまうなどとあるのは、飛鳥時代～奈良時代初期当時の畿内朝廷の認識を反映した記述であって、中華思想に基づく蔑視も含まれているとは思うけど、また一面の真実を伝えている側面もあろうかと思われます。いずれにしろ畿内朝廷は縄文人も弥生人も、その混血も含めて自分達の体制にまつろわぬ先住民をエミシという呼称で一括りにして、征服の対象としていった過程で、蔑（さげす）みの文字を用いるようになったということでしょう。二〇世紀になっても、太平洋戦争の時に日本政府が、アメリカ合衆国やイギリスを鬼畜米英と呼んだことと同じだよね。」

「なるほどねぇ、相手との友好関係か敵対関係かで呼び方が変わるのも、仕方なかったかもなぁ。」

と水鳥が納得したように呟いた。

「まあ、津軽という所は縄文時代が今でも生きていると言っても間違いじゃないからなぁ。明日行く金木町（かなぎまち）の川倉賽（かわくらさい）の河原（かわら）は、数千年前の縄文時代に空から星が降ってきて、落ちた場所から地蔵尊が発見されて安置したのが始まりと言われているし、イタコが死んだ人の口寄せなんかもしてくれるよ。そうだイタコと言えば、恐山（おそれざん）の大祭（たいさい）が丁度今日（七月二〇日）から始まったから、少し足を延ばして恐山にも行ってみたらどうだろう？　この辺りでは「死ねばお山さ行ぐ（人は死ねば、その魂は恐山に行く）」と古くから言われているから、あそこはこの世とあの世の境で縄文時代の信仰というものを感じることができるかも知れないよ。恐山は下北半島だけど、津軽とは繋（つな）がっているからねぇ。」

「そりゃ、良いやぁ。恐山には一度行ってみたかったから、お勧めに従って足を延ばしてみようかな。

そう言えばイーリアスやオデュッセイアを書いたホメロスもイタコと同じ盲目だったよなぁ。どうせうちの診療所は患者が少ないし、大抵は毎度おなじみの喘息発作が多いから、留守番の老看護師長に電話で指示を出せば大丈夫かもなぁ。渡辺さんはどうします?」と水鳥が水を向けると、

「ハイ、私も是非恐山までご一緒させてください。ちょうど今大学は夏休みに入ったばかりで、学生講義もありませんから少しぐらい出張を延長しても大丈夫でしょう。でも恐山には宿坊はありますか? 明日泊まる青森市からは結構遠いですし、折角行くんだったら、二泊はして夜の恐山もじっくり経験してみたいですねぇ。」と、最後に渡辺がニヤニヤしながら水鳥の度胸を試すかのように見つめた。

「ひゃ〜! 私は怖いのは苦手ですけど、渡辺さんが一緒に行ってくれるんなら、何とかなるかも知れませんよ〜。」と半分泣きべそをかきながら水鳥が心を決めた。

「そうだね、確か宿坊はあったはずだから、早速電話で聞いてあげるよ。」と言って梅原が電話を掛けに席を離れた。

「渡辺さん、恐山には死者の亡霊が現れると思いますか?」と既に恐怖の緊張が始まったのか、問うても分かるはずのない渡辺に、水鳥が聞いたりなどしているうちに梅原が戻ってきて、

「うん、取れた取れた。七月二二日は大祭中日で一室しか空いていなかったから、二人一緒の相部屋に二泊ということで、同じ部屋で良いよね?」と確認する。

「そりゃ、私はその方が怖くなくて有難いよ。一人部屋なんて怖いこわい。」

「ハイ、私もそれでお願いします。」と渡辺が元気に引き取って恐山行きが決まった。

「それがさ、今電話したら応対に出たお婆さんが妙に落ちつき払った気味悪い声で、初めてですか？　って聞くから、二人とも初めてだと思いますって答えたのサ。でもね、何だか前に来たことがあるんじゃないですかってな口調だったんで、もしかしたらそのお婆さんは、水鳥の亡くなったお母さんか誰かなんじゃないかって思ったサ。端からちょっと不気味だったよ。」と水鳥の恐怖心を同級生も煽ってくる。

「脅かすのは止めてくれよ、梅原君！　ほらっ、もう足が震えてきたじゃあないか。」とますます怖がる水鳥。すると今度は渡辺が助け舟を出すように、

「梅原さん、恐山って名前からして怖い感じですけど、初めからこの名前だったんですか？」と渡辺が研究者らしい関心を示した。

「いや、これがまた難しいんだな。」といって梅原が次のように解説してくれた。

国会図書館に保管されている奥州南部恐山写真帳の冒頭に、奥州南部宇曽利山釜臥山菩提寺地蔵大士略縁起とあり、慈覚大師の渡唐や帰国後に下北へ来たことが書いてある。それによると慈覚大師が釜臥山に登って、断食不飲で朝に妙典を読誦し夕べに密教を観念する日々を重ねて、熊や猿も顔を出すようになったある日のこと、鵜の鳥が両翅を翻して北方の山上に至るのを見た。そこで早速そこに行ってみると、目の前に湖水が広がって功徳水地の波を湛え、その後方には山々が連なって、近くの林からは枝風が通っている。その一方で、そこかしこから猛火が焔々と上がり苦器の相があり、金砂

が涼々としていて正に浄土のようであった。また温湯が清く連なって、衆病ことごとく除かれる如き趣あり。はじめ鵜の鳥が大師の釜臥山庵を翦てこの地を教えてくれたので鵜翦山と名づけたが、世人がリとレの相通によって後に宇曽利山と呼ぶようになり、現在は地獄の相もあることから諸人恐怖をもって恐山と呼ぶようになったと書いてある。

しかしこれは明らかな後付け記事であって、正しくは蝦夷語で湾や入江を意味するus-or（うそる、うしょる）に由来すると考えられている。北海道のウショロもオショロ（忍路）もウスリ（烏蘇里）、ウスケシも同義である。また別説では、アイヌの始祖の巨大な神様が、搗いた尻餅跡の窪みを意味するオソル・コッ（尻・くぼみ）に由来するとも言い、同じ地名が北海道登別にもある。以前はオソルコッのある山一帯を於曽礼山と書いていたのを、その風景から恐の一文字で表すようになり、次第に恐山が定着したとする説もある。

青森県下北半島の宇曽利湖畔にある恐山菩提寺は、宮城県の金華山、山形県の出羽三山と共に東北三大霊場とされており、また高野山金剛峰寺、比叡山延暦寺と共に日本三大霊場に数えられている。伝承によれば、天台宗を開いた最澄の弟子で第三代天台座主である慈覚大師（円仁）によって貞観四年（八六二）に開山したとされている。平安遷都のあった延暦一三年（七九四）に下野国都賀郡（現在の栃木県壬生町）または安蘇郡（現在の栃木市岩舟町）に豪族壬生氏の子として生まれた円仁は、兄には儒学を勧められたのに、早くから仏教の方に関心を示し、九歳から地元の大慈寺で修行を始め、一五歳で比叡山延暦寺に上って最澄に師事した。四四歳時に三度目の渡航で入唐を果たし、五台山と長安で修行を積み、一〇年に及ぶ留学を終えて、承和一四年（八四七）に五四歳で帰国した。当時大唐国は安禄山による安史の乱後の衰退期にあり、その後建国以来二九〇年を経て、西暦九〇七年に滅亡した。慈覚大師円仁が開山したり再興したりしたと伝わる寺は関東に二〇九寺、東北に三三一寺余あるとされ、都内の目黒不動瀧泉寺や、浅草浅草寺、山形立石寺（山寺）、松島瑞巌寺、平泉中尊寺を開いたと言われる。また真偽不明ながら北海道の有珠善光寺にも開基伝承がある。この円仁が唐留学中に夢告を受けて、「汝、国に帰り、東方行程三十余日の所に至れば霊山あり。地蔵大士一体を刻しその地に仏道を広めよ。」と言われた。そこで円仁はすぐに帰国し、夢で告げられた霊山を探し歩いて、苦労の末に恐山に辿り着いたという。その地には地獄を表すものが一〇八あり、全て夢と符合するので、円仁は六尺三寸（約一・九ｍ）の地蔵大士（地蔵菩薩、延命地蔵尊）を彫り、本尊として安置したとされている。

この写真帳には、恐山開山二年後の貞観六年（八六四）に、弟子二名が来て仏像千体を彫って奉納したが、その後の歳月の中でこの千体は悉く失われたが（敗壊）、唯一慈覚大師が作った地蔵尊のみが今日まで残ったとある。人々がこの道場に来ると、月が窓を照らす夜は煩悩の雲が晴れ、嵐が松を吹く朝は妄想の夢から覚める。それだけでなく境内の温泉に浸かれば、衆病たちまち除かれ再発の憂いを知らないとある。最後に当山温泉（五泉）として以下を列挙している。

一　薬師の湯（眼病、上症に有効、現在も薬師の湯）

一　古瀧の湯（腹部症状、眼病、健康増進、食欲増進に有効、現在の古滝の湯）
一　比恵の湯（古名はヌキの湯、湿気に有効、現在の冷抜の湯）
一　花染の湯（皮膚病に有効、入浴で身体紅色に染まる、現在も花染の湯）
一　新瀧の湯（頭痛、めまい、上症に有効）

この恐山菩提寺は、現在は曹洞宗で、本坊はむつ市田名部にある円通寺である。古くから下北地方を中心として広く北東北地方では、「死ねばお山さ行ぐ」と言い伝えられており、恐山は地蔵信仰に基づく死者供養の場として知られ崇敬を集めてきた。死者が集まる山とされる恐山では、毎年七月下旬に行われる大祭期間中に、菩提寺の境内でイタコの口寄せも行われる。霊場恐山の今まさに溶岩が地獄から噴き出したような荒々しい岩場から立ち昇る白い煙と、息も苦しくなる硫黄臭、そして空しくも悲しげに回る風車のカラカラという音などを見て、人々はここを地獄と見立て、その先にある波一つない穏やかな宇曽利湖の白浜を極楽浄土と見立てた。このような信仰と菩提寺周辺の地獄と極楽が混在したような奇観によって、いつの頃からか次第に参拝者が多くなっていった。明治・大正期には、恐山に行けば死者に会える、河原に石を積み上げ供物をし声を上げて泣くと先祖の声を聞くことができるという民間信仰が普及して、多くの参拝者が訪れるようになった。この頃から、夕刻に河原で小石を積み上げても翌朝には必ず崩れているとか、宿坊に泊まると深夜地蔵尊の錫杖の音が聞こえるとか、夜中に雨が降ると堂内の地蔵尊の衣も濡れているなどといった所謂「恐山の三不思議」なども囁かれるようになった。因みに、宇曽利湖から流れ出る唯一の河川である正津川は、三途の川が訛ったものといわれている。

「ひゃ〜、こりゃ医者の私でも怖いわ〜。行く前からチビリそうですわ。」と小心者の水鳥がしきりに冷汗を拭き始めた。それを上手く話題を逸らして渡辺が、

「梅原さん、私達が明日行く金木町の川倉賽の河原霊場というのは、先ほどのお話では数千年前の縄文時代に空から星が降ってきて、落ちた場所から地蔵尊が発見されて安置したのが始まりということでしたが、それは落ちてきた隕石に地蔵尊を彫り込んだということでしょうか？　まさか地蔵尊がそのままのお姿で天空から降ってくるとは思えないので。」と渡辺が興味を示して聞いてみると、

「そうなんですよ。古墳時代後期の西暦五二二年に来日したとされる司馬達等（止利仏師の祖父）などは、早くから大和国高市郡で私的に仏教を信奉して仏像を安置などしていましたが、仏教公伝としては日本書紀による五五二年説と元興寺縁起による五三八年説とがありますね。日本書紀によれば欽明天皇一三年（五五二）に百済の聖明王から使者が来て、仏像や仏典とともに仏教普及の功徳を賞賛した上表文が献上されたそうです。私伝公伝いずれにしても数千年前の縄文時代には、仏教は未だ伝来どころか、開祖であるお釈迦様自体が紀元前七〜五世紀頃の生まれとされていますから、まだ生まれていなかった頃でしょう。」

「そうすると、数千年前の縄文時代に空から何か彗星のような光るものが降ってきて、その隕石のようなものに、後に仏教が伝来してから地蔵尊像を刻んだということでしょうか？」

「そうかもしれませんねぇ。」と梅原も、ここまで来ると急に自信が無くなってきた。すると珍しく水鳥が口を挟んできた。

「こう見えても、私は少年時代は隕石博士と呼ばれてたんだ。とにかく隕石好きで、博物館には何度も行ったし、世界最古の隕石って言われている福岡県直方市の須賀神社にある飛石も見に行ったことがあるよ。隕石ってのは伝説と実物の二つの側面があって、伝説ってのは目撃記録や地域伝承だけで実物が存在してないものを言うんだよね（表4）。伝説として残っている隕石は、最も古いもので名古屋市星崎に舒明天皇九年（六三七）に落ちた場所に星宮社が建っているよ。二番目に古いのは、その名も広島県神石高原町に大化元年（六四五）に落ちた流星群で、これは辺り一帯が真昼のように明るくなり、その噂を聞いた時の孝徳天皇が、わざわざ飛鳥から観に来て星居山と命名したそうな。三番目に古いのは大阪府能勢町の能勢妙見山に天平勝宝二年（七五〇）に落ちたもので、この手毬サイズの隕石を、行基菩薩に請うて山頂に祀って開山したと言われてるね。それから四番目は有名な大阪府交野市星田の星田妙見宮だね。これは平安時代に入った弘仁七年（八一六）に弘法大師が近くの獅子窟寺で唱行中に七曜星（北斗七星）が近隣三ヶ所に落下したという伝説に基づいてるね。五番目に古いのは鎌倉時代の承久年間（一二一九〜一二二二）に岡山県美星町の星尾神社に三個落下したという。この辺りは昔から星がよく見えることで有名で、陰陽師の安倍晴明が若い頃修行したこともあるんだよね。安倍晴明は備中国介として赴任していた頃に、現在の金光町占見地区に住んでおり、遣唐使として陰陽道の基本思想を持ち帰ったと言われる吉備真備の七世孫である吉備保憲（賀茂保憲）から占術を伝授されて上手になったと伝わっている。その当時安倍晴明は、この直ぐ近くにある阿部山（標高三九七ｍ）に登って星を観測していたというよ。現在でもその場所には阿部神社が建っており、占見地区には晴明塚がある。日本に二つある国立天文台は、岩手県奥州市（水沢地区）とこの岡山県美星町竹林寺山にあるんだよね。あと時期は不明とされているけど、愛媛県星原町の星宮真星神社や、京都市東山区の青龍寺境内にも大小二個の隕石とされているものがあるね。この青龍寺の石は、叩くとコンコンと金属音がするので有名だよね（表４－１）。」

「へ～、伝説になっている星や隕石って結構あるんですね。その叩くとコンコンと金属音がするというのはどうしてなんですか？」と渡辺が興味を持ち始めた。

「それはね、隕石というのは、鉄・ニッケル合金とケイ酸塩鉱物の含有比によって、主に三種類に分けられているんだよね（表５）。殆どが鉄・ニッケル合金でできているものを鉄隕石と呼んで、鉄・ニッケル合金とケイ酸塩鉱物がほぼ等量であるものを石鉄隕石、主成分がケイ酸塩鉱物であるものを石質隕石と呼んでるよ。鉄隕石の中でもニッケル含量が一八％以上のアタキサイトから、ニッケル含量が減っていく毎にオクタヘドライト（六～二〇％）、ヘキサヘドライト（五％程度）となっている。石鉄隕石も橄欖石含有度の高い順にパラサイト、メソシデライトとなるよね。石質隕石については、表面の地殻と深いマントルのように分化していない天体からの隕石は、直径〇・五～三㎜程度のコンドリュール（球粒）を含むコンドライト（球粒隕石）と呼ばれ、地球や火星や月のように地殻とマントルに分化した天体からのものではエイコンドライトと呼ばれているのよ（表５）。一般に天体の核には鉄・ニッケル合金が多くて、表層マントルにはケイ酸塩鉱物が多いのよ。だから天体の衝突によって、その境界部が飛散したものが石鉄隕石となる。地球に落下した数の割合としては、石質隕石のコンドライト（球粒隕石）が約八〇％を占め、次いで同じく石質隕石のエイコンドライトが約一〇％、そして鉄隕石が約五％、石鉄隕石が約二％の順になるけど、発見された数から言ったらば鉄隕石が半数近くを占めるんだよね。これは鉄隕石が表面に鈍い光沢があって地球の岩石とは一見して異なるので目立つことと、また落下後に風化されにくいので隕石と認識されやすいためなんだろうね。

表4－2と表6に日本と世界とで実物が存在して隕石だと確認されたリストを挙げてるけど、日本ではこれまで五四個の隕石が確認されていて、そのうち石質隕石が四四個（八一％）を占め、次いで鉄隕石が九個（一七％）、石鉄隕石が一個（二％）の順に多いのサ。重さから言えば、国内隕石五四個のうち、一kg以上の隕石数は二三個（四三％）だけど、日本以外の世界隕石での八六％と比べると、日本のは小さいものが多いということになる。ただ青森県では青森市と十和田市の二ヶ所のみで確認されており、津軽地方と下北半島には確認できる記録はなく、近畿地方では兵庫県で三ヶ所、京都府で一ヶ所、滋賀県で一ヶ所のみで、大阪府と奈良県には記録が無いのと、愛媛県にも記録はないのでこの辺りは伝説との乖離があるよね。表6には世界で確認された隕石六一件についてリストしているけど、表4－2にある日本の直方隕石が貞観三年（八六一）と、日本以外で最も古いと言われる仏アルザスでのエンシスハイム隕石（一四九二年）より六三一年も古いとは驚きだよね。この日本以外で最も古いエンシスハイム隕石は、丁度コロンブスがアメリカ大陸を発見した年に落ちてきた石質隕石

で、後のマキシミリアン神聖ローマ皇帝が保存を命令したぐらい貴重なものなんだよね。」

「面白いですねぇ、水鳥さん。ということは私達が明日行く予定の川倉賽の河原霊場の数千年前の彗星からの落下物は、未だ確認されていないということですね？」

「そりゃ、勿論縄文時代のことだから文字も無いし記録も残ってないけど、津軽では縄文時代からずっと何千年もの間、そのように口づてに伝承されてきたということなんでしょうねぇ。」と、ここから今度は水鳥が自信を失くしたように、目が虚ろになってビールを呷った。

「伝説とはいえ、日本各地に隕石落下あるいは星が降ってきたという話があるんですね。しかもその七つの伝説が、名古屋から京都、大阪、岡山、広島、愛媛であって、東日本や九州地方に少ないのも面白いですね。しかも広大な日本海側において、唯一この津軽にだけ降星伝説があることも不思議ですねぇ。もしかしたら、この津軽や恐山の天空にはドラえもんの四次元ポケットのような穴が開いていて、隕石も落ちるし死界とも繋がっていたりして～。」と最後に渡辺が再び茶目っ気を出して、水鳥を怖がらせようとした。

「アハハ、水鳥君は昔から気が小さいんで、それぐらいにしてあげて下さい、渡辺さん。」と同級生の梅原が助け舟を出した。

「でも確かに、この辺りは四次元ポケットで西日本と繋がっているのかも知れませんよ。初代神武天皇の東征を阻んだ長髄彦も、もしかしたらその四次元ポケットでこの津軽まで落ち延びてきたのかも知れないよねぇ。」と、今度は梅原が急に真顔になって呟いた。

「それです、梅原さん。私達が明日行く予定のオセドウ遺跡は、古代の神武東征の時に抵抗した長髄彦の墓があると聞きましたが、それって本当なのですか？　今朝五能線で同席した難波の古墳ガールという額田さんから、長髄彦の墓は奈良県葛城市にある鍋塚古墳だって聞いたんですけど？」と聞くと、梅原が喜んで次のように答えた。

「お～、それは津軽の核心に迫るテーマですねぇ。さすが渡辺さんは古代日本史がご専門でしたもんね。そもそも初代神武天皇の東征そのものですら信憑性を疑う説もあるわけですけど、それを阻んだという長髄彦についても同じぐらい信憑性が疑われているんですよね。でもこの津軽地方では、それは間違いない事実だったと、今日までずっと信じられてきたんですよ。」

「そうなんですか、津軽ではそうなっているんですね。神武東征は何と言っても古代日本史の出発点として最も重要なんですが、そこがどうにも謎だらけで、専門研究者の私もホント頭が痛いんですよね～。」と渡辺がイケメン顔を両手で覆って溜息をついた。

「お～い、親父さん。今日の締めにこの店の名物のばらチラシを三人前お願いね～。」と梅原が寿司店主に声を掛けると、ほどなくお重に入った津軽の海の幸満載のチラシ寿司が運ばれてきた。普通のチラシ寿司より小さく切ってあるマグロやツブ貝、卵焼きなどの上に、イクラを大量に敷き重ね、そのうえ更に生うにとワサビと細切りシソ葉をトッピングしてあり、見るからに豪華で、おまけにエビの頭ごと入ったお吸い物まで付いてきたから、美味しいもの好きの水鳥には堪らない。少し甘めの味付けもトッピングに合って、余りの美味しさに、三人はものの三分ぐらいで平らげてしまった。

「いや〜、食った食った。お腹一杯だぁ。今日は朝から真青な日本海を見ながら白神山地を回ってきたし、大阪からのイケメン先生とお知り合いになって一緒に黄金色の温泉に入って豪華マグステ丼も頂いたし、久しぶりに旧友と一杯やれたし、最後はこんな美味しいチラシ重まで頂いて、楽しかったなぁ。明日も早いんでしょ、梅原君？　それじゃあ今日はこの辺りでホテルに戻りますかぁ。」と幸福感を満面に湛えて水鳥がまとめた。寿司屋を出ると、二人は歩いてホテルへ向かい、梅原はタクシーで自宅に帰っていった。

三　大阪・赤いクジラ

初夏の眩しい太陽が少し傾きかけて、見物する視線の方向によっては目を細めなければならない。二〇二〇年二月頃から始まって世界中を席捲した新型コロナ感染症が丸三年経過して漸く終息して来たので、ＪＲ大阪駅の北口（通称うめきた・グランフロント大阪）では四年ぶりに「梅田ゆかた祭り」が開催されている。祭りは二〇二三年七月一〇日～八月一〇日までの一ヶ月間に亘るが、七月二二、二三両日はメインイベントがある。二二日夕方には「梅田打ち水大作戦」と銘打って、梅田界隈三ヶ所で浴衣姿の子供や女性達が、「梅田涼しくな～れ！」の掛け声と共に一斉に目にも涼しげな打ち水をする。また二二、二三の両日は「うめだいろ縁日」として、梅田界隈五ヶ所で縁日をテーマに屋台や和太鼓演奏、ファッションショー等の様々なイベントが開催される。今日はうめきた広場の大きな屋台の上とその周りで、「氷川きよしのズンドコ節」や盆唄に合わせて浴衣姿の若い男女が大勢でうめだ独特のふりつけで踊っている。そのうめきたから大阪駅御堂筋南口に出て、直ぐの横断歩道を渡って、阪急電車のりばを左手に見ながら東行し、阪急サン広場地下通り商店街を通り抜けると、片側一車線ずつの狭い車道の向こうに、ガラス張りの高いビルが目の前に聳えている。横断歩道の前では信号が変わるのを待つ人で溢れている。勿論日本人が多く、殆どは高校生から三〇代の若い世代である。しかしここは海外でも有名なのか、手を繋いだ白人カップルや、アジア系グループなど多国籍言語も聞こえてくる。

一年前の二〇二二年七月下旬に難波大学(なにわだいがく)講師の渡辺晃(わたなべあきら)はこの場所に立っていた。その時信号待ちしている自分の前に、一人の足の長い白ずくめの少女が立っていた。肩甲骨の下まで伸ばしたきれいな金髪に、真白なフリフリ半袖シャツで、真白なミニスカート、すらりと伸びた白い脚の下方は、足首までの白い靴下の上端もフリフリで、厚底の真白なサンダルを履いている。右ひじを曲げてデパートの紙袋をぶら下げ、右肩から左下腹まで明るい色のバッグ紐が斜めに掛かっている。道の反対側で待っていた友達を見つけて、軽く手を振ったら、後ろから見えた爪は長く伸ばして、今流行りのネイルなのかツヤツヤした薄ピンク地の上に、小さなビーズのようなものが幾つもキラキラ光っていた。

信号が変わり、その白ずくめの少女は、梅田観覧車のあるヘップフォアというその赤いファッションビルに友達と一緒に吸い込まれていった。このビルは地上九階・地下二階建てで、地下二階と地上八、九階がゲームなどのアミューズメントフロアで、地下一階から地上六階までは若向きの最新ファッションやグッズ、アクセサリー、コスメ、キャラクター商品など雑貨の店が溢れている。七階はレストランと屋上観覧車乗場となっている。このビルに入ると直ぐのホールは、五階の高さぐらいまで広々と吹き抜けになっていて、上から赤いマッコウ鯨の親子が客を出迎えている。親子鯨の真赤な背中と真白なお腹を見ながら、上階に向かうエスカレーターを上っていく。鯨グッズの収集を趣味の一つにしている渡辺晃(わたなべあきら)は、難波大学(なにわだいがく)で古代日本史の研究をしながら、学生から聞いた赤いクジラを見るために、場違いとも思えるこのような若向きのビルに来てみたのだった。この親子鯨は、大きく前方に突き出た四角い頭部と少し開けた細長い口から見える鋭い歯列を見れば、抹香鯨であることは疑いが無い。親クジラは子クジラを連れてしっかり前方を見ながら進んで行く。子クジラは口を閉じたまま、その少し後下方にピッタリくっ付いて、親クジラをしっかり前上方に見つめている。親子の絆が強いと言われるクジラをよく表現しているなと渡辺は感心した。

　吹き抜けホールをエスカレーターで上りながら楽しんでいると、大きな親クジラの尻尾が横に広がって尽きる辺りで六階に着いた。ここでUターンして階下に戻ろうとした時に、フロアガイドをふと見ると、占いとあるのが目に入った。何となく気になって、この六階フロア奥にある占いコーナーを遠くから眺めてみると、若い女性を中心に一〇名ほどが椅子に座って順番待ちをしているようだ。占いコーナーはおネエとカリスマの占師集団「黒ゆり」と、占いセラピーと心理カウンセリング集団「白ゆり」の二つあるようで、希望者がどちらかを選んで行列に並ぶようだ。看板を見ると、黒白二集団に各々二〇名ほどの登録占師がいて、このうち今日の担当はそれぞれ二名ほどが出番のようだ。どちらかというと黒ゆり集団は化粧が濃くて髪の毛も真黒か、銀髪、赤髪など様々な色に染めて、西洋風からエジプト風、トルコ風など謎めいた雰囲気のキャストが多い。一方の白ゆり集団の方は、髪の毛も自然色か軽く茶系に染めているぐらいで、化粧も優しい感じのメイクが中心だ。スマイルを前面に出して、白衣を着て占星術や霊感をベースに、聞き役とアドバイスを中心にカウンセリングしているようだ。

占いブースでは既に黒ブースに二名、白ブースは一名が占ってもらっている。その時渡辺の眼は白ブースの占師に釘付けとなった。

「あっ、さっきの白ずくめの少女だ！」と心の中で叫んだ。その白ずくめが、一〇代後半ぐらいの後ろ姿の若い女性に、タロット占いのようなカードを使って、何か占ってその意味を説明している。客の若い女性はその説明にいちいち頷いて、思い当たる節があるようだ。客に対して主にテーブルのカードを指差しながら説明しているが、時々客の顔を見る時に目線を上げると、その目は薄いブルー色で、かなり大きな瞳に見えるからカラーコンタクトを使っているのだろう。美少女と言って良い顔の作りだが、正確に言えば少女ではなく、二〇歳代半ばぐらいかも知れない。この占師は白ゆり集団なのに、髪は金髪で白衣も着ず、先ほど見たフリフリ半袖とミニスカートのままだ。

「ねぇねぇ、わたし今日はようやく美少女占師の星宮ひかり様に見てもらえるから楽しみやわ。今日はゼッタイ理想の彼氏のタイプを見て貰うんや。」

「それ、超ラッキーよ！　こないだも一ヶ月以上も先でないと予約が取れないって、友達がボヤいてたわ。何て言うても、ひかり様は大阪でもトップの美少女カリスマ占師で有名やもんね。今日ここに並んでいる人の半分は星宮様ご指名やで。ウチは今日で二回目やけど、今日はどんなカードが出るんか、ドキドキやわぁ。ひかり様の占いは適中するって、皆言うてるしなぁ。」と、座って順番待ちをしている制服姿の女子高生二人がウキウキしながら話している。

「なぁなぁ、ひかり様ってカリスマで近寄りがたいトコあるけど、元々大阪の人やないて聞いたんやけど、そうなん？」

「そんなこと私に聞いても分かる訳ないやんか。でもな、若い頃に星田妙見宮(ほしだみょうけんぐう)で巫女(みこ)の修行してたことがあるらしいで。」

〜へっ、星田妙見宮って？〜

「そら、交野市(かたのし)にある、むかし星が空から降(ふ)ってきたっていう？」

「あぁ、あそこな！　ちょうど今頃、七夕祭とか星降り祭(ほしくだりさい)とかで賑やかになる所やろ？」

「そうそう、それで星宮(ほしみや)ひかりっていう名前なんやて、本名は分からんけどな。」

「そんな本名なんてどうでも良いけど、とにかくひかり様は当たるだけの占師やなく、凄味(すごみ)というかカリスマというか、何か霊感(れいかん)があるんよな。美少女と言うてるけどホンマ年齢不詳やしな。」と待ち時間も楽しく会話している。

　占いには、星占いを始め、四柱推命(しちゅうすいめい)やタロット、姓名判断、手相など様々な種類があるが、方法によって命術(めいじゅつ)と卜術(ぼくじゅつ)、相術(そうじゅつ)の三種に大別される。先ず命術は、その人の誕生日や場所など、生まれた時に定められた動かしようのない情報を用いて運命や宿命を占うもので、星占いや四柱推命(しちゅうすいめい)などがあり、その他にも数秘術や算命学、宿曜、九星気学などと呼ばれる方法がある。つまりどのような星の元に生まれてきたかを占うので、生まれつきその人に与えられた根本的な性質や才能、別の人との相性などを読み解くことができる。これに対して卜術(ぼくじゅつ)は、全ての事象は必然であるという考えを基本としつつ、偶然に見える事象の中に秘められた意味を探すものである。運勢のように移り変わるべき事象や人の気持ち、未来予測などの吉凶について、タロットやおみくじ、ダイス、筮竹（ぜいちく）を用いた易、ヨーロッパ古代文字を使うルーン占いなどがこれに当たる。古代中国で用いられた亀の甲羅を焼いて、その亀裂によって占う亀甲（きっこう）占いもこれに相当する。三つ目の相術（そうじゅつ）は、人相や手相など物の形から吉凶を判断するものである。家の模様替えや顔の化粧を変えるなど形を変えることで自ら開運につなげることができるとされており、前二者（命術・卜術）より気軽に行われている。風水術や姓名判断、方位判断もこれに相当する。

　このような方法による分類の他に、占いは西洋発祥と東洋発祥とに分類することもできる。西洋占術は、この瞬間の運命はこの瞬間だけ、という瞬間の繰り返しとしての直線的な思考が根本にある。この世の四大元素である火、風、土、水の変転を基本に考えるため、星占いでも星座を四つの元素（エレメント）に分類して考え、タロットの小アルカナもこの四元素に対応している。タロットは大アルカナ二二枚だけを使う方法と、小アルカナ五六枚も合わせた七八枚で占う方法がある。大アルカナは、〇（愚者）にはじまり、一（魔術師）、二（女教皇）、三（女帝）、四（皇帝）以降と続き、一一（正義）のあとは一二～一六にかけて死神や悪魔など恐ろしいカードが続く。その後一七（星）、一八（月）、一九（太陽）と天体が続いたあと、最後に二〇（審判）、二一（世界）で終わり、いずれも象徴的な意味を強く持つので、この大アルカナだけで占うことも多い。一方、小アルカナはトランプの原型になったカードで、一四枚のカードがそれぞれ次の四つ、即ちワンド（バトン棒、四大元素の火、知性や成長など内面的な意味、トランプではクラブに相当）、スウォード（剣、四大元素の風、勇気や力など外交的な意味、トランプではスペード）、ペンタクル（金貨または護符、四大元素の土、金銭や職業など物質的意味、トランプではダイヤ）、カップ（聖杯、四大元素の水、愛や不幸など感情面を司る、トランプではハート）のどれかに分類されて使われる。このような西洋占いにはタロットに加えて、星占い、数秘術、ルーン占いなどがある。

西洋文明の基礎を築いた古代エジプトでは、紀元前三〇〇〇年頃から、シリウスを基点として暦と連動させた星座盤を三六の星座で分けた最古の占星術が行われ、このエジプト占星術の三六星座を単純化したものが現在の西洋占星術だと言われている。シリウスは全天に輝く二一の一等星の中で最も明るく、第二位のカノープスの約二倍明るい。シリウスが輝くおおいぬ座は、日本では北に輝く北斗七星の反対側にあって、冬の南の空にやや低く見られ、オリオン座のベテルギウス、こいぬ座のプロキオンとともに、冬の大三角を形成している。肉眼では一つの恒星に見えるが、実際には主星シリウスAと白色矮星シリウスBから成る連星である。シリウスは地球からの距離が約八・六光年と近いうえ、自身の光度も大きいので肉眼でもよく見える。またシリウスは太陽系に接近してきているので、今後六万年の間に少しずつ明るさが増していくと考えられている。このようなシリウスが、古代エジプトでは豊穣の女神（後のギリシャ語でソプデト）とされていた。シリウスが太陽を伴って東の地平線から昇ってくる現象は、ヒライアカル・ライジング【heliacal rising】と呼ばれている。古代エジプト人は中王国時代に、ヒライアカル・ライジングの約七〇日後に夏至が到来し、ナイル川の氾濫が起きることを発見した。つまりこの現象によってナイル川の氾濫時期を知ることができるようになり、後のエジプト暦が作り上げられたのである。ただしシリウスが本当に太陽と一緒に昇ってきては眩しくて見えないので、実際には太陽が昇る直前にシリウスが昇ることをヒライアカル・ライジングと呼んでいる。この現象は日本語でも伴日出あるいは日出昇天と名付けられており、ポリネシア人においては太平洋上の航海における冬の到来を示す重要な目安となった。

古代エジプト人は、空を飛ぶ鳥や獲物を捕まえる時の豹の素早さなど人間を超える能力をもつ動物を神聖なものと考え、動物をデザインしたアクセサリーや眷属を身に付けたりして、その守護の力を信じてきた。自分の生まれた日を守っている神聖動物から特別な能力を導き出してもらう方法は命術の一種といえる。眷属とは主客に付き従う従者、神様の使者というほどの意味である。日本では大黒様のネズミを始め、天神様のウシ、お稲荷さんのキツネ、春日大社のシカ、日吉大社のサル、弁天様のヘビ、八幡様のハト、熊野三山の八咫烏、伊勢神宮のニワトリなどがよく知られている。眷属が神格を持つようになると、眷属神として扱われ、仏教では薬師仏における十二神将をはじめ、不動明王の八大童子（祇園牛頭天王の八王子と習合）、千手観音の二十八部衆などを指す。

これら西洋占術に対して、東洋占術は陰陽五行説の考え方で構成されている。陰陽五行説は、中国の春秋戦国時代頃に発生した陰陽説と五行説が後に融合した思想である。その基本は、五行（木、火、土、金、水）にそれぞれ陰陽二つずつ配して、音読みでは甲、乙、丙、丁、戊、己、庚、辛、壬、癸となり、訓読みでは順番に、きのえ、きのと、ひのえ、ひのと、つちのえ、つちのと、かのえ、かのと、みずのえ、みずのと、となる。「陰陽説」は古代中国神話に登場する三皇の第一番目である伏義氏が作り出したものである。全ての事象は陰と陽という相反する形（例えば明暗、天地、男女、善悪、吉凶など）で存在し、それぞれが消長を繰り返すという思想である。陰陽は固定的なものではなく、振り子が一方に振り切れると反対方向に戻るように、そのバランスは常に変化し増減している。この伏羲氏は中国古代史上でも極めて賢明な王で、今でも易者が用いている八卦の符号を発明し、また古代で文字が無かった頃に、縄の結び目で物事を記憶したり約束事を表したりした原始的な政治（結縄の政）を止めて、文字を発明して木に記して約束の印とする書契政治を行い、中原の陳に都した。これは紀元前一四世紀頃まで遡りうるとされている（日本での縄文時代後期、三内丸山遺跡の後）。三皇時代から次の五帝時代に移り、最後の舜帝が南風卿雲歌を歌い、不肖の子商均ではなく治水に功があった禹が夏王朝を創始した。この卿雲歌は近代になって、袁世凱らが樹立した中華民国の北洋政府の国歌となったものである。夏の禹帝は一度の食事中に一〇回も中断して立ち上がっては人民を慰め労ったという（一饋十起、因みに周公旦は一饋三吐）。五行説は、この禹が、治政に当たって天帝から与えられた九種類の大法（洪範九疇）の第一として、五行（木、火、土、金、水）を挙げている。この五行が相互に抑制と助長し合うことで、森羅万象が変転すると考える。陰陽五行説は、日本における陰陽道では占術に使われ、現在でも四柱推命や姓名判断、風水、九星気学、宿曜などに用いられている。陰陽五行思想は、日本には仏教や儒教と同じ五～六世紀頃に暦法などと共に伝来し、律令制度によって陰陽寮という役所が設置されたほどである。その後、道教の思想も取り入れて、日本独自の陰陽道へと発展していき、平安時代中期の安倍晴明（九二一～一〇〇五年）において大成する。またこの陰陽五行思想は、日本の年中行事にも強い影響を与えており、正月は春の初めの寅で、木気、火気の初めでもあるため、門松を飾りとんど祭り（左義長）をする。また盆は秋の初めの申で、水祭りとして灯籠流しなどが行われる。また、陰陽のバランスをとるために、とんど祭りは水辺で行われ、灯籠流しは火を灯した舟を水に流す。

以前、渡辺が難波大学の研究室で、古代日本史における巫女の役割というテーマで修士学生を指導した時に、日本の巫女と言えば邪馬台国の卑弥呼が最初であるということで研究させたことがある。古代中国から日本に贈られた金印は二つあり、一つは日本では弥生時代後期にあたる西暦五七年に中国の後漢光武帝が、倭国のうちの奴国王に与えた印綬である。これはかなり後年の五世紀になって成立した後漢書にその旨の記載があり、また実際に「漢委奴国王印」と刻まれた金印が、江戸時代の博多湾志賀島で農作業中に発見された。この金印は福岡藩主黒田家に伝わり、のち福岡市に寄贈され博物館に展示されている。この金印は中国産の金であることが、鑑定によって実証されているので間違いない史実であった。ただ委奴の読み方については、一文字ずつ分解して倭国の中の奴国と読むのか、あるいは二文字まとめて委奴国と読むべきか二説ある。一方、この金印から約二〇〇年後の西暦二三八年（日本では弥生時代末、三世紀後半から古墳時代に入る）に、朝貢した卑弥呼の使節に対して、「親魏倭王印」が贈られたと三国志の東夷伝倭人条（いわゆる魏志倭人伝）に書かれている。中国の後漢王朝が滅亡して、魏蜀呉の三国鼎立時代に、曹操から文帝（曹丕、初代魏皇帝）、そして二二六年に引き継いだ曹叡（明帝、二代目魏皇帝）へと引き継がれた。しかし二三四年に諸葛孔明が戦陣に病没したことで緊張が解けたのか、魏の明帝は宮殿造営や深酒にのめり込んで魏の国政が疲弊しつつあった。このような時期の二三八年に、邪馬台国の卑弥呼が難升米らを魏都洛陽に朝貢したもので、魏から金印と銅鏡一〇〇枚が贈られたと書かれている。実はこの卑弥呼朝貢の九年前（二二九年）に、当時中央アジアから北インドにかけて栄えていたイラン系クシャーナ王朝のヴァースデーヴァ一世からも使節が魏に派遣され、この時も邪馬台国と同様の「親魏大月氏王」の金印が授与されているので、当時の中国王朝は邪馬台国にも同様の待遇をしたものと考えられる。三国のうち蜀が滅びるのが二六三年で、次いで死せる諸葛孔明に走らされた生ける司馬仲達の孫である司馬炎が魏の帝位を簒奪して、二六五年にそのまま洛陽に西晋を樹立し、二八〇年に遂に呉を滅ぼして中国を統一したものである。つまり三国時代とは言え、当時の中国の主たる王朝であった魏から卑弥呼は倭国王と認定されたのである。あるいは卑弥呼側に認定を必要とするような、倭国内の競合的国内政治状況があったのかも知れない。この魏志倭人伝は西晋時代に入った二八〇年から二九七年に陳寿が著したもので、事蹟と記載の期間が短い分だけ確実性が期待できるが、未だに卑弥呼の金印と銅鏡のいずれも国内からは出土していない。

　博多湾の志賀島で発見された「漢委奴国王印」は一辺二・三㎝の正方形で、重さは一〇八gと大きさの割に重い。鈕に蛇を象っているのは、当時の中国王朝の印章制度に基づいている。即ち漢帝国内の皇太子や高官などには亀の鈕の印が与えられたが、匈奴など北方諸民族の王には駱駝や羊の鈕を与え、南方の民族には蛇の鈕の印が与えられた。つまり倭国は南方の国と考えられていたようで、同様の蛇鈕の金印は中国雲南省の石寨山の墳墓からも出土した。この魏王朝衰退期に書かれた魏志倭人伝に「卑弥呼は約三〇からなる倭国の女王であり、邪馬台国に都している。倭国には元々は男王が置かれていたが、国家成立から七〇～八〇年を経た頃（漢の霊帝の光和年間、一七八～一八四年）に倭国が乱れ（倭国大乱）、戦乱の後に女子を共立し王とした。その名は卑弥呼である。女王は鬼道によって人心を掌握し、既に高齢で夫は持たず、弟が国の支配を補佐した。千人の侍女を持ち、宮室や楼観（物見用の高殿）に起居し、王位に就いて以来、人と会うことはなく、一人の男子（弟）が飲食の世話や取り次ぎをし、巡らされた城や柵、多数の兵士に守られている」と書かれている。ここで書かれている卑弥呼の鬼道については次のように異説が多い。中国において、鬼とは、死者の霊魂や霊的存在を意味するので、鬼道というのは倭国側の自称ではなく、中国側からの呼称であるという説、卑弥呼は呪術を司る巫女であり、邪馬台国は呪術国家であったとする説、また巫女の卑弥呼が神事を司り、実際の統治は男子が行う二元政治であったとする説、卑弥呼の鬼道が五斗米道の張魯（後漢末に道教の始まりである五斗米道を創始した張陵の孫）の初期道教と関係があるとする説、鬼道は道教ではなく神道であるとする説などである。因みに後漢末の霊帝劉宏（全一四代皇帝までの第一二代目）の曾孫阿智王（阿知使主）とその息子都加使主は、応神天皇二〇年（二八九）に、漢の辺境帯方郡より桑原氏や佐太氏と共に党類十七県（約一七〇〇〇人）を引き連れて日本に移民してきて、東漢氏の祖となった。東漢氏からは、後に坂上田村麻呂や平田氏、丹波氏、調氏、谷氏、井上氏、桑原氏、佐太氏などが出ている。

難波大学の渡辺晃（わたなべあきら）講師が、研究指導した修士課程の大学院生に、

「結局、邪馬台国の卑弥呼女王が国の統治に用いていた鬼道（きどう）とは、現代的に言えばどのような占いになりますか？」と結論を求めると、修士大学院生は次のように答えた。

「はい、渡辺先生。それは恐らく、移り変わる政治上の事象や人心掌握、国家として進むべき未来指針などの吉凶を占うものでしょうから、敢（あ）えて言えば卜術（ぼくじゅつ）ということになるかと思います。世界の古代王朝を見てみれば、エジプトでもメソポタミアでも中国でも文明の初期には一部神官が神や知識、秘密の言語を独占することで王朝を率いたりサポートしたりすることは普遍的だったでしょう。現実政治は弟に任せて、卑弥呼自身は姿を見せずに柵や兵士に守られていたというミステリアスさが、逆に卑弥呼による占いの神秘性を高めていたことは確かだったと思います。次の表に世界の古代文明と、日本の時代区分を古い順に列挙してあるように、縄文時代は世界の古代文明より遥かに古く、一つの文明を築いたと言っても過言ではありません。日本の神道は自然豊かな日本固有の風土や日本人の生活習慣に基づいて生じてきたものですから、もし卑弥呼の鬼道が後の神道に繋がると仮定したら、それは縄文時代に始まり弥生時代を経て、古墳時代にかけてその原型が形成されていったと考えられるかも知れません。」

縄文時代（紀元前約一万五〇〇〇年～四〇〇年頃）

黄河文明（紀元前約五〇〇〇年～二〇〇〇年頃）

三内丸山（紀元前約三九〇〇年～二二〇〇年頃）最盛期紀元前約三一〇〇～二八〇〇年
メソポタミア文明（紀元前約三〇〇〇年～一九〇〇年頃）
エジプト文明（紀元前約三〇〇〇年～一〇〇〇年頃）
インダス文明（紀元前約二五〇〇年～一五〇〇年頃）
弥生時代（紀元前約一〇〇〇年～紀元後三世紀中頃）
卑弥呼が魏に朝貢（弥生時代末の西暦二三八年、このあと日本は古墳時代に入る）

渡辺講師が、そんな大学院生の研究テーマをぼんやり思い出していたら、いつの間にか占いコーナーから白ずくめの美少女カリスマ占師星宮ひかりはいなくなり、別の占師がそのブースで次の客を占っていた。

「え～、ひかり様の占い今日はもう終わりなの～？」と、悲鳴を上げながら後ろから来た少女グループにドンと突き飛ばされて、はっと渡辺は改めて場違いな自分に気付き、逃げるようにその場を立ち去ったのである。これは二〇二二年七月下旬のことで、後に起きる事件の丁度一年前のことである。

四　金木町

　昨夜は遅くまで五所川原市内の立佞武多広場近くの寿司屋で、津軽の美味を堪能させてもらった。今朝は津軽鉄道の津軽五所川原駅から途中の金木駅で降りて、先ずは太宰治の斜陽館を見学する。同級生の梅原剛は朝に、数少ない患者の診察を一通り終わらせてから、ここで合流して、その後の観光を車で案内してくれるという。私鉄の津軽鉄道は地元では「津鉄」と愛称されている。津軽五所川原駅から、十川、五農校前、津軽飯詰、毘沙門、嘉瀬、金木、芦野公園、川倉、大沢内、深郷田の各駅を過ぎて、終点の津軽中里までを一日一三往復しているローカル線で、季節に応じたイベント列車が盛り沢山だ。春には芦野公園さくらまつり列車が運行し、夏は車内に多数の風鈴が涼しい音を奏でる風鈴列車、秋は車内に鈴虫の入った虫かごを置いて鳴き声を楽しみながら走る鈴虫列車、そして冬は客室内に昔懐かしいダルマストーブを置いて暖を取りながら走るストーブ列車が運行する。また毎年六～九月は、車内に太宰治作品の一節などを展示した太宰列車も走らせ、八月初旬の五所川原立佞武多祭りの期間は、真夏なのにストーブを置く「真夏のストーブ列車」も運行するなど趣向溢れる鉄道として全国的にも有名だ。

　渡辺と二人でホテルを出て、爽やかな初夏の空気を吸いながら三～四分歩くと、すぐそこはＪＲ五所川原駅に隣接した津軽鉄道津軽五所川原駅だ。木造モルタルの懐かしい小さな駅舎は朝早いので未だ駅員もいない。この場合切符は車内で買うようなので、そのまま古びた鉄パイプの改札をすり抜けて駅舎内に入る。するとそこには、所狭しとミニ立佞武多や、「平成一一年度出陣・鬼が来た」や、「弐千年（平成一二）度出陣・軍配」、「平成一四年度出陣・白神」などの立看板が賑やかに並び、顔部分を刳り抜いて観光客が記念写真を撮れるようにしてある。そこから階段を昇って構内跨線橋の突き当たりの階段を降りると、オレンジ色に緑の横ストライプがデザインされたディーゼル車一両が、既にエンジンを掛けて出発の準備をしていた。車両の前後中央には、太宰列車二〇二三という赤いプレートも掲げてある。プラットホームには金木町出身の太宰治の小説『津軽』の文中「芦野公園」の一節が自筆原稿用紙を拡大した大看板として掲示されている。

太宰治『津軽』より

芦野公園

金木の町長が東京からの帰りに上野で芦野公園の切符を求め、そんな駅は無いと言われ憤然として、津軽鉄道の芦野公園を知らんかと言い、駅員に三十分も調べさせ、とうとう芦野公園の切符をせしめたという昔の逸事を思い出し、窓から首を出してその小さい駅を見ると、いましも久留米絣の着物に同じ布地のモンペをはいた若い娘さんが、大きい風呂敷包みを二つ両手にさげて切符を口に咥えたまま改札口に走って来て、眼をつぶって改札の美少年の駅員に顔をそっと差し出し、美少年も心得て、その真白い歯列の間にはさまれてある赤い切符に、まるで熟練の歯科医が前歯を抜くような手つきで、器用にぱちんと鋏を入れた。少女も美少年も、ちっとも笑わぬ。当たり前のように平然としている。少女が汽車に乗ったとたんに、ごとんと発車だ。まるで、機関手がその娘さんの乗るのを待っていたように思われた。こんなのどかな駅は全国にもあまり類例が無いに違いない。金木町長は、こんどまた上野駅で、もっと大声で芦野公園と叫んでもいいと思った。

朝七：〇八発のディーゼル車は、走り出すと同時に車内に吊された風鈴が、開けた窓からの風に揺られて、あちこちで一斉に涼しげなチリンチリンという素朴な金属音を鳴らし始めた。この風鈴列車はまだ車内冷房がなかった時代に風鈴の音で涼を感じてもらおうと始まったというが、今朝は涼しいので未だ冷房を点けずに、自然の風によって音が鳴っている。車内には太宰治の小説『津軽』の抜粋が布片に印刷されて、あちこちにぶら下がっている。また車両後部には、津鉄文庫という小さな本棚もあって、太宰治全集全一〇巻や『ヴィヨンの妻』、『人間失格』などの文庫本、池波正太郎の文庫本『賊将』、唯川恵の文庫本『ため息の時間』、大下英治の文庫本『小説田中軍団』、内田康夫の文庫本『遺骨』、学研M文庫の『江戸なごり雨 市井稼業小説傑作選』などが並べてある。

列車が走り出して暫くすると、太って大きな身体をした車掌が、揺れる車体に転ばぬよう両足を開いて踏ん張りながらやってきた。金木駅と行先を告げると、今は懐かしい紙切符に直径二㎜ぐらいのパンチ穴を五ヶ所ほど入れて、発着駅と料金が分かる仕組みとなっている。掌の丁度半分ぐらいのその紙の切符には、津軽鉄道の十二駅が書かれている。右端にある運賃のパンチ穴は、五〇〇と六〇に開いているから、料金は五六〇円だ。懐かしさの余りニコニコ顔を見合わせている水鳥と渡辺から料金を受け取ると、むっつりしたその太車掌は何も言わずそのまま次の客に向かった。車内は早朝とはいえ乗客は水鳥と渡辺の二名の他に、カラフルなリュックを背負った観光客らしい中年過ぎの女性二名、白いTシャツに黒い薄手のジャケットを羽織って黒い帽子を被った中年男性一名だけだった。その男性の頭を覆っている黒い帽子は、ツバが短く上がって、涼し気だ。イギリスの料理で、縁が少し上向きになった丸い皿の上に太く短い円柱形をしたミンチ豚肉を載せたものがあり、それでこの形の帽子をポークパイハットと呼ぶのだという。車窓の風景は二〇cmほどに伸びてきた稲葉が、限りなく遠くまで緑の絨毯を広げて気持ちが良い。

ほんの二〇分の乗車で、あっという間に列車は午前七：二八に金木駅（かなぎえき）に着いた。金木駅舎内には直径一・五mはあろうかという天然青森ヒバ（ヒノキアスナロ）の巨木が、樹皮を剝（は）いだ生木の状態で、床面から天井までを圧倒して立っていた。標識を見ると、樹齢は約三五〇年、幹周り三・七m、産地は金木町字喜良市山（国有林）とあるから、この辺りの山で採れたものであろう。駅舎表の看板も青森ヒバでできているのだろうと思われるが、左側に「太宰のふるさと　津軽鉄道金木駅」と大きく、そして右側にやや小さく「金木交流プラザ」とあるから、先ほどの青森ヒバはこの交流プラザに展示していることになるようだ。五所川原市に合併する前の旧金木町（かなぎまち）は、小説家の太宰治や歌手の吉幾三（よしいくぞう）の出身地で、冬場には「地吹雪ツアー」などユニークな人気観光イベントも行っている。

金木駅を降りて、駅前の通りをそのまま五～六分歩けば、そこはもう遠くからでもすぐ分かるひときわ大きな二階建ての赤い屋根が見えてくる。敷地は当時は珍しかったであろう高い煉瓦塀で境界され、正面入口周りも低い煉瓦塀の上に黒い鉄柵が一般道あるいは一般社会と隔絶しているような印象である。

「国指定重要文化財　太宰治記念館　斜陽館」

という正面玄関の看板の上にある入母屋造りの破風には、怒濤のような複雑な波紋彫刻が施されている。見上げると大きな二階の破風にも同じような怒濤渦巻く波形が彫刻されているのは、冬の日本海の意匠なのか？　水鳥にはどこか縄文土器の火焔（かえん）に近い印象も感じられた。午前八：三〇の開館まで時間があるので、水鳥と渡辺はそこから歩いて七～八分の「太宰治　思い出広場」までブラブラ歩いて行った。ここは太宰治も通（かよ）った金木小学校の手前の住宅街にあり、かつて家が建っていたのではないかと思われる一軒家ほどの敷地が背丈ぐらいの赤煉瓦で三方を囲ってある。広場中央にある小屋根付き木製ベンチに腰掛けてぐるり眺めると、大正一五年から昭和二一年までの太宰全作品名を焦茶色の陶板に一つ一つ白文字で彫ったものが、広場三面の煉瓦に嵌め込まれている。広場入口の題字は太宰の長女津島園子が書いた。もと来た道を戻ると、斜陽館左向かいは金木観光物産館「産直メロス」という道の駅を兼ねたような観光休憩所になっている。開店前のこの時間なのに、軒下に一四～一五名ぐらいの色とりどりな中高年男女ランナーがテーブルを出している。ゼッケンを見ると第七回みちのく津軽ジャーニーランとあるから、津軽地方を巡る長距離走イベントの休憩所+チェックポイントになっているようだ。見ると二六三K／一四二Kとあるから、二コースともかなり長距離だ。この向かいに青森銀行金木中央支店が建っているのは単なる偶然なのではなく、明治時代に津島家が営んでいた金木銀行が青森銀行に引き継がれたからである。

斜陽館は太宰が生まれる二年前の明治四〇年（一九〇七）に、大地主の父津島源右衛門が建てた和洋折衷・入母屋造りの屋敷である。米蔵に至るまで青森ヒバが使用され、一階は一一室二七八坪、二階は八室一一六坪、付属建物や庭園なども合わせて約六八〇坪の豪邸であったが、昭和二三年（一九四八）の農地改革によって津島家の手を離れた。しかし昭和二五～平成八年（一九五〇～一九九六）までの四六年間は、旅館として太宰ファンに親しまれ、その後、旧金木町が買い取り平成一〇年（一九九八）から現在の太宰治記念館となっている。平成一六年（二〇〇四）から、国の重要文化財に指定され、翌年から五所川原市が所有しているが、指定管理者制度の導入により、平成一八年（二〇〇六）からNPO法人かなぎ元気倶楽部が管理運営を行っている。全体的にどっしりした重厚感が特徴となっており、二階に上る階段はケヤキでできていて、瀟洒な洋間へと続いている。板の間を通って入る蔵には、太宰が愛用していた文机や二重廻しマント、羽織袴、執筆した初版本、原稿、川端康成や兄文治への書簡など約三〇〇点の資料が展示されている。建築の棟梁は弘前市で近代建築を多数手がけた堀江佐吉・斉藤伊三郎親子で、建築費は当時の金額で四万円（米七〇〇〇俵分）と言われ、令和五年（二〇二三）の時価約一〇億円と換算される。この屋敷の土間の広さは驚くべきもので、それは二〇〇町歩以上あったという津島家所有の田畑から小作人がここに米を納め、それを検閲するためであった。大きく金融業も営んでいた津島家の土間には、金の工面に困った庶民もひっきりなしに訪れていたという。幼少時にそのような光景を見て育った太宰治が、後年になって一時的にプロレタリア文学に傾倒したり、生涯に亘って贖罪小説を書き続けた原点がここには見て取ることができるように水鳥には感じられた。

斜陽館を見学し終わって、向かいの金木観光物産館に入ってブラブラしていたら、梅原が診察を一通り終えて車で迎えに来た。

「やぁ、意外に早かったじゃないか。」と水鳥が迎えると、

「そりゃ、あんたと同じウチも流行らないからねぇ。」と、切り返しつつ梅原が半分頭を掻く。

「ホントに私もお世話になって良いんですか?」と渡辺が恐縮するのを引き取って、

「そりゃ勿論大丈夫ですよ。それでは、今日一日宜しくです。行きましょう。」ということで、水鳥と渡辺も梅原のやや大きめの自家用と往診用を兼ねたバンに乗り込んだ。

「先ず、直ぐそこの芦野公園に行こう。」と言う間もなく、ものの四~五分で芦野池沼群県立自然公園に着いた。ここは津軽鉄道で来れば、金木駅の次の芦野公園駅からも徒歩五分程度の距離で、芦野湖の西南に位置している。車から降りて公園内の歩道を進むと、左手に縦長の花崗岩に「津軽三味線発祥之地」という大きな石碑があり、解説の看板には次のように書いてある。

「厳しい風土から生まれた津軽三味線。元祖神原の仁太坊(本名秋元仁太郎、安政四年~昭和三年)は、金木町の出身である。苦難の末、生きるための芸として創り出した叩き奏法。やがて仁太坊門下

の八人芸、嘉瀬の桃や名手白川軍八郎などによって津軽三味線の基礎が築かれた。今日、豪快華麗な津軽三味線音楽の魅力に全国の愛好者、ファンが多く、芦野公園桜まつりに開催される恒例の全国大会は盛況である。」

「へ～、津軽三味線は金木(かなぎ)発祥だったんだ、こりゃ驚いた。」と水鳥が目をパチクリした。

「あれが太宰治の銅像で、こっちが文学碑だよ。」と梅原が教えてくれる。

津軽三味線の石碑から直ぐ左手奥の湖近くに、下駄ばきでインバネスマントを羽織った太宰等身大の銅像が、同じ高さぐらいの石台の上にやや俯(うつむ)いて気難しげな表情で立っている。これは太宰の生誕一〇〇周年を記念して、三五歳頃に東京の自宅付近を散歩している写真をもとにして、彫刻家中村晋也が製作し平成二一年（二〇〇九）に建立されたものだ。視線は生家である斜陽館の方向を向いているという。

そこから目を右手に転じると桜松橋(おうしょうばし)があって、その向こうには有名な夢の浮橋も遠くの対岸まで湖面すれすれの高さで伸びている。その桜松橋の手前の右奥に文学碑がある。大きな台座の上に建つこの碑は、両側に高い石柱があり、それに挟まれたような形で中央部がある。両側の高い石柱は、中サイズの石の間を黒い小石で埋めた感じで直立し、中央部の下部にはスウェーデン産の黒石に、太宰の生涯を凝縮した言葉として「撰(えら)ばれてあることの恍惚と不安と二つわれにあり」というフランスの詩人ヴェルレェヌの詩句が白く刻まれている。この一節は太宰が生前最も愛唱したとされ、昭和九年に発表した作品『葉』の冒頭や、二年後の第一創作集『晩年』（昭和一一年刊）の巻頭にも引用している。中央部の中部は、鉄棒が八本縦にまるで鉄格子のように並んでいる。これは製作者が意図した、「若い人々の通る狭く険しい門」を象徴しているのだろう。中央部の上部には同じスウェーデン産の黒石に太宰治と刻まれている。そしてこの碑全体の頂上には、アルミ製の大きな透かし彫りが飾られている。透かし彫りは純貴アルミ（純度九九・九％）のラフィナール製で、黒で炎を表し、その上に金メッキされた不死鳥が飛んでいる。この碑は太宰の学友である阿部合成（ごうせい）（青森市出身画家）の手によって製作された。製作者は数年ぶりという猛吹雪の芦野公園で、雪に覆われた湖を眺めながら「私は金色の不死鳥（フェニックス）の飛ぶ姿を想い描いた。彼は自らの肉体を燃焼してその作品を不死のものとした。」と太宰を偲んだという。この文学碑は、太宰が死んでから一七年後の昭和四〇年（一九六五）に建立され、入水遺体が発見された六月一九日が誕生日と同じで、毎年碑前で生誕祭【旧桜桃忌】が開催されている。

アルミニウムは銀白色の金属で、熱伝導性と電気伝導性ともに高く、軽量で加工性も良いため実用金属として、料理用アルミホイルを始め、ジュースやビールのアルミ缶、鍋、エクステリア、自転車のフレーム、パソコンや家電製品などに広く用いられている。これらはアルミニウム合金であり、同様にジュラルミンも代表的なアルミニウム合金として知られている。ジュラルミンは銅とマグネシウムの合金で航空機材料に用いられるが、金属疲労に弱く、アルミより腐食しやすいという欠点がある。そのためアロジン（クロメート処理）やジンククロメートで表面を保護し、定期的な点検が必要である。一般にアルミニウムを生産する場合、通常は先ず鉱石のボーキサイトを溶融させた状態で電気分解するホール・エルー法が用いられるが、この場合の純度は約九八%までしか上がらない。従って太宰治の文学碑に用いられた純度九九・九%のラフィナールを作るには、さらに電気を用いた三層電解法が必要となる。このラフィナールは、野外彫刻用に使われているブロンズを遥かに凌ぐ耐蝕性があるというが、日本の一円硬貨のようなアルミニウム一〇〇%のものはむしろ稀な存在である。またアルミニウムの天然結晶はコランダムと呼ばれ、古来宝石として珍重されてきた。コランダムの中でも微量のクロムを含んで赤色を示すルビーや、微量の鉄とチタンを含んで深い青色を示すサファイアは価値の高い宝石として珍重される。

「太宰治は裕福な家に生まれたゆえの悩みが有ったんでしょうねぇ。」と、石碑の前で水鳥がありきたりな感想を述べると、渡辺が次のように引き取った。

「そうですねぇ。それでも三九歳の短い人生で、あれだけの素晴らしい小説を沢山残したのは素晴らしいですよね。自己破滅型の私小説作家(ししょうせつさっか)なんて言われますが、この碑にあるように本当に自分の命を燃やして、単なる私小説とは違う、時代を超えて錆(さ)びることのない何かを、私達に残してくれたんじゃないでしょうか。」

「そう言って貰うと、地元の人間としても嬉しいですよ。」と、梅原が感謝すると渡辺が言葉を継いだ。

「僕は大学時代に大阪から東京へ旅行した時に、友人が国分寺市に住んでいたので、その案内で三鷹(みたか)市の太宰入水地に行ったことがあるんですよ。」

玉川上水(たまがわじょうすい)は江戸時代前期の承応二年（一六五三）に多摩川上流の羽村(はむら)（現在の埼玉県羽村市）で取水し、幅二mほどの水路を全長約四三㎞に亘って露天掘りして、拝島(はいじま)、小平(こだいら)、三鷹、新宿を過ぎて四谷大木戸（現在の四谷四丁目交差点付近）まで引いて、江戸市中への飲料水を供給した、いわゆる江戸六上水の一つである。他の五つの上水は神田（小石川）、本所、青山、三田、千川であるが、江戸時代を通じて使用され続けたのは玉川上水と神田上水の二つだけである。東京都小平市には今でも上水本町や上水南町という地名が残っている。大まかにいえば玉川上水は羽村から東南東に向かって四谷まで進むので、立川→国分寺→三鷹→新宿方面へと真西から真東に向かう中央線では、ちょうど三鷹駅の真下でこの二つが交差する。従って三鷹駅を降りると、そこが直ぐ玉川上水となっている。今では風の散歩道と呼ばれている玉川上水の右岸を五分も歩くと、先方に帽子を被った観光客が五～六人集まっている。そこに太宰治の入水地記念碑があるのだ。金属プレートの碑には玉川上水河畔にしゃがんでこちらを見ている太宰の写真と共に、次のように刻まれている。

四月なかば、ひるごろの事である。顔を挙げて見ると、玉川上水は深くゆるゆると流れて、両岸の桜は、もう葉桜になっていて真青に茂り合い青い枝葉が両側から覆いかぶさり、青葉のトンネルのようである。（太宰治『乞食学生』より）

碑のすぐそばの並木の根元にはベンチが二つと、一mを越える黄黒色の岩が置いてある。玉鹿石(ぎょっかいし)

とある説明書きには青森県北津軽郡金木町産、一九九六年（平成八年）六月と記銘してある。玉鹿石は青森県の天然記念物に指定されている珍しい石で、にしき石と呼ばれる美石の中でも特に優れた銘石とされている。金木町の高橋沢鹿ノ子滝一・五㎞の左岸の崖に露頭しており、崖を作っている玄武岩体中に特異な捕獲岩として産するものである。その特徴は、岩石の中に直径〇・五〜一・五㎜の丸い粒が散在している点である。この丸い粒は微細な含水酸化鉱物が核となり、周りに玉髄質石英が結晶して出来たもので、丸い粒以外の部分は鉄石英から成って鹿ノ子模様を示すのでこの名がある。

玉髄質石英とは石英の微細な粒子や結晶の集合体のことで、岩石の割れ目などにケイ酸が沈殿して結晶質となったもので、蠟のような光沢がある。高橋沢鹿ノ子滝は津軽鉄道金木駅から東方約六㎞地点の津軽山中にある清流である。ここは津軽半島西端の防風山である屏風山と金木町を通って半島東端の奥内までを東西に横断する道路である屏風山・内真部線沿いにあって、滝の落差は一〇mほどである。この太宰入水地の玉鹿石も、よく見ると所々にキラキラ光る石英質の塊部分があって、地球でできたものというよりは、遠い昔に宇宙から落ちてきて、金木町鹿ノ子滝付近の玄武岩体中に入り込んだものではないかとさえ思えてくる。鹿ノ子滝はまた、太宰が小説『津軽』執筆のため津軽を旅した時、兄夫婦達とピクニックに出掛けた場所でもある。太宰はここでビールを片手に、昔の思い出話に花を咲かせたという。現在の玉川上水は三鷹駅近くでの深さが三〇㎝ぐらいしか無いが、ダムが建設される前の太宰入水当時の写真を見ると、一・五〜二mぐらいの深さがあるように見える。

この太宰治入水地から南西に二〇分も歩いた下連雀に黄檗宗禅林寺がある。ここは森鷗外と太宰治の墓地としても有名で、境内には森林太郎の遺言書が大きな御影石に刻まれている。境内正面を左から回って本堂裏手に進むと、右手に森林太郎の墓があり、その斜め向かいに太宰治と津島家の墓がある。昭和二三年六月一三日没（俗名津島修治）とある墓所には花が多数供えられ、青々とした常緑樹も繁って、斜め向かいの森鷗外と対照的である。この墓前で作家の田中英光（たなかひでみつ）は自殺を図った。

太宰治（本名・津島修治（つしましゅうじ））
生年月日　明治四二年（一九〇九）六月一九日、青森県北津軽郡金木村
没年月日　昭和二三年（一九四八）入水日六月一三日、遺体発見日六月一九日三鷹市
享年　三九、心中

田中英光（たなかひでみつ）（本名）
生年月日　大正二年（一九一三）一月一〇日、東京都港区赤坂
没年月日　昭和二四年（一九四九）一一月三日、下連雀太宰墓前で自殺を図り、搬送先でそのまま死亡
享年　三六、睡眠薬中毒の末に自殺

田中は早稲田大学政経学部在学中の昭和七年（一九三二）に、ロサンゼルスオリンピックに漕艇選

手としてエイト種目に出場した。予選敗退したものの、その時の経験を基に創作した小説を三鷹の太宰に『杏の実』として持ち込んだ。それを太宰が『オリンポスの果実』と改題させて、深田久弥を通じて雑誌「文學界」に掲載して貰い、これが第七回池谷信三郎賞を受賞して田中の出世作となったものである。この小説はボート選手の主人公が、ある女子陸上選手に淡い恋心を抱いて、一方的に好きだと言いふらし、周囲に冷やかされるというだけの、謂わば単純な片思い青春小説である。田中にとって太宰は文学の恩師であった。二人は共に戦後の無頼派を象徴する作家ではあったが、田中が横浜ゴム社員として京城に駐在したり、共産党に入党したりなど、経済的に困窮し従軍も重ねて苦労した点は、大地主の子供として裕福に生まれ育った太宰とは対極にあったと言える。しかし、戦後の混乱に翻弄されたという点では共通点があったのかも知れない。

「太宰治は縄文人の末裔だったたんだろうか？」と水鳥が急にヘンテコな質問を、梅原と渡辺に投げかけた。

「はぁ？　そんなことは今まで考えたことも無かったな。そんなことを言ったら、このオレも津軽生まれだから縄文人の子孫かも知らんなぁ。いや、よく分からん。」と梅原が首を傾げる。

「人骨から採取したミトコンドリアＤＮＡを解析した最近の研究によれば、縄文人はタイプＮ９ｂとＭ７ａが多く、弥生人と現代本土日本人は中国や韓国にも多いタイプＤが多いらしいですね。琉球人はタイプＤに加えてＭ７ａが約三〇％あるし、現代本土日本人もＭ７ａは約一〇％入っているんですね。また先日観たテレビ番組では、現代日本女性三〇〇人のＤＮＡを分析したところ、およそ九つの母親の系統に分類されることが分かり、その結果はこのようになったそうです。

バイカル湖畔の母親………三二％
中国黒龍江河畔の母親……一一％
中国南部三人の母親………三三％
東南アジア四人の母親……二四％

つまり現代日本女性の、実に三二％に当たる約三分の一が、シベリアバイカル湖畔に住んでいた母親のＤＮＡを受け継いでいることになり、一つの系統の母親としては他の地域を圧倒しています。この結果は、言語学的に日本列島に北方系縄文語地名が多い事実とも符合しています。顔つきについても、平安時代の絵巻物から江戸時代の浮世絵美人まで、判で押したように一重瞼なのは、完全に渡来系弥生人の価値観が反映されているもので、一方で盗賊や鬼、なまはげ等の悪役の顔が目を見開いて顔が濃く描かれがちなのもまた渡来系弥生人の価値観の投影と考えられていますね。太宰治の父親は先祖代々木造村（きづくりむら）の豪農松木家（まつきけ）からの婿養子で、母親の津島家も同様に先祖代々この地の商人地主でしたよねぇ。また太宰治の顔写真を見ると、顔は面長で、眉毛も太く濃く、眼は落ちくぼんでいますが細目というほどではないので、骨格から言えば古モンゴロイド由来である縄文人の血が流れていると言えるかも知れませんね。でも太宰治のあのもの思う暗い俯き（うつむ）加減の表情については、遺伝子というよりは、裕福な身分に生まれた原罪に苦悩したということでしょうか?」と渡辺が整理して教えてくれた。

「なるほど、骨格については確かにむかし解剖学で習ったよなぁ。文科系の渡辺さんに教えて貰うなんてホント情けない。すっかり忘れてた、アハハ。」と水鳥が頭を掻くと他の二人も一緒に大笑いした。

「さぁ、それでは次に川倉賽の河原に行こう。」ということで、梅原の車に乗り込んだ。

五　川倉賽の河原霊場

芦野湖の周囲をぐるりと車で回って四～五分もしたら、あっという間に川倉賽の河原霊場に着いた。紫色の幟が数本立っているこの場所は、芦野湖の東岸に半島状に突き出た小高い丘の上にあり、先ほど訪れた太宰治文学碑の湖面を挟んだ反対側に位置している。

「あれ、今年は今日がお祭りだったかな?」と、梅原が首を傾げながら駐車場で降りてみると、既に車が数台停まっていた。例大祭は毎年旧暦六月二二～二四日に行われるので、新暦では毎年開催日が変わって、およそ七月下旬から八月上旬に当たることが多い。

停めた駐車場には、白い救世観音像が大きなブロック台の上に建っており、その隣に慈覚大師の行脚銅像と六体の地蔵菩薩が参拝者を迎えている。さらにその隣にはボケ封じ地蔵尊像も立っている。日本には様々な鳥居があるが、ここの鳥居は極めて珍しい構造をしている。丸い島木が横に伸び、その直上に平たい笠木が載ってあり、更にその上に三角形の破風（三角破風）が載っているので、基本的には山王鳥居形式である。この形は仏教の胎蔵界・金剛界（両部）と神道の合一を表す山王信仰の象徴とされている。山王信仰とは、最澄が比叡山に天台宗を開いた折に、唐の天台山の守護神である山王元弼真君に因み、既に比叡山の守護神として鎮座していた日吉大神を山王権現と称することにした神仏習合で、この鳥居は東京赤坂の日枝神社などが有名である。しかしここの鳥居は、奈良県の三輪神社型のいわゆる三輪鳥居（みわとりい）にも似ていて、正面の主鳥居の両脇に脇鳥居（わきとりい）として半分ぐらいのサイズの鳥居が控えている。しかし三輪神社や秩父三峯（みつみね）神社の三輪鳥居に見られる明神造ではなく、神明造の三輪鳥居型ともいうべき構造になっている。丸い島木（しまぎ）とその下に並行している貫の間に、「川倉山」と板地に金文字で大きな額束が横長に掲げられている。二本の主柱の両側にある脇鳥居（わきとりい）は前後に広がりを持つ両部鳥居（りょうぶとりい）となって、鳥居本体の安定を保持している。この形式は豪雪地帯ならではの構造と思われる。この川倉賽の河原霊場では、脇鳥居が左右とも合計四本で各々空間を構成して中に阿形吽形の仁王像がこちらを睨んでいる。つまり通常の神社で言えば、鳥居と隋神門が合体したような構造になっている。左右の両部鳥居の前方二柱には、右に「賽乃河原」、左に「地蔵尊堂」と木看板に墨書して此処が仏寺であることを示している。一言で言えば神社のような仏寺であり、仏寺のような神社である。

境内に入ると露店が三～四店並び、綿飴菓子やアイスクリームなどと共に風車や供物用のお菓子、ジュースなどが売られている。厳かな中にも人々の笑い声や子供達の明るい声が響いて、亡くなった人との再会の懐かしさなどで賑（にぎ）わっている。明治・大正時代の大祭時には、津軽三味線の仁太坊（にたぼう）もここで三味線を弾いていたそうだ。ふと見ると幹周り四ｍはあろうかというクロマツの大木が聳えている。これは旧金木町（かなぎまち）（現在は五所川原市）指定の名木だそうで、その高さ三ｍぐらいの所からは、幹が二股に分かれて上に昇って行く。松の黒々とした木肌は、その二股部あたりまで漆の葉で被われている。境内の掲示には次のように書いてある。

（旧金木町）指定文化財（史跡）
川倉賽の河原地蔵尊
昭和五七年八月十日指定

貴賤貧富を問わず、陸続と団子上げの参拝者が足を運ぶところ、ここ川倉賽の河原。慈覚大師の開創と伝えられる点、恐山と同様であるが、天空からお燈明が降り、掘ると一躯の地蔵尊が出土、これを安置したのがその始まりともいう。星空の美しさに呼応する伝説として残る。境内は標高三十米の特殊な地形にあり、急峻な坂道は、山麓古街道随一の難所であったに違いない。慶長時代の手植えとおぼしい黒松が面白く配置され、樹齢既に三百年を越す。過酷な労働の田の草取りが終わるや、家族ははじめて一息つき納涼にでる。老若男女がここに集まり、唄に踊りに一夜を明かす景観は、まさに夏祭りの濫觴というべきであった。ちなみに、一年の中で最も暑くて暗い晩を奇しくも祭典日（旧六月二三日）とするところに、民間信仰のメッカとして支えられ、大衆から親しまれる秘訣が存するように思う。特に有名な巫女（イタコ）の霊媒は、漆黒の闇の中においてこそ効験が多いといわれよう。（五所川原市）

また別の掲示には次のように書いてある。

川倉賽野川原地蔵尊

ここ川倉の賽野川原は慈覚大師の開創と伝えられる点は下北の恐山と同様であるが、天空からお燈明が降り、掘ると一体の地蔵尊が出土、これを安置したのがその始まりともいう。文化、文政の頃から参詣人が増えたということから、およそ一七〇年前も前から民間信仰のメッカとして支えられ、例大祭（旧暦の六月二二日より二四日まで）には多くの参詣者で賑わう。特に鎌倉時代以前からいたとされる巫女（イタコ）の口寄せ（霊媒）も行われる場所となっている。

この賽の河原地蔵尊は、現在二〇名ほどの地蔵講中が管理し、地域の僧侶を任命して、定期的にお勤めに来てもらう特殊なシステムで運営されているという。川倉賽の河原地蔵尊で口寄せをするイタコは、八戸地方で活動する南部イタコと区別して津軽イタコと呼ばれている。昭和時代までは、大祭ともなれば津軽地方一円から多くのイタコが集まってきて、地蔵尊堂の裏で口寄せを行った。多いときは四〇名ほどのイタコが口寄せをしていたが、平成時代になって急速に減少し、令和時代に入ると大祭でも一～二名しかイタコ口寄せが行われなくなった。旧暦の六月二三日は令和五年（二〇二三）は八月九日に当たるから、今年の大祭はもう少し先だ。昔の大祭は大いに賑わい、境内に数千人が集い、イタコの口寄せに列をなし、相撲や芝居に興じ、津軽三味線の調子に乗って朝まで歌い踊り明かしたという。ここで行われてきた死と生が交錯する祭りは、もしかしたら縄文時代から連綿と続いてきた光景なのかもしれない。

今日はその大祭の準備のためだろうか、地蔵尊堂から読経の声が聞こえ、講中や参拝客らしい数名の姿も見える。この寺の住所は金木町川倉七夕野(たなばたの)って言うんだから、やっぱり星空とか流星、隕石なんかと関係があるのだろうと水鳥は思った。地蔵尊堂の中に入ってみると、中はかなり広い。中央の祭壇では三名の法衣姿の僧侶が鐘を鳴らし太鼓を叩きながら読経していたが、直ぐに終わって僧侶が出て行った。この祭壇の周りは二〇〇〇体にも及ぶ地蔵達が林立し、その全てがきれいな衣装に身を包んで飾られている。地蔵の集積にただ圧倒されて口を開けている水鳥と渡辺を尻目に、耳が遠いのか地蔵講中と思われるお婆さん達がワァワァと堂内に響き渡る大きな声で楽しそうに話している。しかし水鳥や渡辺には会話の内容は、まくしたてるフランス語のようで全く理解はできなかった。堂内は地蔵の他にも、お供えされた数々の肖像写真や衣類、幟、折り紙、風車、手拭い、涎掛け、帽子などで寸分の隙間もないほど埋め尽くされている。

「賽の河原は青森県には四ヶ所あって、津軽に今泉、ここ川倉、深浦の三ヶ所、それと下北の恐山だな。この川倉地蔵尊堂については、太宰治が小学校時代に僕ノ町という作文の中で、〝我ガ町ノ名物ハ、競馬場トサイノ河原デアル〟と書いてるんですよ。だけど後年の妻の回想録『アヤメの帯』では、〝形容スベカラザルモノ〟と言っていたということです。京都の化野念仏寺にも地蔵様が沢山祀られてるけど、あれは後の時代に一ヶ所に集めたものだというから、ここの地蔵尊堂とは違うようだね。何でも以前調査したところでは、この地蔵尊堂のお地蔵さんは一番古いものでも明治後期あたりのものらしいね。」と梅原が解説してくれた。

帰命頂礼地蔵和讃

これはこの世のことならず　死出の山路の裾野なる
賽の河原の物語　聞くにつけても哀れなり
二つや三つや四つ五つ　十にも足らぬみどりごが
賽の河原にあつまりて　父恋し母恋し　恋し恋しと泣く声は
この世の声とは事変わり　悲しき骨身を通すなり

地蔵堂を出て右隣の水子人形堂に入ると、ここにはガラスケースに入った無数の花嫁花婿姿の日本人形が、倉庫のような木製棚をびっしり埋め尽くし、子供用の靴や玩具も多数奉納されている。幼くしてこの世を旅立ってしまったわが子へ、せめてあの世での健やかな成長や幸せな結婚を願う親の心が空間を埋め尽くしている。

昭和三七年（一九六二）七月二四日に、この川倉地蔵尊堂を訪れた芸術家の岡本太郎は、この時の印象を次のように述べている。

「一足、お堂の内部に足をふみ入れて、私はアッと声をあげてしまった。そんなに広くない堂内だが、お燈明に照らし出されて、びっしりと、大小色とりどり、数限りない地蔵さまが並べたてられ、積み上げられているのだ。一つ一つが独特な、違った目つきでこちらを見ている。そして原色のハンラン。この全体をどう形容したらいいだろう。オモチャ屋、骨董屋、カタコンブ（地下墓所）の猛烈なまざりあい。そういったって、とうていこの太々しい生活感にあふれた、底ぬけに無邪気で凄みのある光景を言いあらわすことはできないだろう。」

　往時の白黒写真を見ると、地蔵尊堂裏の広場に設置されたイタコ小屋には、浴衣姿や肌シャツ姿の老若男女が群がっている。裸電球の灯りの下でイタコが死者の霊をあの世から呼び出して口寄せが始まると、一緒に聞いている人々までが貰い泣きしている。当時はプライバシーなどという概念が未だ普及する前の時代だ。貰い泣きは伝染するものか、一つのテントから次のテントへ次々に貰い泣きが湧き起こる。現在は同じ地蔵尊堂裏に仮設テントが三棟建てられ、各々テントの半分は口寄せスペースで、残り半分は待合スペースとされているという。今日は大祭前だが、その前祭りか何かのようで、仮設テントが二棟置かれている。手前のテントには五～六名の中年過ぎの口寄せ希望者が立って並んでいるが、奥のテントは人気があるのか二〇名ほどの口寄せ待ちが並んでいる。

「あの奥のテントは、随分多く並んでますね？」と渡辺が気づいて訊ねると、

「あ～、あれは石木莉子（いしきりこ）っていう有名なイタコで、何だか霊感がすごく強いらしいですよ。若いのに

よく当たるって評判なんです。だから並んでいるのもオバちゃんではなくて、若い子が多いでしょう。」

確かによく見ると手前のテントより、若い人が多く行列しているようだ。

「何ならオレが並んでおいてあげるから、二人であちらの方を見てきたら良いですよ。」と梅原が指差す方向は、下り坂になっていて両脇にもずっときれいな衣装を着た地蔵が並んでいる。

「分かりました、それではちょっと向こうを見てきます。」と水鳥と渡辺が、地蔵尊堂の左側に下りて行くと、少し窪地になっている所が蛇塚というようで、立札が立っている。

蛇塚(へびづか)

この蛇塚は明治一六年より一九年頃までの間、春から秋頃にかけて赤色をした蛇が現れ、人が通る度(たび)ごとに無数にかま首をもたげるようになった。この異様なさまを不思議に思って「イタコ」に口寄せをして貰ったところ、それは天明の飢饉で餓死したたくさんの無縁仏が供養を乞うておるとのことであったので、此の処に塚を建てねんごろに弔(とむら)ったところ、その後不思議と現れなくなりましたが、誰れ云うともなく蛇塚と言伝えられるようになった。そもそも今から約二百年前天明二、三、四年と相続く大凶作（天明の大飢饉）のため南部上磯方面より、また遠く北海道方面からの人々が食物を求め歩き路上に餓死する人その累をなし、庄屋、代官所の郷倉も底をつき、地元民さえ草の根や木の実を食べて飢えをしのいだと云う。この時餓死した人々を大きな穴を掘り幾十人も一緒に埋めたという（イゴク穴）。中でも賽野河原のイゴク穴は、その代表的な大きなものであったと伝えられております。そのイゴク穴がこの場所に位置する処です。ご遠路はじめ近隣のご参拝の皆様にはご先祖様とおぼしめし下さいまして、心から合掌しご供養されますようお願い申し上げます。　昭和五六年（旧六月二三日）　賽野河原地蔵尊　講中

今日は大祭前にも拘らず、この下り坂の両脇にずっと並んでいる地蔵達にも、全てに花とお菓子などのお供えが上げられている。風化のため顔が見えなくなってしまっている地蔵も多い。そのまま二人が坂道を下り切ると芦野湖に出た。キラキラした湖面を夢の浮橋が横切って、子供達が楽しそうに渡っているのが見える。地蔵信仰の強さに圧倒されてしまった水鳥と渡辺は、しばらく湖面を黙って眺めていた。やがてどちらともなく、

「そろそろ戻りましょうか。」と、先ほど下りてきた地蔵路を上りながらイタコテントに向かった。

「あ〜、ちょうど良かった。こっち、こっち。」

と戻ってきた二人を見つけて、遠くから梅原が手招きして二人を呼び寄せた。

「どうしたんですか?」と渡辺が駆け寄って訊ねると、

「それがね、地蔵講の婆ちゃんが知り合いで、立ち話をしていたら自分達は今度の大祭の時でも口寄せできるから、順番を早めてくれるっていうんですよ。この婆ちゃん、昔うちのクリニックにお腹が

痛いってやって来て、手当てしたら直ぐに良くなったんで、それ以来うちの常連患者なのよ。」とのこと。

「常連患者がこんな所にもいるなんて、話が違うぞ梅原！　結構繁盛しているようで羨ましいじゃないか！」と水鳥が半分口を尖らせて冷やかした。

「いや～、偶々（たまたま）だよ。木造町（きづくりまち）のうちのクリニックに、金木町（かなぎまち）から来てくれるなんてそうそう居ないさぁ。」と梅原が、胸の前で手のひらをイヤイヤと二～三回振った。

「それはラッキーですね。それではそのお婆ちゃんのお言葉に甘えさせて頂きましょう。私に考えがありますので、口寄せさせて貰っても良いですか？」と渡辺が申し出ると、

「私は特に口寄せをお願いする人もいないので、どうぞおやり下さい。」と、ここは年配者の水鳥が譲る。

　そのテントの半分は形だけカーテンのような仕切りがあるので、順番待ちをしている人達も耳を澄ませば、お願い者とイタコとの遣（や）り取りが微（かす）かに漏れ聞こえてくる。梅原消化器内科クリニック常連患者の好意によって一二～一三人ほどをスキップさせてもらって、渡辺らの順番が来た。カーテンを開けて中に入ると、そこには年恰好二〇歳代後半かと思われる意外なほど若いイタコが座布団に正座していた。ハッとするような美人である。真白い浴衣生地のような着物を着て、丸い顔、大きな瞳は黒く、眉はきりりと一直線に濃く、表情は端然として、渡辺の印象では沖縄の人かと思ったほどである。

「今日はどのような相談ですか？　口寄せしたい人はどなたですか？　亡くなったのは何年ぐらい前でしたか？」と聞いてきた声は、若いのに深い響きがある。

「いえ、それが私が大学で研究している縄文時代晩期から弥生時代頃の人なんですが、そんなに昔の人でも呼び出して頂けるんでしょうか？」と渡辺が突飛な申し出をした。

「はい、本当は亡くなって三三回忌までなんですけど、私は基本的にはどなたの霊でも呼びます。亡くなった時の年齢や状況などは分かる人ですか？」と聞き返してくるので、渡辺が思い切って、

「それが、私の縁者や先祖ではないのですが、長髄彦という人で、亡くなった時は中年頃ではないかと思うんですが……」と申し込んでみた。すると、それまで眉ひとつ動かさず淡々と応答していたイタコ石木莉子が、何故か急に大きな眼を更に大きく見開いて、深く息をしたあと、

「その方は私にはできません。その方を口寄せできるのは、恐山のおばば様だけです。もしその方の口寄せを本当に希望するなら、恐山に行けば降ろして貰えるかも知れません。」と言ったきり、立ち上がってテントを出て行った。それで急にテント待合室はざわざわと騒ぎだし、お手伝いの地蔵講のお婆ちゃんが、

「皆さん、イタコさんはここで少し休憩に入りますから、三〇分後から再開します。」と待合の人々の抗議を抑えるように慌ててアナウンスしていた。

　残されて口寄せテントから出てきた渡辺や水鳥、梅原の三人は、どうしたのだろうかとお互いに顔を見合わせた。何かイタコの急所に触れることでも言ってしまったのかなどと思惑を巡らしたが、若

い売れっ子イタコの先ほどの行動には推測が追い付かなかった。

「私、何かイタコさんの気に障るようなことでも言いましたかねぇ？」と首をひねりながら渡辺が他の二人に縋るように聞いてみたが、他の二人も、

「いや、そんなことは特に無いような気がしたけどなぁ。」と、水鳥も梅原も狐につままれたような気がして腑に落ちない。

「縄文時代とか弥生時代の人ってのが気に障ったのか、長髄彦という個人名が何かのタブーに触れたからなのか、よく分からないですねぇ。」

「でも、確か基本的にはどなたの霊でも呼びますって言ってたから、やはり長髄彦という個人名に、何かあのイタコには口寄せできない理由があるんじゃないだろうか？」と水鳥が推理してみた。

「そういえば、先ほど梅原さんはあのイタコの名前を石木って仰いましたよね？　東大阪市に石切神社っていう腫物にご利益がある大きな神社があって、あそこが何か長髄彦と繋がりがあるって以前聞いたことがあるんですよ。まさかとは思うんですが、あのイタコが神武天皇との戦いで死んだという長髄彦の関係者だなんてことは無いですよねぇ？」と渡辺が石木という名前を気にした。

「あ～、そんなことは有りえないと思うけど、でも、そう考えればさっきのイタコの奇妙な反応が理解できるね。イタコは自分の先祖は口寄せができないからね。」

「そうなんですか、自分の先祖はやはりどんなイタコでもできませんよね。だとすると、その恐山のおばば様ってのは、どんな方なんでしょうか？　ご存知ですか？」

「いや、それは地元のオレでも聞いたことがないなぁ。おばば様かぁ〜、誰なんだろう？」と流石の梅原も首を傾げた。

「水鳥さん、どうしましょうか？　昨夜ちょうど梅原さんに恐山の宿坊を予約してもらいましたので、滞在中にそのおばば様という人に口寄せをお願いしてみようかと思いますが、どうでしょう？」と渡辺が心を決めたように水鳥の顔色を窺う。

「いやぁ、口寄せなんて何だか怖いけど、渡辺さん是非お遣りなさい。私も誰か口寄せで呼んでもらう人でも考えようかな。」と水鳥も関心を示した。

「よっしゃ、決まりだ。それじゃあ、これから予定通り亀ヶ岡遺跡に行ってから、十三湖とオセドウ遺跡、大平山元遺跡をぐるっと巡って、むつ湾側の蟹田駅まで送りますよ。」

六　大阪・降星（こうせい）伝説

津軽の川倉賽の河原不動尊以外に、大阪にも星降（ほしくだ）り伝説がある。大阪府の北東に位置する交野市から枚方市にかけての丘陵地帯は平安時代より交野ヶ原（かたのがはら）と呼ばれている。その中央部を南東から北西にかけて流れる天野川（あまのがわ）を中心に、天空にまつわる伝承地が点在している。天野川上流域で奈良県北西部に隣接しているのが磐船神社（いわふねじんじゃ）で、ここは古代に天磐船（あめのいわふね）に乗って饒速日命（にぎはやひのみこと）が上陸した地とされる。縄文時代から弥生時代にかけては、気温が上昇して海水面が上がっており、現在の天野川付近でも標高二五m以下の平野部は海面下であった（図5～7）。当時の河内湾から現在の私市（きさいち）を経由して天野川を一・五㎞ほど遡ると、右側に兜形（かぶとがた）をした岩山が見えてくる。この岩山は標高一〇〇mほどしかないが、全体が花崗岩でできており、その厳しい山容から古来より哮ヶ峰（たけるがみね）あるいは哮峰（いかるがのみね）と呼ばれ、ここに饒速日命（にぎはやひのみこと）が降臨したと言われている。ただこの二つは読み方が紛らわしい。白川静の字通によれば、哮は（ほえる、コウ）と読み、豚の鳴く声の擬声語である、しかし豚に限ることではない。意味は①獣が吠える、たける、わめく、さけぶ、②大きな声を出す、怒る、③喉でごろごろいう。タケル、サケブ、ホユとも古訓（こくん）ずる。従って哮峰はタケルガ峰、イカルガ峰どちらにも読めると言える。また交野市内には織姫（おりひめ）を祭神とする機物神社（はたものじんじゃ）があり、これと天野川を挟（はさ）んだ反対側の観音寺山公園には牽牛石が残されている（図7）。この地には七夕伝説が平安時代からあり、在原業平がこの地で次の歌を詠んだ。

狩り暮らし棚機津女に宿借らむ　天の川原に我は来にけり（伊勢物語第八二段）
（一日中狩りをして日暮れになったので、今夜は織姫に宿を借りることにしよう。
天の川の河原に自分は来たのだなぁ。）

元々第五〇代桓武天皇・第五一代平城天皇系の出自であった在原業平は、薬子の変によって皇統が第五二代嵯峨天皇系へ移っていったこともあり、二歳の時に父阿保親王の申請によって臣籍降下していた。日本三代実録に「体貌閑麗、放縦不拘（身体顔貌が美男で、物事に囚われず奔放である）」と書かれた業平が、五六歳で亡くなるまでの晩年に仕えたのが、第五五代文徳天皇の第一皇子でありながら母が藤原氏ではないため帝位につけなかった惟喬親王である。この親王に狩りのお伴をして交野の地に来て、天野川に行き着いた時に、親王の求めに応じて詠んだ歌である。この碑は京阪電車交野線終点の私市駅から直ぐの天野川沿い「水辺プラザ」に建てられている。

この交野市私市の山中に行基が創建したと伝わる古い寺がある。この寺の境内の小高い丘にある岩屋が、獅子が口を大きく開けた姿に見えることから獅子窟と呼ばれ、後にこの寺名が付いたという。この吉祥院獅子窟寺を第五二代嵯峨天皇の弘仁年間（八一〇～八二四）に、弘法大師が訪れた時に、この獅子窟に籠って仏眼仏母の修法を唱えると、七曜の星（北斗七星）が天から降りてきて、三ヶ所に分かれて落ちたと言われている。それが光林寺境内、星の森、星田妙見宮の三ヶ所で、神仏が姿を変えて現れた影向石として信仰されるようになった（図7）。

山号も降星山という光林寺は、河内西国三三ヶ所観音霊場にもなっており、降星伝説に関連して遅くとも安土桃山時代までには創建された寺である。ここは西山浄土宗粟生光明寺の末寺で本尊は阿弥陀如来である。光林寺は江戸時代初期の寛永年間の頃に星の道場としていたものを、寛文元年（一六六一）より降臨寺と改め、後に同音の光林寺と変わった。この寺の境内左奥に鳥居があり、その正面に石碑星御前と彫られた影向石が注連縄を巡らせて鎮座している。山門の蟇股は室町時代のものと言われ、本堂前の松の大木は、星田名所記にも描かれている名木である。

星の森はＪＲ学研都市線星田駅から直ぐの距離にある。ここの影向石は長く放置されていたものを、昭和五六年（一九八一）にこの地を整備して、住宅地の中の小公園としたのである。現在はこの小公園の中央に塚が造られ、上に置かれている石が影向石で、塚内には影向石の破片とされる小石が四つ納められているという。

星田妙見宮（小松神社）は、妙見山の山頂にある神社で、主祭神は本地垂迹説により妙見菩薩の権現とされている天之御中主大神である。この山頂神社の裏手に、織女石と呼ばれる巨大な岩があり、これが影向石であるとされ、御神体として信仰の対象となってきた。この三つの地点を結ぶと、一辺が約九〇〇ｍほどの三角形が形成されるので、この三ヶ所は古くから八丁三所と呼ばれ、降星伝説が言い伝えられてきた（表4－1）。

西洋における隕石や降星伝説は、古くは古代ローマ時代のプリニウス（西暦二三～七九年）の博物記に、流星と彗星に関する次のような記述がある（第二巻八九～一〇〇項）。「ギリシャ人が彗星と呼ぶものをローマ人は長髪の星と呼ぶ。全世界で彗星が信仰対象になっている唯一の場所はローマの神殿で、アウグストゥスはこれを吉兆と考えた。ヒッパルコスは人間は星と関係があり、我々の魂が天空の一部であることを、誰よりも良く証明した。また落下するときにのみ見られる流星の光がある。流星には松明（たいまつ）という意味のランパスと、火球という意味のボリデスの二種類がある。ローマにおいてグナエウス・オクタヴィウスとガイウス・スクリボニウスが執政官であった紀元前六六年に、ある星から火花が落下し、地球に近づくにつれて大きさを増し、月ほどの大きさになった後に、雲のような昼の光の中に溶け込み、それから空に戻って一つの炬火（きょか）（たいまつ）となるのが見られた。」

また同書第三巻の一三一～一三三項には次の三点が記述されている。「アステリア（星光石）は、明るい無色の石で、光が内部に包まれて眼の瞳に似ている。この石を傾けると次々に異なる所から光が射して、石の内部で移動できるようだ。これはカルマニア（イラン中東部）で産出するものの品質が良い。アストリオン（小さな星）とは、水晶に酷似する明るい無色の石で、石の中心に満月のように明るく輝く一つの星が見える。インドおよびパタレナの海岸で採れるが、これもカルマニアで採れるものが良質である。アストリオテス（星の石）は、拝火教のゾロアスターが魔術を行う時に、この石を使用すると著しい効験（こうけん）があると言われている。」これらのプリニウスの記述は、今日では隕石などとしての鑑定ができないが、古代の西洋人が流星や彗星というものに抱いていた博物学的な考え方が伝わってくる。

一方、東洋においては中国の道教で神格化された北極星（北辰）が、仏教の菩薩信仰と習合して妙見菩薩という形で信仰されるようになったものが妙見信仰と呼ばれ、飛鳥時代に日本に伝来した。国土を守り、災いを除き、人に福寿をもたらすとされ、日本では妙見の名から眼病平癒の効験もあるとされる。また北斗七星を伴った姿で表され、その第七星を破軍星と呼ぶことから武神としての性格も帯び、多くの武将からも崇敬を集めるようになった。

日本における妙見信仰と言えば、能勢の妙見山、この星田妙見宮、秩父神社、そして千葉県の千葉神社が有名である。池袋から西武池袋線特急ラビュー号に乗って西行すれば、約一時間半で西武秩父駅に着く。そこから五分ほど歩いた御花畑駅で秩父本線に乗り換えて北行すれば次の駅が秩父駅である。ここから南に二～三分戻れば秩父神社に着く。秩父の冬の夜祭（秩父夜祭）は、京都祇園祭、飛騨高山祭と並ぶ日本三大曳山祭とされ、平成二八年（二〇一六）にはユネスコ無形文化遺産に登録されている。ここは秩父市の中心部にある柞の森を鎮守とする秩父地方の総社であり、三峯神社・宝登山神社とともに秩父三社の一社である。柞とはコナラの古名で、近似種のクヌギやミズナラなどを含めて総称することもあり、古代からこの辺りがコナラを中心とした落葉広葉樹の森が広がっていた（表2）。創建は関東で最も古い時代の第一〇代崇神天皇の頃とされ、主祭神は次の四柱である。

一　知知夫彦命（ちちぶひこのみこと）（初代知々夫国造（ちちぶくにのみやつこ））
二　八意思兼命（やごころおもいかねのみこと）（知知夫彦命（ちちぶひこのみこと）の十世祖神）
三　天之御中主神（あめのみなかぬしのかみ）（鎌倉時代に合祀、江戸時代までは妙見菩薩）
四　秩父宮雍仁親王（ちちぶのみややすひとしんのう）（昭和天皇の弟、昭和二八年に合祀）

神仏習合時代は秩父妙見宮として栄え、毎年一二月三日に例大祭が行われる。江戸時代中期の寛延年間以降は絹大市が立ち、諸国から商人が多く入り、取引が盛んであった。そのため別名「お蚕祭り」とも言われ、秩父織物産地の基盤はこの頃にできた。現在は境内で、色とりどりの可愛い本物の繭（まゆ）の中に入ったおみくじ（繭（まゆ）みくじ）も授かることができる。この祭りの由来は、七夕伝説にも似ており、秩父の武甲山（ぶこうさん）（標高一三〇四m）に棲む男神（蛇神・蔵王権現）と秩父神社に棲む女神（妙見菩薩）の年に一度の逢瀬をお祝いするお祭りである。ところが実は、この武甲山男神には同じ秩父市内に路傍の祠ともいうべき小さな諏訪社に正妻のお諏訪さまがいるので、この逢瀬は実は密会なのだという。だから祭りの前夜には、諏訪渡りの神事を行って、先ずは正妻の顔を立てておく。そして明けた当日に正妻の諏訪社の前を通る時には、お囃子も中断してひっそりと音もなく通り過ぎることになっている。一二月三日の大祭では、朝から山車の曳きまわしが行われ、六基の巨大な山車が勢揃いする。ご神幸行列や各町会の山車が秩父神社を出発する午後七時過ぎから、お旅所（たびしょ）下の急坂を豪快な屋台囃しで一台一台曳き上げる時が夜祭のクライマックスである。この時は動く不夜城絵巻とスターマイン大花火との競演が、人々を興奮に誘い込む。秩父神社は東西南北の方角を守る星獣の極彩色の軒彫刻が有名である。東面のつなぎの龍（暴れる龍を鎖でつないで水害から守る）と、神社正面である南の子宝子育ての虎は左甚五郎作と伝わっている。西面はお元気三猿という彫刻で、日光東照宮の三猿の逆に、ここでは「よく見、よく聞き、よく話す」ということで、妙見様による不老長寿のご利益があると記されている。そして北面には、北辰の梟が彫刻されている。この梟は身体は正面の本殿を向いているのに、顔は逆に真北を向いて北極星を中心とした北辰（北斗七星）の方角にある妙見様を見ている。またご祭神の八意思兼命が知恵の神様でもあることから、思慮深い眷属として社殿北面に施されたものである。豊島区の池袋では地名の読み方が池フクロウに通じることから、フクロウをマスコットにしている。西部池袋線で秩父と池袋が繋がっているからかどうか、フクロウ繋がりで、秩父市と豊島区は友好都市関係を結んでいるという。日本における降星伝説は神仏習合や妙見信仰と繋がりが深いようである。

七　亀ヶ岡遺跡（シャコちゃん）

川倉賽の河原地蔵尊で、思い掛けなく美人イタコに口寄せを断られて、渡辺はしょんぼりしたが、初夏の田園風景が続く平地を梅原の車で二五分も走ると、亀ヶ岡石器時代遺跡に着いた。そこでは巨大なシャコちゃん（遮光器土偶）の白い石像が三人を迎えてくれた。

「いやぁ、久しぶりだなあ、シャコちゃん。よしよし、元気だったか？」と梅原が自分の可愛い孫にでも話しかけるように、シャコちゃんの右足を撫ではじめた。

「これですかぁ！　有名なシャコちゃんに会えて良かったですぅ。」と、沈んでいた渡辺も気を取り直したように喜ぶ。同じように感激した水鳥は、梅原に頼んで記念写真をパシャパシャ撮り始めた。

縄文時代は旧石器時代の後に当たる時代区分で、世界史では中石器時代または新石器時代に相当する（表1）。旧石器時代と縄文時代の大きな違いは、土器と弓矢の発明、定住化の始まりと竪穴住居の普及、磨製石器の発達、貝塚の形成、農作物の半栽培などが挙げられる。旧石器時代に続く時代として、西洋地域のような青銅器時代は日本には出現せず、縄文文化は完新世の温暖化にともなう環境の変化に対応して日本列島の旧石器人が自ら産み出した文化である。また各地域の生態系を活かした採集経済に生活基盤を置く点において、稲作に特化するため生態系の改変を要求した生産経済制の弥生文化とは明確に区別される。縄文時代は次の六期に分けられる。

草創期（二〇〇〇〇年間）紀元前一万五〇〇〇〇年～一万三〇〇〇〇年
早　期（八〇〇〇年間）紀元前一万三〇〇〇〇年～五〇〇〇〇年（末に鬼界カルデラ大噴火）
前　期（一五〇〇〇年間）紀元前五〇〇〇〇年～三五〇〇〇年
中　期（一一〇〇年間）紀元前三五〇〇〇年～二四〇〇〇年
後　期（一二〇〇年間）紀元前二四〇〇年～一二〇〇年（のち東北・関東以外は弥生へ）
晩　期（八〇〇年間）紀元前一二〇〇年～四〇〇年（東北・関東地方のみ）シャコちゃん

右表にあるように、縄文時代は約一万五〇〇〇〇年近い長期間に亘っており、この間大規模な気候変動も経験している。また日本列島は南北に極めて長く、地形も変化に富んでいるため、縄文時代の文化は地域的にも時期的にも多様な展開を示した。約二万年前に地球規模での最終氷期が終わって、地球が徐々に温暖化していった縄文草創期当時の日本列島は、まだ冷涼で乾燥した草原が広がっており、落葉樹の森林が一部で出現してきたばかりであった。また当時は、地学的に見ても、樺太と北海道とは宗谷海峡越しに陸続きで繋がっており、津軽海峡は冬期には結氷して北海道と本州が陸路で往来できた（表3）。瀬戸内海はまだ存在しておらず、本州と四国、九州、種子島、屋久島、対馬は一つの大きな島となっていた。この大きな島と朝鮮半島間の対馬海峡は、幅一五㎞程度の水路で近接していた。その後、縄文時代前期までに一〇〇m以上も海面が上昇したことにより対馬海峡が拡大し、黒潮の分流である対馬暖流が日本海に流れ込むこととなった。これにより日本海側に豪雪地帯が出現し、その豊富な雪解け水によって日本海側にはブナなどの森林が形成された。温暖化は広葉樹の生育を促し、海面の上昇によって多くの入江が形成され、大陸から独立した形で日本列島では、植物資源と海産資源が豊富に利用できるようになり、縄文時代の人口増加と文化の急速な発展を促した。この縄文時代前期の紀元前約四〇〇〇年頃には、さらに海面が上昇し、現在より四～五m高い縄文海進となった。

日本における縄文文化の研究は、明治一〇年（一八七七）の米国動物学者エドワード・モースによる大森貝塚の発見、ならびに縄文土器（Cord Marked Pottery）という命名が重要な出発点とされており、同年一一月二九日号の英科学誌ネイチャーに発表された。しかしフィリップ・シーボルトの次男ハインリヒ・シーボルト（小シーボルト、外交官・考古学者）が自身の発見が早いとする論文を同誌翌年（一八七八）一月三一日号に掲載して、以後両者の論争となったことは有名である。モースが発掘したのは貝殻や土器、土偶、石斧、石鏃、鹿・鯨の骨片、人骨片などで、これらは現在でも東京大学総合研究博物館に保管されている。一方、小シーボルトは大森貝塚を始め多くの遺跡を発掘し、それらをまとめて「考古説略」という本を出版し、日本に初めて考古学という言葉を根付かせた功績がある。

旧石器時代の日本列島では、更新世の末まで大型哺乳動物（マンモス、ナウマンゾウ、トナカイ、ヘラジカ、オオツノジカ、野牛など）や、中・小型哺乳動物（ニホンジカ、イノシシ、ノウサギ、アナグマなど）を狩猟対象としていた。大型哺乳動物は季節によって広範囲に移動するので、それを追って旧石器時代人も遊動的なキャンプ生活を主体とする移動生活を繰り返してきた。それが縄文時代になると、縄文の二大発明と呼ばれる弓矢と土器が発明され、生活を飛躍的に向上させた。遠方から取り寄せた黒曜石を加工した石鏃（矢じり）を用いて弓矢を作り、遠くから安全に獲物を仕留められるように進歩した。また動物の骨で釣り針や裁縫用の針を作ったり、木で様々な生活容器や舟のオールを作ったり、漆を道具の表面に塗って丈夫にしたりなど様々に生活道具を改良した。

土偶は縄文早期の前半段階で、関東地方東部（東京湾北東部～印旛沼辺り）で一時的に作られたが、その後一旦消滅している。それが縄文後期の前半になって、東日本で再び土偶が作られるようになり、やがて中部地方や九州北部でも土偶が登場するようになる。これはブナやナラ、クリ、トチノキなどの落葉性堅果類を主食とした地域において、秋の収穫期における集約的作業の必要性から、土偶を用いた祭祀が生まれて社会集団を統合していったのではないかと考えられている。しかし出土している土偶の最古のものは縄文時代草創期の滋賀県の相谷熊原遺跡、三重県の粥見井尻遺跡など近畿・東海地方からであり、鹿児島県の上野原遺跡からも早期の土偶が出土しているおり、これら西日本を中心とした照葉樹林帯での土偶の役割はまだよく分かっていない。

次に示すように、縄文前期には日本列島内に九つの文化圏が成立していたと考えられている。

一　石狩低地以東の北海道（針葉樹優勢、寒流系海獣捕獲の銛が発達）
二　北海道西南部と東北北部（落葉樹林帯、陸上大型哺乳類も狩猟した）
三　東北南部（落葉樹林帯、暖流が優越、小型陸上哺乳類、暖流性魚類）
四　関東（照葉樹林帯、内湾性漁労、貝塚多い、小型陸上哺乳類、暖流性魚類、網漁）
五　北陸（落葉広葉樹、豪雪家屋大型化、小型陸上哺乳類）
六　東海・甲信（落葉広葉樹、小型陸上哺乳類、暖流性魚類、根菜、打製石斧）
七　近畿・伊勢湾沿岸・中四国・豊前・豊後（落葉広葉樹＋照葉樹、シカ、イノシシ）
八　九州（豊前・豊後を除く）（照葉樹林帯、朝鮮海峡での外洋性漁労、結合釣り針）
九　トカラ列島以南（照葉樹林帯、亀など海洋性動物捕獲、珊瑚礁内漁労）

それが縄文後期・晩期には、文化圏が次の四つに集約されていった。

一　石狩低地以東の北海道（現在の釧路・根室付近）
二　北海道西南部と東北北部、東北南部、関東、北陸、東海・甲信（ナラ林文化圏）
三　近畿・伊勢湾沿岸・中四国・九州北部（照葉樹林文化圏）
四　トカラ列島以南

そもそも縄文時代とは、縄目模様が付いている土器（つまり縄文土器）が使われた時代のことを言い、多くの考古学者は土器の出現をもって縄文時代の開始と考えている。しかし、世界最古の土器と考えられている縄文時代草創期の大平山元遺跡（おおだいやまもといせき）（青森県外ヶ浜（そとがはま）町）から出土した土器には、未だ縄文が刻まれていない所謂無文土器（むもんどき）である。それに続く粘土紐を張り付けた隆起線文（りゅうきせんもん）土器や、爪のような小さな三日月模様が付けられた爪形文（つめがたもん）土器にも未だ縄文は刻まれず、縄文時代早期に入る紀元前約八〇〇〇年頃から漸く縄文が刻まれるようになる。このような多縄文（たじょうもん）土器以降には縄目模様が一般化し、特に津軽地方や下北地方といった北東北地域においては、縄文時代を過ぎた弥生時代や古墳時代まで継続して用いられた。

本来直線的な繊維である糸を撚（よ）ることを撚糸（ねんし）と言い、今日では殆どの糸やそれを使って編まれた布は撚（よ）られた糸を使っている。糸を撚（よ）る目的は、例えばカイコの産み出す細い繊維は、それ自体非常に切れやすく弱いものであるが、それを捻（ね）じるだけで強くなり、数本まとめて捻（ね）じるだけでかなり強度が増す。日本撚糸工業組合連合会のホームページによれば、

撚りの方向によって二種

一　右撚（S撚）紐を縦にして見るとS字のように筋が右下がりになっている

二　左撚（Z撚）紐を縦にして見るとZ字のように筋が左下がりになっている

撚り数によって四種（一m当たりの撚（よ）り回転数）

一　甘撚（五〇〇回転以下）
二　中撚（五〇〇〜一〇〇〇回転）
三　強撚（一〇〇〇〜二五〇〇回転）
四　極強撚（二五〇〇回転以上）

また撚り姿による分類も五種あるという。

一　片撚糸（一本または二本以上の糸を引きそろえ右撚か左撚をかける）
二　諸撚糸（甘・中片撚糸を二本以上引きそろえ、更に反対方向の撚りをかける）
三　駒撚糸（強片撚糸を二本以上引きそろえ、更に反対方向の撚りをかける）
四　壁撚糸（片撚り太糸と撚らない細糸を引きそろえ、反対方向に撚りをかける）
五　飾撚糸（壁撚糸を繰り返し、糸に玉部（ノット）や輪節（ループ）などを作る）

縄文土器の縄目模様も基本的には右のような撚り紐を転がして付けていったものであり、約二〇〇種類とも言われるほど多様なバリエーションを楽しんでいた。シャコちゃんの巨大石像があるシャコちゃん広場から近い所に、木造（きづくり）亀ヶ岡考古資料室がある。ここに日出山日ノ丸氏寄贈の、縄文式土器施文具の標本が展示してある。中サイズの額縁の中に、長さ一〇㎝ほどの組み紐が三〇種類ほども色とりどりに並んでいる。一度撚りから、二度撚り、三度撚り、複線文、各子目文、羽状菱形文といった糸だけでできた施文具の他にも、同じく長さ一〇cmほどの細い丸棒に単純に紐をぐるぐる巻いただけの絡縄文や、紐を複雑に巻き付けた左右撚り絡縄文、円筒式網目文など実際の土器から推定して復元したバリエーションが豊かで、貴重な施文具サンプルとなっている。この撚り紐の回転によって施文するのが縄文土器の大きな特徴とされており、北海道・北東北はこのような縄目の模様が最も発達した地域と言って良い。このような縄目模様を焼く前の土器につける理由は、土器表面の平滑化や、粘土中の空気を追い出す目的、土器表面の凹凸化による落下防止など諸説あるが、定説とはなっていない。

　シャコちゃんは正式には遮光器土偶といって、縄文時代晩期中頃（紀元前約二五〇〇〜二三〇〇年頃）に作られた高さ三四・二cm、肩幅二五・三cm、厚さ九・五cm、重さ一・四四kgの中空土偶で、両手でなければ持てない大きさと重さである。シャコちゃんはこの亀ヶ岡石器時代遺跡南部の沢根低湿地で、明治二〇年（一八八七）に農作業中に発見された。全身が鎧のような縄文で被われ、身体に左下肢が無いのは、後で損傷して失われたものでは無く、初めから欠損体として製作されたのである。また眼部が大きいのも特徴で、大きな眼鏡をかけたような縁取りの真ん中に横一線の眼裂が、エスキモーの雪メガネ（遮光器）に似ているから名付けられた。シャコちゃんは昭和三二年（一九五七）に国重要文化財に指定され、現在は東京国立博物館に収蔵されている。この沢根低湿地からは、他にも漆塗りの土器や、網かごを漆で塗り固めた藍胎漆器、クリやトチノキの花粉などが出土している。台地北側には土坑墓群もある。シャコちゃん広場から徒歩一〇分程度の距離には田子屋野貝塚もあり、ここからは貝で作った腕輪なども出土している。

と、向こうから見覚えのある長いストレート金髪にフリフリ姿の若い女性が、厚底サンダルでこちらに近づいてきた。今日のワンピースは薄ピンク色である。

「あれ～、渡辺さんと水鳥さんじゃな～い？　キグ～！（奇遇のことか？）」

「あれ、古墳ガールの額田（ぬかだ）さんじゃないですか、またお会いしましたね！」と渡辺が思いがけない再会に吃驚して応える。

「オセドウ遺跡に行ったんじゃ無かったんですか？」

「それがね、聞いて下さいよ～。あたし渡辺さん達と別れて青森駅に着いて、レンタカーを借りようとしたら、今は観光シーズンのため予約が満杯で、貸せる車が無いって断られちゃって～、泣きましたぁ。それでね、今日ようやく借りられたって訳ですよ。でもね、何たってシャコちゃんは有名だから、オセドウ遺跡の前にシャコちゃんだけはお詣りしようと思ってカーナビでここまで来たら、ナント渡辺さんと水鳥さんまでいるじゃな～い。あたしラッキーと思ったわ！　あれ、こちらのオジ様は？」と訊ねるので、

「ハイ、こちらは水鳥さんの昔の同級生で木造町（きづくりまち）の梅原さんです。」と親切に渡辺が紹介してあげた。

「額田（ぬかだ）さん、オレ達これから近くの木造亀ヶ岡考古資料室ってところで少し見学してからオセドウ遺跡に行きますが、良かったらご一緒しませんか？」と梅原が水を向けると、

「エ～、近くに考古資料室があるんですか～！　急ぐ旅じゃないし、それじゃあたしもご一緒させて

頂きま〜す！」と二つ返事が返ってきた。そこで梅原の車と額田のレンタカーの二台で、もう直径三〇㎝ほどに大きくなってきたスイカ畑の中を五分ほど縫うように進んだら、大溜池そばの木造亀ヶ岡考古資料室（縄文館）に着いた。この辺りは西は日本海、東は岩木川に挟まれた湖沼地帯のようで、この資料室の周りも平滝沼や大滝沼、ベンセ沼、長沼、雁沼など数多くの沼が点在しているので、縄文海進の頃は日本海にも繋がっていたかも知れない。縄文時代晩期の亀ヶ岡文化や亀ヶ岡式土器は、この縄文館が所在する木造町舘岡の亀ヶ岡遺跡に由来する名称である。

弘前藩山崎家の家記として、桃山時代初めの永禄元年（一五五八）から江戸時代後半の安永七年（一七七八）にかけて書かれた永禄日記という民間記録がある。この原本は既に失われ、異本も多いとされているが、四つの写本が現代に伝わっている、そのうち現在の弘前市と五所川原市の中間地点に位置する館野腰（現在の青森県板柳町）の医師山崎立朴が写した写本は館野腰本と呼ばれており、この中に次のような記述がある（括弧内筆者註）。

元和九年（一六二三、江戸時代初期）正月元日

亀ヶ岡という所からは希代の瀬戸物（珍しい焼き物）が出土する。その形はみな甕（土器）の形をしている。大きさに大小あるが、みな水を入れる甕（土器）である。昔から多く出土する所である。昔どういうわけで、このように多くの甕（土器）が土中に埋まったのか、その理由は分からない。そ

の名（甕）を取って、亀ヶ岡という地名になったとのことである。また青森近在の三内村に小川があり、この小川から出土する瀬戸物（焼き物）は、大小ともにみな人形（土偶）である。これらも（なぜ土中に埋まっているのか）理由が分からないという。

木造亀ヶ岡考古資料室にある亀ヶ岡式土器の特徴の一つ目は、器面を研磨して粗製と精製の土器を作り分けたり、深鉢形、鉢形、浅鉢形、皿形、台付鉢形、壺形、注口形、香炉形などの多様な種類の器形があることである。特徴の二つ目は、縄文地と無地の部分とを分けることで装飾効果を高め、入組み摩消縄文手法などの華麗な文様を器面に施して装飾性の強い美しさを意識していることである。遮光器土偶は、自然の恵みと人々の生活の豊穣を祈るため祭祀用に作られた女性像と考えられており、その他にも岩偶（石製の偶像）、土版、岩版、土面（土器で作ったお面）、石刀、石棒、石剣、耳飾り、ヒスイ丸玉、ヒスイ勾玉、編布、漆器など、いずれも高度な技術と文化の存在を物語る遺物が揃っている。この考古資料室の特徴は、シャコちゃん同様に、近隣の農家が畑仕事中に偶然発見した出土品の陳列が多いことで、そこには個人寄託品や寄贈資料などと明記されている。大きさ一〇～二〇cmぐらいの甕形土器や、上の開口部が大きく開いた急須型の注口土器、大きさ二～三cmから二〇cmぐらいまでの様々な人形土偶や顔土偶、大小の鏃、人骨や鹿の角、玉砥石（丸玉を作る研ぎ石）、釣針など驚くほど多数の展示物がある。壺などの土器は縄文晩期の特徴か、平底で上方に向かって広がりながら、最上部で少しすぼまって、開口部は平滑か少し波打たせて、縄文もさほど目立たなく抑制的で

ある。館内に見学者は少ないが、

「あら、この土偶、頭が無いわ！」と額田が驚くような声を上げたので、他の三人も近づいてみると、

「ホントだ、手足は四本あるのに頭だけ無いねぇ。不思議だなぁ。」と水鳥も驚く。よく見ると高さ二〇cmほどの精巧な土偶は、文様は殆どシャコちゃんと似ているが、シャコちゃんには無い首にまで模様があるのに、頭部だけが完全に欠損している。

「不思議だねぇ。でも身体はシャコちゃんそっくりだし、両下肢が直立せず少し内側に傾いているのもシャコちゃんと似てるよなぁ。何か先天的な股関節の疾患でもあるんだろうか？」と梅原が医者らしい分析を見せる。


　宮城県大崎市田尻町蕪栗恵比須田遺跡から出土した、シャコちゃんそっくりな土偶も縄文時代晩期前半（紀元前約一〇〇〇～四〇〇〇年頃）に作られたもので、現在は東京国立博物館に収蔵されている。しかしシャコちゃんと異なり、これは四肢頭部とも完全な形で出土し、高さ三六・一cm、肩幅二一・〇cmとシャコちゃんと比較すると身長がやや高く、肩幅が少し狭めのすらりとした体型である。ただそれ以外の大きめの頭に載った火焔が立ち上るような王冠状の突起物や、巨大な目に横線の遮光器パターン、張り出した両肩と腰に、短い手足が付くユーモラスな体型、雲のような入り組んだ文様を線対称や点対称に配置した体全体の装飾、さらに頭部を中心に体全体を赤く塗る装飾性などはシャコちゃんと瓜二つである。大きさやわずかな装飾性の違いは、これらの遮光器土偶が鋳型による大量複製ではなく、一つ一つ手作りで作られたものであることを示唆している。

「よく見ると何だか表面が、シャコちゃんの頭部にも残されていた赤い色素の痕跡みたいに見えますが、これはやっぱり朱漆でしょうかねぇ。」と渡辺は古代日本史研究者らしい観察を試みる。

「この亀ヶ岡もそうだけど、総じて縄文人の美というものに対する探究心は強いものがあるよね。これって弥生時代には失われたんだろうか？」と水鳥が素朴な疑問を口にすると、思いがけなく額田恭子から反応が返ってきた。

「水鳥さん、やっぱり縄文人の美の追求ってのはハンパ無いってあたしも思うわ～。でも弥生時代に入って、更にその後あたしの得意な古墳時代になっていくと、何だか美がつまらなくなってくるのよね～。何か胸弾むような躍動性とか、力強い生命力とか、そんなんが、縄文時代以後は日本の美の中から失われていったような気がするのよね～。」

「額田さん、面白いことを仰いますね。それは私も同感ですよ。」と渡辺が額田に押されたプロの研究者としての立場を、難波大学講師のプライドにかけて挽回しようと次のように頑張った。

「昭和二六年（一九五一）一一月に上野の国立博物館の考古学展示室で初めて縄文土器を見て驚愕した芸術家の岡本太郎は、縄文の美は八方に挑んでいる、無限に流れ、くぐり抜け、超自然の神秘に呼びかける想像を超えた造形、驚異的な空間性、激しく、混沌に渦巻くダイナミズム、と評したんですよ。」

岡本太郎は父親が当時の人気漫画家岡本一平で、母親が小説家岡本かの子であり、太郎一八歳の時に両親と一緒にヨーロッパへ行き、その後一人残ってパリで一〇年間過ごし、パリ大学にも通った。

この間にたまたま立ち寄った画廊でパブロ・ピカソの作品「水差しと果物鉢」を見て強い衝撃を受けた。この作品は二九×二三㎝の小さい絵で、緑や黄色、オレンジ色などを使って、立体的な静物を複数の幾何学的な形で捉え直して、そのまま平面に展開した典型的なキュビズムの小品である。岡本太郎はこの衝撃を起点として「ピカソを超える」ことを目標に絵画制作に打ち込むようになったと言われている。パリがナチスドイツに占領される直前に帰国し、召集されて中国戦線に送られた。捕虜収容所を経て戦後に帰国した岡本太郎は、夜の会という芸術家グループを作り、日本全国を旅して、伝統主義（単純な奈良・京都礼讃主義）や近代主義（輸入西洋芸術の解釈主義）に反発して、失われても構わない現在に賭けた実験として、芸術も伝統も生まれていくものだと宣言した。岡本は、弥生時代以降の日本美術史が静かな調和を重んじてきたことに不満があり、それらに代わって縄文土器の美を再発見した人である。弥生土器は機械的な対称性や穏やかなバランスを求めた形式主義が多いのに対して、縄文土器は奔放で躍動するカオスを求めたと言える。この縄文土器や縄文土偶に見られる生命力にあふれたダイナミズムは、それを美しいと感じた縄文人の感性から産まれ出たものであり、その結果として日常性を超えた宗教性や呪術性をも獲得している。岡本太郎はその著書『日本再発見～芸術風土記』のなかで、縄文時代と弥生時代の関係を、生命力あふれる馬とおっとり・じっくりの牛に喩えた。ドイツの哲学者ニーチェは晩年に、往来で荷車を引く馬に突然抱きついて、その生命力を讃えて止めどなく涙したという。その生命力である。確かにニーチェが牛に抱きつくことは決して無かったであろう。アイヌの熊祭り（イヨマンテ）と同様に、岩手県の鹿踊りが獲物を得るための呪術とその霊に感謝する両面性を表現していて、この踊りがかつて縄文人が鹿肉を常食していた時代からの伝統的儀礼であると見抜いた。

三河生まれの旅行家・本草家である江戸時代後期の菅江真澄（一七五四〜一八二九年）は、三〇歳頃から七五歳で死ぬまで東北地方や北海道各地を旅しながら、貴重な旅行記を絵と共に多数残している。寛政八年（一七九六）四月に現在の青森市三内を訪れた際には、「瓦陶（瓦や陶器のような焼き物）のごとなるもの」が掘り出され、その形は頸鎧（首を覆う鎧）の如し、甕甲（水がめの外器）ならん、と鎧のような文様であると記している。また同年七月に亀ヶ岡遺跡を訪れた際には、「瓶子、小甕、小壺、天の手抉（古代に神前の供え物を盛った粗末な土器）、祝瓶（須恵器の祭祀用・日常用器）やうの、いにしへの陶のかたしたる器」が出土していると記し、土器に縄形や布形の瓦や網代模様があると記録も残しているので、縄文土器の第一発見者と言える。

世界中の土器はその実用性の要請のため、全ての口縁が平滑であると言って良い。古代西洋壺アンフォラは、紀元前一五〇〇年頃のシリア・レバノン沿岸で発明され、その利便性から地中海世界に広まった。古代ギリシャ・ローマにおいては、オリーブオイルやワイン、オリーブ、穀物、そして魚に至るまであらゆる物資の運搬やその保管に至るまで、交易目的や日常生活上の欠かせない容器として多用された。アンフォラは底が尖った細長い容器で、胴体の途中からすぼまって長く伸びる首の所で、運搬に便利な二つの取手が付いているのが特徴だ。しかしこのような器はひたすら機能性を追求したもので、胴体への縄文や口縁への紐状突起など縄文土器に見られる不必要な装飾は一切ない。紀元前八～六世紀のエトルリアの壺も、平滑な外壁に戦士の絵は描かれているが、縄文のような装飾は無い。形態の相違を除けば、それらは弥生式土器と共通しているとも言える。そのような世界的傾向の中で、ひとり縄文土器だけは縄文時代前期の頃から少しずつ、発明ともいえる縄目模様や小突起に見られる異変を示しはじめ、次第にその微かな縄文や小さな突起が増殖を進め、やがて中期の火焔型土器まで行き着くことになる。火焔とは燃え上がる炎のような形状の土器で、その装飾は特に器の上部の拡大として目立ち、器としての重心が高くなるために実用性から言えば倒れやすいばかりの危うい容器である。新潟県長岡市馬高遺跡から出土した火焔型土器はその究極のもので、四つの燃え上がるような巨大な鶏頭冠が有名である。

「でもそれってマンモスの牙やオオツノシカの巨大な角と同じで、一定の方向に進化した挙句に絶滅した動物達と同じことなのかしらね～？」と額田恭子が高音で三人の中年男性を見渡した。

「あぁ、それは生物の進化の方向が一度決まると、そのままその方向への進化が続くように見える定向進化説というやつですね。確かにマンモスの牙もグルグル回るほど大きくなったんじゃ狩りや喧嘩には何の役にも立たないだろうし、オオツノシカの角だってあれだけ大きくなってしまったんじゃ歩くのに重すぎるし、藪に引っかかったらそのまま動けなくなって狼の餌食になってしまいますよね。でもね、最近の考え方では性淘汰説というのも重要で、例えばメスがオスを選ぶ時に大きな牙を求めたとすると、それに対応するために、つまりメスにモテたいために次第に牙が大きくなっていったとも言われてるんですよ。つまり定向進化というよりは、自然選択＋性淘汰説という考え方が最近では有力になってきているんだよね。」と梅原が医者らしい解答を示してくれた。

「なるほどね～、よく分かったわ。でもね、縄文土器って火焔型土器が最も有名でしょ。確かに燃え上がるように上に向かって広がっていくんだけど、あたしには何だか渦巻く水を表しているんじゃないかと思えるのよね。でも、火と水じゃ正反対だからおかしいですか？」と額田が再び高音で三人の中年男性を見渡した。すると、今度は渡辺が次のように反応した。

「北海道の続縄文時代の土器の模様やサハリンの民族模様とも似ているが、北海道のアイヌ文様には緩やかに渦巻くモレウ文様と、}{のようなとげの形をしたアイウシ文様、うろこ状のラウラム文様が知られている。渦巻くモレウ文様は川の流れや風、ツル草などを象徴しているもので、魔除けとして衣服に縫い込まれている。北海道央を中心に前半五〇〇年間（紀元前約四〇〇～紀元後一〇〇年頃）と後半五〇〇年間（紀元後約一〇〇～六〇〇年頃）の合計約一〇〇〇年間続いた続縄文時代は、緩やかに湾曲した直線に近い文様が主体で、渦巻き文様は少ない。一方、西洋では渦巻き模様は、古代ケルト人達が使っていた神聖なシンボルとして知られている。スペイン北西部のガリシア地方は古代ケルト文化が残る地域で、現在でも英国のスコットランドと同じようなバグパイプ演奏が行われている。この州都サンティアゴ・デ・コンポステーラの大聖堂は、エルサレム、バチカンと並ぶキリスト教三大巡礼地の一つとして有名だが、ここから西方約八五㎞地点にフィニステレ岬がある。ここは同じイベリア半島の南にあるポルトガルのロカ岬と並んでユーラシア大陸最西端の観光地として有名である。フィニステレとは大地の尽きる所というラテン語で、コスタ・ダ・モルテ（死の海岸）と呼ばれる大西洋上の難所に向けた灯台も立っている。ここの土産物店では手のひらサイズの白い貝殻型陶器の底に、細い線で幾重にも巻いた渦巻き模様が描かれている。一般にこのようなケルト渦巻きは、太陽が当たる位置に描かれていることが多いので、太陽の力の象徴あるいは太陽信仰と関連していると考えられている。ケルト以外にも、この渦巻き文様は世界中の様々な巨石文化や遺跡でも知られて、いずれも神聖な文様とされている。古代エジプト文明でははっきりしないが、例えば古代クレタ文明で使われていたのは、海洋民族であるクレタ人が地中海の渦をイメージしたのか、クレタ文明を引き継いだギリシア時代の壺にも見られる。古代バビロニアの天地創造神話（エヌマ・エリシュ）では、淡水（アズスー）と塩水（ティアマト）が一つに混じり合って、聖なる渦を作る中で神々が産まれていくとされているので、生命誕生の力と渦巻文様が結びついている。また古代シュメール神話の渦巻く大洪水は、旧約聖書にも影響を与えた。インド神話のマハーバーラタやラーマーヤーナでは、神々とその敵アスラ（阿修羅）が、大蛇を曼荼羅山（まんだらやま）に巻きつけて引っぱり合って大海を撹拌した時に、出来た渦巻きの中から太陽も月も他の神々も生まれたとされている。中国神話でも、太初には何も存在せず、一種の気が凛々と満ちて渦巻くところから、天地が生まれたとされている。北欧神話の古エッダでは、北方の寒気厳しい霧の国（ニフルハイム）と、南方の火炎国（ニスベルハイム）の中央にある巨大で空虚な裂け目（ギンヌンガ）にある寒気と熱気の大渦巻きの中から巨人ユミールが誕生し、次々と神々が誕生したという。これら世界各地の渦巻き神話は、その民族の創世物語として原初の水が、渦巻く対立と混沌のパターンとして共通認識されており、渦巻文様が聖なるものの象徴であり、生命力の源泉であることを示している。日本でも弥生時代の銅鐸辺りまでは、微かに渦巻き文様の痕跡が残るが、それ以後はほぼ消滅した。」

「へ～、ほんならこの文様は、やっぱり水を表現したものと考えてもおかしくないなぁ。」と額田が確信する。

「そうですね、つまり縄文土器の文様は燃え盛る火焔のようであり、また渦巻く水のようでもあるということでしょうか。縄文人は切れやすい糸をぐるぐる渦巻くように撚ることで、生命力あふれる聖なる力をそこに見出したように、火焔や水の渦巻きにも聖なる力を見出したんじゃないでしょうか?」と渡辺が返す。

「なるほどね、聖なる力か。それだとやっぱり渦巻き文様の土器は祭祀用ということになるのかな。私の印象では、縄文人は世界で初めて美というものを発見したんじゃないかと思うんだよね。」

「えっ、水鳥君、それはどういうこと?」と同級生の梅原が初耳に驚いて聞き返す。

「アハハ、私はただの飲兵衛医者だから難しい研究は知らないけど、今の話を聞いたら縄文人ってのは美というものを発見して、その定向進化をしたんじゃないかと思ったんだよね。現代人の我々は一般論として道具に美を見出すということは余り無い訳で、ただそれを使うだけだよね。でも縄文人は道具としての土器を発明して、それを色々改良していく中で次第に身近にあった縄を使って圧痕をした時に、単なる道具なのに美しいと感じる何かをそこに見出して、後はひたすら一万年以上に亘って定向的な発展を続けたというような?」

「水鳥さん、それは面白いですね。美というものを発見するということは、知的に極めて高度な能力だと思いますし、当時の世界文明を見渡しても余り類例のないことですよね。水鳥さんのお話を聞いて、縄文人は文様に聖なる力を見つけたけど、そこから更に美を求めるようになり、やがて美が神になると信仰したのが縄文人だったような気がしてきました。信濃川流域の火焔型土器も、実は火というよりは、氾濫を繰り返した川水に対する恐れと感謝を込めた水紋土器なのかも知れませんね。ただお茶を喫するだけの千利休の茶道では茶碗の内も外もぐるぐる回しますし、葛飾北斎の巨大な波の絵も、それが大流行した本当の理由は、私達がこの国で連綿との受け継いできた縄文人の心のようなものに通じたからかも知れませんね。」と渡辺が感想を述べた。

日本ではどこの神社に行っても注連縄というものが横に張ってある。これは神道における神祭具である糸の字の象形を成す紙垂をつけた縄であって、神聖な区域とそれ以外を区分けするための境界標（しるし、しめ）である。注連縄の長さによって、縄の下に七本や五本、三本の藁を垂らすことがあるので、標縄や〆縄、七五三縄などと記すこともある。古神道においては、注連縄の内側たる神域は常世であって、不老不死や若返りなどと結び付けられた永久不変の理想的神域とされる。常世はまた神の国の二面性として、死者の世界・黄泉の国としての存在でもある。一方、注連縄の外側たる俗世は、変転する現実世界を意味する現世であり、注連縄はこの二つの世界を結界するものである。注連縄のしめとは、空間や世界を占めることを指し、縄が神域と俗界を分けるのである。古代中国において、死者が出た家に霊が再び帰ってこないように結界した縄（注連）の風習から当字したのが日本における注連縄という漢字である。古代中国の三皇第一で文字と八卦を作った伏羲の後を継いだ天帝の葛天氏が、葛の茎を煮て繊維を抽出し、三つの束を撚り合わせて糸や縄を創り、衣を創ったと伝えられる。日本の古事記において、天照大神が天岩戸から出た時に、二度と天岩戸に入れないよう岩戸に注連縄を張ったとされているのも、記録者が古代中国での風習を借記したものであろう。注連縄には、両端が同じ太さの一文字や、片側のみが細いゴボウ締め、両端が細い大根締めなど様々な種類がある。また縄の綯い方も、一般的には神に向かって上位である右方が綯い始めになっている左綯い縄（S撚）を用いる。しかし出雲大社のあの太い縄は本殿内の客座五神の位置関係から左方を上位とする習わしがあり、左方が綯い始めになっている右綯い縄となっている（Z撚）。材料も、屋外では稲藁を用いるが、これは出穂前の青々とした稲を乾燥させたものが本来とされる。一方、本殿内では現在では麻製の注連縄が使われるが、日本書紀の第二三代弘計天皇（顕宗天皇）の項に、「取結縄葛者」とあるので、日本でも古代には葛縄を用いたことが窺われる。

しかし縄目模様を土器や一部土偶に圧痕する縄文時代前期に始まった文化は、天照大神の天岩戸神話よりずっと古い時代であり、当時の交通事情や文化交流を考えれば中国からの輸入でないことは明らかである。引っ張ればすぐに切れてしまう弱い繊維を、少し撚るだけで信じられないほど強くなる糸というものを発明し、それを更に太く撚って縄という殆ど無敵と言えるほど強い力が宿る不思議なものを作り出したのが縄文人である。その力のもつ生命力を聖なるものと感じ、その力強い生命力を自分達が使う甕や壺などの器に縄文を付けることで命を吹き込み、また巨木や巨石のような聖なるものと感じたものに、力強い生命力の象徴として撚糸で作った横縄を張り、聖なるものとして自分達と区別（結界）したものであろう。現代社会でこれほどまで日常的に横縄を目撃する国は、世界中どこにも無いのであって、この行動は現代日本人にとって恐らく縄文時代から連綿と受け継がれてきた習俗である。

「木造町（きづくりまち）に来てみて色々得るところがありましたねぇ。」と水鳥が感慨すると、

「そうやねぇ、何もないとこやと思うてたけど、なかなか遣（や）るやんか。」と額田。

「額田さん、そうおっしゃいますが、木造町の地元高校だって甲子園に出たことがあるんですよ。」と、少しムッとした口調で梅原が冗談交じりに反論した。

「へっ、それは？」

「オレの母校でもある青森県つがる市の木造（きづくり）高校（略称木高（もっこう））は、昭和五七年（一九八二）の夏の甲子園に初出場したんですよ。当時は合併前の木造町（きづくりまち）にあって、青森県では市部以外から初の甲子園出場だったので、地元の期待も大きかったんですわ。あの時はオレ達も甲子園まで大型バスで応援に駆け付けたんだけど、初戦で当たった佐賀商の新谷博（しんたにひろし）投手が凄くて、九回二死までパーフェクトに抑えられてしまって万事休すという時に、二七人目のピンチヒッターがデッドボールで出塁したために、なんとか夏の甲子園史上初の完全試合負けの不名誉を免れたんじゃあ。それで最終打者がセカンドゴロで試合終了して、辛うじてノーヒットノーランでの敗戦で済んだんだわ。いやあ甲子園の壁は厚かったさぁ、アハハ。この時の新谷（しんたに）投手はのちに西武ライオンズに入団したよね。実況していた

ＮＨＫアナウンサーが、木造(きづくり)高校を誤って、木造(もくぞう)高校とアナウンスしたせいで負けたなどと、地元では敗因をＮＨＫのせいにしたこともあったなぁ。負けた悔しさを、そんな噂でうっぷん晴らしをしたのかも知らん、ハハハ。そうそう木造(きづくり)高校の卒業生では、大相撲力士の舞の海が有名だよ。」

「へ～、舞の海関はここの高校だったんやね～。あたしファンなのよ。」と額田。

「確かにここは面白かった。さすが我が町木造(きづくり)だ。それではこれから十三湖(じゅうさんこ)とオセドウ遺跡に行こう。」と梅原が皆を促して、四人は二台に分乗して北に向かった。

八　十三湖（オセドウ神明宮）

木造町の亀ヶ岡考古資料室を出た二台の車は、梅原の運転するバンが先導し、その後を額田のレンタカーが付いていく。メロンロードと名付けられた一直線の道は、両側にメロン畑が続いているからだという。岩木山の北外周を東から西に走るやまなみロードが、やがて進路を北に取って五能線を横切り、鰺ヶ沢町北浮田辺りから、メロンロードと名前が変わり、そのまま北の十三湖まで南から北へ真直ぐな一本道となる。このメロンロードの中間地点が、先ほどの亀ヶ岡遺跡なのである。メロンロードは両側に松の防風林がどこまでも続き、特に西側は小高い屛風山となって厳しい冬の地吹雪から津軽平野を守ってくれている。道路の右側には、青い紫陽花の大株が続き、単調な直線道路を走るドライバーの目を楽しませてくれている。次第に十三湖に近づいてくると、この辺りは室町時代（一三三八〜一五七三年）前期の一四世紀末〜一五世紀前半頃に、十三湊が最盛期を迎え、町の中軸街路に沿って町屋が建ち並んでいた場所である。発掘調査によって、掘立柱建物に木組みの井戸を伴う町屋施設が確認されている（十三湊遺跡）。十三湊遺跡は前潟と十三湖に挟まれた砂州先端に立地し、南北約二㎞、東西約五〇〇ｍの細長い遺跡で、当時この辺りは今よりもっと潟湖が広がっていた。西に日本海に面した細長い砂浜（七里長浜）があり、その東側が前潟という名の水戸口まで続く浅瀬で、その南に後潟、明神沼が続き、往時を偲ばせる。この町屋を中心とした細長い陸地が、半島のように十三湖内を北に向かって伸びていて、都市計画的な屋敷割がみられ、奢侈品の陶磁器や東北地方では珍しい京都系のかわらけ（素焼きの薄い酒盃）もまとまって出土している。今通っているメロンロードは、当時の中軸街路の西側を並行して走る。当時の町屋街にはお寺や井戸が整備され、その北側には安東氏の居館などが置かれてあった。それでも現在の十三湖は南北七㎞、東西五㎞、周囲三一・四㎞と青森県で三番目に大きな湖で、特産のヤマトシジミが採れる豊かな汽水湖である。岩木川から大量の土砂が堆積する前の縄文時代は、現在よりかなり広大な入江だったようで、図1の青点線に示すような亀ヶ岡遺跡や木造町が丁度入江と陸地の境界部に当たる場所であった。この湖を拠点とした十三湊は天然の良港で、奥州藤原氏の台頭に伴って、平安時代末期には北海道アイヌとの交易拠点となり、平泉から派遣された藤原秀栄が現地に土着し、十三湊を見下ろす高台の相内地区に福島城を築き、後に十三氏を名乗った（十三秀栄）。しかし奥州藤原氏本家の滅亡により、鎌倉時代初期の寛喜元年（一二二九）には福島城もろとも攻め滅ぼされた。それが鎌倉時代後期になると安藤水軍の本拠地として、和人と北海道アイヌとの重要交易拠点として繁栄した。安藤氏（津軽安藤氏）は、本姓は安倍氏、室町時代中期以降は安東氏、天正一七年（一五八九）以降は秋田氏を自称した。江戸時代末期の旅行家菅江真澄の「外浜奇勝」に、「わらはべのもてあそぶ十三往来という冊子に、近き世まで都にたぐふばかり里とみて、にぎはしかりし由を書いたり。安東も此のあたりに住て、そのやからもいと多く、安倍氏のたぐひひろければ、此のあたりをさして、安日氏とやもはらいつらんを、今の世に相内とやひとのいふらんかし。」とあるのは。当時の相内村と奥州安倍氏との関係性を認識していたものであろう。昭和時代の政治家安倍晋太郎氏は早くから政界のプリンスと呼ばれて将来を嘱望され、竹下登、宮澤喜一と並びニューリーダー（安竹宮）の一人に数えられていた。しかし昭和六二年（一九八七）秋に、中曽根康弘氏によるポスト中曽根裁定で竹下氏が指名され涙を呑んだ。その四年後の平成三年（一九九一）に癌で亡くなり、遂に総理大臣になることはできなかった。この安倍晋太郎元外務大臣や息子の安倍晋三元総理大臣は安倍氏の末裔と公言している。安倍宗任から晋太郎氏で四三代目、晋三氏で四四代目ということになる。両人とも安倍宗任の流刑地である筑前大島の東寧山安昌院を訪れており、父晋太郎氏はこの十三湖と相内村も訪れたという。

二台が北に向かって走る一直線のメロンロードは、やがて大きな十三湖大橋に至る。今日は天気が良いので、車をゆっくり走らせながら、大橋中央点の最も高い地点から東側に広がる湖水、西側に広がる河口と日本海が車中からよく見える。大橋を渡り切って平地に下りた場所に車を停めて、河口に四人で歩いて行った。河口には津波之塔という災害伝承碑が建っている。昭和五八（一九八三）年五月二六日正午頃に発生した日本海中部地震は、秋田県能代市の西方沖八〇㎞の海底で発生した逆断層型地震で、地震の規模はＭ七・七、震度は秋田市や青森県深浦町、むつ市で五、山形県酒田市で四だった。当時日本海側で発生した最大級の地震であり、青森県日本海側、秋田県、山形県の沿岸を一〇mを超える津波が襲い、犠牲者一〇四人のうち一〇〇人は津波死であった。青森県内の釣りスポットとして人気の、ここ十三湖河口にも津波が押し寄せ、六人が命を落としたという。十三湊は室町時代初頭の延元五年（一三四〇、南朝の興国元年）八月にいわゆる興国元年の大海嘯（大津波）があって、壊滅的な打撃を受けたという伝説がある。

「ホントにここは良い眺めだねぇ。今日は湖面も日本海も、波ひとつ無いほど穏やかで綺麗だわ。確か太宰治は、この十三湖のことを浅い真珠貝に水を盛ったような、気品はあるがはかない感じの湖だって書いてるね。昨日私達が五能線で通った十二湖は、江戸時代の大地震によって沢が堰き止められて、大きな池が十二個できたから名付けられたと聞きましたが、この十三湖は十三の川が流れ込むからその名が付いたと聞いたねぇ。」と水鳥が湖口に広がる美しい風景に感嘆する。

「まあね、今は十三湖って言ってるけど、昔は十三湊って言ってたんだよね。地図を見りゃ分かると思うけど、川が十三本も無いよね。今は岩木川を主として、西側に山田川、東側に鳥谷川の三本しか無いもんね。十三湖というのは、縄文時代の昔から十三湊って言っていたのを、後から当て字した名前だから、十二湖の場合とは違うんだよね。」と梅原。

「そう言やぁ、確かにさっきの遺跡にもトサミナトって書いてあったなぁ。」と水鳥。

「元々地元の縄文語のトーサム・トマリ（to-sam ＝湖の側・湖畔、tomari＝中継地）と言う発音を、後から来た漢字文化が十三湊と当て字したって言われてるよ。ここからもうちょっと北に行くと小泊って村があって、そこも古くから対岸の大陸交易や、特に蝦夷地通いの船が強い東風を避ける時は、必ずこの中継地である小泊湊に入って仮泊することになっていたらしいよ。」

「その小泊なら、太宰治が三～八歳の幼少時に斜陽館の子守として育てて貰った越野たけに、晩年になって会いに行った村だよね。気品高く穏やかな実母と違って、モンペ姿の自然体で正座している姿に、放心するような不思議な安堵感と心の平和を生まれて初めて感じたと書いているね。」越野たけは、乳母のように安心して放心できる母性を求め続けた太宰治の理想の女性像の原型であったろう。

「へ～、そのトーサムがトサになったのなら、高知県の土佐（とさ）も同じかしら？」と額田。

「それは面白い連想ですね。高知市内も多くの川が高知湾に流れ込んでくる特異な地形で、桂浜（かつらはま）を湾口あるいは最終的な河口としていますから、ここの十三湊と似ていますよね。縄文時代にあの辺りに住んでいた人々が、トサとその特徴ある地名を呼んでいたとすれば、後から来た漢字文化が土佐の文字を当てることもあり得たでしょうね。高知の土佐も、この十三湊と同じように、門狭（とさ）（陸地に挟まれて狭くなっている水域）が語源であるという説もありますよね。」

「それじゃあ、いよいよオセドウ神明宮（しんめいぐう）に行きましょうか。」と渡辺の促（うなが）しで、二台の車は十三湖河口を後にして、右手に十三湖中島（なかのしま）を見ながら湖沿いに進んだ。やがて小さな相内川（あいうちがわ）を渡って青森県道三三九号線に入ると、ものの五分ぐらいで左手に、そこだけこんもり盛り上がった小高い丘が見えてきた。

「あれだ！」と指差したのが、長年津軽に在住している梅原も初めてというオセドウ神明宮への入口だ。丘の上は木々が繁茂しており、ふもとに色褪せて朱が殆ど剝げかかった鳥居が見える。鳥居は色褪せて背景の緑に紛（まぎ）れているので、車のスピードが速かったら見逃してしまいそうなほど周りの自然に溶け込んでいる。この鳥居の下から急な石段が丘の上に伸びているようだ。二台の車は鳥居前の空き地に車を停めた。

「ここだわ、遂に来たわ！」と額田が喜びの歓声を上げた。すると渡辺も同音に、

「そうです。僕の古代日本史研究にとっても極めて重要な場所に、遂に来ました！」

　見上げれば中ぐらいの大きさで、朱色が剝げて生木に近くなっているのが一ノ鳥居だ。これは丸太四本で作られた簡素な神明鳥居で、勿論笠木（かさぎ）の下の貫（ぬき）は二本柱を突き抜けずに止まっている。その水平の貫柱と垂直の二本柱部分に注連縄（しめなわ）を巻き付けて、丁度貫（ぬき）の下に弧状に垂れ下がり、そこから垂れ縄が三本下がっている。ここの注連縄はS撚（より）である。鳥居の前には白い石造りの狛犬が鎮座している。その雄々しい鬣（たてがみ）と太い尻尾の両所には、緩い渦巻き状あるいは波頭状の丸い文様を幾つも集めて阿（あ）吽（うん）の対で守っている。四〇段ほどの石段を昇り切ると、道が緩やかに右折する地点に小さな祠（ほこら）が二つある。右側の祠は中央に仕切りが施され、中にはそれぞれ直径一m弱の茶色い岩が一個ずつ鎮座しており、その前の横木には新しい蠟燭が一本立っている。右側の石は表面にやや光沢があって、色も茶色というより黄金色と言った方が近い。これらの岩に直接注連縄などは施されていないが、祠の上から青紫色の鈴緒が下がっている。左側の祠には、縦横一m以上あるやや大きい白っぽい岩がある。平らな表面には明治三〇年代の奉納で、天照大神（あまてらすおおみかみ）・素戔嗚尊（すさのおのみこと）と並ぶ三貴神である月読命（つくよみのみこと）を祀ってるように読める（図8）。これらの小祠を左に残しながら緩やかな昇り地面を進むと、やや細い生木で作られた二ノ鳥居があり、そこを潜ると直ぐに二番目の狛犬が守っている。この狛犬は一ノ鳥居のものと姿も似ているが、こちらの方が新しい。この二ノ狛犬そばの大きな木に、藁（わら）で作られた大きな

龍(りゅう)がヌーッと現れて額田が悲鳴を上げた。

「きゃ～、何これ～！　怖～い！」

「ぎゃ、何だこりゃ。」と水鳥もその異様な作り物に吃驚した。すると梅原が笑って、

「アハハ、そんなに怖くないよ。これはね、奥津軽(おくつがる)地方の伝統的な虫おくり行事で使われる虫という名の蛇なのよ。虫おくりってのは、田植えを終えた後に、田の神を送る早苗饗(さなぶり)祭事なんだよね。五穀豊穣と無病息災を願って、相内(あいうち)の人々がこの龍を担いで村を練り歩くんだよ。木彫りの龍の頭に稲藁の胴体で作った虫を、地元の若者が担いで、お囃子とともに村中を練り歩くお祭りさ。この辺りじゃ、風や日照りと並んで害虫も、昔から農業に害を与えるとされてきたからね。そこで駆虫効果のある植物を焼いて、その煙で幼虫を追い出そうとした。それが形式化して、信仰的な行事として定着し、神社の前で火をつけ、田んぼの中を回り歩き、そのあと普通は海とか川へ流すんだけど、奥津軽では高い木に掛ける風習が定着してきたそうだよ。この虫おくりは、昔は津軽一円で行われていたようで、菅江真澄(すがえますみ)の『遊覧記』や『外浜奇勝(そとがはまきしょう)』などにも書かれてるよ。中でもこの相内(あいうち)地区の虫おくりは、津軽地方の虫送りの原型といわれてるようで、五〇〇年ぐらい前から続いているそうだ。毎年六月に開催される祭りでは、蛇体を象(かたど)った五ｍもの蛇虫が村中を練り歩きながら、太刀振りやコミカルな動きをする荒馬に、笛や太鼓のお囃子に合わせて踊るハネト衆が続いて、盛大に行われるんだよ。」

「へ～、ハネト衆まで踊って跳ねるって何だか佞武多(ねぶた)みたいね。それでもまぁ怖いわ～。」とまだ怖がる額田。

「そうでしたか、そう言われてみると案外この藁人形は可愛いかも知れませんね。」と渡辺。気を取り直した四人が、そこから緩やかに左に曲がりながら、石段を更に二〇段ほど昇ると、地面の向こうに神明宮が見えてきた。ここの三ノ狛犬は阿像は子供を庇い、吽像は玉を押さえて、顔貌はまるで獅子舞の頭のような恐ろしくもありコミカルでもある。ここから潜る三ノ鳥居と四ノ鳥居は生木の古い神明鳥居で、三ノ鳥居の頂上笠木は右半分が朽ちている。

田舎の一軒家という風情の神明宮は、豪雪地帯ということもあってか、正面入口は二重構造となっており、軒下のアルミサッシの引き戸の周りを、申し訳程度に朱色の五ノ鳥居が囲んでいる。このアルミの外戸を開けて中に入ると、相内神社氏子総代会の張り紙があり、日常防犯のため内戸は施錠されていた。するとお詣りはこの外戸と内戸の間の狭いスペースからとなる。それでも正面軒には、打ち出の小槌や大判小判金貨が施された福寿の額が掲げてある。鈴も大小三個ありそれぞれに鈴緒がぶら下がっている。この鈴緒は出雲大社と同じZ撚である。暗くてよくは見えないが、内戸越しに中を覗かせて貰うと、正面祭壇には両脇から赤い錦の帯が下がっており、それに挟まれて正面には古すぎて判然としない漢字三文字が書かれた大きな扁額がある。ご神体は分からない。この祭壇から内戸にかけては、両脇に御神禮と見える提灯が天井から数個ずつ下がっている。そして最も手前には、内戸を開けた時に手が届く距離に、神饌台（小テーブル）の上に燭台とおみくじが置いてある。ただその上には、直径三五㎝ほどの金色の円筒が天井からその神饌台の辺りまでぶら下がっている。よく見るとこの巨大な金色の円筒は、その周りが直径三㎝ほどの小さな鈴を繋げた輪が、上下四㎝ほどの間隔で上まで三〇輪もグルグル巻きで連なっており、最上部は丸くすぼまって、これはどう見ても男根の象徴かと水鳥には思われた。

「あぁ、これは道祖神だよね。この辺りは信州と同じに道祖神が多いんですよ。」と、顔を見合わせた額田と渡辺に向かって梅原が笑って解説した。

「はい、それは私も分かりましたが、それにしてもこれは巨大ですね。」

「あたしも長年古墳ガールやってるけど、こんな巨大な道祖神は初めてだわ。しかも全身鈴だらけだなんて、全部でこの鈴一〇〇〇個以上はあるでしょう！　驚きだわ！」と二人の驚きは歓声に変わった。

　十三湖北岸は相内川による扇状地が湖に突き出た形をしており、オセドウ神明宮と県道三三九号線の直ぐ向かい側にある福島城のあたりは丘陵になっている。ここからは十三湖内は勿論のこと十三湖口での船の出入り、十三湊の状況などが一望できるので、政治経済的な要衝地として十三湊の交易を支配するのに最適の場所であったと言える。またこの県道三三九号線を東に進んで、やがて国道一二号線（山なみライン）に乗り換え、そのまま蟹田町から陸奥湾へ通ずる要路でもある。このような水陸に利あるこの相内地区は、はるか昔の縄文人も数多く住んでいたようで、オセドウ神明宮の裏にある史跡公園広場は縄文時代（前期～中期）のオセドウ貝塚がある。中世に十三湊を中心に繁栄した安藤氏は、この十三湖北岸の政治経済的要衝地に、福島城とアラハバキ（荒吐）神を奉ずる社を建立したため、このオセドウ神明宮はアラハバキ神社とも呼ばれている。

「ねぇねぇ、そろそろ裏の史跡公園広場に行きましょうよ。」と額田が急き立てるので、四人でオセドウ神明宮裏手に回り込んだ。

「ここ、ここよね～！　縄文人骨が発見されたって場所は！　それってゼッタイ長髄彦様の遺骨に違いないわ～。ウ～ン、あたしの古墳魂の血が騒ぐわ。今日は最高！」と額田の興奮が俄に高まってきたようで、広場内を小走りにはしゃぎ回る。しかし興奮が次第に収まってきたのか、皆に向かって冷静に問うた。

「でもそれってやっぱり、あたしの長髄彦様なのかしら？　初代神武天皇の東征に逆らったんで、殺されたはずやろ？」

「額田さん、ホントに詳しいですねぇ。大分世代が古い私達でも漸く聞いたことがあったような、無かったような、そんな感じなんだけどなぁ。むかし何かの飲み会で、誰かがそんな話をしていたなぁ。」と水鳥が例によって、酒席での社会勉強の成果を披露した。

「そういえば、平成時代の終わり頃まで、青森県神社庁のホームページには、このオセドウ遺跡が、長髄彦の遺骸を再葬した墓地といわれ、オセドウ神明宮が長髄神社とか荒吐神社と称したって書いてあったような気がするなぁ。」と梅原が少しマシなコメントを返して地元民の意地を見せた。

「そのアラハバキって何なの？　それは飲み会でも聞いたことなかったなぁ。」と水鳥が付いていけないという風に嘆息したので、見かねた渡辺が少し助け舟を出した。

「アラハバキ神は、縄文時代から今日まで連綿と伝えられている神様で、これを祭神としている神社は全国に何と一五〇社以上もあるんですよ。本来は縄文人の神あるいは後年になって蝦夷の神であったという説が有力なんですが、現代の神社の多くは旅の神とか足の神などとしてアラハバキを祀っているんですよ。ハバキ（脛）とは昔の旅人が脛を守るために巻いた脚絆、あるいは行軍する軍人さんのゲートルのことですね。それはつまり旅人の脚を守るために脛に佩く脛巾の神であり、また足の神＝下半身神ということで、男性器を象った御神体を祀る神社もありますね。さっき見たこのオセドウ神明宮のは、巨大で、黄金色で鈴なりですから凄いですよね。漢字では荒覇吐や荒脛、荒吐などと書きますが意味は同じでしょう。アラハバキ神は賽の神であるという説もあるんですよ。賽の神は村外れに祀られる道祖神で、村を疫病や災厄から護ってくれるので、お地蔵様と同じような役割も指摘されていますね。」

「そういやぁ、木造町もそうだけど、この津軽では村外れには必ずと言って良いほど、お地蔵さまが祠に祀ってありますよ。確か信州もそうだよね。津軽も信州も縄文時代の名残が大きい地域だから、そのような習俗は仏教が伝わってお地蔵様が身近になる前から、実は始まっていたんじゃないだろうか。」と梅原がコメントする。

「学会から偽書扱いされている『東日流外三郡誌』という文書には、アラハバキ族という者達が北東北に住んでいて、その祭神がアラハバキであると書かれているそうですよ。宮城県多賀城市には荒脛巾神社がありますし、岩手県衣川村にある磐神社は奥六郡を支配した安倍氏がアラハバキ神を祀った神社であるとされていますね。アラハバキ神は、新しくやって来た大和の神々に追い落とされたのだという説もあるんですよ。実際に新しい神を祀る場合、古い土地神は（本当は逆なのに）客人神として、本殿ではなく拝殿の片隅や境内の摂社・末社に追いやられることが多いですよね。ただ変な話ですけど、下半身を表すものがそもそもの御神体だったのではないかという説も根強くあるんですよね。」

「ほう、それは？」と酒席での話題になりそうだと直感したのか、水鳥が身を乗り出した。

「縄文遺跡からは、石冠と呼ばれる冠みたいな形をした磨製石器が時々出土するんです。祭祀用だと思うんですが、正確な用途は不明のままなんですよ。埋葬墓の頭頂部からも出土したことがあるので、何らかの副葬用の冠と考えられなくも無いのですが良く分かっていません。時代的には縄文時代前期の北海道や、縄文時代晩期の中部地方西部が多いんですよ。大きさは手のひらサイズが多いんですが、何しろその形が、下部に鏡餅のような土台があって、その上に上方に向かって屹立する円柱が立って先端が丸く尖っていて、まるで男性器そのもののように見えるんですよね。さっき見たオセドウ神明宮の巨大な黄金柱は、ぶら下がっているので土台こそ付いていませんが、恐らく同じものでしょう。中にはその土台部分に女性器が象られているものも有るようですから、やっぱり何か豊穣信仰や生命力信仰と関係がある祭器なのではないかと思いますね。確か明日行く予定の三内丸山遺跡でも同じような石棒があったはずですよ。考古学者達によれば、このような石棒は縄文時代前期から作られはじめて、後期には小型化していきますが、晩期までずっと作られ続けたそうです。ですから諸説ありますが、アラハバキ神は男性神あるいは男女二柱神で、縄文時代から連綿として今日まで民を護る神として祀られ続けてきたのかも知れません。」

「なるほど、それは面白いねぇ。」と水鳥が満足そうに酒席ネタを得た。

アラハバキ神は、主に東北地方から関東地方で信仰されてきた神で、当然ながら後から作られた記紀神話や伝統的な民話などには登場しないので、今日まで伝説としてのみ伝わってきたものである。これまで神仏習合神を祀ってきた各神社では、明治の神仏分離令によって、主祭神を記紀神話の神々に比定して変更したが、アラハバキ（荒脛巾）の場合は脛の字の連想もあって、初代神武天皇東征時に敗れた側の長髄彦（ながすねひこ）とされることがある。

賽（さい）という字は、サイ、まつる、むくいる、さいころと読み、上が塞するの略で、下が貝でできているので、道路や境界の要所に土神を祀り、報賽（ほうさい）して守護神とするものである。賽コロは、もと神占の具であったが、のち勝敗を争う具となった。唐の白居易の詩に、「黄昏林下の路、鼓笛して神に賽して帰る」とあるので九世紀中国の唐代においても賽の神の風習があったことが分かる。

賽（さい）の神はまた岐（くなと）の神とも呼ばれ、久那土神や久那止神、久那戸神、クナド大神などと書かれる。クナドとは来（く）な処（ど）つまり来てはならない所という意味で、村落の境界にあって外敵や悪霊の侵入を防ぐ神で、まさに賽の神なのであるが、またクナグすなわち交合や婚姻に通ずるという説もある。アラハバキは女陰説というのもあって、北海道倶知安（くっちゃん）では、アイヌ古語でアラハバキは女陰、クナドは男根を意味して、この二つは本来一対のものだという。またハバキのハハは蛇を意味する古語で、ハハキとは蛇木（ははき）あるいは竜木（ははき）であり、地面から屹立する木を蛇に見立てて信仰したという。実際、伊勢神宮に祀られている波波木神は、内宮の辰巳の方角（東南）で龍と巳の真中を守護している。アラは荒々しい意味と一般に受け取るが、顕れるという接頭語を付けて、顕波波木神になったという説もある。古代陸奥国府多賀城の鬼門に当たる東北方角一㎞地点にある荒脛巾神社が、外敵である蝦夷への防御ということだとすると、元々の蝦夷神アラハバキを以て蝦夷から守ることになり驚くべき逆用である。またこれは発音上のこじつけに近いが、鉄の古語がサヒなので賽の神は鉄の神であるとする説もある。

武蔵国一之宮であるさいたま市大宮区氷川神社の現在の主祭神は出雲系で、武蔵国造一族と共にこの地に乗り込んできたものであり、社名の氷川も出雲の簸川に由来する。この摂社はもと荒脛巾神社で今は門客人神社と呼ばれているので、出雲勢力が乗り込んでくる前はアラハバキ神を祀っていたものであろう。大宮氷川神社の創建は第五代孝昭天皇三年の時まで遡り、第一二代景行天皇の時代には日本武尊が東夷鎮定の祈願に立ち寄り、第一三代成務天皇の時代になって出雲族の兄多毛比命が勅命により武蔵国造となり氷川神社を専ら奉崇し始めたとある。現在の主祭神は出雲系らしく須佐之男命とその妻稲田姫命、その子大己貴命となっている。一方、摂社門客人神社の現在の祭神は稲田姫命の両親である足摩乳命と手摩乳命とされているが、名前も江戸時代までは荒脛巾神社と呼ばれ、祭神は天孫ニニギ降臨の時に神門警護のため随行した櫛石窓神と豊石窓神とされていた。氷川神社は延喜式にも掲載されている古社であるが、氷川神社の主祭神がスサノオであるという明確な記述は江戸時代までしか遡れないという。つまり出雲の神々が祀られる前から、そこにあった泉や川、広大な沼地にアラハバキ神が祀られていたものと考えられている。アラハバキを公然と主祭神とする東北地方以外では、客人神（まろうどがみ）として祀る神社が武蔵国を始め、三河国や出雲国、伊予国にも存在するのは、鉄（さひ）の神でもある古代物部氏の勢力範囲と製鉄技術とが関係しているかも知れない。同じく物部氏が関与したと伝わる岩手県花巻市東和町の丹内山神社には、御神体がアラハバキ大神の高さ三m以上もある巨石で、平安時代の陸奥国征討で訪れた坂上田村麻呂（さかのうえのたむらまろ）も、その霊験を恐れたと言われている。

「このオセドウ神明宮（しんめいぐう）はねぇ、現在のご祭神はいちおう天照皇大神（あまてらすおおみかみ）になってるけど本当は違うのよ。元々は初代神武天皇の東征の時に、敗れてこの地に大阪から落ち延びてきた長髄彦（ながすねひこ）様を埋葬した墓地、つまり古墳って言われてたのよね。あたしの長髄彦様はそのお名前の通りとても足が長くて勇敢で、戦いにも強くてとてもカッコ良かったのよ。それがね、饒速日命（にぎはやひのみこと）っていう義弟の裏切りのために窮地に陥って、ここまで逃れてきたってわけ。ホントにカッコ良いわぁ。だから古墳の上に立つこの神社も元々は長髄（ながすね）神社って呼ばれていて、いつの頃からか荒吐（あらはばき）神社とも呼ばれるようになったのよ。その後、奥州藤原氏が滅んだ鎌倉時代初期の建久二年（一一九一）に安藤氏が安倍神社として再建してくれたのよね。安藤氏やるじゃん！　さすが安倍氏の末裔ね。でもね、その後の室町時代中期以降は戦国時代になっちゃって、南部氏との戦いがあった応永三三年（一四二六）にナンと福島城とともに焼討ちされちゃったのよ～、ひどいでしょ。でも助ける神ありで、応仁元年（一四六七）に始まった応仁の乱の混乱で土御門帝（つちみかどてい）第三子の天眞名井宮義仁親王（あまないのみやよしひとしんのう）が延徳二年（一四九〇）に津軽に都落ちしてきて、十三湊の相内（あいうち）に御幸して、往古の安倍一族を偲んで一宇を建立し奉り、於世堂（おせどう）と名付けて下さったのよ。そして江戸時代中期の元文三年（一七三八）になって、津軽藩の寺社令によって御伊勢宮と改称されてね。その後さらに江戸時代末期の弘化二年（一八四五）に神明宮と改称して、明治六年になって青森県の村社に列せられたってわけ。あたしの勘では、どうもこの寺社令で御伊勢宮に変わった辺りから、ご祭神も天照皇大神に変更させられたんじゃないかなって思うのよねぇ。あたしたちがオセドウって呼んでるのは、御伊勢宮が訛ったんだって言う人がいるけど、それは逆で、於世堂とか於瀬洞の方が先なのよね。地元じゃ古くからの自分達の神様として信仰してきたんだものね。このオセドウ貝塚を大正一二年（一九二三）六月に相内村内有志が発掘調査したところ、ビックリじゃない！　身長二ｍもある巨大な縄文人骨が出土して、世間を驚かせたのよ！　その時の記録によれば、出土した人骨は貝塚の上端、即ち現在の道路面から約四・五ｍの位置に、頭部を西北に、足部を東南にして出土したのよ。幸いに原形を大きく失うことなく発掘されたので、その成果を記念して陸奥北津軽郡相内村出土人骨なんてシビレる名前を付けてくれたのよ〜。その特徴は壮年男子で、頭部は短頭、歯の咬合は上下嚙み合っていて、顎の突出が弱く抜歯していない。長すね骨であるって、ちゃんと書いてあるもん！　顔部の特徴は石器時代の通有性に近く、死因は頭部の皮膚疾患か損傷による骨膜炎症だったんだって。この人骨の写真を私も見たんだけど、確かに膝から下の両脛骨と左腓骨が写っていて、大腿骨と同程度の長さとなっているのよ！　若い足長オジサンって感じかな？」と額田がウキウキしながら皆に解説してくれた。この事実は平成四年（一九九二）三月に公表された五所川原市市浦村埋蔵文化財発掘調査報告書（全体で九〇頁）のオセドウ貝塚発掘調査概要の第一・第二次発掘調査概報（同上四〜八頁目）にも記されている。また大正一四年（一九二五年）には、東北大学の長谷部・山内両博士が発掘を行い、ここで見つけた長いバケツ型の土器を円筒式土器と命名した。

「いやぁ、さすが難波の古墳ガール！　額田さん、詳しいですねぇ。古代日本史が専門の僕でも、そこまでは知りませんでしたぁ。」と渡辺が頭を掻きながら苦笑いする。

「ホント、面白いねぇ。じゃあ、その長すね骨の人骨が長髄彦ってことなのかな？」と地元民の梅原も身を乗り出してきた。


「その通りです。」と、そこにいつの間に現れたのか、背が高く顎髭を軽く伸ばした作業着姿の中年の男が、梅原の問いに答えて四人に近づいてきた。

「ここの管理を任されている石木脛夫です。」と名乗った男は下肢が長かった。

「皆さん観光ですか？　今日はお詣りくださり有難うございました。先祖の長髄彦も喜んでいると思います。」とニコリともせず軽く頭を下げた。

「えっ！　それじゃあ、石木さんは長髄彦の子孫って言うことですか？」と四人同時に眼を丸くして聞き返すと、

「ハイ、私どもは先祖代々ここの長髄彦の墓守をしている者です。昔の河内国と大和国（今の大阪府と奈良県）で、先祖の長髄彦が初代神武天皇の東征を阻んで、初めは勝ったのですが、後に金鵄が出

てきたために負けてしまいました。その後この地に落ち延びてきたのが、何年前でしょう、一七〇〇年ぐらい前のことでしょうか？　私どもの先祖の長髄彦は兄の安日彦と共にこの地に逃れてきたと当家では伝わっていますが、大正時代の発掘調査ではこの古墳からは遺骨は一体だけしか出土しませんでした。」

「あれっ、確か今朝行った川倉賽の河原霊場で、イタコをしていたあの子も石木って言ってたな。もしかしたらご親戚ですか？」と梅原が思い出して聞いてみると、

「あぁ、会われましたか。あれは私の娘の石木莉子です。正式にはイタコではなくカミサマです。」

「え、え～っ！　娘さんでしたか！　これは失礼しました。何だか変な口寄せをお願いして、怒らせちゃったみたいで、僕はシュンとしてここまで来たんですよ～。」と渡辺がこの機会とばかりにしきりに頭を下げた。

「変な口寄せとは？」

「それが知らないこととはいえ、脛夫お父様には大変失礼になってしまったんですが、ご先祖の長髄彦様の口寄せをお願いしてしまったんですよ、ホントに済みませんでした。」

「あぁ、そういうことでしたか。それなら確かに娘莉子は自分の先祖ですから口寄せできませんし、能力的にもまだカミサマで本物のイタコになっていませんから無理だったんでしょう。もしかしたら恐山のおばば様ならできるかも知れませんね。」とあくまでも穏やかな口調で父脛夫が応対する。

「川倉で莉子さんにもそう言われました。それで早速、旅程を延長して恐山に行って、そのおばば様

に口寄せをお願いしてみることになったんです。」と渡辺がホッと安心したように父脛夫に今後の予定を報告した。

「ねぇねぇ、石木さんは長髄彦様の子孫なんですよね。あたし難波の古墳ガールって呼ばれてる額田恭子って言いますが、一緒に記念写真を撮らせて貰って良いですかぁ。」と初対面なのに憧れの君の子孫と聞いて、馴れ馴れしく不躾なお願いをすると、思いがけなく石木脛夫も、「良いですよ。」と気軽にツーショットに応えてくれた。

「渡辺さん、折角このように長髄彦のご子孫がおいでになるので、その神武東征と長髄彦についてもう少し教えて貰えませんか？」と地元の梅原も勉強意欲が湧いてきたようだ。

「いやぁ、これは大役ですし、ましてや直接のご子孫のいる前ではお恥ずかしい限りですが、ここが私の専門研究分野でもありますので、少しだけお話ししましょうか。石木さん、私のお話は征服者としての畿内朝廷側が作った歴史書に基づいているものですから、もし私が間違っていたらその都度訂正してくださいね。」と顔を赤らめて、話を始める前から顔には大汗を掻いて渡辺が次のようにまとめた。

「この話を始めるに当たっては、先ず縄文時代や弥生時代の奈良盆地と大阪平野の状況から始めなければならない。図5～7にあるように、海進によって海岸線が内陸まで前進してきた頃の縄文時代から弥生時代にかけて、現在の奈良県中央部は大きな湖が広がり（奈良盆地湖）、上町台地を除く大阪府の北部大部分も入江であった（河内湾）。奈良盆地の周辺部からの多数の川が集中して形成されていた奈良盆地湖（大和湖）は、やがて大和川となり生駒山地と金剛山地の狭隘部である国分地域を抜けて下流に入り、南から石川の流れも集めて北に向かい、玉串川や長瀬川、平野川といった幾筋もの川となって下り、大和川デルタに堆積物を増やしていった。奈良盆地湖にも堆積物が少しずつ増加していったが、それでも飛鳥時代にはまだ沼沢地帯であり、藤原京からほぼ真北への平城遷都の時ですら、未だ干拓事業が進められていたのである。そして笠置山地際の山辺の道に並行して、南北縦貫道として新しく大和三道（東から上ツ道、中ツ道、下ツ道）が整備された。移転した平城京にしても、高台の安全な土地は藤原不比等が独占して興福寺を建ててしまったので、京域とした南半分は水捌けが悪いままであった。その結果、衛生面でも疫病が蔓延し、聖武天皇は在任中ずっと遷都構想に頭を痛め続けた。一方、下流となる大和川も河内湾に注ぎ続けて堆積物を運び、次第に上町台地が北に伸びて汽水湖となっていった。やがて北の淀川水系からの堆積物も集めて湾口が塞がれるようになると、紀元後約二〇〇〜五〇〇年頃の古墳時代までに、漸く完全に淡水化したのである。しかしその後も深野池や新開地という名で、一部は長く池や湿地帯として大阪府内に残り、住民は長年に亘りたびたびの洪水に苦しみ、江戸時代の万治二年（一六五九）になって、漸く川の付け替え工事が始まった。工事が完成したのは、四五年後の宝永元年（一七〇四）のことで、それから大和川は現在のように直接西方に向かって大阪湾に注ぐようになった。このように大和・河内地方は、縄文時代から弥生時代、古墳時代、飛鳥時代、そして大阪平野の一部では近世まで水の問題に悩まされ続けた。従って古代においては、両者を境する生駒山地周辺が、豊かな山の幸・海の幸に恵まれた特等地だったのである。

古代の大和盆地において奈良盆地湖を挟んで鳥見（登美）と呼ばれる地域が南北二ヶ所にあった。一方は河内湾から大阪湾、瀬戸内海を経て西日本とつながり、他方は桜井市から宇陀市を経由して東海地方や伊勢方面などの東日本に通ずる交通の要衝であった。西から奈良盆地に入ろうとすれば、生駒山麓交野を通ってこの北西の鳥見から入るわけで、饒速日命はそうして奈良盆地に入った。あとから東征してきた初代神武（当時即位前でイワレビコ）も初め同じように試みて、その時は長髄彦に阻まれた。そこで今度は紀州をぐるっと回って、宇陀などの東方勢力の助力を得て南東の鳥見から侵入したのである。その時にこの二つの鳥見を抑えて奈良盆地を統括していた縄文人系の強力な首長が長髄彦であり、そのため別名鳥見彦とも呼ばれた。北西部で両側に富雄川と竜田川を従えて南北に細長く伸びる北の鳥見である矢田山地一帯が長髄彦の本拠地であり、南の鳥見が長髄彦軍とイワレビコ神武軍とが二度目に戦って、金の鵄が飛来したことで長髄彦が負けた地点ではないかと言われている。この時現れた金のトビというのは鳥見に通じて、神武天皇側に付いた（つまり長髄彦を裏切って神武側に内通した）鳥見一族の者ということで、長髄彦の義弟である饒速日命、またはその子可美真手命（＝宇真志摩遅命）、あるいは長髄彦の妹鳥見屋姫（美炊屋媛）などの説があり、いずれも意味深長である。」

「きゃ〜、カッコイイのに裏切りに遭うなんて、あたしの長髄彦様かわいそう！」と額田恭子が薄ピンクのワンピースを捩って悲鳴を上げた。

「そうですね。この裏切りはご先祖様にとって全く予期していなかったものであり、とても辛かったと思います。」と静かに石木脛夫がコメントした。

「でも、その当時でも縄文人は近畿地方に残っていたんですか？　もう弥生時代には入っていたでしょう？」と水鳥が素朴な疑問を渡辺にぶつける。

「そうですね。では、その辺りをちょっと整理してみましょうか。文献学的には諸説あり確定していませんが、考古学的裏付けも加味すると概そこんな感じでしょうか。」と渡辺が次のように整理した。

縄文時代　紀元前一万五〇〇〇～前四〇〇年頃（約一万四六〇〇年間）

弥生時代　紀元前一〇〇〇年～紀元後三世紀中頃（約一三〇〇年間）北部九州優勢
弥生時代後半　紀元後一世紀頃（地域勢力形成、山陽、近畿、東海、近江、北陸）
銅鐸文化最盛期　紀元後二～三世紀（近畿中心の文化圏）
倭国大乱（西日本）　二世紀後半（北部九州と西部中国地方の乱立抗争？）
畿内に倭国成立　二世紀末
後漢滅亡　二世紀末～三世紀初（二三八年燕の公孫子滅亡）、北部九州衰退
大和建国　三世紀初～四世紀中頃まで（一五〇年間纏向繁栄、物部氏貢献？）
邪馬台国卑弥呼　三世紀前半活躍（畿内説・北部九州説）、畿内に庄内式土器が出現

古墳時代　三世紀中頃～六世紀末（約二五〇年間）
箸墓古墳　三世紀中～後半？（卑弥呼墓説）
邪馬台国台与（とよ）　二四七年卑弥呼死亡、二六六年台与が卑弥呼後継として西晋に遣使
第一次天孫降臨　三世紀後半（饒速日命（にぎはやひのみこと）、鳥見哮ヶ峰（とみいかるがのみね））長髄彦（ながすねひこ）妹の鳥見屋姫（とみやひめ）と結婚
出雲の国譲り　三世紀後半～四世紀前半（古墳時代初期）九州・山陽でも古墳
第二次天孫降臨　四世紀前半（瓊瓊杵尊（ににぎのみこと）、南部九州高千穂の峰）
神武東征？　二八五～三〇五年頃東征（長髄彦（ながすねひこ）と対決）、近畿銅鐸文明衰退
奈良盆地制圧　三〇〇～三五〇年頃
倭国軍朝鮮出兵　三六七年（百済との同盟軍を新羅に派兵）百済から七支刀（しちしとう）贈与
倭国軍朝鮮出兵　三九一～四〇七年（百済救済目的で対新羅・高句麗軍を四回出兵）
山陽地方を制圧　五世紀
近畿地方を制圧　六世紀
仏教公伝　五三八年（崇仏＝蘇我稲目（いなめ）、廃仏＝物部尾輿（おこし）＋中臣鎌子）
丁未（ていび）の乱　五八七年（物部守屋（もりや）滅亡、厩戸皇子（うまやどのおうじ）と蘇我馬子（うまこ）＝守屋義弟）崇仏派
中国で隋王朝建国　五八九年

飛鳥時代　五九二年推古帝即位～七一〇平城京遷都

推古天皇即位　崇峻天皇暗殺後、推古天皇即位五九二年（第三九代）
遣隋使派遣　第一回六〇〇年（推古朝で三～五回派遣）
隋滅び、唐興る　六一八年（六三〇年舒明天皇時より遣唐使開始、八九四年に廃止）
蘇我氏全盛　六世紀後半興隆、七世紀半ば滅亡（稲目、馬子、蝦夷、入鹿四代）
大化改新（乙巳の変）　六四五年（中大兄皇子、中臣鎌足、蘇我入鹿暗殺、父蝦夷火自害）
壬申の乱　六七二年（天智天皇没後、天武天皇勝利）記紀編纂命令

奈良時代　七一〇年（奈良平城京遷都～七九四年平安京遷都）
古事記完成　七一二年（和銅五年）
日本書紀完成　七二〇年（養老四年）

平安時代　七九四年平安京遷都～一一八四年鎌倉幕府開始
先代旧事本紀完成　八〇六～九〇六年の間（大同年間～延喜年間前期）物部氏が記述
古語拾遺完成　八〇七（大同二年）斎部広成が編纂した神道資料、長髄彦死に言及

「ということは、渡辺さん。年代的に多少前後する所はありますが、それでも神武天皇と戦った縄文人と言われている長髄彦は、実は縄文時代の人ではなく、弥生時代も過ぎた古墳時代に入ってからの

人だったと言うことでしょうか？」と水鳥が素朴な疑問を投げかける。

「はい、ちょっと考えると変な気もしますが、両者が実在したとするとその辺りでは無かったかと考えられます。日本での時代区分は、縄文時代↓弥生時代↓古墳時代と区分けされていますが、当時は政府があった訳では無いので、命令によってある日突然変わったというよりは、数百年掛けて少しずつ言葉も生活様式も移行していったものと推定されます。実際に、縄文時代の後期から陸稲（おかぼ）を中心とした稲作は始まりましたし、紀元前三〇〇年頃から灌漑を伴った水田稲作が始まっても、海辺では縄文時代以来の豊かな魚介類の採集は続いていました。古代の河内湾でも、陸地との辺縁部であった現在の大阪市森之宮（もりのみや）や東大阪市・四条畷市の東側の生駒山地近くに縄文遺跡や貝塚が沢山残っていますよね。そこではわずかな畑作や初歩的な稲作に加えて、貝採集や小さな漁労なども継続して行われていたでしょう。田んぼで米を作り、その隣の焼き畑でソバや稗や雑穀を栽培し、山菜や木の実、川や内湾では魚を捕まえ、山ではシカやウサギ、山鳥などを捕まえるといった複合的な生活スタイルが移行期として長く続いたものと考えられています。」

　大阪市森之宮（もりのみや）は、古代において上町台地の突端に後に築城された大阪城の東側にある生國魂神社（いくくにたまじんじゃ）（難波大社）の東側に広がっていた森で、五九八年に新羅より持ち帰ったカササギをこの森で飼育したことから初め鵲森（かささぎのもり）と呼ばれたという。その地に聖徳太子が用明天皇を祀る鵲森宮（かささぎのもりのみや）を造営したことから、森之宮という地名になったと伝わっている。この森之宮地域には縄文時代中期頃から人が居住していたと考えられ、貝塚の分析により、遺跡西側の上町台地で獣を狩猟しながら、縄文時代には海水性の貝（河内湾）が、弥生時代～古墳時代には淡水性の貝（河内湖）が食べられていたことが分かっている。また河内湾沿岸には他にも多くの集落が営まれ、旧石器時代から人々が暮らし始めた大阪市平野区長原遺跡からは、縄文時代早期の押型文土器や撚糸文土器が出土している。これらは近畿地方の編年研究では神宮寺式土器に続いて出現するもので、黄島式土器と呼ばれている。押型文土器は外面に小さな楕円形の粒や山形文様を付けたもので、撚糸文土器は撚りを掛けた紐を巻き付けた細棒を転がすものである。このほか河内湾辺縁部の遺跡としては、同じく縄文時代早期の枚方市穂谷遺跡から表面と口縁部内面に緩やかな振幅の山形文様を施す押型文土器が出土している（穂谷式土器）。縄文時代後期後半（紀元前約三八〇〇～三三〇〇年頃）になると、森之宮遺跡から出土した元住吉山一式土器において、口縁部と胴部に細い線で文様帯を区画して、その間に縄文を施すようになり、これが近畿地方で縄文を施された最後の土器となっている。それが同じ縄文時代後期後半でも元住吉山二式土器になると、もう縄文は消えてしまい、波状に尖った口縁部の先端には巻貝を押し当てた文様があり、形もそれ以前の近畿地方の縄文土器には例のない高杯形を採って、脚部も円形孔が四方にあるなどの新展開を見せ始める。大阪市平野区長原遺跡からは縄文時代晩期の土器も出現しており、ここでは縄文は完全に消え去り、文様も極めて簡素化して、沈線文（ただ線を引いただけ）や突帯文（ただ粘土紐を貼り付けただけ）といった実用一点張りに変化した。興味深いことに、長原遺跡ではこれら縄文時代晩期の長原式土器棺墓と弥生時代最初期の土器棺墓が同じ墓地から見つかり、また長原式土器の中には籾圧痕も見つかっているので、遅くとも縄文晩期の長原では既に稲作農耕が始まっていたと考えられる。このように古代の河内湾をぐるりと取り巻くように縄文遺跡が点在し、東北の枚方市が縄文早期、そこから南下して四条畷市と日下貝塚が縄文後期、南の平野区が早期と晩期、左上に回り込んで西端の森之宮が縄文後期となっている。この地域では紀元前二〇〇〇年頃に始まった縄文後期の海退により、貝採集や漁労、栗栽培といったこれまでの生業が困難になって行き、代わって粟など穀類栽培が始まった。

生駒西麓にある東大阪市の日下遺跡は、縄文時代と古墳時代の遺跡で昭和四七年（一九七二）に国指定史跡となった。この遺跡で特筆すべきは、東北地方の縄文時代晩期の亀ヶ岡土器が昭和七年（一九三二）に関西で初めて出土したことである。また亀ヶ岡式土器と、関西の縄文土器である二枚貝の条線が付けられた条痕土器の組み合わせを、直接確認できたことも重要な発見であった。つまり遅くとも縄文時代晩期の紀元前約一〇〇〇年頃に青森県津軽とこの大阪府日下とのつながりがあったことが実証されたのである。この地はまさに長髄彦がイワレビコ神武を迎え討った処である。また平成二九年（二〇一七）には沖縄県北谷町の平安山原B遺跡で、「工」の字を迷路のよう組み合わせた工字文を特徴とする亀ヶ岡式の大洞A式土器の破片が、微かな朱塗りを残した状態で、これまでの種子島や奄美大島、喜界島に次いで沖縄県で初めて見つかった。またその南に位置する伊礼原遺跡からは、縄文晩期の新潟県糸魚川産のヒスイが見つかっている。このことは北東北の文化圏と近畿や南西諸島との間に、縄文晩期から弥生前半にかけて、幅広い交流が存在していたことを実証した。

大阪府内には約四〇〇〇ヶ所の縄文時代遺跡があり、その半分ほどが生駒山西麓の河内地域に集中しているのは、当時生駒山西麓以外は多くが河内湾の海底だったためだ。ところが紀元前約二四〇〇年頃から日本列島の気温が数度下がったため、縄文中期から後期にかけての人口密度が全国平均では八九↓五五と低下していったのに、逆に近畿地方で人口密度が九↓一四に急増したのは、一時的に関東や中部地方、東北地方などからの移住もあったものであろう（図4）。ただこのような一時的人口増加も持続せず、縄文晩期に一四↓七と再び低下していったのは、やはり寒冷化に対する縄文式食料生産方法の限界が表面化したためであろう。

「約四〇〇〇ヶ所あるとはいえ、大阪府内では東日本と比べて縄文遺跡が少ない方ですし、かなり深い地層にあるので発掘も大変でしょうね。東大阪市の有名な石切神社前の西ノ辻遺跡（鬼虎川遺跡）では地下四m以上も掘って、漸く縄文時代の地層に辿り着いたそうです。でも森之宮遺跡では、昭和四〇年代に約二〇体もの大量の人骨が出土して、最古の大阪市民だと大きな話題になったそうですよ。」と渡辺が、水鳥向けの酒席用話題を提供してくれた。

「あたしら地元では、石切劔箭神社は、親しみを込めて石切さんって呼んでるんやけど、やっぱ石切さんとこも深く掘ったら縄文遺跡が出たんやなぁ。」と、額田が頬に両手を当てて喜んだ。

大阪府内と同様に奈良県内にも縄文遺跡は少なく、生駒市デジタルミュージアムによれば、縄文時代の生駒市の文化財は空欄になっている。しかし弥生時代になると中菜畑・一水口遺跡（弥生時代～中世の遺跡）や西畑遺跡（弥生時代～中世の遺跡）など生駒谷と呼ばれる遺跡が生駒市の竜田川流域（つまり鳥見地域）に出現してくる。また暗越奈良街道に沿って、弥生時代～中世遺構の萩原遺跡や、古墳時代中期の竹林寺古墳・一分コモリ遺跡も点在している。しかしこれらはいずれも弥生時代以降の遺跡であって縄文時代のものではない。奈良県北東部の奈良市周辺においても旧石器時代や縄文時代の遺跡は希薄で、わずかに平城京に北接する佐紀池周辺で縄文時代中～後期に該当する土器片が出土し、古市の台地上で縄文時代の石鏃類が若干採集された程度である。ところがこの辺りでも、弥生時代になると河川の流域ごとに遺物の出土は増加し、富雄川流域の狭小な谷間において大和田遺跡や富雄北遺跡などから弥生時代後期の土器類が出土してくる。秋篠川流域では平城宮下層の佐紀遺跡が、住居跡九棟、方形周溝墓一一基など畿内第五様式を主体とする大規模な低地性集落であることが判明した。また西ノ京丘陵上では六条山遺跡から竪穴住居跡五基、方形遺構二基なども出土している。菩提仙川流域では窪之庄遺跡と広大寺遺跡があり、銅鐸も秋篠寺西側丘陵と山町の二ヶ所から出土するようになるという具合である。更に古墳時代になると、平城宮下層から前～後期の溝や井戸が、また佐紀池から前期の遺物が出土してくる。古墳そのものも、富雄川流域の富雄丸山古墳と古市台地の古市方形墳が前期古墳として出現し、佐紀丘陵の佐紀盾列古墳群の西地区に神功皇后陵とされる狭城盾列池上陵など古式古墳が存在し、猫塚古墳やマエ塚古墳、塩塚古墳などは発掘調査が実施されている。またこの東地区ではウワナベ古墳やコナベ古墳などを中心として、大和五号墳・六号墳などから多数の鉄製品が出土したので、やはり古墳時代以降のものである。

「石切さんて、腫れ物・出来物やがん封じの御利益があるというので、大阪では『腫物の神さん』て親しまれてますよね。僕のお婆ちゃんも、むかし腫れ物ができた時よくお百度詣りに行ってましたけど。額田さんも、よくご存じなんですか?」と、長い解説に疲れてきた渡辺が、額田を世間話に誘った。

「そら、あんた石切さん言うたら、石のように硬い出来物や悪性の癌でも、すっきり切って下さる言うて、それは毎朝早くからお百度詣りする人が仰山いますで~。あたしの実家は東大阪市にあって、近鉄奈良線の枚岡駅と石切駅の丁度真ん中の額田駅前にあるんで、小さい頃から枚岡神社にも石切さんにもよく遊びに行きましたで~。どっちも凄く大きい神社やなぁ。そや、確か枚岡神社も神武天皇と関係なかったかな?」と額田が土地勘も詳しく皆を見回した。

「あれっ、それで額田さんていうお名前だったんですね。それにしても由緒ありそうなお名前ですよねぇ。そうですよ、枚岡神社はまさに神武東征の時にできた神社ですよね。」と渡辺が気を取り直して次のように答えてくれた。

神武東征で最初に大和に入った地は、原伝承では紀ノ川を遡ったと想定されている。しかし古事記では吉野川の川尻が最初の地とされており、日本書紀では宇陀となっているなど異説が多い。ここでは取りあえず日本書紀に従って考えてみる。東征時に神倭伊波禮毘古命と言った後の初代神武天皇は、日向国を後にして途中寄り道しながら吉備を経て大阪湾、更に河内湾へと侵入した(図5~7)。しかし生駒山西麓の孔舎衛の坂の戦いで長髄彦防衛軍に打ち負かされて、捲土重来今度はぐるり和歌山紀州路から熊野・吉野山中を通るルートで、太陽の昇る東方から攻めることに決意した。この時に神倭伊波禮毘古命の命令により、後の中臣氏の遠祖である天種子命が東征の成功と平国

（国土平定）を祈願するために、生駒西麓の霊地である神津嶽に一大磐境を設けて、天児屋根命と比売御神の二神を祀ったのが枚岡神社の創祀とされている。それは神武天皇が橿原の地で即位する三年前のことであった。打ち負かされて敗走したはずの一部が、その地に戻って社を建てるというのは考えづらいので、創建年代については後年の創作も有りうるかも知れない。いずれにしても、その後ながく神津嶽にお祀りされてきた枚岡神社は、大化改新から五年後の白雉元年（六五〇）に、平岡連らにより山頂から現在の山麓へ移された。奈良時代中期の神護景雲二年（七六八）になって、祭神である天児屋根命と比売御神の二柱が平城京そばの春日大社に影向（移転）したので、現在は元春日と呼ばれている。その後、奈良時代後期の宝亀九年（七七八）には、逆に春日大社から武甕槌命と経津主命の二神を迎えて合祀し、現在のような四殿となった。また天正二年（一五七四）には、水走有忠宮司と織田信長の間で合戦となり、社殿を焼失してしまった。しかし慶長七年（一六〇二）になり、豊臣秀頼によって本殿が再建されて今日に至っている。

近鉄奈良線に乗って枚岡駅を出ると、すぐ右に急な階段が始まり、階段を上ると見える一本の注連縄で繋がれた二本の石柱には、左側に天孫輔弼（天皇を助ける）、右側に神事宗源（神事を初めて行った神様）とあって、この神社の全てをこの入口で知ることができる。四棟並列の美しい枚岡造の枚岡神社本殿のご祭神は四柱あり、正面から見ると次の順に配列している。

第二殿　比売御神（天児屋根命の后神）

第一殿　天児屋根命（中臣氏＝藤原氏の祖神、饒速日命・瓊瓊杵尊と共に二度降臨）
第四殿　経津主命（香取神宮の祭神、春日大社から勧請した）
第三殿　武甕槌命（鹿島神宮の祭神、春日大社から勧請した）

この序列では中臣氏が祖としている武甕槌命の方が、物部氏が祖としている経津主命より上位に置かれていることに注意を要する。中世に一之宮制度ができると、枚岡神社は河内国一之宮となり、宮司水走家と禰宜鳥居家が社家を司っている。主祭神の天児屋根命は天岩戸開きの時に、祝詞を詠んで天照大神を誘いだした功績があるとされる。境内から、かみつだけコースを登って行くと、やがて神津嶽山頂に石造りで鳥居と春日造（切妻造の妻入り）の枚岡神社元宮が建っており、古代祭祀跡の磐座も鎮座して、近くには枚岡神社創祀の地という大きな石碑も建っている。神武天皇お手植えと伝わる柏槙（ヒノキ科の針葉樹、ジン酒の香りづけにも用いる）の大木もある。枚岡神社はまた梅の名所としても知られ、枚岡梅林は東大阪市の名勝にも指定されている。ここには、かつて約二haの広大な敷地に芳流閣や豊後といった約三〇種の有名品種があったが、東京都青梅市でも起こった植物病ウメ輪紋ウイルス（プラムポックスウイルス）の被害のために、平成二八年（二〇一六）に約一七〇〇本の全てが伐採されてしまった。そこで令和五年（二〇二三）頃から少しずつ回復植樹が進んでいる。枚岡神社で毎年一〇月に行われる秋郷祭は収穫感謝祭だが、何しろ全国的にも珍しい布団太鼓台が二〇台以上も繰り出して境内を練り歩くので人気がある。また歴史ある枚岡神社は特殊神事もあり、一つは毎年一月に行う粥占神事（粥占奉賽祭）で、米と小豆を一緒に大釜で炊き、その中に入れた占竹の中に入った小豆粥の状態でその年の豊作を占うものである。もう一つは注連縄掛神事と呼ばれるお笑い神事である。これは神社入口にある石段下の両柱に大きな注連縄を掛け渡し、その下で宮司と氏子総代など大勢が、揃って高笑いをして春の到来を念じるもので毎年末に賑やかに行われ、「笑う宮司」として有名である。

「渡辺先生は石切さんにお詣りしたことあるんか？」と額田が聞いてきたので、

「はい、以前一度ゼミの学生を数人連れて行ったことがありますよ。あそこは本当に参詣者も多くて賑やかでした。確か物部氏系の穂積氏が宮司を司っていたような気がしますが、山上の上之社までは坂道がきつそうで行けませんでした。」

「そうなんや。あそこは実はその上之社が大事なんやけど、確かにかなり坂道きついから、まぁ仕方ないか。」と額田が渡辺を許してあげた。

「額田さん、その上之社って何が大事なんですか？」と水鳥が口を挟むと、さっきまで穏やかに話を聞いていた石木脛夫の顔に、急に緊張が走ったのを梅原は見逃さなかった。

「それはなぁ、世の中でも長いこと秘密にして封印されてきたことやから、ホントは余り言いとう無いんやけど、今日はあたしの大好きな長髄彦様のご子孫の石木さんと巡り会えたのが長髄彦様のお導きだと思うて、チラッとだけ教えてあげる。石木さん、宜しいか？」との額田の問いに、仕方ないという表情で石木脛夫が承諾した。それを受けて額田が次のように話した。

河内国における太陽信仰の御神体は生駒山地の饒速日山である。当初この山上に祀られたのは饒速日命とされている。往古に饒速日命を奉じて物部氏が統治していたこの辺り一帯はイカルガ（縄文語で鹿のいる川？）とも呼ばれていた。今でも交野市内にはイカルガ教会があり、天野川を上流に遡っていくと、磐船神社に至る手前に鵤酵橋という橋も残っている。矢田丘陵南端の法隆寺の地も後から斑鳩という漢字を当てたものである。石切神社の社伝によれば下之社の石切劔箭神社のご祭神は、第一次天孫降臨した饒速日命とその息子可美真手命の二柱である。饒速日命の第七代目の伊香色雄命が穂積姓を初めて名乗ってから、後に木積姓に変わっても継続して物部氏の主要氏族として今日まで祭祀を行っている。ところで、石切劔箭下之社は南面しているが、石切上之社は西面しているので、河内側から見ると日の出が丁度この上之社の直上から昇ってくる。石切両社の直ぐ南に位置する枚岡神社もまた西面しているので、夜明けには本殿とその背後の生駒山地の頂上から朝陽が昇ってくる。神武東征時に敵味方として戦った防衛側の饒速日命を祀る石切神社と、攻撃側の天之児屋根命を祀る枚岡神社が南北に並ぶように同じ生駒山西麓に鎮座しているのは、敵味方とはいえ両者共通して生駒山とそこから昇ってくる太陽を信仰した結果と考えられる。西面する石切上之社の境内からは、大阪平野が一望でき、現代の梅田地区も阿倍野ハルカスもはっきり見晴かせる。

「と、まぁ、ここまでは普通の解釈やわな。でもここからがあたし独自の解釈で、古墳ガールの推理ってやつかな。」と額田が勿体をつけるのを、

「はい、是非その額田説を聞きたいです。」と渡辺が額田をプッシュした。

九　大阪・神武東征

額田恭子が、「あたしの考えを言う前に、先ず何故天孫降臨が二度あったのかと言うことから始めようかしら。」と話しだした。

記紀によれば天孫降臨は二度あって、一回目は饒速日命によるもので、二回目がその後の神武東征に繋がる瓊瓊杵尊によるものである。記紀は国際的な外交上の必要性が高まった飛鳥時代に編纂が開始され、両書ともに奈良時代初頭に完成した。従って壬申の乱を勝ち抜いた飛鳥時代の天武朝や平城遷都後の初期奈良朝寄りに記述されているため、解釈には注意を要するが、また一方では当時でも動かしえない周知の真実については書かざるを得ない側面も合わせ持っている。特に日本書紀については、物部氏や蘇我氏など最有力古代豪族を次々に駆逐して、一大勢力となっていった中臣氏＝藤原氏の不比等が実質的な監督者であったために、物部氏や蘇我氏が大悪人として描かれているので注意を要する（表1、本書一七二頁）。

古事記は全三巻あり、天皇家の歴史（つまり正統性の主張）を記すことを目的として、稗田阿礼が誦習口承した帝皇日継（天皇の系譜）などを中心にして、太安万侶が書き留めて編纂し、奈良時代初頭の和銅五年（七一二年）に元明天皇に献上されたものである。これは大化元年（六四五）に起きた大化の改新（乙巳の変）で中大兄皇子（後の天智天皇）と中臣鎌足らによる蘇我入鹿暗殺事件に憤慨して父蘇我蝦夷が自邸に火をかけて憤死したため、朝廷の歴史書保管庫も延焼して失われたことを遠因としている。壬申の乱後、天智天皇の弟である天武天皇が即位し、天皇記や焼けて欠けてしまった国記に代わる国史の編纂を命じた。古事記の神代の巻では神々の出現神話や、その後の素戔嗚尊、出雲の国譲り、天孫降臨などの神話がスペクタクルに描かれている。これに対して、日本書紀は現存しない系図一巻と文書全三〇巻から構成され、神代から持統天皇代までを扱う編年体の歴史書で、古事記より八年遅れて（ほぼ同時期ともいえる）養老四年（七二〇）に完成した。日本書紀の編纂責任者は舎人親王であるが、実質的には藤原不比等が指揮をとり藤原氏一族の意向を出来得る限り反映させた。このような日本書紀の藤原氏偏重に危機感を抱いた物部氏が、（恐らく自己正当性を後世に伝えるために）記したものが先代旧事本紀（略して旧事紀）で、全一〇巻残っているうちの一部分は、今日でも神道における神典として使われている。この旧事紀は江戸時代に国学者の多田義俊や伊勢貞丈、本居宣長らによって偽書とされたが、近年になり後世に付け足された偽作はその序文のみであると反証された。この旧事紀は、天孫本紀の項に尾張氏と物部氏の系譜を詳述しており、平安時代初頭の大同年間（八〇六〜八一〇年）から、遅くとも一〇〇年後の延喜年間前期（九〇四〜九〇六）までに完成したものと考えられている。これは日本書紀とは逆に、物部氏に都合よく書き込まれている部分も有り得るが、日本書紀で隠蔽されたり無視されたりした物部氏に関する部分についての一面の真実を推定する歴史資料として、それなりの価値がある。

その先代旧事本紀（旧事紀）第三巻の天神本紀に、天孫である饒速日命が天降る時に、高御産巣日神が防衛役として三二名、供領として五部（五名）、そして警備役の造五名と物部二五名の合計三〇名、さらに操船者として六名を随行させたとして、その具体名が列挙されている（表7）。ここで注目すべき点は、この饒速日命に随行した防衛隊三二名はその殆どが後の（四国を除く）関東から九州にかけての各地を管掌する祖神であり、うち五名は後の瓊瓊杵尊による第二次天孫降臨の時と同じ顔ぶれである（表7、A1～3、9、10）。また警備役三〇名の大部分が物部氏であり、当時から物部氏が警備や軍事面を司っていたことも推定できる。ここで鳥見物部や久米物部（久目氏は後の神武東征にも随伴した）、肩野物部、布都留物部がいること、また後の神武東征に随伴した大伴氏がいないことに留意する必要がある。また随行者の最筆頭に後の尾張連の祖となる天香語山命が挙げられていることは、物部氏と尾張氏との密接な関係がここでも示唆されている。

この旧事紀によれば、饒速日命は天照大神の子天之忍穂耳命（オシホミミ）と、造化三神の一人高御産巣日神（タカミムスヒ）の娘（ヨロズハタヒメ）との間の長男として高天原に生まれ（天孫）、既に天道日女命との間に天香語山命を授かっていたが、天照大神から天璽瑞宝十種を与えられて、父オシホミミの代わりに子天香語山命やその他の従者と共に天磐船に乗って地上に天降ったことになっている（図8）。そして地上に来てから長髄彦の妹御炊屋姫を娶り、その間に宇摩志麻治命を儲けている。饒速日命の天上子天香語山命は、神武一行が熊野で悪神の毒に苦しんでいるところを、高倉下命と名を変えて神剣師霊を献上して助け、さらに地上子宇摩志麻治命が伯父長髄彦を殺したことで、天上地上の二子ともにイワレビコ神武に貢献し、宇摩志麻治命などは「長髄彦は気がふれて暴れる性分で、軍勢も強かった。よくぞ伯父に従わなかった。」と褒められたと記している。このことを古事記では、長髄彦が殺されてから饒速日命が姿を現して、自分は瓊瓊杵尊の後を追って天降ったと前後逆の記事を載せている。一方の日本書紀では、主君の天神饒速日命に仕えている長髄彦が、新たに天神を名乗る侵入者（イワレビコ神武）を頑なに信用せず、あくまでも抵抗したため、結果的に主君の饒速日命に殺されたことになっている。古語拾遺でも、長髄彦は饒速日命に殺されたと書かれている。古語拾遺は斎部広成が編纂した神道資料で、平安時代初頭の大同二年（八〇七）に成立した。朝廷内の祭祀を中臣氏が牛耳っていたことも意識して、祭祀に携わる斎部氏の伝承をまとめたもので、祭祀の詳細を記述しており、饒速日命が神武天皇即位式の大嘗祭で役目を果たしたことが記されている。饒速日命の出自について、記紀が言及を避けつつも神武東征時既に大和に在住していたことは認めており、もともと北部九州の弥生系豪族あるいは吉備国辺りから祭祀を持ち込んだ豪族だったのではないかとする説がある。高天原を関東に比定する説においては、関東からの入植者という説も成り立ちうる。

饒速日命が天降ったとされる磐船神社は、昔の河内国河上哮ケ峯（現在の大阪府交野市私市）にあり、交野に勢力を張っていた肩野物部氏一族の氏神であった。しかし廃仏派の物部守屋が用明天皇二年（五八七）の丁未の乱（推古帝即位の五年前、西暦五八七年）で崇仏派の蘇我馬子によって滅亡すると肩野物部氏も勢力が衰え、仏教の隆盛も相俟って磐船神社も衰退した。それ以降は磐船神社を総社としていた私市、星田、田原、南田原の四村の人々によって護持され、中世以降は生駒・葛城の修験道の行場として再興し、北峯の宿・岩船の宿として栄えた。また住吉大社の神主であった津守氏が饒速日命の子孫であったことから、同じ航海神である住吉三神を祀る住吉信仰も入ってきて、現在でも境内には垂迹神の住吉大神や不動明王など神仏習合の影響が残っている。それでも江戸時代中期に相次いだ天野川の氾濫などにより社殿を失い宝物も分祀するなど、磐座のみが残るほどまで衰微した。しかし昭和時代に入って社殿などが整えられ、ようやく復興を遂げたものである。現在でも境内の御神体北側には数多くの巨石からなる岩窟があり、中世の修験道時代のままに、下を流れる天野川のせせらぎを聞きながら岩窟めぐりをすると新しい生命が再生すると信じられている。

「ホント、あそこの岩窟めぐりは今思い出しても大変でしたぁ。私も一度ゼミの学生達と研究を兼ねて行ったことがあるんですよ。何か落としたら二度と回収できない岩場なので、手荷物は全て社務所に預けるんです。お詣り帯を渡されて岩場に入ったら、それはもう巨石のほんの小さな隙間を滑り下りたり、よじ登ったりで、下に川のせせらぎがありますが、それを楽しむ余裕は全くありませんでしたね。もう死ぬかと思うほど狭くて厳しい胎内でしたが、何とか潜り終えて外に出ると、命が若返ったような不思議な気がしました。」と渡辺が数年前の経験を報告した。

　磐船神社のすぐ横を狭い磐船街道が通っている。この道は古代より大阪府交野市と奈良県生駒市を結ぶ交通の要衝であったが、特にこの磐船神社付近の道幅が狭く、近代に入って国道一六八号線上の交通渋滞の箇所になった。そのため平成九年（一九九七）に道路改良工事と天野川防災工事が竣工し、磐船神社に入る手前で道路は新磐船トンネルを、河川は天野川トンネルを潜ることとなった。また幕末の文久三年（一八六三）には、天誅組の変の義挙に失敗した勤王志士伴林光平が、この磐船街道で江戸幕府に捕らえられた。伴林は法隆寺から大阪方面へ逃亡中だったのであるが、翌年京都で斬首処刑された。伴林は国学者で歌人でもあり、その辞世の大きな句碑が、処刑後一二〇年以上を経た昭和六二年（一九八七）に、住吉大社宮司西木泰の揮毫を得て伴林光琳先生崇敬会によって、この磐船神社境内に建てられた。

梶を無み乗りて遁れん世ならねば　岩船山も甲斐なかりけり

この磐船神社背後の哮ヶ峯の山頂には八剣大神とされる磐座もあり、江戸時代の万治二年（一六五九）には日・月・星の三光と「乾元亨利貞」など易経の文字を刻した石碑も建てられるなど星田妙見宮の信仰対象ともなっている。往古の政治は祭祀を伴っており、第二次降臨者として後から大和入りしたニニギ系のイワレビコ神武も、物部氏が既に行っていた祭祀の一部は、自らの祭祀に取り込まざるを得なかったであろう。実際イワレビコ神武東征の随伴者は極めて少なく、大伴氏と久目氏といった軍人以外について祭祀担当の具体的随伴者が見当たらない。わずかに祖父の瓊瓊杵尊による第二次天孫降臨時に随伴した五名のうち、中臣氏の祖である天児屋命と忌部の祖である太玉命の二名が後の祭祀担当者になるぐらいである（表8）。

「まあ大体こんな感じかしら？」と額田が言うと、

「なるほどね〜、それじゃイワレビコ神武が東征する以前から、物部氏がある程度河内地域や大和北西部地域を統治していた訳だ。」との梅原の問いに、

「そうですね、古代の伝説ですから細部に多少の食い違いや矛盾はあると思いますが、総じてそのように言えるのではないでしょうか。」と、これについては渡辺が控えめに答えた。

「それで神武東征前の時期に、在来者である長髄彦（ながすねひこ）と新来者である饒速日命（にぎはやひのみこと）とは仲良くできていたんですか？」と今度は水鳥が、石木脛夫（いしきすねお）の濃い顔をチラッと見ながら渡辺に訊ねる。

「はい、私が研究している古代日本史では少なくとも文献的にはそのように考えられていますね。記紀では共に長髄彦（ながすねひこ）が饒速日命（にぎはやひのみこと）あるいは甥の宇摩志麻治命（うましまじのみこと）に仕えていたと記述されていますが、これは後の征服者の視点で書かれていますから本当のところは分かりません。ただ私は、新参者として来た饒速日命（にぎはやひのみこと）が長髄彦（ながすねひこ）の母や姉とではなく、妹御炊屋姫（みかしきやひめ）と結婚したという記述が重要なのではないかと考えています。つまり事実としては先住者長髄彦（ながすねひこ）とその仲間が中心的に統治していた所に、新しく饒速日命（にぎはやひのみこと）が物部氏系の新技術集団を伴って大和入りし、弟分となってその後も平和的な上下関係あるいは共同統治的な状況だったのではないかと考えています。」

「確かに今日の時代区分では既に弥生時代になっている時期に未だ縄文時代のライフスタイルや文化を維持して先住していた長髄彦（ながすねひこ）と、後からやって来てこの地で新しく土地を開墾して水田耕作を始めなければならない饒速日命（にぎはやひのみこと）の物部氏とはお互いに協力し合うメリットがあったでしょう。弥生時代

は紀元前一〇世紀頃から紀元後三世紀中頃の約一三〇〇年間ぐらいと一括りにされますが、弥生時代の後半は鉄器を求めて朝鮮海峡を挟んだ交易が飛躍的に発展しましたよね。そのような状況の中で、紀元後一世紀頃からは東海北陸地方を含む西日本各地で地域勢力が形成されていきました。当然でしょうが、弥生時代のこの頃は縄文晩期に低迷していた北部九州地方の人口密度が次第に増加してきましたし、近畿地方では人口が急増と言って良いほど、東海地方に迫る勢いで高くなり、のちの倭王権成立に結び付く準備状態が進行したと言えるでしょう。二世紀末には畿内に倭国が成立し、やがて三世紀中頃に古墳時代へと突入していくことになります。ですから、この饒速日命が近畿地方に移入（第一次降臨）してきたのは、恐らく三世紀後半あたりではないかと考えられるんです。」

「そうすると、今からちょうど一七〇〇年近い昔ですねぇ。」と水鳥が例によって溜息をつく。

「そうよ、そんなふうにあたしの長髄彦様が饒速日命と賢く平和的に共存していたところに、後からイワレビコ神武が突然暴力的に殴り込みを掛けてきたということなのよね。ホントに迷惑な話だわ！」とここで額田がプンプンと口を尖らせた。

「アハハ、長髄彦の立場からしたら、いきなり平和的な共存関係を壊されたわけですから、言葉は悪いですが確かに殴り込みに近い侵略と受け止めても不思議なかったでしょうねぇ。そもそも縄文時代は集団での戦争というものが殆どなかったようですから、長髄彦に取っても初めての経験だったと思いますよ。」と今度は梅原が豪快に笑った。

「まあ、神武天皇自体が実在しないという説もありますが、一応ここでは記紀の記述に従って、神武東征の概要をまとめてみます。年代は記紀による創作ですから、ここでは無視して下さいね。と渡辺が次のように解説した（図5～8）。

〈磐余彦尊（いわれびこのみこと）＝神武の東征〉随伴者は諸皇子と舟師（水軍）

紀元前六六七年（四五歳）

一〇月五日　速吸門（はやすいのと）で国つ神（くにつかみ）（地元民）の珍彦（うずひこ）を水先案内とし、椎根津彦（しいねつひこ）と命名

　　筑紫国菟狭（うさ）に至り、菟狭国造の祖菟狭津彦（うさつひこ）・菟狭津媛（うさつひめ）が造った一柱騰宮（あしひとつあがりのみや）でもてなしを受け、媛を侍臣の天種子命（あめのたねこのみこと）（中臣氏遠祖）と娶（めあわ）せた

一一月九日　筑紫国崗水門（おかみなと）に至る

一二月二七日　安芸国に至り埃宮（えのみや）に居る

紀元前六六六年（四六歳）

三月六日　吉備国に入り、高島宮を造って三年間滞在し、舟を備え兵糧を蓄えた

紀元前六六三年（四九歳）

二月一一日　難波の碕（さき）に至り、その地を浪速国（なみはやこく）と命名

三月一〇日　河内国草香邑（くさかむら）青雲（しののめ）の白肩（しらかた）の津に至る

四月九日　はじめ龍田へ進軍するが道が険阻で先へ進めず、進路を東に向けて、胆駒山を越えて中洲を目指したが、この地を支配する長髄彦の軍に、孔舎衙（原著の衛は誤字）の坂で撃退された、ここで兄五瀬命が矢傷負傷

五月八日　茅渟（大阪湾）の山城水門で兄五瀬命重症化、紀伊国亀山で戦傷死

六月二三日　熊野神邑から出港したが、暴風雨沈静のため兄稲飯命と三毛入野命が入水

八月二日　菟田（宇陀）を支配する兄猾を圧死平定、吉野巡行

一〇月一日　宇陀郡国見丘で八十梟帥を平定

一二月四日　長髄彦と決戦、連戦も勝てず天曇り雨氷降る、のち金鵄出現して辛勝

紀元前六六二年（五〇歳）

二月二一日　新城戸畔、居勢祝、猪祝を討たせ、高尾張邑（葛城）の土蜘蛛を殺した

三月七日　畝傍山東南の橿原の地に都の造営開始

紀元前六六一年（五一歳）

八月一六日　事代主神（三輪明神）の娘の媛蹈鞴五十鈴媛命を正妃とした

紀元前六六〇年（五二歳）

一月一日　磐余彦尊は橿原宮に即位し、神武天皇を宣言した

と、ざっとこんな感じで四五歳から足かけ七年間の東征でしたが、この間に兄三人が亡くなり、困難を極めてという演出がされていて、日本書紀の作成を命じた天武天皇の苦難をアナロジーしていますね。神武東征の話は日本人なら誰でもおよその内容は知っているものですが、私には疑問が三点があるんですよ。」と渡辺が古代日本史研究者としての立場から次のように疑問点をまとめた。

疑問点一　神武が東征した本当の理由は何だったのか？
疑問点二　輝かしいはずの新国家樹立物語なのに正々堂々とした勝ち戦が殆どない？
疑問点三　神武東征の随伴者がほぼ軍人のみで、即位後の新国家経営はどうしたのか？

「そうなんよ、正々堂々と戦って連勝した　長髄彦様とは全然違うわ！」と額田が勢いづく。

「ほう、それは確かに面白い着眼点ですね。それで渡辺さんはこれらの疑問点について、どのようにお考えなのですか？」と水鳥もまた酒席の話題になるかなと思い、身を乗り出してきた。

「はい、それでは簡単にご説明しますと、まず疑問点一の神武が東征した本当の理由は何だったのかということについては、日本書紀に次の行があります。

高天原の神々はこの豊葦原瑞穂国（日本国）の全てを我が祖瓊瓊杵尊に授けたが、それから一七

九万年以上経ったのにも拘らず、こちらの邑に君がいて、あちらの村に長がいる有様で、各々が境界を分けてお互いに凌ぎ合い礫み合っている。たまたま（航海を司る）塩土老翁に聞くと、東方に美しい国（美き地）があって、青い山々が四方を回り、その中に既に天の磐船で飛び降りた者が居たという。自分が思うにその地は必ず大業をなすべき国の中心ではないか。その飛び降りた者は饒速日というらしい。そこに行って都を造ろうではないか。

この意は、祖神瓊瓊杵尊が降臨した時の使命が達成されていないので、その大目的のために東方にある大和国が素晴らしい国のようだから、そこに国の中心を建てようという都合の良い趣旨である。先行して天の磐船で降臨した饒速日という人物がいたことを聞き知っていたこと、しかし先行した饒速日への遠慮については記述がなく、またこの時点ではそこに　長髄彦という先住民がいることも認識していなかったことが分かる。一説によれば、東征の真の目的は日本書紀記載のような高尚なものではなく、稲作先進地の北部九州からある理由で南下したが、その日向の地はシラス台地が広がって水田耕作に不向きであるため、生きるために止む無く、瓊瓊杵尊からたった四代目で神聖なはずの降臨地を放棄して、食料豊かな奈良盆地を目指さざるを得なかったという経済的理由を指摘する声もあるんですよ。だからもう食うに困って日向には戻りたくないので、弱い軍勢でもやっきとなって大和盆地に移住しなければならない台所事情があったのかも知れません。」

「なるほど、切羽詰まった経済的理由なら、移入する時の態度も饒速日とは逆に好戦的になりえますねぇ。でもイワレビコ神武が即位した橿原では、余り水田を作らず比較的政治や祭祀に特化した都市として整備したんではなかったですか？」と水鳥が珍しく鋭く切り込んだ。

「そうなんですよね。そこのところが上手く説明できないんですが、河内や大和でも北の鳥見地域は物部氏が既に抑えていましたし、長髄彦（ながすねひこ）の残党も多数残っていたでしょうから、結局落ち着くところは南の鳥見地域しかなかったんです。ただ逆にここは纏向遺跡（まきむくいせき）の頃から、東国との交易拠点であり政治経済の中心として定着していましたから、そのすぐ近くの橿原の地を即位・定住の地と決めたのは必然的だったのかも知れませんね。畝傍（うねび）山麓の橿原遺跡を発掘したところ、シイの実ドングリやトチノキなど縄文人の主食が豊かに実っていたことも分かっているんですね。ですからイワレビコ神武は、この日本列島の東西文化の接点に当たる聖地とも言える南の鳥見地区に、敢えて水田を広げずにこれらの木々を残したのではないかと言われているんです。」

「いや、よく分かりました。それでは渡辺さんの、神武東征疑問点二の、輝かしいはずの新国家樹立（じゅりつ）物語なのに、正々堂々とした勝ち戦（いくさ）が殆どないのは何故か、という点は如何ですか？」と今度は梅原も面白がって聞いてくる。

「これもホントに悩ましい疑問点なんですよね。まずそもそも遥か南部九州から軍を進めるに当たって、随伴した軍隊が大伴氏と久米氏の二軍しかいませんでしたよね。この二氏は瓊瓊杵尊（ににぎのみこと）が高千穂峰に（第二次）降臨した後の地上で、弓と矢を手に持って、立って瓊瓊杵尊（ににぎのみこと）に仕えたと古事記に書いてありますね。そしてこの二氏が神武東征においても、随伴して軍事を担当し、道臣命（みちのおみのみこと）は大伴氏の祖となり、大久米命（おおくめのみこと）が久米氏の祖となったわけです。大伴氏の祖はイワレビコ神武東征の先導役を務めたので、のちに道臣命の名を貰いましたが、東征出発時は日臣命でしたから、原郷は肥の国ではないかと思われます。また久米氏の原郷も、同じ熊本県の人吉地方【球磨郡多良木町久米】ではないかと思われます。またこれらの国は魏志倭人伝の狗奴国（玖磨、久米）ではないかとも考えられています。後の万葉集において大伴家持は、『大伴の遠つ神祖の其名をば大来目主とおひもちて』と書いたので、恐らくこの二氏は元々同族で、大伴氏が久米部を統率しているように読めるわけです。

神武東征は本当は軍記物語なんですが、それが実は全く軍記物語の体を成しておらず、具体的な戦闘場面には極めて乏しいのが最大の特徴なんですね。例えば緒戦での孔舎衙坂の戦いでは、長髄彦が軍を集めて孔舎衙坂でイワレビコ神武の軍を遮り、戦闘になったが兄五瀬命は流れ矢にあたって負傷したため、退却しただけあるんですよね。本当に戦闘が行われ、しかも激戦であれば後代に伝わる数々の武勇伝がそこで生まれるはずなんですがね。退却した草香津（のち盾津）で兄五瀬命はあっさり死に、そのあと和歌山（名草邑）から熊野新邑（新宮）を回って、熊野灘では兄稲飯命と三毛入野命が入水して嵐を鎮めるなどの箇所は、偶然を装いながらも初めから神武だけが生き残るようなシナリオですよね。漸く上陸したら土地神の毒気にやられてイワレビコ神武軍が憔悴したなど散々な行軍と書かれています。そこへ調子よく高倉下（尾張連遠祖）から神剣韴霊剣を献上され、また急に現れた八咫烏に導かれて、漸く大和国入口の菟田県（宇陀郡）に辿り着いたんでしたよね（図5～8）。この宇陀での戦いでは、イワレビコ神武を圧死させようと図った兄猾を、逆に騙し討ちにして圧死させたわけですし、宇陀郡国見丘では、宴饗（酒宴）の最中に饗応役が歌を合図に八十梟帥とその家来を騙し討ちで皆殺しにしたんですよ。更にそこから大和盆地に入ってすぐの磯城（桜井市）でも、椎根津彦の計により、女軍（女装軍？）を忍坂に派遣して兄磯城軍をおびき出したところで、男軍を出して挟み討ちにして兄磯城を斬り殺したんですからね〜。そして遂に一二月四日に　長髄彦との決戦となりましたが、ここでも連戦するも　長髄彦には勝てずに頭を抱えていた所へ、再び調子よく金色の霊鵄（金鵄）がイワレビコ神武の弓の先に停まって、そのご威光のお陰で漸く勝って、饒速日命が長髄彦を殺したわけです。年が明けて二月には奈良盆地の南端を西に向かい、高尾張邑（葛城）において東征最後の戦いとして身体が小さいが手足の長い土着民（土蜘蛛）を葛網で作った罠で捕らえて殺した訳ですから、金鵄伝説も含めて殆どは計略と騙し討ちと罠という極めて陰湿な勝利が続いていているんです。まぁ、これらすべてが後代の創作だとすれば、具体的に書きようも無かった訳でしょう。それにしても正面から激突した胸躍るスペクタクルな、そして威風堂々とした勝利は何処にも書かれていなくて、どこか後味の悪い騙し討ちの繰り返しなんですよね。

畿内朝廷のこのような騙し討ちの傾向は、基本的には正々堂々と戦っては勝てない弱者の行動なのであって、後代の日本武尊の遠征や神功皇后の忍熊王の平定などにも踏襲されています。西征した日本武尊は宴会で女装までして、油断した熊襲魁帥を懐刀で刺し殺しましたよね。西征した当時は未だ小碓命と呼ばれていた景行天皇の皇子が、刺殺した相手の熊襲魁帥から勇ましさを称えてタケル名を献じられて、それ以後は日本武尊と名乗ったという嘘のような美談まで創作しているんですから驚きです。また日本武尊が東征した時には、相模国三浦半島南端の走水から、浦賀水道（走水海）を対岸の上総国に渡ろうとしたところ暴風雨に遭ってしまい、妻である蘇我氏系の弟橘姫を入水犠牲に捧げたんですよね。一緒に入水した五人のうち蘇我大臣の娘蘇我比咩一人だけが下総国（現在の千葉市内）の浜に打ち上げられて助かったということです。後に里人は、日本武尊が帰路に亡くなったことを聞き、その霊を慰めるために社を建てて祀ったのが千葉市中央区蘇我にある蘇我比咩神社ですよね。

神功皇后は偽って自分側の応神皇子が死んだことにして、その喪船から突然伏兵を出して忍熊王を撃退しましたね。第一四代仲哀天皇と先妻大中姫との子である忍熊王は、福井県越前町の劔神社（越前国二ノ宮）に劔御子という神名で同地開拓の祖として祀られており、この神社宮司の家系から後に尾張の織田信長が生まれることになるんですよ。

久米歌（来目歌）は記紀歌謡の一つで、イワレビコ神武が東征戦中に宇陀の兄猾を討った時に近衛軍団の久米部が歌ったのが始まりです。戦闘前後の酒宴の合唱と舞で王に忠誠を誓って奏したもので、全一四曲が知られていますね。勇壮な所作とともに半農半猟的性格を表現した久米歌は、その後久米舞と合わせて宮廷歌舞の一つになり、現在も宮廷内での儀式の際に演奏されているんですよ。この久米歌の中に、長髄彦との戦いの時に歌われたものが三つ残っています。

一　みつみつし久米の子等が粟生には臭韮一本そ根が本そね芽繋ぎて撃ちてし止まむ

二　みつみつし久米の子等が垣下に植ゑし椒　口ひひく吾は忘れじ撃ちてし止まむ

三　神風の伊勢の海の大石に這ひもとほろふ細螺のい這ひもとほり撃ちてし止まむ

現代語訳をすれば、一つ目は威勢のよい久米の人々の粟畑には臭いニラが一本生えている、その根本にその芽をくっつけてやっつけてしまうぞの意で、二つ目は威勢のよい久米の人々の垣本に植えた山椒は口がひりひりして恨みを忘れずにやっつけてしまうぞの意となり、三つめは神風の吹く伊勢の海の大きな石に這い廻っている細螺（小さな巻貝）のように這い廻ってやっつけてしまうぞという意となり、いずれも戦に臨む前の軍勢を鼓舞するものとなっていますよね。自軍を鼓舞する歌を三つも必要としたほど、長髄彦の軍勢が強かったということかも知れません。」

「きゃあ～、やっぱり～？　あたしの長髄彦様はイワレビコ神武軍にホントに恐れられていたほど強かったんでしょ、イケテルわ～。」と、まるでアイドル歌手にでも接するような声を額田が上げる。

「ウォホン。そうなると確かに、軍記物語としては具体性に乏しい総論的な記述が多くて、創作が多いと言われても仕方ない感じもしますね。それじゃあ、渡辺さん第三の疑問点である、神武東征の随伴者がほぼ軍人のみで、即位後の新国家経営はどうしたのか、という点については如何ですか？」と梅原が咳払いを一つしてから、冷静な調子で渡辺に次を促した。

「ハイ、これも頭の痛い問題点なんですが、饒速日命が第一次天孫降臨した時には随伴者が非常に多く、防衛三二名をはじめ、供領五部、警備役五造と二五物部、操船者六名と、その名の通り賑やかな降臨だったのです（表7）。これが第二次降臨の瓊瓊杵尊の時の随伴者になるとたった五名だけであり（表8）、地上におけるイワレビコ神武の東征時になると、大伴氏と久米氏の軍隊だけで、その後の政治や経済を取り仕切る職掌集団を伴っていないんですよね。善意に解釈してあげれば、先行して天降っていた物部氏の数多くの職掌集団を上手く使って政権運営の舵取りをしたとも考えられますが、元々関係のない物部系の職掌集団が、後からやって来たイワレビコ神武に安易に与する理由も有りませんよね。」

皇統譜によれば歴代天皇は神武天皇を初代とし、第一二六代が今上徳仁天皇である。このうち第三五代皇極天皇は第三七代斉明天皇として、また第四六代孝謙天皇は第四八代称徳天皇として重祚したため、南北朝時代の五代を除いた実数は一二四人となっている。第二次世界大戦後の歴史学上のタブー開放と考古学の進歩によって、第二代綏靖天皇から第九代開化天皇までは、欠史八代として実在性が疑問視されるようになった。初期天皇のうちで、特に重要な三人を列挙すると次のようになる。

初代　神武天皇（神日本磐余彦天皇、異称＝始馭天下之天皇）橿原宮
第一〇代　崇神天皇（御間城入彦五十瓊殖天皇、異称＝御肇國天皇）磯城瑞籬宮
第一五代　応神天皇（誉田天皇、異称＝胎中天皇、神功皇后子）軽島豊明宮

今日一般に用いる天皇名は漢風諡号で、奈良時代後期の貴族文人である淡海三船が神武天皇から第四一代持統天皇までを一括撰進したことに始まって、今日まで継続されている。正確な年代特定は難

しいとしても、前後の国際文献や国内考古学的に見ると、西暦五九二年の第三九代推古天皇即位までについて、皇統の長さをアピール（権威付け）するために約四〇人の天皇を用意したのは膨らませ過ぎだったといえる。仮に三世紀末にイワレビコ神武と長髄彦が対決したとすると、この後三〇〇年未満しか無いので、天皇一人平均在位七・五年間という短命政権の繰り返しという苦しいことになる。ただ奈良県桜井市にある三世紀中葉～後半の纏向遺跡が邪馬台国であるとする畿内説、あるいは別の倭王権の宮都であるとする説とに関連して、崇神天皇の実在性は高いと言われている。このような事情から、通説では初代神武天皇と第一〇代崇神天皇を同一視することが多いが、異説では第一〇代崇神天皇＝吉備から来た饒速日命で、初代神武天皇（架空）＝第一五代応神天皇（実在、出雲系から南部九州を経て正嗣子のない饒速日命に招聘された）とするものもある。血筋として連続性が確認されているのは、第二六代継体天皇からなので、それ以前の天皇は倭王権の中で異なる血筋ということもあり得た。「僕が面白いと思うのは、歴代一二四名の天皇の中にあって、漢風諡号に神が付くのはこの三名だけであり、また和風諡号に神が付くのは初代神武、第二代綏靖の二名のみ、和風諡号に天が付くのは初代神武、第二九代欽明、第三五代皇極、第三八代天智、第四〇代天武、第四一代持統（天之広野と高天原の二つも付いている）の六名だけなんですよね。この中でまた和風諡号の異称に始や肇が付くのは、初代神武（始馭天下之天皇）と第一〇代崇神（御肇國天皇）の二名だけなんですよ。ですからやっぱりこの三名が草創期の重要な天皇であったことは間違いないと思うんですよね。」と渡辺が話を締めくくる。

「なるほどねぇ。明治政府もそうだったけど、倭王権も初めはいろいろ国家経営が大変だったんでしょうねぇ。」と、水鳥が話を近代に結び付けた。

「そうですね、初期は皇統も多少変わったでしょうし、王宮の場所も天皇が代わるたびにコロコロ移転したんですよね。このうち纏向に宮を置いたのは第一一代垂仁天皇（纏向珠城宮）と次の第一二代景行天皇（纏向日代宮）の二名だけしかいないのです。後年の第三八代天智天皇とその子弘文天皇は北の近江大津宮に都を移しましたが、次の第四〇代天武天皇とその妻持統天皇は壬申の乱でお世話になった東海地方との関係を重視して南に戻って飛鳥浄御宮に都しましたよね。」

記紀は正史編纂を意図して編集されたが、その中に巧妙に飛鳥時代の天武・持統朝の思惑を忍び込ませたことは仕方ない歴史的事実であるが、実は天照大神もこの時代に創作されたとする説がある。その説では先ず天照大神を持統天皇（第四一代）に擬し、その弟素戔嗚命を持統の夫天武天皇（第四〇代）に、その子天之忍穂耳命を二七歳で早世して皇位を継承できなかった持統の子草壁皇子に、そしてその孫（天孫）瓊瓊杵尊を持統の孫文武天皇（第四二代）に擬したとされる。これは天照大神が孫瓊瓊杵尊を降臨させたことを前例として創作しておくことで、持統天皇が孫の軽皇子（のちの文武天皇）を即位させ易くするための下敷きにしたのだという。他所から移入して来た倭王権が飛鳥時代になって、自らの皇統を正統化するためには、大和土着勢力であれば必要なかった高天原や天照大神を創作しなければならない必要に迫られたのかも知れない。

イワレビコ神武の金鵄物語も、実は広くユーラシア大陸で同じような伝説が見られる。例えばハンガリーのアールパード朝の初代君主ハンガリー大公（在位八九六～九〇七年）は、もとロシア南部のヴォルガ川南岸付近にいたマジャール人の大首長だったが、やがてドナウ川の中流域であるハンガリー平原を本拠地として、ドイツ南東部バイエルンやイタリアなどに遠征した。ハンガリーの建国神話中で、このアールパード王が持つ杖の先端に光る鳥が留まり道を示したと言われている。金鵄は日本書紀には登場するが、古事記には登場しないので、作者が当時ユーラシア大陸で流布していた聖鳥伝説を挿入して美化したのかも知れない。金鵄は特に明治時代以降になり、日本建国に関わった霊鳥・吉鳥として改めて崇敬されてきた。金鵄勲章は太平洋戦争時までは日本唯一の武人勲章とされ、「武功抜群ナル者」を「功一級」から「功七級」まで七等級に勲章を授与したが、大戦後は廃止となった。功一級金鵄勲章受章者は計四一人で、そのうち主な人物としては大山巖、児玉源太郎、乃木希典、山縣有朋、畑俊六、東久邇宮稔彦王（以上陸軍）や、伊東祐亨、東郷平八郎、山本権兵衛、及川古志郎、米内光政、山口多聞、山本五十六、古賀峯一、南雲忠一（以上海軍）などがいる。

「渡辺さん、お若いのにそんな昔のこともよくご存じですねぇ。」と目を丸くして水鳥が感心すると、額田が気づいて、「金鵄はあたしの大好きな長髄彦様を弱らせた悪い奴だけど、苦境の時に道を照らしてくれたという点では、三本足の八咫烏と共通点があるやんか？」と感情を抑えて渡辺に訊いてみた。

「そうですよ。額田さんもお詣りしたことがあるでしょうけど、京都の下鴨神社では、金鵄と八咫烏が両方とも賀茂建角身命の化身とされていて、何とこの二つを合わせて金鵄八咫烏と呼んでお祀りしてるんですよ。鵄はタカ科の鳥類で、日本各地に生息して、村落や市街地の上空で輪を描いて、ピーヒョロロと鳴きながらゆっくり旋回していますよね。暗褐色の身体の胸に黒い縦斑があり、尾先に窪みがある点で他のタカ類と区別できますよ。」

「そうそう、あそこは縁結びの神様だから、あたしも以前下鴨神社お詣りした時に、お土産で買ったタオルに可愛い三本足の鳥がしっかりプリントされてたわ。でもね、それが何で三本足やんやろ?」

と額田が水鳥のような素朴な疑問を渡辺に訊いてみた。

「あぁ、八咫烏はカラスと呼びますが、一般的には三足烏といって、これも日本だけじゃなくて東アジア各地の神話や絵画などに広く登場するんですよ。東アジアではこの三足烏は太陽の象徴と信じられて、それは陰陽五行説で奇数の三が陽となり、太陽と繋がりができるからというらしいです。古代中国では日烏とも呼ばれて、しばしば月の兎と対比されるんですね。でも太陽にいるのは黒い烏ではなく金鶏であるという説もあるんですよ。金鶏って言ったら日本では蚊取り線香を作っている有名な会社もありますよね。」

　前漢第七代皇帝の武帝（在位紀元前一四一～前八七年）の頃に、淮南王劉安が学者を集めて編纂させた思想書である淮南子（わいなんし）に次のような物語が載っている。中国戦国時代の南国である楚地方に謡われた辞と呼ばれる形式の韻文詩集に楚辞がある。その中で、大昔に一〇の太陽が存在し、入れ替わり昇っていたが、古代堯帝の時に、その一〇の太陽が全て同時に現れるという珍事が起こったため、地上が灼熱となって草木が枯れ始めた。そこで堯帝は弓の名手羿に命じて、九つの太陽に住む九羽の烏を射落とさせたので、それ以降は太陽が一つになったという。また別の物語では、むかし広々とした東海の果てに扶桑の神樹があり、そこに一〇羽の三足烏が住んでいたが、この一〇羽が順番に空に飛び上がり、口から火を吐き出すと太陽になったという。前者の楚辞では、天帝は一人のみというような意味が三足烏の中に寓意されているかのようである。一方、古代朝鮮の高句麗王朝（紀元前三七年〜紀元後六六八年）では三足烏は火烏とも呼ばれて、月に棲むとされた亀と対比され、古墳の壁画にも描かれていた。

　また三足烏はエジプト神話の壁画にも見られ、西洋では烏の身体が無い足だけ三本の図柄が広く使われている。これは三脚巴あるいはトリスケリオン（triskelion）といわれる伝統文様の一つで、膝を直角に曲げた足三本を風車状に組み合わせた回転対称図形となっている。この三脚巴は地中海ミケーネ文明や古代小アジア文明などで容器や硬貨に使われ、現在でもフランス・ブルターニュ地方やシチリア島のシンボルになっている。また渦巻き型三脚巴という文様もあって、これは西欧先住民であるケルト民族が好んで用いたもので、アイルランドや北西スペインのケルト人末裔などが使っている。また足が四つあるシンボル卍はテトラスケリオンと呼ばれ、はじめトルコ本土のアナトリア半島で使われていた。そこから距離的にも近いインド大陸に広がって、ヒンズー教や仏教にも取り入れられて、お寺のマークや吉祥・仏心の象徴として使われている。ナチスのハーケンクロイツは、アナトリア半島のトロイ遺跡で発見された古代の宗教的図形を模したとも言われているが真実は不明である。

「さて大分脱線してしまいましたが、結局イワレビコ神武は軍隊以外何も持たずに、それ以外は殆ど手ぶらに近い形で東征してきたわけです。そのため神剣師霊や金鵄、八咫烏などの助けが無ければ大和を平定することができなかったと言えるわけです。そこから先の国家経営にしても、殆ど饒速日命が前もって連れて天降っていた、多くの国造の祖や職掌に支えられての危ない出発だったと思います。」

「渡辺さん、その金鵄とか三本足の八咫烏が、イワレビコ神武オリジナルではなく、広くアジアや西洋でも同じような話があるっていうことでしたけど、それじゃあ神武東征を助けた三つのうちの最後の一つである神剣伝説も同じようにユーラシアで知られてますの？」と最後は額田が学術的興味を示し始めた。

「いやぁ、額田さん、さすが良いところに気が付きましたね。結論を言うと、その通りなんですよ。」と渡辺が神剣について次のように教えてくれた。

神剣神話も国の創生物語と結びつくかたちで世界各地で語り継がれている。日本の記紀神話においては、天叢雲剣（草薙剣）がそれで、八咫鏡、八尺瓊勾玉と合わせて三種の神器となっている。この神剣は三種の神器の中では天皇の持つ武力の象徴であるとされ、本物は熱田神宮にあり、形代は皇居にあるとされている。また現存する宝剣としては百済王世子から伝来した石上神宮の七支刀（国宝）や、埼玉県行田市稲荷山古墳から出土して国宝に指定された金錯銘鉄剣（金象嵌）、熊本県和水町江田船山古墳から出土して国宝に指定された銀錯銘大刀（銀象嵌、鉄剣）がよく知られている。特に稲荷山刀と江田船山刀は、国の東西から出土した剣に、同じワカタケル大王（第二一代雄略天皇）の文字が刻まれていたことから雄略天皇の実在性と、当時の勢力圏を示すものとして重要である。記紀で素戔嗚尊が八岐大蛇を退治した時に用いたのは十拳剣（大蛇麁正、蛇韓鋤）である。これでスサノオが大蛇を斬った時に、オロチ体内にあった天叢雲剣（草薙剣）に当たって欠けてしまったが、オロチから得た天叢雲剣は天照大神に献上した。一方、欠けてしまった十拳剣は、はじめ備前国（岡山県）赤坂郡石上布都魂神社に奉納されたが、のちに奈良の石上神宮に遷し祀られて今日に至っている。この赤坂郡石上布都魂神社の裏手にある山の頂上には、巨岩と共に磐座が鎮座している。また十拳剣の別名である麁正とは荒々しい真刀の意で、韓鋤とは海外由来の刀剣という意味なので、朝鮮半島や大陸との交流が推定される。ところがその朝鮮半島と中国には、神剣伝説が少なく、辛うじて高句麗・百済・新羅の三国鼎立時代の新羅の英雄将軍金庾信（五九五～六七三年）の伝説があるぐらいである。五三二年に新羅に併合された金官伽倻王家の血を引く金庾信は、一五歳になると貴族の子弟が組織する青年軍団花郎に入り、一七歳で山に籠って修行し呪術の能力を得たと言われる。高句麗・百済連合（麗済同盟）と対立していた新羅の将来を危惧して、ある日山中に入って天に祈ったところ、星の光が剣に降りてきて宝剣が揺れ動いたので、それ以後金庾信はこの聖剣をもって三国統一に邁進し、まず唐・新羅連合軍で百済を滅ぼし、続いて白村江の戦いで倭国・百済残党軍を打ち破り、六六八年には高句麗も打倒して、遂に新羅による朝鮮統一を果たしたものである。この功績を称えて、ソウル市中心部南山に金庾信将軍の騎馬像が建立され、新羅発祥の地慶州市には金庾信将軍廟（円墳墓）がある。この物語には古代中国の占星術、つまり天命と星の運行が宝剣の力に繋がっているという思想があり、日本の神剣伝説とやや異なり中国文化の影響が感じられる。その中国では、前述した弓矢名人羿(げい)による太陽に住む九羽の烏を射落とす射日神話があるぐらいで、聖剣についての伝承は殆どない。これに対して、日本では古代から尚武の気風があって、当初輸入された直刀から、緩く湾曲した日本刀を発明し、突き刺すのではなく切り抜く(スラッシュ)という世界的にも珍しい刀剣を創造してきた。日本人の刀剣に対する思い入れは、現代でも博物館で展示があると来場客が押し寄せ、刀剣ガールなどというファンも年を追って増えているほどで、他国では全く見られない奇景ともいうべきものがある。このような日本における刀剣信仰は、美というものに聖性を見出した縄文人の精神性が、今日の日本人の心底にも流れ続けているからかも知れない。

石器時代に続く青銅器時代は、多くの文明において国家形成と文字発明が同時に始まったもので、金属が戦闘や祭祀、生活に用いられ始めた。日本では弥生時代に鉄器と青銅器がほぼ同時に伝わったため、稀なことに青銅器時代を経ずにそのまま鉄器時代に移行した。そのような日本国内で、青銅器は祭器としての役割が圧倒的に多く、実用的には鉄が多用された。神剣伝説は金属器使用と国家創世神話が合体して発生したものと考えられるが、そのはじめは黒海北部沿岸地域のスキタイ文化にまで遡(さかのぼ)ることができる。スキタイ人は古代東イランの騎馬遊牧民で、主に現在のウクライナと南ロシアに相当する地域に住み、紀元前七~三世紀頃の約四〇〇年間を黒海北部沿岸地域のポントス草原を領土としていた。この地域は令和四年(二〇二二)から始まったウクライナ・ロシア戦争の係争地そのものでもあるが、スキタイ人はこの地で騎馬戦を最も早く取り入れた。のちにシルクロードともなるこの地域は、馬具の改良とともに金属加工職人によって様々な携帯用装飾品などが作られた。遊牧民はそれらを持って東西の穀倉地帯を侵略しながら文化を広め、やがてギリシャからペルシャ、インド、中国、朝鮮、日本までを結ぶ交通ルートの発展に寄与した。このスキタイ地域に隣接するトラキア地方（黒海西沿岸で今日のブルガリア付近）が、古代ギリシャの戦神アレス（ローマ神話ではマルス、火星）の発祥地である。アレスは隣国スキタイ人にも軍神として信仰され、神剣信仰と共に後のシルクロードを介してユーラシア大陸の東西に広がった。軍神神話は、北カフカスのオセット人のナルト叙事詩に英雄バトラズの活躍として残り、英国ではアーサー王の持つ神剣エクスカリバーの伝承として伝わり、そこから北欧のヴォルスング聖剣伝承に繋がっていった。しかしゲルマン民族のドイツでは、ワーグナーの白鳥の騎士ローエングリンに見られるように聖杯伝説はあるが聖剣伝説は無い。一方、東洋においては一五世紀ベトナムにおいて、陳(チャン)朝の滅亡（一四〇〇年）に乗じて侵攻した明(みん)国を撃退することで、新しく黎(レ)王朝を築いた黎利(レ・ロイ)王の伝説が知られている。民族の英雄黎利(レ・ロイ)は、ハノイ市ホアンキエム区にある還剣湖(ホアンキエム)から宝剣を手にして明と戦い、勝利して黎(レ)朝の初代王となった。その後黎利(レ・ロイ)王は、宝剣を持主である竜王に返したところ、大亀が剣を咥(くわ)えてそのまま湖中深くに戻って行ったという。この小島には、今でも塔の上に大亀が載っている。このベトナム物語は他地域と同様に建国神話と宝剣が結びついたものではあるが、他地域の伝説と比べて新しく、後代に渡来したフランス人などが持ち込んだアーサー王伝説などの影響があるかも知れない。こうしてみると、神剣伝説の背景には、建国神話と鉄剣加工技術の伝来がセットになっているものが多く、日本から英国まで広くユーラシア大陸で認められるものである。しかし朝鮮半島や中国においてはこのような神剣伝説が乏しい。それはイラン系遊牧民族であるスキタイ文化が、中国中心部である中原を通らず、北方の草原（ユーラシアステップ）を生きた匈奴やフン族などを経由して伝来したものだからであろう。日本の記紀神話における霊剣神話や、石上神宮における十拳剣・七支刀など霊剣の保管は、弥生・古墳時代から鉄剣および剣の神への崇拝があったことを窺わせる。縄文時代に金属器は無かったが、美しいものに対する信仰が育まれていたので、現代日本人の中にも息づいている刀剣信仰は、これらが複合して醸成されてきたとも考えられる。日本人における刀剣信仰は、世界的にも異常と言えるほど強いものがあるが、これを唯一人突き抜けた男が織田信長である。

　世界史上で軍事の天才と言えば、マケドニアのアレキサンダー大王（紀元前三五六～三二三年、三二歳死）、秦の始皇帝（紀元前二五九～二一〇年、四九歳死）、そして織田信長（一五三四～一五八二年、四八歳死）の三人である。いずれも辺境にありながら、若い頃に天才的な師による教育を受け、その結果非凡な軍才を発揮することで長い戦国時代を終わらせたあと、早死にした点も共通している。ギリシャ諸国が、ペルシャ帝国とのペルシャ戦争や、アテネとスパルタとの対立によるギリシャ都市国家間抗争（ペロポネソス戦争）で疲弊していた頃に、ギリシャ辺境のマケドニアに生まれたアレキサンダーは、偉大な哲学者アリストテレスを家庭教師として育った。二〇歳で父の王位を継ぎ、三二歳で死ぬまでのたった一二年間で、アドリア海からインドまでの広大な世界を征服し、ヘレニズム文明の基礎を作った。軍制改革では槍を持つ重装歩兵による密集陣形であるファランクスを軽装化して小さい楯を左手に持たせ、右手には長さ五～六ｍにも及ぶ長槍（サリッサ）を歩兵全員に持たせた。この一六人×一六人の部隊を一つのシンタグマとして、多数のシンタグマを次々に進撃させることで、当時の地中海世界に比類のない軍隊に育て上げた。シンタグマ内で前方者に短い槍（五ｍ）を、後方者に長い槍（六ｍ）を持たせたのは、シンタグマ内の後部兵士も長い槍によって前方での戦闘に参加できるための工夫である。アレキサンダー大王は遠征先のインドで高熱のため死んだが、この長槍はアテネの戦争博物館に現在でも陳列されている。中国の戦国時代の終わり頃の趙国で、商人の呂不韋（りょふい）が奇貨居くべしと言った異人（いじん）（後の秦荘襄王（しょうじょうおう））は秦からの人質だった。その異人（いじん）を父として（呂不韋の子という説もある）趙（ちょう）の都邯鄲（かんたん）に生まれた政（せい）（のちの秦始皇帝）は、父の帰国の際にも置き去りにされ、母趙姫と共にその後五年間も趙（ちょう）国内で逃亡生活を続けた。この期間の死と隣り合わせの経験が師となり、怜悧な観察力を身に着けた政（せい）は、後の始皇帝へと成長していく。五〇〇年に及ぶ中国の春秋戦国時代において、中原の西の辺境であった秦が、中国を統一できた理由は様々に指摘されている。一般には、出自に捉われない成果主義の採用、法の尊重、自由な論客の保護、明快な論功行賞、連座制を用いた刑罰の徹底、経済力に基づく多数の戦車装備などが挙げられている。一三歳で王位を継いで、二三歳で呂不韋（りょふい）を放逐した秦王政（せい）は、三九歳で中国を統一して始皇帝になるまで、軍政の中で太鼓部隊を重用した。太鼓部隊は出陣の際に鼓（つづみ）を打ち鳴らして、舞を舞うことで戦場に向かう兵士の士気を高めることができる。しかし秦王政（せい）は、これを進撃や隊列の変更や撤退なども、大きな太鼓の音で最前線の兵士に直接伝えることができるよう改革したので、将軍が意のままに軍兵を動かすことができるようになった。この用兵技法は今日でいえば戦場の最前線での情報伝達手段と戦闘意欲高揚の一石二鳥を図ったものである。この太鼓部隊の働きは鼓舞という言葉の語源となった。始皇帝は四回目の巡遊先である河北省刑台で客死した。福井県越前町では、北に仰ぐ座ヶ岳の峰に素戔嗚尊を祀って、剣大神と崇めてきた。滋賀県大津市逢坂で、父第一四代仲哀天皇の後妻である義母神功皇后の兵に攻められ瀬田川に身を投げた忍熊王は、生前この地方を治めるに当たって、剣大神を崇敬して劔神社を建て、これは今日まで越前国二之宮として地域の信仰を集めている。応仁元年(一四六七年)に始まって一〇一年間続いた日本の戦国時代を、永禄一一年(一五六八)の上洛で終結させたのは尾張の織田信長である。幼少時にうつけ者と囁かれた信長の師匠は沢彦宗恩禅師である。沢彦は鹿島神宮の剣聖塚原卜伝に師事するなど若い頃諸国を遍歴したのち、京都臨済宗妙心寺派の第一座となり、後奈良天皇の勅命で第三九世大住持となった文武両道の大秀才である。のち美濃で斎藤家菩提所の大宝寺の住職となっていた時に、信長の傅役である平手政秀に請われて教育係となり、信長が長じた後は参謀となった。当時の戦国武将は参謀として臨済宗僧侶を迎えることが多かった。例えば今川義元には太原雪斎、武田信玄に希菴玄密と快川紹喜、伊達政宗に虎哉宗乙、豊臣秀吉に南化玄興、石田三成に春屋宗園や沢庵宗彭、毛利元就に安国寺恵瓊、島津義久に文之玄昌などである。越後の上杉謙信は、自ら臨済僧宗心となった変わり種である。織田信長は先祖がこの神社の神官であったことから、劔神社を氏神として篤く崇敬していた。信長が天下統一を目指し、天下布武という理想を掲げ、井之口という町名を周王朝創始に因んで岐阜と改めたことなどは、全て沢彦禅師の助言に依ったものである。のちの姉川合戦勝利後に信長が行った浅井久政・長政親子及び朝倉義景の頭蓋骨を用いた薄濃(はくだみ)による新年会も、羽柴秀吉が行った備中高松城の水攻めも、中国春秋時代趙(ちょう)国の襄子(じょうし)の故事に倣(なら)ったもので、この主従が沢彦(たくげん)禅師から聞き知っていたものであろう。劔神社(つるぎじんじゃ)神官の末裔として武を追求した信長の天才は、津島・熱田の両神社両湊を押さえて経済の重要性を早くから認識していたことと、刀剣を突き抜けて鉄砲を用いたこと（長篠合戦、一五七五年）の二点である。織田信長の何でもありの自由な発想は、時代を画することができたという点ではアレキサンダー大王や秦始皇帝にも通ずるが、武を究極美として崇拝した点では縄文人と共通するところが無かったであろうか。

一〇　長髄彦

「ねぇねぇ、ここはあたしの大好きな長髄彦様のお墓なんだし、今日は折角ここにご子孫である石木脛夫さんもいるんだから、長髄彦様のお話をしましょうよ。」と額田が駄々をこねるように、居合わせた四人におねだりをした。

「やっぱり名前がそうだから、脚が長くて背も高かったんでしょ、石木さん？　顔は絶対イケメンだったわよね？」と石木に迫る。

「はぁ、私どもは先祖代々、恐らく一七〇〇年以上、此処でこうしてご先祖様の墓守をしてきました。大体背は高くて脚も長いようには思うんですが、その辺りのことはそもそも余り考えたことが無くてよく分からないって所です。皆さんが先ほど会ってきた私の娘石木莉子も、どちらかと言えば身長が高くて脚も長いような気はするのですが……」と落ち着いた感じながら、やや困惑した口調で石木が答える。

「でもね、あたしがおかしいと思うのは、足が長いのが特徴で長髄彦って名前で記紀に記載されたとしたら、なぜ脛という字じゃなくて、難しい髄っていう字を使ったのかしら。これっておかしくないですか？」と本来は水鳥が得意とする素朴な疑問を、再び四人にぶつけた。

「額田さん、仰るように日本書紀では長髄彦と記されているのですが、古事記では那賀須泥毘古や登美能那賀須泥毘古、登美毘古とも記されているんですよ。登美というのは地名の鳥見でしょうから、名前の方は漢字は異なりますがナガスネというところがポイントですね。」と渡辺が答えてくれた。

「そうなんですよ、私も以前に額田さんと同じ疑問を持ったことがあって、その時に白川静の字通で調べたら、髄（ズイ、すね、旧字は髓）、意味は骨中の脂なりとあって、骨の髄のことを指し、転じて物の中心にある精髄をいう。わが国では髄をまたすねと読む、とありました。また脛の方は、脛（ケイ、すね、はぎ）、巠は織機の縦糸を張る形で上下の緊張した力関係を示す。脚は脛なり。古訓としてはハギ、アシ、ヒザ、ヨボロと読む。脛骨＝すね骨、とありましたね。ですから単なる足長であれば長脛彦と書いたのだと思いますが、これを記述した畿内朝廷側の筆者が、当時の縄文人の中で広く尊敬を集めていた中心人物との評価を髄の一文字に込めたのかも知れないと思ったんですよね。」

と思いがけなく水鳥が学術的なコメントで貢献した。

「あれぇ、そうなんだ。オレもむかし大槻文彦の大言海で調べてみたことがあったんだよ。そしたら、髓は冒頭に古名スネって書いてあって、骨ノ中ニアル脂ノ如キモノ、次いで植物ノ茎、転ジテ中ノ穴、芸術ノ妙技、って書いてあったよ。他方のすねを引くと（一）髓、骨中ノ脂、今、髓ト云フ、（二）臑、脛骨中ニモ髓アルヨリ云フカ、脛ニ同ジ、と書いてあったね。だから、昔はすねと言ったら脛よりは髄と書く方が一般的だったのかも知れないね。」と梅原も追加コメントした。

「なるほど、面白いわ。やっぱりあたしの長髄彦様は皆から尊敬されてたんやろね。ここのオセドウ遺跡は、遺跡というよりはあたしの直観でも明らかに小古墳だから、ここで出た縄文人の遺骨は長髄彦様で間違いないわよね、石木さん？」と再び石木を困らせた。

「それが、墓守をずっと続けてきた立場から言えば、記紀の記載が食い違っているのが、気になるんですよね。」

「それは、どういうことなん？」

「はい、私どもの先祖である長髄彦の最後は古事記と日本書紀と先代旧事本紀（旧事紀）、東日流外三郡誌の四つで異なっているんです。古事記では饒速日命がイワレビコ神武の後を追って天降だったとし、日本書紀では天神と人は異なるので義弟の饒速日命が長髄彦を殺したとし、旧事紀では甥の宇麻志麻遅命が長髄彦を殺したとしています。でも、一部で偽書ともされている東日流外三郡誌では、長髄彦は兄安日彦とともに日高見国に落ち延びて、先住民と合流してアラハバキ族と名乗り、日高見国を長く治めたとされているんですよ。ですから私ども子孫としては、ご先祖長髄彦がこの津軽に落ち延びてきて、このオセドウ遺跡に葬られたと考えているのです。でも先ほどお聞きしたら、奈良県葛城市にある鍋塚古墳も、地元では長髄彦の墓と伝わっているんですよね？」と石木が困惑顔で額田に訊き返した。

「そこなんよ～、私の最も大きなギモン！」と、そこへ渡辺が入り込んで、

「額田さん、司馬遼太郎って作家をご存じですか？」

「えっ、名前ぐらいなら聞いたことあるけど、よう知らんわ。」

「昭和時代の有名作家なんですが、昭和三五年（一九六〇）に書いた『司馬遼太郎が考えたこと』っていうエッセイのなかで、母親の実家に里子に出されて育った奈良県葛城郡磐城村竹ノ内の家の裏手に、この鍋塚古墳があって、その上には芋を植えちらかし、裾ではタケノコを栽培していると故郷について言及しているんですよ。司馬遼太郎はこの古墳が、地元では長髄彦の墓であると古くから伝承されており、この磐城村竹ノ内の人間は、イワレビコ神武の率いる大伴や物部の兵どもに駆逐された中つ国のまつろわぬ者どもの子孫なのだと、自分のことも含めて述懐しているんですよ。」と渡辺が解説してあげた。

　近鉄南大阪線の尺土駅で降りると、タクシーで国道一六六号線を一〇分も西行すれば、広々とした竹内交差点に出る。その緩やかな上り坂を左折すると直ぐ右手に、こんもりとした小山が目に入る。タクシーを降りてみると、はるか東方には緩やかな盆地の底に畝傍山が小さく望める。標識も何もないその小山は直径四六m程で、その形が鍋に似ているので鍋塚と呼ばれてきたそうだ（図7）。墳墓は石垣で囲まれた二段構造になっていて、下段は高さ二mほどの平らなもので、上段は直径三〇mほどの同じく高さ二mほどの円墳で、現在はその頂部は多数の孟宗竹で被われている。古墳時代中期の築造と推定され、現地では長髄彦の墓と伝えられている。古墳時代が三世紀中頃から六世紀末の約二五〇年間であり、イワレビコ神武の東征が三世紀末〜四世紀初頭だと仮定すると、この鍋塚古墳が長髄彦の墳墓だとしても年代的矛盾はない。里親である司馬遼太郎の叔父は「子孫がそやというてるのに、これほど確かなことがあるかいな。」と長髄彦墳墓説を固く信じていたという。この竹ノ内村は、金剛山地の北端を東西に奈良盆地から河内平野に抜ける竹ノ内街道の要衝であって、物部氏の根拠地だった河内からは竹内峠を境界としてすぐそこに接している。小型タクシーが一台通れるだけの狭い旧街道の上り道は、飛鳥から難波へ日本最古の官道という看板も立っている。推古天皇二一年（六一三）に難波と飛鳥京の間に置かれたこの街道は、我国初の官道として栄え、大陸からの文物を大和飛鳥にもたらした。中・近世には河内からの伊勢参詣や長谷参詣で隆盛し、江戸時代の元禄元年（一六八八）には松尾芭蕉（まつおばしょう）がここを通って河内に向かい、幕末嘉永六年（一八五三）には吉田松陰（よしだしょういん）がここを通って儒者を訪ね、文久三年（一八六三）には天誅組（てんちゅうぐみ）の中山忠光（主将）ら七名が大和五條での武装蜂起が一日で失敗してここに逃走してきた道である。司馬遼太郎はこの竹ノ内村の住民が、正確には義兄を売った饒速日命（にぎはやひのみこと）の子孫であると書いている。後にこの村から武内宿禰（たけのうちのすくね）という蘇我氏系の政治家が出ている。

「ということは、竹ノ内村の鍋塚古墳はやっぱりあたしの長髄彦（ながすねひこ）様のお墓で間違いないわよね。でもここオセドウ古墳もあたしの長髄彦（ながすねひこ）様のお墓だってことは、古墳ガール悩んじゃうわ。」と何処まで本気なのか分からない調子で額田が困惑してみせた。すると、

「ホント、古代史は難しいんです。」と渡辺まで頭を抱え込んでしまった。

「ここ津軽はアイヌ人も近世まで住んでいたから、オレは学生時代の夏休みに五週間ぐらい、興味本位でアイヌ語講座ってのを受講したことがあるんだよね。それでさっきから気になっていたのは、東大阪市の石切劔箭（いしきりつるぎや）神社と長髄彦（ながすねひこ）の関係なんだけどね。」と梅原が一見関係なさそうな二つについて話

し始めた。

「余りにも遠い昔のアイヌ語講習会の記憶だから、当てにならないと思うんだけどね。その劔箭(つるぎや)ってのが神武東征の時に使った刀や弓矢だろうってことは分かるんだ。それで石切神社には、どんな固い石のような腫物でも直してくれる有難いご利益があるってんで、毎日朝からお百度詣りの人がひっきりなしにお詣りしているということだったよね。でもよく考えたら、神武東征時の戦(いくさ)と悪性腫瘍ってのは、いくらヤブ医者のオレでも関係ないと思うんだよね。その時思い出したのが、学生時代にちょっと齧(かじ)ったアイヌ語講座ってわけ。この講習では大事なことは言葉を分解してみるってことで、例えばこの石切だってイシとキリに分けたからそのような漢字を当ててるけど、また大阪城築城の際に此処から盛んに石垣が切り出されたから石切になったっていうのも近世の話だから、それ以前から呼ばれているイシキリという言葉の由来にはなりえないよね。仮にイ・シ・キ・リと四分割したとすると、アイヌ語だったらイ・シー・キル・イ＝i-si-kir-iで、和訳したら、あの・大きい・脚（キリ）・人（あの大きい脛の人物）となって、それこそ長髄彦(ながすねひこ)の身体的特徴そのものになるよね。つまりイシキリとは硬い石を切るのではなく、本義は大きい脛の人物＝長髄彦(ながすねひこ)ってことなんじゃないか？」

「え〜、それは初めて聞きました。面白すぎますね〜。」と渡辺が感嘆すると同時に、石木脛夫の顔に再び緊張が走った。

「同じように、奈良盆地の二つの鳥見(とみ)も、結局トミという動かしがたい現地呼称が既にあった所に、弥生時代以降に新しく来た人々がその発音に鳥見とか登美って漢字を当てただけでしょう。アイヌ語から解釈すると、原義はトミ＝ト・メム＝to-mem＝池や沼や水の湧きだし口や泉ということになり、北の鳥見は北に流れる天野川と南に流れる富雄川両方の上流水源地帯であって、南の鳥見は同様に大和盆地に流れ込む初瀬川(はせがわ)の上流ってことになると理解できるよね。古代物部氏が拠点とした生駒山地だって、現地呼称のイコマを聞いてイ・コマと分割して生駒あるいは胆駒と当てて、イ（接頭語）＋コマ（馬）＝放牧地とする説もあるみたいだけど、この地域は馬が伝来する二〇〇〇年前どころか一万年前頃からイコマと呼ばれていた筈だから、この馬説は採りがたいよね。これを仮にイコ・マと分解してみたら、イコ・マ（yuk-oma）＝ユック・オマー＝イク（鹿）・マ（群れている）＝鹿が沢山いる場所ってことになって、どうして先住民が縄文語でイコマって呼んでいたかがよく分かるよね。あの辺りは今でも結構シカやイノシシ、タヌキなどが出てくるから、縄文時代にはもっともっと数が多くて豊かな森だったんじゃないだろうか。だから獲物になる小動物が沢山棲んでいた鳥見地域は川の上流としての清流も流れているし、縄文人の狩猟のために最適なベースキャンプとして、神武東征時以前既に長い間の固有名詞として定着していた名前なんだろうと思うんですよ。」

「やだ～、あたしの推理を梅原さんに全部言われちゃうわ～。だから私の結論を急ぐと、石切神社の上之社は本当はあたしの長髄彦様を祀っていて、下之社の石切劔箭神社は戦いに勝った場所に戦勝記念あるいは長髄彦様の遺品などを祀ってたんじゃないかと思っているわけ。でもこれまでは逆賊扱いされてきたので、上之社の祭神を取りあえず饒速日命(にぎはやひのみこと)ということにして長い年月を凌(しの)いできたけど、実は密かに引き継がれてきたんじゃないかと思うのよ。このことは誰にも教えちゃだめよ、私と長髄彦様だけの秘密にしておきたいから〜。でもね実際この上之社の左奥には、戦後になって御炊屋媛をご祭神とする登美霊社が建てられたのよ。つまり一七〇〇年間保ってきた秘密の制約から、漸く解放されたっていうことかしらね。」と額田が興味深い考察を行った。

「額田さん、そのお考えはとても面白いです。梅原さん、今の額田さんのお考えにも関係したことで、その他にも神武東征に因んだ縄文語源の場所は有りますか？」と石木も身を乗り出してきた。

「そうねぇ、他にって言われたら、イワレビコ神武軍が始めに河内湾に着岸した白肩津の草香なんかはどうだろう。シラカタは現在の枚方市の語源にもなっているけど、シラ・カタ＝sirar-kata＝岩だらけの・上の方＝岩だらけの場所で・船から見て視線が上の方に向く岸という意味で、日常的に魚介の採取をしていた縄文人操船者の目線からの命名だって理解できるよね。またクサカも、クサ・カ＝kusa-ka＝船で運ぶ・岸＝船着場ということで、まさにその通りだよね。神武軍を最初に迎え討った孔舎衙坂も、この船着場からそのまま上陸して戦場になった場としてその名前が残ったんじゃないだろうか。当時太陽信仰をしていた先住民がここから日が昇ってくるので、日ノ本（日下）と呼んでいたと推定されているよね。」

「それは面白いね〜。梅原君アイヌ語なんて勉強してたっけか？　長年の友人なのに今日の今まで知らなかったわ、アハハ、ごめん。それじゃあ神武東征当時の生駒山地付近には、アイヌ人が住んでいたということになるのかな？」と今度は水鳥が割って入った。

「いや、決してそういうことでは無いんだよね。」と梅原が次のように解説してくれた。

アイヌ語の権威と言えば古典歌謡ユーカラ研究の第一人者である金田一京助教授や、その直弟子でアイヌ民族出身の一大秀才と言われた知里真志保教授、そして久保寺逸彦教授など東大系のアイヌ語研究者であった。彼らは日本語が膠着語であるウラル・アルタイ語系言語なのに、アイヌ語が抱合語という全く異質の言語系統に属するという理由だけで、アイヌ語を日本語の系統から除外してしまい、後はもっぱら両語の相違点ばかりを強調してきた。因みに膠着語とは、例えば行くという語幹に、行かない、行きます、行くこと、行けない、行こうなど様々な語尾を付着活用させるもので、日本語の他にトルコ語やウイグル語、モンゴル語、ツングース語などで使われる。一方、抱合語とは一つの動詞に多数の意味が抱合されていて、文脈の中で意味が確定するもので、シベリアやアイヌ、エスキモーなどで用いられる。しかし文の構成としては日本語もアイヌ語も同じSOV型（主語↓目的語↓動詞）で英語や中国語などのSVO型ではない。最近の研究によれば、例えば安本美典・本多正久両氏（一九七八年）による基礎語彙の一致率でみても、世界中の言語で日本語に最も近い言語がアイヌ語であること（金田一はそれはアイヌ語における日本語借用だとした）、両語間における共通語が借用しやすい名詞ではなく、借用しづらいはずの動詞の方に圧倒的に多いことが指摘されている。また出雲神話とアイヌ神話の類似性や、アイヌ宗教儀礼と古代神道とのアニミズムも含めた類似性などから、縄文語を共通の母語として現在の日本語とアイヌ語とに分かれて発展してきたことが明らかとなってきた。寒冷地適応を受けていない古モンゴロイドである縄文人が長い縄文時代を通じて日本国内に広く分布し、お互いに了解可能な縄文語を話していたが、温暖化の進行によって津軽海峡が渡航できなくなる時点を境として、北海道では地理的隔絶によって、縄文人の純粋度を濃厚に保ったまま近代まで古モンゴロイドの範囲内に留まって、言語も含め独自の小進化を遂げてアイヌ民族となっていった。一方、本州以南の地域では、弥生時代に寒冷地適応した新モンゴロイドである大陸系北方民族が大量に移入してきて、先住縄文人と混血を繰り返しながら広がっていき、九州南部や北東北で古モンゴロイドの特徴を残した。弥生時代に入って移入してきた新モンゴロイドは、先住民族をエミシと呼んで区別したが、当初は先住民への配慮もそれなりに示し、日本書紀でも畿内の先住民全般の呼称として愛瀰詩（えみし）と書いている。日本書紀の神武紀に、国見丘に八十梟帥（やそたける）を騙し討ちした後に歌われる、有名な久米歌の一節がある。

愛瀰詩烏（えみしを）　毘儾利毛毛那比苔（ひだりももなひと）　比苔破易陪廼毛（ひとはいへども）　多牟伽毘毛勢儒（たむかひもせず）
（エミシは一人で百人に当たるほど強いと人は言うが、手向かわなかった）

この歌には、初めて接したエミシに対する畏怖・畏敬の念が感じられ、エヴェン語のエ・ミシ＝良い部族とよく似ている。瀰（み）は水が満ちて流れるさまを表し、水と共に生きていた愛すべき誌的な縄文人を言い当てている。

ところが、この美しい文字が蝦夷という表記に変わったのが日本書紀の第一二代景行天皇条だ。日本書紀によれば、第一二代景行（けいこう）天皇二七年（九七）に武内宿禰（たけのうちのすくね）が東方諸国を視察して、次のように復奏している。「東夷のなかに日高見（ひたかみ）の国があって、皆さいづち型（筆者注、髷（まげ）の一種で、頭髪を後方に垂らし、その先端を椎状（つい）に髻（もとどり）する結い方で、中国の蛮夷の風習とされた。垂髻（すいけい）また椎髻（ついけい）とも言う。）に髪を結い、身体に入墨（いれずみ）をしている。ひととなりはみな勇悍（ゆうかん）で、この人たちを蝦夷（えみし）という。また土地はよく肥えていて広大だから、撃って取るべし。」三世紀末に成立して卑弥呼や邪馬台国までへの道程も記述されている魏志倭人伝にも「男子無大小、皆黥面文身（げいめんぶんしん）」とあり、男子は大小の区別なく、みな顔や体に入墨（いれずみ）をしていたという。中国では山東省から福建省、広東省にかけての沿岸部で古くから入墨の習俗がある。これは沿岸部の海人が入墨をすることで海洋生物と同類であることを示して、海の害獣から身を護るためだと言われている。日本では縄文時代中期頃から始まり、古墳時代も継続し、五～六世紀の埴輪文様に受け継がれていった。つまり縄文時代から、日本人はそれなりの航海術を以て中国大陸沿岸部と交流しており、その中で共通して普及した入墨の風習を、新しく朝鮮半島を経由して渡ってきた弥生人が奇異に感じたのであろう。この武内宿禰（たけのうちのすくね）の復奏を受けて同四〇年（一一〇）には、日本武尊（やまとたけるのみこと）が勅命を奉じて大和から遠く日高見国（ひだかみこく）まで軍を進めた。

　言語学的にも本土では縄文語の中に後から移入してきた北方系大陸諸言語（ウラル・アルタイ語系）の大影響を受けて、元々の縄文語から変化し続けて今日の日本語に進化してきた。つまり初めにあった縄文語が、気候変動による海峡拡大や朝鮮半島を経由した人口流入によって、のちのアイヌ語と日本語とに小分化していき、縄文語の痕跡が濃厚に残ったのがアイヌ語、痕跡が薄まったのが現代日本語といえる。

「なるほど、そういうことか！　今の日本語もアイヌ語も元は同じ縄文語から進化してきたってことね、よく分かったわ。そう言えば今朝川倉霊場でお会いした石木莉子さんは、イシキリコだから、足長お嬢様ってとこかな、アッハッハ～。」と水鳥が高笑いしたので、父親の石木脛夫も苦笑するしか無かった。

「ところで石木さん、先ほどそのお嬢さんがまだイタコではなくてカミサマだからって仰いましたが、カミサマって何ですか？　イタコとは違うんですか？」と今度は渡辺が石木に訊ねた。

主に東北地方と沖縄で活動をしていたイタコやカミサマといった職業人は、次のように呼ばれていた。

青森県（カミサマ、イタコ）
岩手県（オガミサマ、オカミサン）、宮城県（オガミヤ）、福島県（ワカ、オガミヤ）
秋田県（イタコ、エチコ）、山形県（ワカ、ミコ）
沖縄県（ユタ）

「はぁ、これは説明が難しいんです。イタコは恐山が有名ですが、恐山にイタコが住んでいるわけではなく、普段は津軽や青森市や八戸市などで活動して、大祭の時だけ恐山に集まってくるんですよ。昔はあちこちでイタコが活躍したんですが、これも時代の流れか、最近では恐山以外では、ここ津軽の川倉地蔵尊と、八戸の北で三沢に近いおいらせ町の法運寺の三ヶ所だけに減少してしまったんです。川倉地蔵尊は最も古いけど、法運寺は明治一五年（一八八二）からイタコの口寄せがはじまり、そのあと恐山では昭和一〇年（一九三五）頃から始まったといわれていますが、実際は室町時代末頃から今泉や川倉霊場から時々恐山にイタコが通っていたとも言われているんです。法運寺のイタコは最盛期には八〇人もいましたが、昭和四〇年（一九六五）頃には三一人に減って、現在では五～六人にまで減少して危機的な状況だそうです。縄文時代の祭祀がどのように行われていたかは未だ研究がさほど進んでいないように思われますが、土偶などの祭器を用いて豊穣や健やかな生命を祈っていたものと思われています。また全ての木々や水の流れ、風の動きなどそれぞれに神が宿り、高い山々や地面から天高く屹立する大木、清らかで水量豊富な滝などは特別に祀りました。いつの間にかそれらに注連縄を張るようになって、神の存在を明確化してきたものと思います。このような素朴ともいえるアニミズムが、土偶などを用いた初歩的シャーマニズムと表裏一体として信仰されてきたわけです。このような現象はかつて世界中のどの文明でも見られた人類に普遍的なもので、未だ宗教と呼べるような神話や体系化された教義が生まれる前から存在していました。しかしアニミズムを未開で低俗なもの、そしてシャーマニズムを意味のないまやかしと一蹴して馬鹿にしてきたのは、人格神を人工的に創り出して、それへの信仰を強要してきた西洋の一部宗教でした。そこでは教会での教義こそが進歩的で高級であり、そこでの聖書や牧師の言葉だけが、意味があって信じるに足るものとされてきたのです。しかしそのような一神教の排他的な教義において、それ以外のものは全て邪教とされるので、その結果これまでの人類の歴史では、度重なる争いと殺戮を生んできました。一方、東洋ではそれらとは一線を画して、むしろ多神教的で、あらゆるものを平等に尊重する思想がインドでも中国でも根底にあって、日本の場合はそれが長い縄文時代を通じて究極にまで浸透しました。その中では生者と死者が近い距離で同居しているので、時に霊的交流を望む人々が存在し、その霊的交流を仲立ちする人がシャーマンと呼ばれている人達ですね。そういう意味では、イタコもカミサマもシャーマンではあるわけです。一般にシャーマンは霊的存在がシャーマンの身体に降りてくる憑依型と、逆に異常な興奮の中で魂がシャーマン自身から抜け出して異界の霊的存在と交流して戻ってくるという脱魂型の二つあると言われていますが、イタコは憑依型ということになりましょうか。

この辺りでは、昔は目の見えない全盲の娘はイタコになるしか生きていく術はなかったのです。盲目の娘を子供の頃から師匠に弟子入りさせて、イタコの修行を始めるのです。師匠も弟子も盲目ですから、お経は口承して覚えていき、またイタコになるために必要なイタコ巫歌も次第に覚えていきます。イタコは宗教ではありませんが、口寄せに必要な仏教や神道、修験道、神仏習合の権現様などの基本的知識は勉強しなくてはなりません。このような修行を数年かけて行い、最後に「大事ゆるし」という仕上げの修行が待っています。それは注連縄を張った祭壇のある行場で、師弟ともに真新しい白装束を身に着け、五尺鉢巻き・白足袋姿で毎日三回各三三杯ずつ水垢離をし、この間は断食こそしませんが、穀断ち・塩断ち・干し果実食で餓えをしのぎながら、ひたすら呪文を唱え続けるのだそうです。このあたりは山伏など修験者の修行と共通点があるかも知れませんね。そうして極限にまで修行を突き進めて、打ち続く緊張と極度の疲労の中で、身体を震わせて失神する瞬間に、師匠の問いに答えて口走った神仏の名を、その新イタコ生涯の守護霊とするのです。この厳しい通過儀礼を無事に通り抜けた弟子は、最後に師匠からイラタカ数珠という特殊な数珠を譲り受けて初めて、「師匠上がり」という独立したイタコになることができるのです。イラタカ数珠は無患子（むくろじ）の実でできていて、子安貝や熊の爪、獣の牙と角が使われています。新イタコはこのイラタカ数珠をジャラジャラと鳴らしながら、神仏おろしの祭文をお経のように唱えながら口寄せをするのです。

昔の北東北にはイタコが大勢いて、口寄せだけでなく、集落のオシラサマ儀礼や正月の恵比寿まわり、農作物の作柄を占ったりと、各地での日常生活に密着した役割を果たしていました。またこれは怖い話ですが、行方不明者の口寄せに死口（しにくち）と生口（いきくち）の二種類があって、死口（しにくち）は行方不明になった死者の霊が取り憑いて遺体の場所を遺族に告げるもので、生口（いきくち）は行方不明になっている人の生霊（いきりょう）が取り憑いて居場所を告げるものです。特にこの生口（いきくち）は何時間もかけて全国の神様仏様にお願いして探してもらう訳で、イタコにとっては大変な口寄せ作業になるわけですが、以前この方法で監禁されていた行方不明者を探し当てたイタコ（三浦かしの）もいたと言いますから、その霊力は驚くべきものでしょう。かつては生者と死者の世界が明確に分断されておらず、生と死はお互い近い所にありました。この辺りで昔から「死ねばお山さ行ぐ」と言われてきたのもそのような世界観を反映しているもので、恐らく縄文時代からずっと受け継がれてきたものでは無いかと思うんです。そのような世界観を現実のものとして実践するために、イタコという存在がこの地で続けられてきたものかと思っています。

実際イタコという名前も、縄文語のイタク（語る）から来ていますからね。でも最近は盲目者に対する治療法の開発や社会保障制度の発達もあり、またそのような厳しい修行を希望する人も減って、イタコの数も文化も風前の灯になっています。そのような中で、私の娘の石木莉子を含めたカミサマと呼ばれる人たちは逆に少しずつ増えているんです。盲目の少女に厳しい修行が求められるイタコと違って、カミサマはある日突然神懸かりの状態になり、回復した時点から人が変わったように霊感が付いて、そのまま祈禱師あるいは占師として活動を始めるんです。ですからカミサマには視力に全く問題ない人がむしろ多くて、私の娘も眼はよく見える方なんです。カミサマのことをこの津軽では御巫祖と呼んで、死者の口寄せは余り得意とせず、主に占いや簡単な託宣、災難のお祓い祈禱などを行なっているようです。長くお話しして失礼しました。」と石木脛夫が話を終えた。

「なるほど、その違いがよく分かりました。イタコは師匠に弟子入りして受け継がれてきたということですが、そのカミサマというのは何処で育成されるんですか？　突然の神懸かりとはいっても、そこから直ぐには職業に結びつかないでしょう、石木さん？」と渡辺が納得しながら、追加の質問をしたところ、石木が丁寧に教えてくれた。

「その通りですね。岩木山の北麓に赤倉霊場という所があって、そこは以前はイタコ養成村の様相でしたが、イタコの衰退とともに最近ではすっかり寂れてしまい、代わりにカミサマの初期教育のようなこともするようになったと聞いています。私の娘の莉子も昔一度勉強に行っていたことがありましたね。莉子はあそこで口寄せの修行も少しさせて貰ったと言ってました。」

「あ〜、それは聞いたことがあるなぁ。カミサマになりたくて行ってみた近所の娘さんが、たった一日で帰ってきて、何だかとても怖いところだったって。その後一週間ぐらい自宅で震えていたっていうことだったよ。確か今度世界自然遺産になった大森勝山遺跡のすぐ傍だって聞いたねぇ。」と木造町在住の梅原は名前だけは聞いたことがあるようだ。

「え〜！　縄文遺跡の直ぐそばにそんな凄い霊場があるなんて行ってみたいわ〜。でもあたし今日の夜の便で、青森空港から大阪伊丹空港に帰らなきゃならないのよね〜、ザンネン！」と額田が悔しがった。

「私達は今日これから青森市に行って、明日は三内丸山遺跡から下北の恐山に行く予定でしたけど、その前に時間があるなら、その赤倉霊場ってとこ、ちょっと寄ってみたいですね。」と暇な水鳥が、調査に行きたそうな渡辺の意を汲んだ。

「ええ、もし水鳥さんもご一緒ということなら是非行きましょうよ。」と渡辺が水鳥の配慮に喜んだ。

「よし、それじゃあ決まった！　ここから皆で津軽山地の中にある大平山元遺跡を見ながら、陸奥湾の外ヶ浜町蟹田駅まで行こう。そこでお昼を食べて、額田さんはそのままレンタカーで青森空港へ、水鳥君と渡辺さんは列車で青森駅へ、そしてオレは車で木造町に帰ることにしよう。それで宜しいですね？」との梅原の号令に皆が頷いた。

「それでは石木さん、大変お世話になり有難うございました。お陰様で色々と勉強になりました。このオセドウ神明宮は本当に素晴らしいですね。現代の日本の原点がここにあると言っても過言ではないと思いました。墓守は大変なお仕事でしょうが、これからも是非ここをお守りくださいね。」と水鳥が皆を代表して石木に礼を述べると、初めて石木がニッコリ笑って四人と握手を交わした。

「石木さん、あたしの長髄彦（ながすねひこ）様よろしくお願いしますヨ。また来ま～す！」と額田の明るい挨拶で、オセドウ神明宮を後にした。

一一　大平山元遺跡

オセドウ神明宮を後にした二台の車は、十三湖北岸の山中を進み、いったん湖の東岸に出ると、ここから左手に今泉賽の河原を見る。この今泉賽の河原は、金木町川倉地蔵尊より古くから有り、日本最古のイタコ発祥地と言われている。地域の言い伝えでは、室町時代初頭の延年五年（一三四〇、南朝年号で興国元年）の大津波で亡くなった人々を供養するために始まったという。東日流外三郡誌に次のような記録が残っている。「八月二一日、数丈の大津浪一挙に十三湊および東日流大里の村落ことごとく呑浪し、死者十万を災滅す。依て十三湊町、福島城および寺社仏閣流失す。この津波で十三湊底浅く埋り廃港となる。」二台の車は、やがて小さな今泉川を渡ると、東行して緩やかな津軽山地に入って行く。すると、ものの二〇分もせずに、低い台地上の大平山元遺跡に着いた。

外ヶ浜町の大平山元遺跡は、北から南に流れる高石股沢の左岸に広がる標高二三～三〇mの大平段丘にある。この西側に一段低い山元段丘が接しているため、この遺跡名が与えられた。高石股沢は西から流れる砂川と合流して蟹田川となって下り、やがて陸奥湾へと注ぐ。蟹田川上流であるこの辺りでは、石器材料となる珪質頁岩が採れたことが、遺跡形成の要因である。珪質頁岩は、珪藻プランクトンを主成分とした珪藻土が、何層にも堆積して岩石化したものである。ちょうど本のページをめくるように薄く剝がれる特性があるため、頁岩（別名ページ岩）と呼ばれ、石斧や石鏃（矢じり）に用いられた。オセドウ神明宮から来た青森県道一二号線はこの辺りが頂上の小高い丘となって、ここから緩やかな下り坂が始まる。この東行する県道一二号線を挟んだ両側に遺跡の第一地点（縄文時代草創期）と第二地点（旧石器時代）が、それぞれ直径一〇〇m程度の大きさで広がっている。この山間集落のゴボウ畑で、昭和四六年（一九七一）に、近くの中学生が長さ二〇㎝ほどの大きな石斧を見つけ、通っていた蟹田川下流にある蟹田中学校の教諭に届けたことから発掘調査が始まったのである。大平山元遺跡は、旧石器時代の終期から縄文時代初期（紀元前約一万五〇〇〇年頃）にかけて石器が変わっていく様子が分かる遺跡で、旧石器時代では関東や中部地方で見られる石槍（有樋尖頭石器）や北海道で流行した細石刃石器が見つかっている。また縄文時代草創期の土器片も発見された。記念すべき石斧発見地は当時民家が密集していたが、現在は整地された遺跡の中に石斧発見地点として碑が立っている。

この大平山元遺跡から出土した土器片は、明確な文様がまだ無い無文で、形状は平底の鉢あるいは深鉢だろうと推定されている。放射性炭素測定法により紀元前約一万五〇〇〇前のもので、縄文時代草創期のなかでも最も古いものであることが分かった。これはエジプトやメソポタミア遺跡で発見された土器よりも古いもので、世界最古の土器の一つと考えられている。縄文時代の日本人口は約二六万人で、このうちの九〇%は東日本に住み、西日本の人口は東日本の一〇分の一以下だったとされている。まだ石器時代だった紀元前二万三〇〇〇年頃に起こって、現在の鹿児島湾北部を形成することになった姶良（あいら）カルデラ爆発は、火山爆発指数が〇から八まである中の指数七を示した超巨大レベルで、中心地である九州南部はシラス台地と化した（表1）。火山灰は北にも広がって日本全土に降り、関東地方では一〇cm厚の降灰があり、青森県津軽半島西海岸でも薄い降灰が見つかっている。当時は寒冷化による針葉樹林化が進行していたが、この巨大噴火によって広葉樹林から針葉樹林への植生変化が一気に加速し、気候の乾燥化も誘導された。

また縄文時代早期の終わり頃の紀元前約五三〇〇年頃に発生した鬼界（きかい）カルデラ大噴火の火山灰は九州全土は勿論のこと、西日本全体に降り注いだ。鬼界カルデラは、薩摩半島の南約五〇kmの大隅海峡にある海底火山である。この巨大噴火は当時既に衰退しつつあった落葉広葉樹林を消滅させた一方、その後の温暖化に伴って出現するカシ林などの照葉樹林を一気に拡大させた。この噴火によって西日本の縄文遺跡の多くは火山灰の下に埋もれ、人間が暮らすことは困難になった。この鬼界カルデラ爆発は、姶良（あいら）カルデラ同様に火山爆発指数七の超巨大レベルであって、同規模のものは国内では約九万年前の阿蘇カルデラ、海外では紀元前一六二〇年頃のギリシャ・サントリーニ島や、紀元九四六年の中朝国境にある白頭山の大噴火である。紀元後七九年イタリア・ヴェスヴィオ火山の大爆発が麓（ふもと）のポンペイを埋め尽くしたのが、火山爆発指数五であったから、鬼界カルデラの大きさが類推できる。宮崎県の農家の間で昔からアカホヤと呼ばれていた赤茶けた地層について調査した結果、人吉（ひとよし）市のイモゴ、種子島のアカボッコ、四国南部のオンジなど、似たような地層が日本各地に分布していることが分かり、昭和五一年（一九七六）に、これら全てが鬼界カルデラからの火山灰であることが確認された。この鬼界カルデラ火山灰層は、縄文時代の早期と前期とを分ける重要な地質指標となっており、当時南部九州に暮らしていた縄文人に壊滅的打撃を与え、その後約六〇〇～九〇〇年間は照葉樹林が復活しなかったほどである。実際、この噴火で西日本一帯には三〇～二〇㎝も降灰し、それより北にも偏西風に乗って東海・関東地方、さらに仙台を含む東北地方中部にまで厚さを減じながら降灰地域が北上したが、今日の青森県は全く降灰せずに済んだ。このことはそれ以後の縄文文化の発展に今日の青森県が貢献できた遠因になっている（表1）。

　この大平山元遺跡の傍に、大山ふるさと資料館という小屋があって、ここは平成一一年（一九九九）に廃校となった蟹田町立大山小学校舎を活用して平成一三年（二〇〇一）に開館したものである。館前には、北海道・北東北の縄文遺跡群の世界遺産登録を祝う幟が立っており、館内では蟹田町内で出土した土器や石器を展示している。隣の広い更地には蟹田町立大山小学校の立派な閉校記念碑が立ち、かつての校庭を見守っている。この大きな白花崗岩碑に嵌め込まれた黒花崗岩製プレートに、次のような何となく縄文時代を想像させる校歌が刻まれている（作詞　森山久五郎、作曲　山本正）。

清き流れの　蟹田川
おおみなかみに　つづく丘
未来をひらく　花かざし
心正しく　はげみゆく

われらの母校　大山校

話は青森県津軽地方から埼玉県北西部に飛ぶが、国道一四〇号線を上って秩父市大滝の神庭地区に進むと、左手に伴走する荒川上流の対岸絶壁に「縄文人居住跡　県指定史跡　神庭洞窟」との看板が見えてくる。ここは二瀬ダム荒川上流秩父湖のやや手前であるが、洞窟があるこの辺りは、やがて大河となってゆっくり東京湾に注ぐ荒川が、未だ渓谷を急流として流れている山奥である。この縄文洞窟は約五万年前頃に、急流荒川が石灰岩の下部にある比較的柔らかい泥岩を侵食して形成されたものである。この渓谷を見降ろす断崖の中腹にある神庭洞窟では、これまで三回の調査によって、縄文時代から近世に至るまでの遺物が見つかっている。そのうち古代遺物としては縄文時代の石槍や掻器などの石器が見つかり、古墳時代の壺や平安時代の須恵器なども出土している。なかでも特筆すべきは紀元前一万年前の縄文時代草創期初頭の隆起線文土器が見つかったことで、これは日本最古の土器の一つとされている。隆起線文土器は、小型で丸底や平底の屈曲のない深鉢形をしており、その口縁部や胴部の上位に粘土を帯状にめぐらせるもので（隆起線文・隆線文）、北海道や南西諸島を除く本土各地に分布している。隆起線文土器は、これまで日本列島最古の土器とされてきたが、近年になり長崎県佐世保市の泉福寺洞窟出土の豆粒文土器や、青森県東津軽郡外ヶ浜町の大平山元遺跡出土の無文土器などが更に古く、紀元前一万五〇〇〇～一万二〇〇〇年頃のものと分かってきた。また神庭洞窟は石灰岩質のため骨成分が分解され難く、人骨以外に猿や熊、猪、ウサギ、タヌキ、カモシカ、リス、ムササビなどの動物の骨、サケなど魚類の骨も見つかっている。洞窟に至る足場の悪い小道には、初夏には天南星（マムシグサ）の緑紫色の仏炎苞や、フウロマンの黄色い花、ミヤマハコべの白い小さな花が岩場に咲いている。神庭とは神が降臨する地の意で、洞窟の近くには神庭鍾乳洞があり、南東の山には三峯神社が鎮座している。

「この石斧大きいわねぇ、これを畑で見つけた中学生はさぞかしビックリしたやろね～！」と、難波の古墳ガール額田恭子は、縄文時代でも最古の遺跡に立って薄ピンク色のミニワンピース姿一杯で感慨を表した。

「面白かったね、ここが日本最古の縄文遺跡だなんて、地元のオレでも今日まで知らなかったよ。今は直ぐこの東を北海道新幹線が通ってるんだから、紀元後の二〇〇〇年も合わせたら津軽の一万七〇〇〇年すごいなぁ。さて、それでは蟹田駅に向かおうか。」との梅原の号令で、四人は再び二台の車に乗って緩やかな下り坂を下りて行った。この辺りは集落の端々に小さな祠が立っており、豪雪地帯で冬期は雪に埋もれてしまうからであろう、高さ三〇㎝ほどのコンクリート土台の上に四辺一m長ほどの祠には観音扉が付いて、窓ガラス越しに中が覗けるようになっている。その小さな祠の中には、高さ六〇㎝ぐらいのお地蔵さんが眉毛も瞳もマジックペンで凛々しく描かれ、頭にも身体にも赤い帽子と衣装を着せられて、両脇の色鮮やかな造花のお供えと共に道行く村人を見守っている。長野県も村落の端々に小さな地蔵尊や道祖神が祀られている地方として有名だが、長野県の場合は津軽のような祠は少なく、男女二体が合わさって浅く刳り抜いた背景石の中にレリーフされていることが多い。

また津軽地方で見られる顔立ちをはっきりさせ、これでもかと赤い賑やかな衣装を着せた地蔵は、化粧地蔵と呼ばれている。青森県の調査によれば、このような化粧地蔵は、明治時代から昭和初期にかけて作られたものが多いという。当時まだ冷害による不作や衛生状態不良、医師不足などのために乳幼児死亡率が全国でも高かったことと、古くからの地蔵信仰が結びついた津軽地方特有の供養風習であると考察している。水鳥は、つい先ほど見て来た川倉地蔵尊堂内の無数のお地蔵さんと全く同じであったので、この地における地蔵信仰の身近さあるいは生者と死者との距離の近さを感じた。

大平山元遺跡から車でほんの一五分ほどやまなみラインを下ると、外ヶ浜町蟹田駅に着いた。「蟹田ってのは風の町だね」と太宰治は紀行『津軽』で書いたが、今日の蟹田は全く風のない穏やかな日和だ。ＪＲ蟹田駅は小さな駅舎で、正面に竜飛崎灯台の白く大きな模型が立っている。津軽海峡冬景色という歌謡曲にも詠われた竜飛崎は津軽半島最北端の地で、現代でも海底トンネルとはいえ北海道新幹線の本州上陸地点となっている。蟹田駅舎内には、大平山元遺跡もりあげ隊という地元グループが作ったマスコットであるムーモン（無文土器とムササビを組み合わせた動物キャラクター）の可愛い人形や、蟹田中学校の生徒が作ったムーモンネブタという張り子などが陳列してある。ここは蟹田町というぐらいでトゲクリガニが有名である。棘栗蟹は毛ガニより少し小ぶりで、甲羅がちょうど栗のような形をしている。本州や瀬戸内海でも見られるが、主な産地は青森県や津軽海峡、北海道西岸である。塩茹でが最も美味しく、青森県では春のお花見に欠かせないご馳走となっている。またこの蟹田港からむつ湾フェリーが出ており、下北半島西南端の脇野沢港を約一時間で結び、一日二往復している。

青森県外ヶ浜町は平成一七年（二〇〇五）に蟹田町とその北隣の平舘村（ひらだてむら）、間に挟まれた今別町を跳んで、津軽半島突端の三厩村（みまやむら）が合併して新しく町制を敷いた。蟹田町が中心で町役場も旧蟹田町にあるが、他の二村もそれぞれ歴史に名を残している。旧平舘村は、対岸に下北半島を間近に見る平舘海峡として名を刻み、現在は蟹田―脇野沢間をむつ湾フェリーが結んでいる。陸奥湾海路の要衝地であるため、津軽海峡に異国船が頻繁に出没するようになる江戸時代末期の嘉永元年（一八四八）には、江戸幕府の命令によって監視と攘夷のための西洋式砲台（お台場）が築かれた。嘉永五年（一八五二）になると、この砲台をはるばる長州から吉田松陰（よしだしょういん）が検分に来たことでも知られている。現在は平舘灯台があるこの台場から、松陰は陸奥湾沿いに松前街道松並木を平舘湊まで南下して歩き、そこから漁師の船で青森湊に向かった。旧三厩村（みまやむら）は源義経（みなもとのよしつね）伝説に満ちており、義経寺（ぎけいじ）や厩石（うまやいし）、帯島（おびじま）などがある。旧三厩村（みまやむら）の竜飛岬に近い宇鉄地区は、江戸時代の弘前藩が宝暦六年（一七五六）と文化六年（一八〇九）の二度に亘って、津軽アイヌの同化政策を試みたが、和人に溶け込みながらも幕末に至るまでアイヌ文化を保持し続けていたことが、松浦武四郎の東奥沿海日誌に書かれている。正史では文治五年（一一八九）に岩手県衣川（ころもがわ）で自害したとされる源義経の首は、酒漬けした黒漆櫃（ひつ）に入れて鎌倉に送られた。腰越（こしごえ）で和田義盛（わだよしもり）と梶原景時（かじわらかげとき）によって首実検された後、藤沢の白旗神社に祀られ、位牌は荘厳寺に納められた。一方、義経の胴体は宮城県栗原郡栗駒沼倉（ぬまくら）にある判官森（はんがんもり）に埋められ、現在でも山頂には五輪塔と石碑が建っており、山麓の旧栗駒（くりこま）小学校跡地前には、義経筆塚と義経鞍桜がある。この桜は、義経自身が土に桜の枝を挿したものが育ったのだという。地元の伝承によれば、当時この沼倉村を領していた沼倉小次郎高次が、弟の杉目小太郎行信を義経の身代わりとして、義経一行を北へ逃がしたという（義経北行伝説）。衣川を脱出した義経一行は、この三厩まで逃れてきたが、津軽海峡が荒れ狂っていた。そこで海峡に向かって観音像に祈ると、三頭の龍馬が現れた。当時、波打ち際に大きな岩があって、波の浸食によって大きな穴が三つ空いていた。北海道へ渡る義経一行が馬三頭をこの岩屋に繋いだので、この岩を厩石と言い、この地が三厩と呼ばれるようになった。義経寺にはこの時義経が置いていったという観音像が今でも安置されている。それから四〇〇年以上経った江戸時代初期に、日本各地を遍歴した円空がこの義経寺を訪ね、観世音菩薩像を木彫りした。これは円空仏として、三〇数年に一度だけ御開帳されている。油川から三厩へ至る松前街道はここで終点となり、ここから先は船で津軽海峡を渡ることになる。これらの旧三厩村中心部から竜飛岬突端まで行くと、北海道へ渡る時に義経が帯を締め直したという伝説の残る帯島がある。北海道に渡った義経一行は、やがて現在の道南寿都町に辿り着いた。弁慶はここの岬の突端に立って、毎日後続の到着を待っていたが遂に援軍は現れなかったという。そこで土地のアイヌ人達がこの岬を弁慶岬と呼ぶようになったと伝わっている。この帯島と前述の厩石とのちょうど中間辺りに宇鉄遺跡があって、縄文時代晩期から弥生時代中期頃までの遺物が出土している。この遺跡では、遺物集中地点七ヶ所、土坑墓一一基、甕棺墓四基が見つかっており、特に一つの土坑墓から弥生時代タイプの碧玉製管玉三五六個と縄文時代晩期タイプの硬玉製丸玉一個が合わさって一つの首飾りとして出土したため注目された。また土器も北海道に分布する続縄文式である恵山式と類似したものであることから、時代的重複性と地理的重複性があり五五九点が重要文化財に指定されている。

駅広場の一角に蟹田駅前市場があり、様々な特産品を販売している。店内の奥に小テーブル三つほどの小さな食堂がある。「ちょうど良いや、ここで昼ごはんにしよう。」と梅原が、この「ウェル蟹食堂」のテーブルの一つにどんと腰を下ろした。駅前には他にレストランらしき店も無さそうだったから、他の三人も一緒に同じテーブルに着いて壁の上の方に並べてあるメニューを眺めてみる。

「ここは、あのシャモロックラーメン・半ライス付きってのが人気なんだよ。食べてみようか?」と梅原に勧められるままに、四人とも同じメニューを注文した。滅多に客が来ないのが、今日は一度に四人も来店して、嬉しさに吃驚したのは食堂のオバァちゃんだ。

「何だべ、今日は一人も客が来ないと思ってもう店仕舞いしようかと思ってたのに、急に四人もお客さんが来るだなんて有難いわさ。」と、曲がった腰を伸ばして仕事に取り掛かった。オバァちゃんは見かけによらず手際が良いのか、思いがけなく注文から数分で出てきた。ところがこのシャモロックラーメンに、今度は客四人の方が吃驚したのである。銘々の赤いお盆に載った丼には、澄み切ったスープ内に細縮れ麺がたっぷり入り、その上に予め炒めたシャモロックという鶏肉小片が二〇個ほど乗って、脇にメンマ、鳴門、麩、刻みネギが添えられている。ラーメンの隣には小ライスが随行している。

「わ～、美味しそう!」とお腹ペコペコの額田が先ず歓声を上げたが、水鳥には赤く浅いお盆が何だか奈良盆地に見えた。ラーメン丼の中央にある麺が饒速日命で、シャモロック肉や他の具材がその第一次降臨の際の数多い随行者のように見え、隣に遠慮している小ライスが長髄彦のように感じられたが、この感想は誰にも言えなかった。スープを一口飲んだら、四人とも目を見開いて顔を見合わせた。

「美味しい！」

「美味しいですねぇ！」

「美味しいじゃないか！」と額田に続いて、男性三人も歓声を上げた。

　青森シャムロックは青森畜産場が二〇年の歳月をかけて交配した高品質地鶏として有名で、広い鶏舎内で平飼いし、通常のブロイラーの二倍近い一〇〇～一二〇日間をかけて育成する。そのため奥深い味わいで、濃厚な出汁がスープに沁みだしている。しかも生後七〇日目以降は、餌に青森ニンニクの粉末を添加することで、発育が七％増し、ビタミンＢ１含量も二・五倍に増加して栄養価が高いという。従って鶏肉市場では、名古屋コーチンや比内地鶏などと同等の高い評価を受けている。透明に澄んでいるのに濃厚なスープが、細縮れ麺に良く絡む。炒めたシャムロック肉を食べたら、ピアノ線のような繊細な食感と思いがけないジューシーさが口中一杯に広がって、四人とも歓声の後は黙々とラーメンと肉を食べ、濃厚な透明スープを啜って、最後の一滴まで飲み干した。

「いやぁ、旨かった！」と四人同時に丼を置いて、フーッと一息ついて、お互いの完食丼を見せ合って皆で大笑いした。

「それにしても美味しかったですねぇ。こんな旨い鶏ラーメンは初めて食べましたぁ。」と渡辺が溜息をつきながら感慨を追加すると、

「そういえばこの蟹田町の青森シャモロックというのは、横斑シャモと速羽性横斑プリマスロックを掛け合わせて作る一代雑種（F1）ってやつで、その卵から青森シャモロックの子供は生まれないっていうから、貴重なんだってさ。」

「へ～、そう言われるとお代わりしたくなるなぁ。」と小ライスまでぺろりと平らげた水鳥も、例によって冗談を飛ばす。

「水鳥君、今度また神楽坂診療所に送るから、今日はまぁこれぐらいにしようか。」と梅原が窘めて、ここで解散することになった。額田はレンタカーで青森空港へ向かい、水鳥と渡辺は蟹田駅から列車で青森駅へ、そして梅原は車で木造町に帰って行った。

一二　善知鳥神社（棟方志功と縄文土偶）

JR蟹田駅から青森駅までは、津軽線で約四〇分だ。津軽線は北端の三厩駅を出て、津軽二股駅（津軽線）＝奥津軽いまべつ駅（北海道新幹線）や大平駅など五駅を過ぎて蟹田駅に着く。ここから途中、瀬辺地、郷沢、蓬田、中沢、後潟、左堰、奥内、津軽宮田までの各駅はずっと穏やかな陸奥湾沿いをゆっくり南下し、油川駅を過ぎた辺りからやや内陸に入り、やがて新城川を渡り、沖館川を過ぎた辺りで、秋田・弘前駅など南から北上して来る奥羽本線と合流して青森市街地に入り、もう一回九〇度北向きに進むと、もうそこは青森港に直結した青森駅となる。

「ホント穏やかな海ですねぇ。」と、太陽に輝くキラキラした陸奥湾の海面を眺めながら水鳥が呟くと、「ホント穏やかな海ですねぇ。」と渡辺がオウムのように返し、「大阪湾もこんな風に穏やかな海ですが、昔その奥にあった河内湾は、それこそこの陸奥湾のようだったでしょうねぇ。縄文時代に魚や貝類などの内湾性漁労をするには、持って来いだったでしょう。」と続ける。

「あっ、青森駅に着きましたよ。それじゃあ降りましょうか。」と二人は午後二時頃に青森駅に降り立った。駅東口から見ると、左側の青森港には青函連絡船メモリアルシップ八甲田丸が展示停泊してあり、左前方には大きな三角形をした観光物産館アスパムが聳え立っている。

駅前大通りをホテルに向かってゆっくり歩いて行くと、歩道に沿って所々に可愛らしいシャコちゃん像や十字架状人形（ひとがた）土偶などが道行く人々を見守ってくれている。

「やっぱり可愛いねぇ、シャコちゃん。ここでも人気ですねぇ。」と、今日亀ヶ岡遺跡で初対面してすっかりファンになった水鳥が、嬉しそうに眺めながら歩く。八甲通りとの交差点に来ると、先ほど見えた観光物産館アスパムが大きく左奥正面に見える。

「この十字架型の土偶はちょっと怖いような表情ですが、確か三内丸山遺跡（さんないまるやまいせき）で出土した土偶でしたよね。」と渡辺も歩調を合わせる。

「以前に鳥取県米子市での学会の折に、寄り道して足を伸ばした境港（さかいみなと）のゲゲゲの鬼太郎ロードも、目玉おやじとかネズミ男とか色んなキャラクターが並んで楽しかったけど、ここも青森市ならではのキャラクター通りで楽しいねぇ。おっ、七子八珍（ななこはっちん）だって、こりゃ何だ？」と水鳥が歩道にある大きな看板を目にして立ち止まった。看板にはこう書いてある。

七子八珍（ななこはっちん）

本州最北端の青森県は、三方を日本海、太平洋、陸奥湾に囲まれています。昔から青森には市民の食卓をにぎわし、誰にも親しまれている海の食材が沢山あります。七子八珍（ななこはっちん）とは、青森の新鮮な魚介類を四季の味としてブランド化したもので七子（ななこ）・八珍（はっちん）をメインに、堂々九品・隠れ十品の旬の海鮮食材全三四品のことをいい、七子八珍を食材としてどれか一品以上使った料理を七子八珍料理といいます。とあり、以下に列挙している。

七子　魚卵七種として、たらこ、すじこ、ましらこ（まだら）、ぶりこ（はたはた）、たこのこ、このこ（このわた）、ホタテのこ

八珍　季節の珍味として、くりがに（小毛ガニ）、がさえび（シャコ）、なまこ、うに、ほや、白魚、さめ、ふじつぼ

堂々九品　遠客のための厳選魚介として、目張、油目、烏賊、帆立、ヒラメ、鮭、鱈、鯖、鰯

隠れ十品　地元で評判の魚介として、いしなぎ、みずだこ、そい、かれい、鰤、鯛、鮪、鮟鱇、きんきん、さくら鱒

「ひゃ〜、これは酒飲みには堪らん！　今晩はどれを頂こうかな〜。」と水鳥が看板を指さしながら、早くも今晩の品定めを始めると、

「水鳥さん、ヨダレが垂れてますよ。」と渡辺が柔らかく窘める。

二人が楽しみながら、八甲通りを横切って駅前大通りをそのまま進むと、この辺りから新町に入る。ここからは通りの両側が雪国らしい雁木造のアーケード街だ。

「あれっ、善知鳥神社ってありますよ。」と左方向を渡辺が指差す。

「ほう、ここでしたか。」と以前から知っていたかのような調子で水鳥が応え、
「まだチェックインには時間がありますから、ちょっとお詣りして行きましょう。」と水鳥が、何時になく積極的に渡辺を促した。二人が一礼して境内に入ると、善知鳥神社由緒という看板が出ている。

善知鳥神社は現在の青森市が昔、善知鳥村と言われた頃、奥州陸奥之国外ヶ浜鎮護の神として、第一九代允恭天皇の御世に日本の国の総主祭神である天照坐皇大御神の御子の三女神を、善知鳥中納言安方が此の国の夷人山海の悪鬼を誅罰平定して此の地を治め、その神願霊験あらたかな神々を祭った事に由来している。又、善知鳥中納言安方は、此の地の人々に初めて漁労と耕作を教え、この辺一帯が今日のように発展したのは安方の聡明なる知恵と才能と勇気が神々の御意に適い、人々に慕い仰がれる所以となったと言われている。爾来、此の善知鳥神社は青森の発祥の地として、長い間連綿として敬神崇祖の信仰が受け継がれている。

御祭神　宗像三女神（多紀理毘売命、市寸島比売命、多岐都比売命）
合祀　天照大御神和魂、倉稲魂命（稲荷）、海津美神（竜神）

青森湊として開港する前は善知鳥村と称して、安潟のほとりの一寒村であった。それが江戸時代初期の寛永年間に湊が開かれると、寄せる漁船の目印が青々と茂る小高い森だったことから、青森と呼

ばれるようになったと伝わっている。善知鳥神社の創建は、第一九代允恭天皇の御世で、平安時代初期に陸奥国遠征してきた坂上田村麻呂が大同二年（八〇七）に再建した。また後に都落ちして移り住んだ鳥頭中納言安方が宗像宮を祀ったとも言われる。ただ実在した藤原安方は、平安時代前期の公家で、陽成朝で従四位下の阿波権守を最後に、清和上皇の身近に仕えた。元慶三年（八七九）に清和上皇の出家に従って自らも出家したので、外ヶ浜に流罪になったという記録は無い。時代が下って、明治元年（一八六八）の神仏分離令により、青森町の総鎮守が毘沙門天から善知鳥神社に変更され、明治六年に県社に昇格した。善知鳥は、むかし奥州外ケ浜（青森県）の、特に津軽郡安潟浦にいたと伝えられる小型の鳥である。親子の情が強い鳥として知られ、母鳥が「うとう」と呼ぶと、子鳥は「やすかた」と答える。飢えた漁師が、親鳥の鳴き真似をして「うとう」と呼び、母鳥と思って「やすかた」と鳴きながら出てきた雛を、自分が生きるためとはいえ捕って喰ってしまった。雛鳥を捕られた親鳥は血の泪を流して辺りを飛んで探し続け、その猟師はやがて地獄に堕ちて、化鳥となった善知鳥に責め苛まれ続けたという。本州最北端の地である外ヶ浜に棲むという善知鳥の物語は、人々の感興を誘い平安時代から今日まで多くの作品を生んだ。

西行法師　子を思う涙の雨の笠の上に　かかるもわびしやすかたの鳥（平安時代）

藤原定家　みちのくの外ヶ浜なる呼子鳥　鳴くなる声はうとうやすかた（鎌倉時代）

世阿弥　謡曲「善知鳥」を作る（室町時代初期）

徳川家綱　第四代将軍に弘前藩が善知鳥を献上した（江戸時代寛文六年＝一六六六）

徳川吉宗　第八代将軍から善知鳥について問い合わせあり（江戸時代享保四年＝一七一九）
　　　　　人形浄瑠璃奥州（おうしゅう）安達原（あだちがはら）初演（江戸時代宝暦一二年＝一七六二）安倍貞任（あべのさだとう）の子千代童

菅江真澄　善知鳥神社に初参詣（江戸時代天明五年＝一七八五）
　　　　　境内近くの浜で善知鳥（よしちどり）と悪千鳥（あしちどり）が数多く餌を求めて集まっていた境内で松前渡航「三年待つべし」のお告げあり延期した
　　　　　うちなびく手向けのぬさもふりはへて　こうごうしくも見ゆるみず垣
　　　　　のどけしなそとがはまかぜ鳥すらも　世にやすかたとうとう声して

山東京伝　善知安方忠義伝（うとうやすかたちゅうぎでん）（江戸時代後期文化三年＝一八〇六）平将門遺児良門物語未完

松尾芭蕉　名月や鶴脛（はぎ）高き遠干潟（とおひがた）（江戸時代後期文化九年＝一八一二）

森鷗外　参詣した（明治時代）

善知鳥（うとう）はウミスズメ科の海鳥で、北日本の沿岸部に棲息し、南限は宮城県とされる。繁殖期には番（つが）いで生活し、卵を一個だけ産んで育てる。親鳥は雛（ひな）のために夜明け前から餌を採りに行き、日没直前に帰巣する習性がある。また子育て期の夏には、目の後ろから長く白い羽状のものが生えて、涙を流しながら飛んでいるように見える。善知鳥の繁殖地は、北海道日本海側の天売島（てうりとう）と宮城県金華山（きんかさん）近くの足島（あしじま）で、どちらも国の天然記念物に指定されている。善知鳥神社の境内には、足島（あしじま）を管轄する宮城県女川町提供のウトウの写真が掲示されている。

　七月下旬の善知鳥神社内には、アジサイや紫ギボウシが多数咲き誇っていた。このあたり一帯が、昔は荒川と入内川が流れ込み安潟（やすかた）と呼ばれる大きな沼地だった。周囲は五～六里（二〇～二四㎞）もあり、浪館や金浜、浜館の村に達するほど広かったという。この潟（かた）に入る船はいかなる時化（しけ）の時でも安全に転覆を免れたため、善知鳥神社は漁師の信仰が篤かった。しかし横内城主堤氏が外敵を防ぐために荒川の流れを変え、領地東側の堤川に流したことにより、次第に安潟（やすかた）は干上がり、干拓事業も進められた。しかしその名残が、現在でも神社境内に小さな沼として残っている（うとう沼）。

「水鳥さん、確か青森県出身の板画家（はんがか）棟方志功は、この善知鳥神社の辺りで育ったって聞いたことがありますよ。」と渡辺が話しかける。

　板画家（はんがか）の棟方志功（むなかたしこう）は、明治三六年（一九〇三）に、刀鍛冶（かたなかじ）職人の三男として善知鳥（うとう）神社近くの安（やす）方（かた）二丁目（大町）で生まれた。幼少時に囲炉裏（いろり）の煤（すす）で眼を病んで以来、極度の近視となったが、善知鳥神社すぐ南の新町二丁目に移り住んできた少年時代は、この神社が格好の遊び場となった。青年時代にはスケッチにも訪れ、善知鳥の子が母鳥の背に乗っている善知鳥親子之図という貴重な墨絵風作品（倭画）が善知鳥神社に奉納されている。昭和五年（一九三〇）には、赤城チヤとの結婚式をこの善知鳥神社で挙げている。

「ほう、そうですか？　私は小さい頃版画が好きで自分でも彫りましたけど、棟方志功は独特ですよね。むかし観光で行った岡山県倉敷市にある国際ホテルのロビーに、棟方志功の本物の作品が多数

飾ってあって、ホントに吃驚したことが有りましたよ。」と水鳥が続けると、

「近くに棟方志功記念館ってのもあるようですから、ホテルのチェックインまでにちらっと行ってみましょうか？　何でも来年三月で閉館って、何かのニュースで聞いたことがありますよ。」

「へっ、そりゃ大変だ！　ほいじゃ、直ぐに行ってみましょう。」ということになって急遽その記念館にタクシーを飛ばした。その日の閉館三〇分前に滑り込んだ水鳥と渡辺は、駆け足で館内を見て回った。棟方志功記念館は、棟方志功の文化勲章受章を記念して昭和五〇年（一九七五）に開館したが、展示室は志功の意向により、多くの作品を並べるよりも三〇程度の作品をじっくり鑑賞できるように配置してある。これまで年四回程度の展示替えをしながら順次紹介してきたという。尋常小学校を卒業して家業の鍛冶屋を手伝いながら、一三歳頃から役者の凧絵やネブタ絵、善知鳥神社の絵灯籠などに関心を持ち始めた。やがて洋画家小野忠明の家でゴッホのヒマワリを見て感動し、「わだば（自分は日本の）ゴッホになる」と喚きながら、鍛冶の相槌の火花を散らす毎日の中で油絵を始めた。当時、ゴッホとは人名ではなく、絵描きという職業のことだと思っていたという逸話も残っている。志功のことを地元ではスコと訛って呼んでおり、友人達にいつもゴッホゴッホと連呼していたので、仕舞には友人達に「スコ肺病（志功は肺結核になってゴホゴホ咳ばかりしている）」と揶揄されたほどだった。大正一一年（一九二二）に一九歳で帝展に初出品した油絵「合浦池畔」は見事に落選した。しかし、昭和一一年（一九三六）に、三三歳で国画展に出品した版画「大和し美し」が出世作となり、昭和三〇年（一九五五）には第三回サンパウロ・ビエンナーレで版画部門最高賞を受賞し、翌昭和三

一年（一九五六）にはイタリアのヴェネツィア・ビエンナーレで「湧然する女者達々」が国際版画大賞を受賞した。これらの国際的業績により、昭和四五年（一九七〇）に文化勲章を受章し、五年後の昭和五〇年（一九七五）に七二歳で亡くなった。棟方は強度の近視のため、眼鏡が板に付くほどに顔を近づけ、軍艦マーチを口ずさみながら板画を彫った。第二次世界大戦中、富山県に疎開して浄土真宗にふれ、自分というものの小ささ（小さな自力ではなく、大きな他力）に気づき、後の仏板画作品群に結びついた。数多い作品群の中でも、華狩頌（はなかりしょう）という板画は、昭和二九年（一九五四）に発表された白黒ものであるが、アイヌ民族が祭りの際に、きれいな花矢を天の四方に向かって放つという儀式に着想を得て制作されたものである。構図は高句麗（こうくり）の舞踏塚と呼ばれる古墳に描かれていた狩猟壁画に倣（なら）ったもので、志功はこの作品について後に自伝で、「きれいな心の世界で美を射止めること……心を射止める仕事、そういうものをいいなあと思い、弓を持たせない、鉄砲を持たせない、心で花を狩るという構図で仕事をした」と製作意図を述懐している。白黒だけの中に画面の華やかさと作者の美学が込められていて、海外でも人気がある作品だという。はじめ版画（はんが）をいう字を使っていた志功は、次第に板画（はんが）という字を使うようになっていくが、これについて本人が次のように述べている。

身体ごと板画（はんが）にならなければ、本当の板画が生まれて来ない。絵とは全然ちがった出来方でなる板画というモノは、絵と別なものでなければならないのです。わたくしを化物にされて欲しいという心持で、板画を生まして行くのです。下絵を描く時に、もう板画に始まって板（いた）されて行かなければならないのです（板画の道、一九五六年）。わたくしが板画という字を使うので、板と版とどう違うのかと聞く人がいるんですよ。まえまえ、わたくしも板画を始めた頃は版という字を使っていたんだが、板画の心が分かってからは、やっぱり板画というものは、板が生まれた性質を大事にあつかわなければならない木の魂というものをじかに生み出さなければダメだと思いましてね。ほかの人たちの版画とは別な性質から生まれていかなければならない。板の声を聞くというのが、板という字を使うことにしたわけなんです（花深処無行跡、一九六三年）。

志功は少年時代に同級生と一緒に、飛んできた飛行機を追いかけて、田んぼの畦道を走っている途中に躓いて転んだ。その時にふと顔を上げると目の前に沢瀉の白い花があったという。志功は飛行機を追うことを忘れて、その美しさに見とれ、この美しさを表せる人間になりたいと思った。沢瀉は三枚のみずみずしい葉が、矢の形をして後ろが二つに割れた間から、可憐な白い花が数輪咲き、中央に淡く黄色い花芯がある。学名のSagittaria trifoliaは、オモダカ属の三枚葉という意味で、オモダカ属Sagittariaはラテン語のsagitta（矢）を語源としている。葉の形が人面のようにも見え、葉っぱの面に葉脈が高く隆起しているところから面高と呼ばれる。歌舞伎役者の初代市川猿之助（二代目市川段四郎）は、江戸末期の安政二年（一八五五）に殺陣師の坂東三太郎の子として浅草に生まれた。子供芝居に始まり、明治三年（一八七〇）に河原崎権十郎（後の九代目市川團十郎）の門下となり、男性的な芸風で表現力に優れ、反骨精神と進取の気概に富んだ演技で、一門人から歌舞伎界の中核にまで出世した。妻が吉原妓楼「沢瀉楼」の娘で、その入り婿となったので屋号を澤瀉屋という。また一説には、猿之助の生家が副業として薬草の澤瀉を商う薬舗をやっていたためとも言われる。

「あぁ、五苓散なら私も時々処方してますよ。漢方薬としては、水毒といって水分バランスから来る浮腫や下痢、嘔気、耳鳴り、めまい、尿量減少なんかに使いますね。特に低気圧の接近で、頭痛や耳鳴りが悪化する患者には良く効くんです。」と、ここは水鳥、しっかりコメントした。漢方薬の五苓散は沢瀉（おもだか）、猪苓、茯苓、朮、桂枝の五つの生薬から構成されており、このうち朮には白朮と蒼朮の二種あり、健脾は白朮が優り、燥湿は蒼朮が優るとされている。最近の研究では、アクアポリンという細胞膜の水分調節チャンネルに、五苓散が関与していることが分かり注目されている。

「へ～、棟方志功と歌舞伎役者だなんて、思いがけない所で繋がってるんですね～。でも小さい頃から役者の凧絵に興味が有ったっていうことですから、心のどこかで繋がってたんでしょうかねぇ。ムナカタという名前は、宗像や胸形などがあって、棟方は少ないように思うんですが如何でしょうか？」と渡辺が期待せず水鳥に問うてみた所、意外にも宴席での知識だけは豊富な水鳥が、次のように返したので渡辺が驚いた。

「それはね、渡辺さん。ムナカタという名前は全国で約一万五〇〇〇人ぐらい居て、東日本に多いんですよ。表記も宗像をはじめ、宗形、宗方、宗象、胸形、棟方など色々あるようです。でもそれは文字が少しずつ違うだけで、元は全て同族で、九州筑前国宗像大社の三女神（田心姫神、湍津姫神、市杵島姫神）の子孫なんですね。三女神の御形（身形）を祀ったのが始まりなんですが、そのまま使うのは懼れ多いので、ミナカタを忌んでムナカタになったそうですよ。」

この宗像一族は日本の歴史時代約一五〇〇年間に亘って繁栄し続け、今日では主に次の三系統に分類されている。その一つ目は三女神を祀るべく神官として全国に広まった（神官の宗像氏）。二つ目は、中世以降に武士となって地方豪族化した一族で、代表例が宇多源氏（武家の宗像氏）である。この宇多源氏は、公家としては、庭田家（羽林家）や綾小路家（羽林家）、大原家（羽林家）、五辻家（半家）、慈光寺家（半家）などが繁栄した。一方、武家としては源雅信の四男である源扶義の子孫の佐々木氏が、近江国を本貫として嫡流は六角氏と京極氏とに分流して近江源氏と称されて特に繁栄した。宗像氏の三つ目は、この氏族らしく海流に乗って飛遊し、航海や漁業、貿易、工人などとして日本各地で活躍した（海の宗像氏）。これは主に対馬暖流に乗って北部九州から、青森県や北海道にまで広がった。善知鳥神社にも宗像三女神が祀られているので、恐らく棟方志功の先祖も、その一族で間違いない。宗像三女神を祀る神社は全国で約九〇〇〇社あり、特に有名なのは宗像大社、安芸宮島の厳島神社、佐賀県唐津市呼子町の田島神社、湘南の江島神社で、宮城県の金華山黄金山神社は頂上奥ノ院に大綿津見神と市杵島姫神（仏号辯財天）を祀っている。

「棟方志功記念館は面白かったですね。それではそろそろホテルにチェックインしに行きましょうか。」と、タクシーを拾って渡辺と水鳥はホテルに向かった。

夕方になって水鳥と渡辺はホテルを出て、善知鳥神社付近の新町界隈をブラブラしながら、賑やかな大漁旗のある居酒屋に入った。まだ夕方六時過ぎなのに、その大きな居酒屋は既に多くの客でほぼ満席のようだった。広い店内には四人掛けテーブルが十数個あり、若いグループや中年客らがワイワイガヤガヤやっている。一人客用のカウンター席も満席である。その席の一番端に、背中を丸めて黒いジャケットに、店内なのに黒ポークパイハットを被って静かに飲んでいる後ろ姿の男に水鳥はどこかで見覚えがあった。あれは今朝の津軽鉄道だったか？　しかし思い過ごしに違いない。席への案内を渋る店員に、二人だけだからと無理に頼み込んで、先客のいるテーブルに相席となった。

「あれっ、十文字先生ではないですか?」と渡辺が気づいて話しかけても、向こうはきょとんとして、連れの若い女性と顔を見合わせている。

「これは失礼しました。私は大阪の難波大学で古代日本史を研究している渡辺と申します。今回この水鳥さんと一緒に恐山にお詣りに行くことになったんですが、昨日木造駅でお見掛けして、地元の梅原さんから十文字先生は縄文学の権威だって聞いたものですから……。相席させて頂いても構いませんでしょうか?」と渡辺が申し訳なさそうに挨拶すると、水鳥も、

「いや、昨日は十文字先生、木造駅で高校生達に囲まれて人気でしたねぇ。いつもあんな感じで、追っかけみたいにされているんですか？　あっ、いや私は東京神楽坂で内科を開業している水鳥と申します。木造町で開業している同級生の梅原君から、津軽観光と三内丸山遺跡に遊びにおいでよと言われて来たんですが、ものの弾みで恐山までこの渡辺さんとご一緒することになりまして、アハハ。」と頭を掻きかき経緯を話した。

「あぁ、そういえば昨日木造駅でお見掛けしたような。もちろん相席で構いませんよ。アハハ、どうも地元の高校生が、私をシャコちゃん先生と呼んでいるようでして、調査に出掛けるたびに付いてくるんですよね～。」と、今度は十文字渡がやや薄くなっている頭を掻いた。

「私は津軽地方や下北など青森県の縄文文化を研究していまして、シャコちゃんも重要な研究テーマなんですよ。あっ、こちらは狩場沢由子さんといって、地元東奥日々新聞社の八戸支社で活躍している敏腕記者さんです。」と向かいに座る元気良さそうな若い女性を紹介した。

「やだ〜、十文字先生！　わたし狩場沢は敏腕じゃなくて、ただの新人記者ですよ〜。今回わが社で特集する予定の縄文時代の精神文化と信仰について、今も十文字先生に取材中だったんです。何て言っても十文字先生は縄文時代研究の第一人者ですし、シャコちゃん博士って言うことでも有名人ですから。」と明るく爽やかなショートカットの女性記者の自己紹介は、ぐいっとビールジョッキを呷った所を見ると、既に大分お酒も入ってまじめな取材は終わりつつあるような雰囲気だった。

「十文字先生、今日私達は亀ヶ岡遺跡に行って、日本一有名な土偶のシャコちゃんに会ってきたんですけど、あれはやっぱり国宝級の価値があるんですよね？」と水鳥が素朴な疑問を投げかけると、十文字から意外な答えが返ってきた。

「いえ、水鳥さん。それがあれだけ有名なのに、シャコちゃんはまだ国宝には指定されていないんですよ。」

「え〜、それは意外ですね。それじゃ土偶に国宝は無いんですか？」と、水鳥と同じように吃驚した渡辺が聞き返す。

「そうですね、約一万五〇〇〇年間続いた縄文時代に造られ、我が国で発見された土偶は約二万点あるんですが、そのうち国宝に指定されているのは五体だけなんですよ。令和五年（二〇二三）夏に、バーチャルリアリティ技術を用いて、その五体が東京国立博物館に勢揃いするというんで、私もつい先日上京して見てきたばかりなんです。日本で最も古い土偶の一つは三重県松阪市の粥見井尻遺跡で出土した全長七㎝の小さなもので、四肢は無く胴体だけに頸部と小さな乳房が付着しており、紀元前約一万一〇〇〇年頃の縄文草創期のものなんです。その次の早期の更に次の縄文時代前期頃から、土偶に顔や手足が造形されるようになったんですね。つまり、それまで自然の美しさに感銘し、それらを崇敬してきた縄文人が、土偶によって自ら美を作り出すことが始まったと言えるでしょう。その国宝土偶五体をここに書くとこうなります。」と十文字がテーブルの紙ナプキンに名前を書いて、一つ一つ簡単に説明してくれた。

一　縄文のビーナス
長野県茅野市棚畑遺跡（諏訪湖東南地域）で発見された縄文中期のもので、鍋をかぶせたような頭部とつり上がった目、乳房の小突起と膨隆した下腹部、豊満な腰部と下肢を特徴とし、土偶として初めて国宝指定されたもの。

二　縄文の女神
山形県舟形町西之前遺跡で出土した縄文中期のもので、国宝土偶五体の中では高さが最も高く四五㎝もあり、装飾性に乏しく平滑な上半身と、波打つような文様の腰部とパンタロンのような四角形の両下肢の横縞模様との対照的なデザインが面白い。

三　仮面の女神

長野県茅野市中ッ原遺跡から出土した縄文後期のもので、逆三角形の平らな仮面を着けた頭部に、文様付きの上着を着けて、表面は磨きを入れて光沢感があり、体幹中央に出べそ、股間に女性器が彫り込まれ、肛門も穴が開いてリアルな局部表現を示している。両下肢は体幹に負けないほどまで太く丸く膨らみ、焼く時に割れないよう足底に穴を穿っている。死者の傍に横たわって出土したのは、葬送と冥福の儀礼が込められているものと考えられている。

四　中空土偶

北海道函館市著保内野遺跡から出土した縄文後期のもので、顎や肩甲部、下胸部から上腹部が着衣なく裸で、そこから下の下腹部からつま先まで精緻な文様で飾られている。頭部からつま先まで全て中空な造形なので、この名前が付けられた。装飾された顎部分に黒漆の痕跡があり、その表面は赤漆で彩色されていたものと推定されている。また、へそ周囲の剛毛がリアルである。

五　合掌土偶

青森県八戸市風張一遺跡から出土した縄文後期のもので、他の四体と比べて立位ではなく、地面に座して両手を合わせて合掌している独特の姿勢が特徴である。合掌はしているが眼は開いているので、祈りの場面ではなく、坐産の様子を表しているのではないかとも考えられている。折り曲げた両肘と両膝の所で一旦折れた部分四ヶ所を天然アスファルトで接着した痕跡があり、当時の修復技術が偲ばれる。

また縄文晩期に出現した遮光器土偶は、亀ヶ岡遺跡の片足の物が「シャコちゃん」の愛称で有名であるが、北海道から近畿地方まで広く作られており、宮城県大崎市田尻町（たじりちょう）で出土したものは四肢共に揃（そろ）っている。

「なるほど、それではシャコちゃんは全国いたるところで作られたけど、亀ヶ岡遺跡のシャコちゃんはその代表格ってことですね。」と渡辺が納得した。

「でもこの国宝土偶五体は、北海道から一体、青森県と山形県から各一体ずつ、長野県から二体ですから、やっぱり東北と信州から国宝級の土偶が出土したってことですよね。」と水鳥も感心する。

「ところで十文字先生、先ほど善知鳥神社（うとうじんじゃ）をお詣りしたら、ご祭神が宗像三女神と書いてありましたし、棟方志功も海洋民族宗像氏の流れを継いでいると水鳥さんからお聞きしたので、このような北国でも南方の北部九州勢力と交流が有ったんでしょうね？」と別の話題で渡辺が聞くと、

「そうですね、現代の私達が想像する以上に、古代は日本全国や海外との交易が盛んだったようです。それは恐らく縄文海進によって内湾漁労が始まり、その延長上に沿岸航海術も発達していったのだと考えられますね。宗像氏は古代出雲族の支流と考えられていて、皇室との関係も深く、神主である胸形徳善（むなかたのとくぜん）の子尼子娘（あまこのいらつめ）は天武天皇の妃となり、長男高市皇子（たけちのみこ）を生んだのですが、壬申の乱で活躍したにも拘らず、母親が皇女でないために、乱後は草壁皇子（くさかべのみこ）、大津皇子（おおつのみこ）に次ぐ第三位の序列とされたんですよね。天武天皇が死ぬと、序列第二位だった大津皇子が謀反の罪で死刑になり、続いて序列第一

位である皇太子の草壁皇子が二七歳で早逝したため、仕方なく母親が持統天皇として代理即位したんですよ。高市皇子は、それ以降は太政大臣として義母持統天皇を支えながら四二歳で亡くなったんです。柿本人麻呂が寄せた高市皇子への挽歌は、万葉集中の最長のものとして巻二の一九九番に残っており、その反歌として三首が二〇〇〜二〇二番に収載されています。

ひさかたの天知らしぬる君ゆゑに　日月も知らず恋ひわたるかも

（天を治める身となり天へ昇って行かれた皇子なのに、月日の過ぎて行くのも知らず慕い続けていることだ）万葉集巻二、挽歌第二〇〇

高市皇子の死後、その長男の長屋王は、正二位・左大臣まで昇りつめたが、藤原四兄弟の陰謀によって自殺に追い込まれたのは可哀想でしたよねぇ（長屋王の変）。そう言えば、以前私のゼミの学生で、同じ棟方さんという人がいましたが、何でも先祖が津軽藩の船奉行だったそうですから、やっぱり海洋民族の血を引いているからでしょうか？　その人の家紋を聞いたらまた吃驚で、抱き芭蕉紋っていう芭蕉葉が左右二枚でできてるんですよ。宗像大社のご神木は境内にある楢の木で、ブナと並んで落葉広葉樹の森を作る大木です。宗像大社のご神紋はこの楢の木の葉と実をあしらったもので、武家宗像氏は同じコナラ属でも柏紋なんですね。そのゼミ生の家紋が南方系の芭蕉だなんて、やっぱり津軽と北部九州海洋民族との交流があったということなんでしょうかねぇ。」と十文字が教えてく

れた。

「私は棟方志功記念館で見た板画というものに対する志功の考え方や、美に対する考え方が、どうも縄文人が持っていたものと共通なのではないかというような感じがしましたねぇ。つまりこの地では、縄文時代から連綿と続く美に対する探究心といったものや、美しいものを求め、そこに聖なるものや生命の力を見出すというようないわば縄文文化の究極の姿があるような気がしたんですよ。でも今の十文字先生のお話を聞くと、縄文人が土偶によって自ら美を作るようになったっていうことは、棟方志功の美と重なって面白いです。まぁ、私のような酒を飲むしか芸のないゲイジュツ素人が、こんなことを感じても仕方ないことですけどね、アハハハ。」と今度は水鳥が十文字に問いかけてみた。

「あの、水鳥さん。それって今度当社で特集する予定の、縄文時代の精神文化と信仰というテーマにジャストミートなコメントじゃないですか。これ記事にさせて頂いても構いませんか？」と、今度は新人記者が酔った勢いもあるのか、いやに身を乗り出してきた。

「そうですねえ、志功の板画や絵を見ると、伯父が佞武多の絵師だったからかどうか分かりませんが、どこか佞武多の役者絵の影響も感じられますよね。それから所謂版画ではなく、板の気持ちになって全身で板画を彫って、木の魂というものを直に生み出すことで、きれいな心の世界で美を射止めることを目指したわけでしょう。それはまさに縄文人が、他の国では生活道具でしかなかった土器や壺に、あれほどまでに命をつぎ込んで世界に類のない力強くも美しいものを造りだしていった点と凄く共通してますね。棟方志功がゴッホのヒマワリの絵を見て画家を志した話は有名ですが、あの絵は黄色の濃淡だけでキャンバスを構成していて、西洋美術の根幹である遠近法や陰影も無視していますよね。志功がゴッホの作品群に見出した魅力は、自由で大胆な構図や、写実に捉われない鮮やかな色彩表現、一見平面的に見える画面の中に躍動するデフォルメされた人物や風景モチーフなどであって、これはまさに葛飾北斎や喜多川歌麿、安藤広重などの浮世絵師が一九世紀後半の欧州に絶大な文化的影響を与えたジャポニズムが、ゴッホを鏡として志功に戻ってきたと言えるでしょう。つまり志功はゴッホに心酔したのではなく、自分の心底にある美意識や自由で大胆な美への憧れといったものを、ゴッホを通じて気づいたということですね。このような美意識は、まさに縄文時代に日本中を席捲した精神文化そのものですから、逆に一九世紀西洋の人々が感動したのも、江戸文化なのではなく江戸文化に現れている縄文精神だったと言っても過言ではないと思いますね。」

「十文字先生、それってとても面白いですよ。縄文文化がヨーロッパ芸術に与えたインパクトって感じで、全部記事に頂いて良いですよね～。」と新人記者は特集記事のタイトルまで思いついたようだ。

「十文字先生、今日私達二人は北津軽の十三湖（じゅうさんこ）から外ヶ浜（そとがはま）を周ってきたんですが、オセドウ遺跡では初代神武天皇の東征に抵抗した長髄彦（ながすねひこ）の墳墓を見てきましたし、外ヶ浜町の旧三厩村（みまやむら）では源義経（みなもとのよしつね）伝説に満ちていると聞きました。この辺りはそのような落ち武者というか、悲劇的な英雄の生存伝説が多いですね。」と渡辺が今日を振り返って十文字に報告する。

「そうでしたか、源義経（みなもとのよしつね）といえば、この青森市内にも、落ちて行く義経が脱ぎ捨てて行った脛巻（すねまき）（はばき）を祀ってある松尾神社というのがありますよ。江戸時代後期の旅行家である菅江真澄（すがえますみ）が記録を残していて、堤川の東側の松森村に祠があって、今は松尾の神を祀っているが、もとは源義経の脛巻を祀ってアラハバキ明神と申して、別名シリベツの林とも呼んでいると農夫から聞いたとあります。でも本当は義経伝説よりもっと古い時代に、津軽へ落ち延びた長髄彦そのものをアラハバキ神として祀っていたとも指摘されてるんですよね。それが後世になって同じように落ち逃れてきた義経と習合し、新しい伝説が作られたというか、つまり伝説の重層化というようなことですね。いや、でもこれは全く一部の人間の推論でしかないんです。それより菅江真澄が伝え残したシリベツの林というのは、阿倍比羅夫が蝦夷遠征の際に郡領を置いたとされるシリベシのことかと思われます。アイヌ語でシリは崎で、ベツは川を意味するので、当時この辺りはそのような地形だったのでしょう。」と十文字が推論した。この松尾神社は、はじめアラハバキ神を祀っていたものが、後に醸造の神様である京都松尾大社から勧請したものと思われる。東に向いている境内入口の朱の神明鳥居の額束には松尾神社とあるが、小屋のような小さな社殿には松尾大明神と掲げてある。社殿に小さく貼ってあるプレートに松尾神社の由来とあり、（東）アカダモ、（西）エゾエノキ、樹齢二七〇年（平成三年）とだけ書いてある。東側の大木であるアカダモの木は落葉高木ハルニレのことで、葉の表面はザラザラで辺縁もギザギザである。幹の皮は灰褐色で縦に不規則に裂け、樹皮から丈夫な繊維が採れる。また皮を剝ぐとネバネバの樹液が出るので、その名が濡れの木からニレノキに転訛したという。アイヌ人はハルニレを擦って火を熾していたので、アイヌ伝説でハルニレは女神や火神とされているという。一方、西側の大木であるエゾエノキはハルニレと同じニレ科の中ではエノキ属に入り、日当たりの良い山地を好む落葉高木である。葉は珍しい非対称で、樹皮は老木になると細かい皺が寄るが、繊維が強いので縄や被服原料、和紙、人造綿などに使われた。材もケヤキよりは劣るものの、家具や馬の鞍、まな板、滑車などに利用される。

「なるほどね～、面白いわ。落ち武者伝説と言えば、ホントの落ち武者ではないけれど、私の現在の勤務地である八戸に、エルサレムのゴルゴタの丘で処刑されたことになっているイエス・キリストが落ち延びてきて、しばらく滞在しその弟と一緒に埋葬されている所があるんですよ。」と急に思い出したように、新人記者狩場沢由子が更にグイッと身を乗り出してきた。

「えっ、いくら何でもイエス・キリストはちょっとあり得ないんじゃないんですか？」と若い渡辺が目をむいた。

「それがですね、八戸市の西方三〇㎞あたりで、丁度八戸市と十和田湖の中間辺りに新郷村というのがありまして、そこではエルサレムのゴルゴタの丘で、十字架にかけられて死んだのは、実は身代わりとなった弟のイスキリであって、キリスト本人は密かにその場から逃れたんだそうです。そして遂にアジア東端の日本に辿り着いて、松ヶ崎（八戸市の八太郎地区）から上陸して戸来村まで来て、その名も十来太郎大天空と改めて、ミユ子という二〇歳の女性を娶り、三人の娘を儲けたと言われてるんですよ。キリストは、その村で一〇六歳まで生きて天寿を全うしたと伝わって、その長女が嫁いだのが沢口家という村の旧家なんです。しかも単なる伝説だけではなく、昭和一〇年（一九三五）にキリスト本人と弟イスキリのお墓まで発見されて、地元では大騒ぎになったんです。私も一度取材で見に行ったことが有るんですが、静かな丘の上にあるキリストの墓は白い木柵に囲まれた小さい墳墓で、その中央に大きな十字架が立てられていたんですよ。そしてその奥に、もう一つ小さな墳墓に十字架が立っているのが弟イスキリの墓だということでした。墳墓の前の看板には次のように書いてありましたよ。」

イエスキリストは二一歳のときに日本に渡り、一二年間のあいだ神学について修業を重ね、三三歳のときユダヤに帰って神の教えについて伝道を行いましたが、その当時のユダヤ人達はキリストの教えを容れず、かえってキリストを捕らえて十字架に磔刑に処さんと致しました。しかし偶々イエスの弟イスキリが兄の身代わりとなって十字架の露と果てたのであります。他方、十字架の磔刑から逃れたキリストは、艱難辛苦の旅を続けて、再び日本の土を踏み、この戸来村に住居を定めて、一〇六歳長寿を以てこの地に没しました。この聖地には右側の十来塚にイエスキリストを、左側の十代塚に弟イスキリを祀っております。以上はイエスキリストの遺言書によるものと謂われております。

「この新郷村ではイスラエルの国旗に用いられている正三角形を二つ重ねあわせたダビデの星と同じ紋章を昔から使っている家があり、またこの村にある戸来という名字はヘブライに似ていますよね。更にこの村では父親をアヤーと呼んで、母親をアッパーと呼んでいるのも、ヘブライ語ではないかと言われてるんです。そして、さらにさらに！　驚くべきことに、この村で赤ちゃんが生後一〇ヶ月になって初めて家の外にお披露目に出る時に、額に墨で十字を書く風習があるんですよ。また、この時に唄う歌が日本語とは思えない歌詞で、『ナニャードヤレー　ナニャドナサレデア　ナニャドヤラヨー』と歌うんです。これを米国に住んでいた神学者の川守田英二という人が、ヘブライ語の発音として日本語訳にすると、『聖前に主を讃えよ、聖前に主は逆賊を掃討したまえり、聖前に主を讃えよ』という内容で、メロディーもユダヤで古来歌われてきたものにそっくりだと主張したので、現地では俄然本物説が強くなったんですよ。」と新人記者狩場沢由子は、以前の取材内容を明かしてくれた。

一方、民俗学者の柳田國男はこの歌のヘブライ語説を否定し、これは南部訛りで「なんなりとおやりなさい　なんなりとなされませんか　なんなりとおやりなさい」と解釈できるとした。この墓のそばには、在日イスラエル大使の訪問記念碑が建っており、逆に新郷村の村長もイスラエルを訪問するなどの交流があるという。このような訳で沢口家はキリストの子孫といわれ、村人の間で「天狗が住んでいる」と言われてきたという。昭和一〇年（一九三五）になって、茨城県磯原町（現北茨城市）にある皇祖皇大神宮の竹内家に伝わる古文書（竹内文書）に書かれているキリストの日本渡来地について、当主の竹内巨麿がその記述を頼りにこの地を訪ね当てて、この墓をキリストのものと断定したことから、キリスト墓説が注目された。実際に代々このキリストの墓を守ってきた沢口家の現在の当主・沢口豊治氏の父三次郎氏の風貌は、眼は青く目鼻立ちが日本人離れしていたと、村の老人たちが証言している。その後の昭和三八年（一九六三）に、第一回キリスト祭が開かれた際は、神父が招かれてキリストの墓に木製の十字架を立て、皆で賛美歌を合唱した。最近では毎年六月第一日曜日のキリスト祭には、近くの米軍三沢基地の米兵や県内外・海外から多数の観光客が集まる。今ではここは恐山と並ぶ青森のミステリースポットとして人気を集めていて、村のラーメン店ではダビデの星形のナルトが入ったキリストラーメンが人気メニューで、キリストの里伝承館ではドラキュラアイス（地元特産のニンニク入りアイスクリーム）が大人気だという。青森県ではニンニク生産が盛んであるが、特にこの新郷村（しんごうむら）付近の田子町や三戸町、十和田市、天間林村など三八（さんぱち）・上北地方（かみきたちほう）が有名である。

奥羽本線で青森駅から南西の弘前方面に向かう途中に、大釈迦（だいしゃか）という駅がある。浪岡町（なみおかまち）のこの辺りでは、遠い昔にお釈迦様がインドからやってきて山で修行したとの言い伝えが残っていて、近くの梵珠山（ぼんじゅさん）の八合目にお釈迦様の墓まである。飛鳥時代の僧道昭（どうしょう）は、孝徳天皇の白雉四年（六五三）に遣唐使の一員として入唐し、玄奘三蔵（げんじょうさんぞう）に可愛がられ、同室しながら直々に法相教学を学んだという。玄奘から仏舎利と経論を授けられて帰国した後は、日本法相宗（ほっそうしゅう）の祖となり、晩年は全国を遊行して各地で土木事業を行った。この道昭（どうしょう）が青森に遊行に来た際に、浪岡と言う地に当時中国など外国から来た人が多く住んでいたため、この地が一番埋骨するのに良かろうという事で梵珠山（ぼんじゅさん）（青森市と五所川原市に跨る標高四六八ｍ）にお墓を作り、玄奘三蔵から譲り受けた仏舎利を納めたのだという。七二歳で亡くなった僧道昭（どうしょう）は、遺言により日本で初めて火葬に付された。

「ひゃ～、青森県は凄いですねぇ。キリストのお墓からお釈迦様のお墓まであるんですねぇ。」と狩場沢由子（かりばさわゆうこ）の話を聞いて、渡辺が改めて驚いた。

「ホント凄いですねぇ。」と同じように驚きながらも、水鳥は次のようにコメントを返した。

「そのキリストの弟のイスキリさんですが、今日オセドウ神明宮で聞いたら、イシキリっていうのが、アイヌ語と言いますか縄文語でいうと長髄彦のことらしいんで、もしかしたらこの話も、キリストと長髄彦の伝説が習合したということでしょうか？　それともやはり真実のキリスト様？」

「えっ、それは初めて聞きました！　長髄彦って、確かあの初代神武天皇の東征を阻んだっていう？もしそれがホントなら面白い話ですよ！　つまりそれは弥生時代の終わり頃に津軽に落ち延びてきた長髄彦が、当時まだこの辺りで話されていた縄文語でイシキリと呼ばれたんですね。この辺りじゃあ、シもスも区別できないぐらい近い発音ですから、長い年月の間にイシキリがイスキリに転訛していっても何の不思議もないと思いますよ。もし水鳥さんの推理が正しいなら、そのイシキリ＝イスキリ伝説が津軽地方から十和田湖東の新郷村辺りまで伝わって、そこでイエスキリスト伝説と習合したんでしょうかねえ。新郷村ではあの二つの土墳は、ずっと偉い侍の墓と語り継がれてきたそうですが、本当のことはよく分かっていなかったのです。」

「もしキリストが兄の安日彦で、弟がイシキリ長髄彦ってことになったら大変ですね。」と水鳥が推理のダメを押した。すると、新人記者狩場沢由子が新しいテーマで、

「十文字先生、教えて下さい。わたし今度の新聞特集記事で、縄文時代の精神文化をテーマにしているんですが、どこの文化でも音楽ってあるじゃないですか。縄文時代にも音楽はあったんですか？」と取材を先に進める。

「なるほど、それは面白い着眼点ですね。新聞記事としても、読者の興味を引きそうなテーマですね。」と十文字准教授は次のように解説してくれた。

音楽に楽器は付き物である。縄文遺跡からの出土品の中には、石笛や土笛、土鈴など明らかに音を出すことを目的とした道具がある。メロディまであったかどうかは不明ながら、発声可能な口が二つある特殊な器形の双口土器や動物型や土偶などが出土しているので、これらは素朴な楽器として祭祀との関連性が指摘されている。縄文前期の土鈴が新潟県の二つの遺跡から一点ずつ出土しており、縄文中期の土鈴は中部地方~関東西部の丘陵地帯から多数出土している。縄文時代の土鈴は、球形や円筒形、俵型などあり、中に小石や豆などを入れているが、鰐口（スリット）が開いていない。そのため籠った小さな音しか出ないので、耳を寄せて聴くスタイルだったと思われる。それが弥生時代に入ると、稲作と共に金属使用が始まり、収穫期の豊作を祝う儀式に際して簡単な歌謡や舞踊が始まったと考えられている。初めに用いられた楽器は陶（土笛）や琴、銅鐸であったが、次第に種類が増えて笛や太鼓、鈴、琴、鼓、四ッ竹なども使われるようになっていった。当初即興的だった歌や踊りは、楽器の種類が増すにつれて、定式化が進み、また歌って踊る専門楽人集団も発生していった。

弥生時代に青銅器製作技術が日本に伝わると、銅鐸が製作された。銅鐸が楽器であるか祭祀具であるか諸説あるが、大きさは一二㎝の小型サイズから一ｍを超す大型サイズまである。鐸とは古代中国での柄付きの青銅楽器である。楽器としての鐸は、柄を左手に持ち、右手の打器で打ち鳴らした。これに対して吊して使用する楽器は鐘である。しかし日本では鐸を鐘のように吊して使用することが多かった。銅鐸は紀元前二世紀から紀元後二世紀の約四〇〇年間に亘って使用されたが、紀元後一世紀末頃から大型化が進んで、これまでの吊して音を鳴らして聴く目的から、祭壇などの床に置いて見せる目的に変化していったと考えられている。飛鳥時代の大化二年（六四六）、孝徳天皇の御世に駅馬・伝馬制度の設置に伴って作られた駅鈴（えきれい）は、金属製でよく聞こえ、これによって官吏は駅でこの鈴を鳴らして駅子（人足）と駅馬または駅舟を徴発させることができた。古代の楽器のリズムは自由リズムだったり、二拍や四拍を楽器で簡単に調子を取ったりした。また歌唱の音域は五度程度で、現代から見ればやや単調なものであった。英語を例にとると、一つの単語は複数の音節（シラブル、syllable）で構成される。例えばperformanceという一つの単語はper・for・manceの三シラブルで構成されている。一つのシラブルは一つの母音に子音が付属している。このような一音節に対して一音符を当てる（one syllable one note）曲部分をシラブル様式と言い、これに対して一音節に二音符以上を当てる（one syllable more notes）曲部分をメリスマ様式と言う。メリスマとは古代ギリシャ語で歌を意味し、これを用いたメリスマ技法は催眠的な陶酔感を聴き手に与えるため、古代呪術の秘儀や礼拝に用いられ、現代でもヒンドゥー教やイスラム教の寺院で聞かれる。またこのメリスマ技法はグレゴリオ聖歌やバロック音楽のアリア、ゴスペル音楽、アルプスのヨーデル、ジョン・レノンやセリーヌ・ディオンなどにも見られ、日本では邦楽や江差追分民謡などで、一音節を様々な高さの音を長く伸ばして歌っている。縄文時代から音楽とは言葉を用いて歌うことが主であって、そこには当然身体全体を使う踊りの要素も含まれていた。聴くだけの音楽というのは、近代になってレコードや音楽配信などが普及してからのものである。

ドイツ南西部のガイセンクレステルレ洞窟から、旧石器時代後期の白鳥の橈骨で作った笛と思われる断片が見つかっている。現存長一二・七㎝の小さな中空骨には、長軸に沿って指孔が三個穿たれている。古代のアジア地域や西洋地域では、音楽には魔力があると考えられたため、呪術や医療などに使われ、楽器も音の出る草や木、土、石、骨など自然素材を利用したものや、簡単な笛や打楽器なども用いられた。メソポタミアにおける紀元前四〇〇〇年頃のシュメール人遺跡ウルからは、黄金を配した楽器や楽人の演奏レリーフが発見されている。紀元前三〇〇〇年頃のエジプト遺跡からも、楽器演奏者の壁画が見つかっている。古代ギリシャ・ローマ時代の遺跡からは、石やパピルスなどに記された楽譜が見つかった。打楽器は最も古い楽器で、自分の身体や木や骨などで何かを叩くことで拍子が取れる。次いで芦や竹を用いて人間の気息によって発音される管楽器がアジア地域で発明された。狩猟民族からは狩猟用の弓弦を集団で鳴らして敵を威嚇したことなどから弦楽器が発明されて、擦弦楽器（バイオリン、胡弓など）や撥弦楽器（ギター、ハープなど）、打弦楽器（ピアノなど）に進化していった。古代ギリシャのピタゴラスは、弦の長さを三分の二に短くすると「ソ」の音となり、二分の一にすると音が一オクターブ高くなることを発見した。このピタゴラス音律は、美しい単旋律音として中世ヨーロッパのグレゴリオ聖歌などに引き継がれていった。

「最近、北海道を中心に縄文太鼓で活躍している茂呂剛伸さんという人がいて、何でも各地の縄文遺跡から採取した土を使って太鼓の胴を作り、文様を付けて窯や野焼きで焼いた後に銅のリングを溶接して、最後にエゾ鹿の皮を張るなどして、縄文太鼓を新しく創造したらしいですよ。私もコロナ前の平成三〇年（二〇一八）に、北海道一五〇年ウィークのオープニングイベントに出掛けてその演奏を聴いたことが有るんですが、身体の奥底までじわじわ響く生命力あふれた力強い演奏でしたねぇ。音色も縄文時代から続く遠い記憶が呼び覚まされるような感じで、これから遠い未来へと広がっていく希望のような感じもしましたよ。あの時は確か蝦夷(えぞ)チックというテーマで、赤レンガ北海道庁前広場で、島牧(しままき)村（道南寿都(すっつ)町の南隣）の中学生や道内の縄文太鼓奏者一〇〇名ほどが、祝鹿(しゅくが)と題して鹿面を被って縄文太鼓の音色を轟(とどろ)かせたら、そりゃもう観衆から大喝采でしたよ。面白かったなぁ、というか縄文時代研究者としては嬉し涙が止まりませんでした。」

「十文字先生、それ私も行きたかったですぅ。それってまさに縄文時代の精神文化ですよねぇ。」と狩場沢が悔しがった。

「そう言えば、僕も以前、平成二九年（二〇一七）だったかな、奈良薬師寺の食堂(じきどう)再建を記念した有名ギタリスト村治佳織(むらじかおり)さんによるエターナル・ファンタジアっていうコンサートに行ったことが有るんですよ。閉門後の薬師寺境内を貸し切って、それは幻想的な夜でした。薬師寺は法相宗(ほっそうしゅう)の大本山で、天武天皇が皇后鵜野讃良皇女(うののさららのひめみこ)（後の持統天皇）の病気平癒を祈って発願したもので、ちょうど令和五年（二〇二三）四月には国宝の東塔大修理完了の落慶大法要も営まれました。この新曲エターナル・ファンタジアを作るに当たって、村治佳織さんは、人々の病を治し心と体を癒すと言う薬師寺創建の原点を見つめトレモロを活かしながら、広い空間に悠久の時が流れる大らかさをギターの表現に託したと言っていましたね。聴いてみたらその通りの曲で、出だしは穏やかな悠久の時を感じさせるゆっくりとした指遣いで、途中からトレモロを駆使した戦いと敗戦を経験して、最後に短く長調で爽やかに終わる感じだったのを今でもはっきり覚えています。でも今回津軽を訪れてみて、その曲調が神武東征時の闘いや饒速日命（にぎはやひのみこと）の裏切り、そして長髄彦（ながすねひこ）の逃避と新しい天地への希望にも通ずるように感じましたね。」

「そうですか、それは私も是非聴いてみたいギター曲ですね。」と十文字が応えた。続けて、

「明日はお二人はどうされる予定ですか？」と十文字が訊くと、

「はい、明日は三内丸山遺跡（さんないまるやまいせき）に行ってみようかと思っているんです。梅原君という木造町（きづくりまち）の同級生が案内してくれるというので、楽しみにしているんです。」と水鳥が答えると、

「あれっ、それなら差し支えなければ、私達二人もご一緒させて頂いて構いませんでしょうか？　私達もちょうど明日三内丸山遺跡に行って取材する予定でしたし、ここでお二人とお会いしたのも何かのご縁かと思いますので。」と十文字が有難い案内を買って出てくれた。

「そんな縄文文化の権威である十文字先生とご一緒できるなんて機会は二度とないと思いますので、こちらこそぜひ宜しくお願いします。」と水鳥と渡辺の二人もニコニコして頭を下げた。

「勿論、こちらこそ三内丸山に行く楽しみが増えました。ところで、お二人は岩木山麓にある赤倉霊場（あかくられいじょう）はもうお詣りされましたか？　あそこは大石神社（おおいしじんじゃ）を中心にとても多くの修行場が集結していて、私の考えでは津軽と青森県地方の精神文化はあそこに根っこがあって、深いところで縄文文化とも繋

がっているると思っているんです。恐山に行く前に、是非あそこをお詣りしておくと勉強になりますよ。確かあそこには有名なイタコで、皆からおばば様って呼ばれている村中ハルさんも住んでいるはずですよ。それからそこから道路を挟んですぐ向かいに大森勝山遺跡（おおもりかつやまいせき）があって、縄文時代の太陽信仰が窺（うかが）える貴重な世界遺産になっていますね。」

「え〜、十文字先生がそう仰るなら、私もお二人に付いてちょっと赤倉霊場と大森勝山遺跡まで足を延ばそうかしら？　水鳥さん、渡辺さん、構いませんか〜？」と狩場沢がトコトン取材といった調子で二人におねだりをした。

「はい、今日昼頃に十三湖のオセドウ遺跡で石木脛夫（いしきすねお）さんという方からその二ヶ所を勧められましたので、ちょうど明日行こうと思っていました。渡辺さん、明日は梅原君が車で三内丸山遺跡まで送ってくれるって言ってたから、狩場沢さんも入れてそのまま四人で、その二ヶ所も行っちゃいますか？」と水鳥が皆をまとめると、一同ウンウンと頷いて今晩はお開きとなった。

一三　三内丸山遺跡

翌朝八：三〇に梅原が例のバンでホテルまで迎えに来たので、水鳥と渡辺の二人が乗り込んで三内丸山遺跡に向かった。青森市内からほんの二〇分ぐらいで正面ロータリーに着いた。梅原が駐車場から戻ってくる間に、大きな縄文時遊館という資料館の入口に水鳥と渡辺が行列に並んで待つことにした。午前九時の開館前だが、既にかなり長い行列ができている。親子連れや団体客かと思われる数人ずつのグループが、カラフルな夏服でがやがやしながら開館を待っている。

「やぁ、お待たせしました。」と笑顔で近づいてきたのは、広前大学の十文字渡准教授で、後ろから取材の東奥日々新聞社八戸支社の狩場沢由子記者が付いてきた。その十文字を見つけて、遠くから弾むような若い声が響いてきた。

「きゃ〜、見て見て〜！　十文字先生よ〜！　いたいた〜！」

「きゃ〜、十文字センセ〜イ！」と手を振りながら十文字の周りに駆け寄ってきたのは、きのう木造駅で見かけた、安方高校シャコちゃん同好会の女子高生達だ。昨日と同じように一人だけの男子で十文字の息子の誠君が、やっぱり今日も俯きながら恥ずかし気に女子生徒の後を付いてくる。

「十文字先生、今日はどの辺りを見学しましょうかぁ？」と初めからその予定だったかのような口調

で、女子生徒が詰め寄ってくるので、

「またか」といったうんざり顔で、

「みんな、今日はね、お客様と一緒に全体を回るから静かにお願いね。」と言うと、素直に、

「ハーイ、皆な分かったよね～。」と一斉に手まで上げて返事をする。一人男子の誠君は、更に頭をうなだれて恥ずかしそうな態度を増した。


　午前九時の開館に合わせて、行列が次々と館内に飲み込まれて行き、水鳥ら一行も女子高生グループと合わせて一一名ぐらいの集団となって入場した。この縄文時遊館の中央部分にある遺跡のジオラマは精緻な作りで、思わず見とれてしまう出来栄えだ。目線を少し上げると、この丸いジオラマホールの壁には、土偶のレプリカがぐるりと取り巻いてこちらを見守っている。

「私達は今この時遊館(じゆうかん)にいますから、そちらの時遊(じゆう)トンネルを抜けると、そこはもう縄文の世界となります。今日はこの辺りの縄文のムラを中心に見て行きましょう。」と十文字博士の指示に従って、タイムトンネルを抜けると、そこは緑一面の平らな丘のような景色が広がっていた。建物やその向こうに高い見張り塔のような六本柱が見える方向に、皆で少しずつ歩いて行く。道の左側には、直径四mぐらいの小墳墓があり、その辺縁部には小石が並べられていて環状配石墓と言うそうだ。やがて道の右側には一軒屋とおぼしき小さな掘立柱建物(ほったてばしらたてもの)が数棟高床式に復元されている。そこを過ぎると、大きな広場に出て、ここには集会所か共同作業場かと思われるほど大きな建物が、地面を竪穴式(たてあなしき)に少し掘り下げて作ってある。階段を数段降りると内部空間はかなり広くて、要所を太い柱で支えている

（大型竪穴建物）。これは縄文時代中期後半（紀元前約二八〇〇年頃）のもので、長さ約三二m、幅約九・八m、床面積約二五〇㎡で日本最大の広さである。そこを出ると目の前に大きく聳え立っているのが、有名な六本柱の大型掘立柱建物である。これは六本柱が長方形の形に並び、柱穴は直径・深さともに約二mの大きさで、他の建築跡と比べて桁違いに大きく、穴の間隔は全て同じ四・二mで、穴の底には直径約一mのクリの柱が残っていたものを復元したという。この六本柱の東側には子供の墓があり、南側には竪穴建物（住居）が多数並んでいる。広場から東に伸びている大通り沿いにはズラリと大人の墓（土坑墓）が両側に並んで、地上から二〇～三〇㎝ほどの高さに土が盛られている。陸奥湾方向からの村の出入りには、必ずこの両側に並ぶ先祖の墓を通るように設計されていたようだ。この三内丸山遺跡は縄文時代の前期中頃から中期末頃まで（紀元前約三九〇〇～二〇〇〇年頃）の約一九〇〇年間ぐらいに使われた大集落の跡で、典型的な時期の縄文時代の生活や文化を窺い知ることができる。

地質年代で言えば、今からおよそ二五八万年前に始まった新生代第四紀更新世は、一七〇万年前頃から本格的な氷河時代に入り、それが九〇万年間続いた。その後一〇万年周期でミランコビッチの寒暖サイクルに入り、その途中の約三〇万年前にアフリカでホモサピエンスが誕生したと言われている。そのホモサピエンスは紀元前三万八〇〇〇年頃には日本に到達して、少しずつ各地に拡散していった。その後紀元前二万年頃の最終氷期を過ぎて、日本国内に針葉樹の森が広がりはじめ、紀元前一万九〇〇〇年頃から地球規模での温暖化とそれに伴う海進が始まった。それら生態系の変化は日本においては紀元前一万五〇〇〇年（つまり今から一万七〇〇〇年前）頃から始まる縄文文化の形成を促して、今日区分される縄文時代草創期に入った。この頃から土器や石鏃（矢じり）の使用がはじまり、定住化して小さなムラも出現し始めた。当時まだ樺太と北海道は陸続きで、津軽海峡も冬は結氷渡海が可能であったが、次第に津軽海峡の拡大に伴う分断化で北海道の縄文人は本州とは分離独立して、後のアイヌ民族へと独自の進化を歩み始める（表3）。その北海道に津軽海峡を挟んで対面する三内丸山遺跡の出土土器は、縄文時代前期中頃の円筒下層式土器に始まり、中期の円筒上層式土器までの集落前半期（円筒土器文化）から、やがて仙台平野など東北地方中南部に展開した広大な土器文化である、榎林式→最花式→大木十型への集落後半期（大木式土器文化の影響を強く受けた後半期）への土器形式が連続して続いている。このうち巨木六本柱の大型建物や環状列石などの遺構は、南方からの大木式土器文化の影響を受けた後半期に属するものである。三内丸山遺跡前半期の円筒式土器文化の人々は温暖な気候に適すクリやクルミを生活資源としていたが、後半期の大木式土器文化圏の影響が次第に濃くなるにつれて、冷涼気候でも育成できるトチノキへと食糧資源も変化していった。

三内丸山遺跡の最新研究によれば、ここで約二〇〇〇年間も続いた円筒式土器文化が、実はこの十和田火山の巨大噴火という突発的出来事を期に形成されたことが分かってきた。縄文時代前期の土器形式は、北海道渡島半島から東北地方北部（現在の青森県全域と秋田・岩手両県北部）が円筒式土器文化圏で、東北地方南部が大木式土器文化圏と大別されている。この円筒土器文化は紀元前四三〇〇年頃に起こった十和田カルデラ大噴火後の縄文前期中頃に突然現れ、北東北地方から北海道南西部に急速に広がった（表1）。地層と出土土器については、東北北部では下層から上層に向かって早稲田六↓深郷田↓（十和田中掫テフラ）↓円筒下層a↓円筒下層b↓円筒下層c↓円筒下層dと進んでいく。一方、同じ時期に東北南部では下層から上層に向かって上川名上層↓大木一↓大木二↓大木三、四↓大木五↓大木六と進んでいく。縄文時代最盛期の中期になると、東北北部では下層から上層に向かって円筒上層b↓円筒上層c↓円筒上層d↓榎林↓最花↓大曲・中の平と進んでいく。同じ時期に東北南部では下層から上層に向かって大木七a↓大木七b↓大木八a↓大木八b↓大木九↓大木一〇と進んでいく。中期末期からの寒冷化に伴って、縄文後期は急速に土器文化が衰退していった。円筒式土器文化圏は土器・石器の種類や竪穴住居の形、土偶など精神文化の面でも共通性を持ち、ミズナラやコナラのドングリ類や、クルミ、クリ、トチノキなどの堅果類を食料とし、サケやマス、海獣などの漁労も行っていた。紀元前約四三〇〇年頃の十和田中掫テフラは偏西風に乗って東方に散布し、五五㎞東北東の十和田市やさらに遠く東北東七〇㎞の三沢市、東方約九〇㎞の八戸市まで及んだ。現在でも秋田県鹿角市では四m以上の露頭が観察され、イスキリ伝説の三戸郡新郷村では二～二・五m、十和田市でも約二〇～四〇㎝の厚さで堆積している。八戸市内の長七谷貝塚では、十和田中掫テフラ以前はコナラ属・ブナ属を主体とする落葉広葉樹林であったが、噴火による降灰後は栗林が拡大して行った。この時の十和田火山大噴火によって被災した八甲田山中のブナ林は、一時的にナラ類が増加していったが、その後約五〇〇年以上を掛けて少しずつブナ林へと回復していった。円筒下層a式土器の時代は、人口増加社会に変化していく時期であり、栗林の拡大が食料事情の安定化や栄養状態の改善に一定の貢献をした。それによって縄文人は栗林の育成・維持を進めていった。

文化庁の平成二四（二〇一二）の遺跡数データによれば、旧石器時代の日本では（現在の）北海道と千葉県、東京都が六〇〇件以上と最も多く、次いで長野県が五〇〇件以上、大分県が四〇〇件以上、東海地方が三〇〇件以上の順である。それに続く縄文時代は紀元前約一万五〇〇〇年頃から紀元前四〇〇年頃まで約一万五〇〇〇年間も続いた。小山修三によれば、遺跡数や基礎人口、集落規模、八世紀の集落人口、関東地方の人口、時代別・地域別人口から計算したところ、縄文中期の本州・四国・九州の人口が約二六万人と推定している（小山推計、一九八四年）。また高田純によれば、この縄文中期の北海道の人口は六・七万人で、東北の四・七万人より多かったとしている（二〇一七年）。本州の縄文人骨の食性分析によれば、コナラやクリを食べる比率が高く、虫歯が多かったと言われている。紀元前八〇〇〇年頃の縄文早期には本州の大部分は落葉広葉樹林に覆われていたが、紀元前四〇〇〇年頃の最も気温上昇した縄文中期の東日本では暖温帯落葉樹林のコナラ・クリが主体で、一方西日本では常緑照葉樹林のカシやシイが主体であった。コナラ・クリは生産性が高く、河川を遡上するサケ・マスも東北の人口密度を支えた。しかし紀元前二三〇〇年頃から寒冷化が始まり、温暖期より三℃低下、現在よりも一℃低下したため、東日本の高い人口密度を支えていた暖温帯落葉樹林（コナラ・クリ）が著しく縮小し、食料も人口も減少していった。このような東日本の人口激減とは逆に、西日本では縄文中期から後期にかけて人口が一・五～二倍に増加し、集落・住居跡数が増加したのは、東日本の縄文人が冷涼地から温暖地へ移動したとも考えられる。実際、近畿地方では縄文中期末に遺跡数の急激な増加が認められ、京都府舞鶴市桑飼下遺跡などでは打製石斧や石囲炉をもつ隅丸方形住居跡など、東日本的な様相が縄文後期になると認められるようになる。縄文中期の東日本では大規模な環状集落が営まれ、住居跡数が一〇〇棟を超えることもあり、典型的な縄文中期大規模集落である三内丸山遺跡（紀元前三九〇〇～二二〇〇年頃）は五〇〇人規模であった。しかし寒冷化による縄文後期の海退による海水面低下に伴って集落が台地から低地に降りていき、また集落サイズも小規模化して分散居住を進めながら人口密度も中期七〇→後期六五→晩期五九と辛うじて維持できたものと考えられる（図４）。しかし縄文晩期に再び人口が減少して過疎化した西日本には、朝鮮半島から主に対馬→壱岐→北部九州という経路で多数の渡来人が流入してきて、やがて弥生時代を築いていくようになる。この時期に九州から中国・四国、近畿へと人口が激増していったのは、渡来人の流入だけでなく、持ち込んだ水田稲作がコナラやクリを大きく上回る農業生産力があったためと推定される。縄文遺跡分布密度は現在の千葉県北部や霞ケ浦付近から宮城県、津軽地方、八戸上北地方が高いので、これらの地域をつなぐ関東・東北交易路が、縄文時代にはある程度出来上がっていたものと考えられている。特に今日の千葉県北部から鹿島神宮付近を通って浜通りを北上して行くルートと、それ以前の旧石器時代における下野―北総回廊とはよく一致し、また後の東山道ともなる内陸ルートとが、宮城県南の岩沼付近で合流することも現在とほぼ同じである。なお海路についても、縄文時代既に印西市西根遺跡や香取神宮、鹿島神宮、息栖神社辺りから丸木舟などで関東と東北との交易も可能であったとされている。

　三内丸山遺跡では、クリやクルミが多数出土しており、中でもクリは特に重要だった。また芋類や山菜も利用されたと考えられるほか、豆類や瓢簞なども栽培されていた。動物の骨では、普通の縄文遺跡に多いシカやイノシシよりも、ムササビや野ウサギなどの小動物が多かった。魚類ではマダイやブリ、サバ、ヒラメ、ニシン、サメ類などが多く、フグも食べられている。また当時の調理方法は焼くよりも煮る方が多かった。エゾニワトコを中心に、サルナシやクワ、キイチゴなどを発酵させた果実酒も作られていたと考えられている。これらの種子は、まとまって多量に出土し、発酵したものに集まるショウジョウバエの仲間のサナギなどと一緒に出土しているので果実酒の製造は確実であろう。集落が大きくなる紀元前約三〇〇〇年頃からは、他地域との陸路や海路での交易が盛んになった。ヒスイは約六〇〇㎞離れた新潟県糸魚川周辺から運ばれたが、三内丸山では完成品の輸入に加えて、硬い原石を現地加工して完成品に仕上げたものもあった。黒曜石はガラス質で鋭く割れて石斧や石鏃（矢じり）に使われるが、三内丸山には北海道十勝や白滝、秋田県男鹿、山形県月山、新潟県佐渡、長野県霧ケ峰などから日本海を経由して運ばれてきた。また琥珀は原石を岩手県久慈付近から運んできたものを加工し、他の集落へ運送もした。三内丸山遺跡で近畿地方から運び込まれた土器類は出土していないが、逆に大阪河内では亀ヶ岡土器が出土しているので、津軽・三内丸山地域と遠く離れた近畿地方との交易ルートは存在していたものと推定される。

「へ～、十和田火山の大爆発ってそんなに縄文文化に大変化をもたらしたんですねぇ。」と狩場沢由子が十文字渡准教授に取材内容の確認を求めると、

「そりゃもう、大変な影響で、この大噴火によって青森県の地形や地質は大きな影響を受けましたし、三内丸山遺跡を含んだ北東北全体の縄文文化が激変したんですよ。」と十文字が引き取って同意した。

青森県の基盤岩類は、海洋プレートが大陸プレートに沈み込む時に、海洋微生物堆積物であるチャートや、海底火山によって形成された海山性玄武岩、珊瑚礁から形成された石灰岩、海溝に溜った砂泥堆積物が大陸プレート側の地殻上部にくっ付いてできる付加体が中生代ジュラ紀にできて、これを次の中生代白亜紀に地下からのマグマによって深成岩が貫く構造となっている。津軽半島や青森市北部低地、八戸周辺の平野部では堆積層が地表面を被覆している。岩木山域や八甲田・十和田山系、下北半島の恐山域では新生代鮮新世以降の安山岩や、次の更新世以降の火砕岩質を中心とした火山性地質となっている。白神山地西端の深浦町松神では、特に十二湖付近において層厚三〇〇mに及ぶ凝灰岩が露出し、十二湖凝灰岩あるいは日本キャニオンとも呼ばれている。下北地域では、半島西岸は急崖をなして平館(ひらだて)海峡に面し、グリーンタフが浸食されて仏ケ浦のような奇岩・海食崖(かいしょくがい)を形成する。下北半島最東部の尻屋崎で発見された二枚貝やサンゴ、放散虫の化石から、この地域が紀元前約二億二〇〇〇年頃には浅い海底であったことが分かっている。日本列島の原型である北上山地や阿武隈山地が大陸から離れ始めたのが、一億〇〇五〇万年前の中生代末期（白亜紀新世後期）だから、新生代地質の多い青森県の地質は比較的新しい方に属する。

日本には一万年以上前の氷河期から野生の馬が生息していたとされているが、馬が家畜化されて、農耕や輸送などに活用されるようになったのは古墳時代からである。やがて七世紀になると、飛鳥朝は軍事目的で日本各地に馬の生産を行う牧（牧場）を整備し始めた。この結果、奈良時代の初期頃から、陸奥国も馬産地として知られ始め、平安時代以降は武士の台頭によって需要が急増した。平安時代後半の前九年役と後三年役の間に陸奥国内で起こった延久蝦夷合戦（延久二年、一〇七〇）後に、八戸市の馬淵川辺りから北の外ヶ浜辺りにかけての地域が新たに糠部郡として設置された。陸奥国の中でも、この糠部郡の馬は体格も良く、その評判が朝廷にも届くようになってきた。源頼朝などは、馬産に精通していた南部光行をわざわざ甲斐国から糠部郡に入部させたほどである。下北半島の東端に位置する東通村で育った馬は、冬期の豪雪や暴風・粗食に耐える耐久力があり、明治時代以後も大正、昭和と育成が続けられてきた。尻屋小中学校長だった岩佐勉が昭和四五年（一九七〇）に詠んだ次の歌は、寒立馬という名を世間に広めた。寒立馬は現在でも放牧が続けられている。

東雲に勇みいななく寒立馬　筑紫ヶ原の嵐ものかわ

青森県に分布する火山は、津軽半島西基部の岩木山（標高一六二五m）、青森県中央部の十和田・八甲田（標高一五八四m）火山群、そして下北半島の恐山群（最高釜臥山、標高八七八m）と陸奥燧岳（標高七八一m）である（図1〜3）。岩木山と燧岳は富士山型の成層火山で、山頂から美しい稜線を引き、岩木山は津軽富士とも呼ばれている。恐山は硫黄臭が漂う活発な噴気活動が見られる活火山で、宇曽利湖はそのカルデラ湖である。岩木山は安山岩の溶岩流によって約二〇万年前までに現在レベルの標高に達した。その後北麓に起きた岩屑なだれの近くに赤倉霊場と大森勝山遺跡が位置している。八甲田火山群の形成は約一〇〇万年前まで遡り、現在の南八甲田火山群の西縁で始まった。その後も火山活動が続き、約十数万年前以降に現在の北八甲田火山群が形成された。陸奥燧岳火山は、本州最北端に位置し約七〇万年前に旧火山体の形成が始まり、約十数万年前に終了した。続いて約八万年前以降に新火山体の形成が始まり、現在に至っている。

恐山の火山活動は約一三〇万年前に、先ず釜臥山と障子山が安山岩～デイサイト質で形成されることから始まった。その後火山活動が北西に移動していき、屏風山、大尽山、円山、朝比奈岳が形成されていった。次いで宇曽利湖の北側に剣山、地蔵山、鶏頭山が溶岩円頂丘として約六八万年前までに完成した。これら外輪山が蓮華八葉のように広がり、東西一七㎞、南北二五㎞に及ぶ広大な連山を形成し、その中央部カルデラが次第に雨水を集めて、現在のような直径二㎞、水深一五ｍの宇曽利湖が出来た。宇曽利湖の東北縁からは、三途の川を経て正津川（さんずがわ）が流れ出し、一五㎞を流れ下って北に向かい、むつ市大畑町で津軽海峡に注いでいる（図３）。恐山火山群では約二万年前以降マグマを伴う火山活動は見られていないが、現在でも湖畔や菩提寺西側に広がる地獄山では硫黄ガスが盛んに噴出している。

十和田火山は約四・三～一・三万年前の三万年の間に少なくとも六回の大規模噴火があり外カルデラを形成した。その後外カルデラ南半部で玄武岩質安山岩による成層火山が出来たが、これが陥没して中山・御倉半島を残した内カルデラとなって今日に至っている。十和田湖は標高四〇〇ｍ、全周一一㎞、水深は平均七一mながらその最大水深は三二七mと国内第三位の深さで、外カルデラと中山・御倉両半島に挟まれた内カルデラから成る二重カルデラ湖である。カルデラ形成に関連する数度の噴火は、特に八戸などの青森県南東部に甚大な環境変化をもたらして、その後の縄文文化にも大きな影響を与えた。十和田湖が渇水の時は湖面に御門岩という岩が現れるが、これは通常はカルデラ湖底にある高さ一〇〇mの岩体の頂上部なのである。京都延暦寺の皇円が編纂した扶桑略記の延喜一五年七月の条（西暦九一五、平安時代中期）に、京都で朝日に輝きが無くまるで月のようになり、人々がこれを不思議に思ったことや、その七日後に出羽の国から報告があり、灰が二寸積もって各地で桑の葉が枯れたと聞いたことが記されている。この時の噴火は火山爆発指数五で、今日まで有史約二〇〇〇年間の国内火山爆発では最大規模であった。同規模の火山爆発指数五は、後の天仁元年（一一〇八、平安時代後期）の浅間山大噴火、文明三年（一四七一、室町時代末期）の桜島大噴火、そして宝永四年（一七〇七、江戸時代中期）の富士山宝永大噴火である。海外で同規模の火山爆発指数五を記録したのは、西暦七九年にイタリア・ポンペイを襲ったヴェスヴィオ火山噴火である。十和田湖東岸の子ノ口から名勝奥入瀬渓流が十和田八幡平国立公園を抜けて走り、やがて八戸市と三沢市の中間に位置するおいらせ町で太平洋に注ぐ。明治三六年（一九〇三）に和井内貞行によって放流されたニジマスの養殖は現在も続いている。細い中山半島の付け根には遊覧船乗場や観光案内所がある休屋があり、半島先端に向かって少し歩くと、高村光太郎作のブロンズ製乙女の像に行きつき、その裏山に十和田神社がある。ここは平安時代初期の大同二年（八〇七）に坂上田村麻呂が創建したと伝わり、中世以降には山岳修験霊場として栄えた。すなわち陸前国気仙郡出身の南祖坊が熊野で修行した後に十和田湖に来て、八郎太郎という三三尺の巨大竜を追い出して、新たに青龍権現として湖の主となったという。それ以来、神仏習合の霊山として、江戸時代まで紀州熊野や日光東照宮にも比せられる北東北最大の山岳霊場として栄えた。しかし明治期に入っての神仏分離令によって修験道が禁止され、十和田山岳霊場は大打撃を受けた。窮余の策として青龍大権現を外に遷して、日本武尊を新たな祭神として申請したが、これは明治政府に一旦は却下された。現在の十和田神社の主祭神は日本武尊になっているが、奥の院として「十和田山青龍大権現＝南祖坊」が今でも祀られている。南祖坊入水の場と伝えられる占場は、十和田神社から更に山中一五〇mほど分け入ったところにあるが、足場が悪いため現在は通行禁止となって、船でしか行くことができなくなっている。しかし、ここは修験道の伝統を受けた神意必顕の占場として信仰を集めているため、現在は先ず十和田神社で宮司が神前に供えて祈念したオヨリ紙を受けて、乙女の像の前に広がる御前ヶ浜に投げ入れるか、あるいは遊覧船の十和田神社占場経由便に乗って船上から占うことになる。オヨリ紙を湖に投げ入れて、そのまま水底に引き込まれれば願いが叶い、もし湖面に浮いたまま沖に流されてしまえば願いは叶わないと言われている。

「十文字先生、お陰様で縄文人の生活ぶりや十和田火山大爆発の縄文文化への影響についてとても勉強になりました。あの大型竪穴建物はどう見ても集会所か祭祀跡のように見えましたが、あの巨大な六本柱の大型掘立柱建物もやっぱり何かの祭祀に使ったんでしょうか？」と狩場沢が取材を進めると、それまで黙って俯いたまま一行に付いてきていた十文字誠君が急に声を上げた。
「あのっ、それは恐らく太陽を観察し礼拝するための、物見塔と祭祀場だったのではないかと僕らの研究では考えているんです。」と周りのシャコちゃん同好会の同級生女子に気を遣いながら、しかしここは、意を決して次のように紹介してくれた。
この通称「六本柱」は、紀元前約二一〇〇～二〇〇〇年頃の縄文時代中期末頃のもので、用途について諸説ある。柱の主軸の向きが夏至の日出の方向に関係する（太田原潤、二〇〇〇年）とか、季節の変わり目である二至二分（夏至・冬至・春分・秋分）を知るための日時計である（小林達雄、二〇一八年）などと言われている。そこで自分達は夏至の日出と冬至の日入の方角と柱の向きについて調べてみた。その結果、まず六本柱の方位は北から東まわりに五五・五度との測定結果となり、次に縄文時代の夏至の日出は五七・五度（現代五八・三度）、冬至の日入は二三六・五度（現代二三七・三度）との結果が出た。そして、夏至の日出と月の入りを撮影したり、元の柱跡と復元した柱の主軸方向の違いなども測定した結果、六本柱の方向と日出・日入の方向に二・〇度のズレはあるが、夏至期だけ柱の間から太陽が昇ってくるので、それを季節の境としたのではないかと考えた。また反対側から見ると冬至が分かることになることも分かった。（筆者注：この項は最上ひと美さんら青森県立青森南高等学校自然科学部の二〇〇九年報告から抜粋引用したものである）
「それは大人顔負けの素晴らしい研究だねぇ、誠君と皆さん。」と最年長者の水鳥が目を細めながら、シャコちゃん同好会の高校生達を眺めて言った。

「エヘン。オジさん達、私達同好会に誠君はいるけど、でもこれは十文字先生に内緒で私達だけで頑張って研究したんだよね～。」と一人の女子高生が自慢げに胸を張った。

「ホント、この研究は凄いことを見つけたね～。」と十文字准教授も高校生達を褒めた。

一年で最も日中が短い冬至の日を境として、そのあと少しずつ日が長くなっていくので、古代から世界中の民族が冬至の夜から翌日の朝にかけてお祭りをし、太陽の復活を祝ってきた。東洋では大晦日の夜と新年の初日出を祝い、西洋ではキリストの生誕と習合してクリスマスとして現代まで引き継がれている。しかし縄文人は現代人のような冬至翌日（現代では正月）の初日出よりも、むしろ冬至その日の日没（現代ではクリスマスイブや大晦日）をより重視した形で新しい一年、あるいは生命の再生というものを祀っていたようだ。これも一つの太陽信仰であることに違いはない。

人口の増加や、富の蓄積と偏在、文字の発明といった文明の開化は、それを支える農耕の発達が不可欠であるから、農耕と太陽運行の密接性に鑑みれば、古代文明における太陽信仰は当然のことと言える。メソポタミア文明ではシャマシュ神が、エジプト文明では太陽神アテンやラー、インダス文明ではインドラやヴィヴァスヴァット、ギリシャ神話ではアポロンやヘリオス、ローマ神話ではアポロ、ヒンズー教ではヴィシュヌ神、ケルト神話ではベレヌスやルー、中国では東君や三足烏、義和など、インカ帝国ではインティ、マヤ文明ではウィツイロポチトリ、仏教では大日如来、日光菩薩、神道では天照大神（あまてらすおおみかみ）、エスキモーではマリナ、アイヌではトカプチュカムイなど数えあげればキリがないほどである。縄文時代の大湯環状列石（おおゆかんじょうれっせき）（秋田県）では、二ヶ所の環状列石の中に立つ日時計と呼ばれる立石と環状列石を結んだ線が夏至の太陽の日没線と一致している。古代中国では冬至の日に都南郊の天壇で冬至祭天を行い、夏至の日には都北郊の方壇で祈る夏至地祀が行われた。日本の弥生時代最大の遺跡である吉野ケ里遺跡（よしのがりいせき）でも、北内郭の中軸線が夏至の日出と冬至の日入と一致している。メキシコのユカタン半島に出現したマヤ文明は、パレンチを中心に紀元後五～九世紀に最盛期を迎えた都市国家の集合体である。ここでは大権力は発生しなかったが、天体観測の技術が進んでおり、再生を意味するパカル王の緑色のヒスイマスクが有名である。またチチェン・イッツァのククルカン・ピラミッドでは、春分と秋分の日の夕方だけに北側階段側面に生じるジグザグの影が、階段下部のククルカン頭部と繋がって、大蛇の形をした神が天から降臨してきたように見えるトリックで有名である。

三重県の伊勢の地は東側に海が広がっているという自然条件があるため、朝になってそこから昇ってくる太陽に対して元々素朴な信仰があり、伊勢神宮の前身に当たる伊勢大神（いせのおおかみ）の社に太陽神が祀られていた。倭王権の東国経営が活発化するのは古墳時代半ばの五世紀中葉からで、継体天皇の御世に起こった磐井の乱（五二七年）が鎮まった六世紀前半頃にピークに達した。それが後の天武・持統朝の時に伊勢の一地方神であった伊勢大神（いせのおおかみ）に、新しく創作された太陽神である天照大神を合体させて伊勢神宮に祀ることになった。一方、大和から見て日の沈む国となった出雲勢力は、大和に移住した後も三輪山からの日出を拝み、移り住んだ常陸国を日立ちの国あるいは日高地（ひたかち）への道と呼んだ。いずれにしろ世界中の殆どの文明が太陽を信仰し、朝になってそれが昇ってくる東方というものを崇敬し、憧憬を持ったことは間違いない。それを古代中国では蓬莱（ほうらい）島あるいは扶桑（ふそう）国と呼んで、秦始皇帝は不老長寿の妙薬を求めて徐福一行を日本にまで遣わした、そのため日本では和歌山県新宮市や三重県波田須町、京都府伊根町、福岡県八女市、佐賀県佐賀市など各地に徐福上陸伝説がある。それらの太陽信仰は、太陽の力が最大となる夏至の日出や、最も弱った太陽が新しく再生してくる冬至翌朝の日出を礼拝するものが殆どである。しかし三内丸山遺跡の六本柱は夏至の日出と冬至の日入の両方を礼拝していたのではないかと思われる構造と方位を示している。これは最も強い生命の夏至の日出と同じ強さで、死に去ってゆく生命への限りない惜別や感謝の念を崇敬するような信仰があったのかも知れない。

「十文字先生、その解説は面白いです。同じ太陽信仰でも縄文時代は、その後の弥生時代、古墳時代、あるいは世界中のどの文明とも異なる日没への哀惜と感謝を強く持っていた。それって、この三内丸山遺跡の大通りの両側にずら〜っと並ぶ土坑墓の間を通って出入りするという村の構造にも反映している死生観と言いますか、宗教観が感じられますよね。子供の墓は別の場所にあって、大通りの両側に埋めてあるのは大人や老人ですから、自分たちの先祖でもある死者への労りや感謝、そしてそれらといつも共に生きているということですよね。でも、このようなことが分かったのはシャコちゃん同好会の皆さんの研究のお陰ですね、皆さん本当に有難う。」と狩場沢が、縄文時代の精神文化と信仰という特集記事の構想がまとまったとでも言いたげに、目を潤ませて高校生達を見回してお礼した。

「いえ、私達こそ今日も十文字先生と、面白い勉強をさせて頂いて良かったです。それじゃあ、皆で、シャコちゃ〜ん！」とそれがいつもの別れの合図のようで、一斉に帰って行った。

残された五人は時遊館（じゆうかん）内の展示を一通り見てまわったあと、「さて、ちょっとお腹が空いてきましたね。」と誰ともなく言って、奥のレストランに入った。幸い「五千年の星」という名前の館内レストランは開店直後で未だ空いていた。ここでは縄文食材を使った釜飯などのメニューがある。発掘プレートというワンプレートランチを注文した狩場沢は、ご飯の中からハマグリの貝殻が出てきたので、店員に知らせたら、エプロン姿の若いアルバイト風の子が、「おめでとうございます！　発掘大当たりです〜！　お祝いに当店人気のソフト栗夢（くりむ）（クリーム）をプレゼントで〜す！」と店内に響く大きな声で叫んだので、恥ずかし気に身を縮めた狩場沢に対して、同行の男性四人が大笑いの祝福を送った。

「十文字先生、有難うございました。お陰様で大変勉強になりました。それでは私達四人は、これから赤倉霊場と大森勝山遺跡に向かいますね。」と挨拶して、三内丸山遺跡を後にした。

一四　赤倉霊場

　三内丸山遺跡から梅原の車で、弘前市方面に向けて南西方向に車を走らせていると、次第に辺り一面が青々とした葉が茂るリンゴ畑となり、岩木山麓を周回する岩木山環状道路（青森県道三〇号線、リンゴ道）に至る。ここからこの道路を北に向かって、ゆっくりと左に弧を描くように進んで行くと岩木山の北麓に回り込む。

「わ〜、やっぱり津軽と言えばリンゴだわ〜。わたし甘いリンゴも好きだけど、酸味が新鮮なフジなんかがやっぱり好きだわ〜。あれっ、この辺りは結構トウモロコシ畑も多いですねぇ。」と、車窓からの風を頬に受けながら、狩場沢由子が歓声を上げた。

「あぁ、これは最近人気のダケキミって言うんですよ。この辺りではトウキビ（トウモロコシ）のことをキミって言うからね。蒸しキミにすると、とっても美味しいよ。」と津軽地元の梅原が、単調な道を定速で運転しながら教えてくれる。

　岩木山頂は岩木山・鳥海山・厳鬼山の三峰で形成されているが、そこから南西に広がるなだらかな嶽高原で栽培・収穫されたトウモロコシだけを嶽きみと呼んでいる。この辺りは寒暖差が大きく、夏以降の日中と夜間の温度差が一〇℃以上にもなるので糖度が増し、メロンや普通のトウモロコシが平均一五度であるのに対し、嶽きみは平均一八度、稀に二〇度になるものもあるという。食べ方も通常の茹でやレンチン以外に、フルーツ感覚での生噛りもはじける甘さがジューシーで美味しいと評判だ。このリンゴ道を道なりにゆっくり進んで、やがて左折して脇道に入り緩やかな上り坂を少し行くと、大石神社と書いてある大きな鳥居の前に着いた。ここは左に大石川という清流が流れ下り、右には更に上に進む小さな道が続いている。舗装された道路はここまでで、ここから先は車一台分の幅の砂利道となり、両脇からは初夏で伸び盛りの雑草が迫り出して山道を狭めている。

　四人は全く人気のないこの大石神社の前で、一旦車を降りてみた。辺り一帯はミーンミーンとセミの声だけが響き渡り、人の気配もクマやシカなど動物の気配も無い。どうやらここが赤倉霊場の入口のようで、よく見ると古くて朽ち果てそうな立看板に、概略地図が描いてある。ところどころ文字が剝げて消えそうな看板を見ると、この先にお堂や神社が二九ヶ所も有るようだ。梅原はおばば様と呼ばれている村中ハルのお堂は最奥にあると聞いて来たので、この地図では大石川上流にあるみそぎの滝の奥にある、二九番目の村中堂というのがそれだろうと指を差した。この村中堂から更に大石川を遡れば、やがて銚子の滝に至ると描いてある。また村中堂に至る手前の別れ道を左手に上って行けば、そのまま赤倉山とも呼ばれる厳鬼山を経て岩木山頂上まで行き着くことができるようだ。ここは霊場と言っても、これまで行った霊場とは雰囲気がまるで違う。普段は霊感などに全く鈍感な水鳥にも、この場の空気は異様に感じられた。それは他の三人も同じようで、この場の強い霊気にすっかり呑まれてしまったのか、急に口数が少なくなって、ただお互いの眼を見て表情を窺うだけになってい

た。そこを若い渡辺が勇気を振り絞るような声で、

「何だか人気が無くて少し怖いような気もしますが、探検しながらこの村中堂まで行ってみましょうか？」と恐るおそる提案してみた。

「いやぁ、そんな奥までは怖いなぁ。私は見ての通り気が小さい方ですから、ここで待ってようかなぁ……でも一人で待つのも怖いしなぁ……」と水鳥が案の定、尻込みをして他の二人の顔色を窺う。

「私も凄く恐いですぅ。今までこんな恐いとこ来たこと無いですぅ。だって私は小学校でも中学校でも、夏のお化け屋敷ではいつも悲鳴を上げて、気を失ってたんですよ～。」と狩場沢も腰を引いて、梅原の決断を縋るような眼で仰いだ。

「それは困ったなぁ。オレも長年津軽に暮らしてきたけど、ここは初めてで、確かに何だか霊気が異常に強くて不気味な雰囲気もあるけど、それ以上にホントの神様がいるような神聖な空気も感じられるよね～。それも一人の神様じゃなく、数千年も前からの色んな神様がいて、仏様も一緒に渾然と集結していると言うような感じがするね。オレのような鈍感な人間でも、凄い霊力を感じる不思議な空間だ。オレも何だか怖い感じはするけど、折角ここまで来たんだから、思い切ってもう少しだけ前に進んでみても良いかなと思うなぁ。」と梅原が渡辺の前進案を支持した。

「いやぁ、地元の梅原君がそう言うんなら、私も付いて行くけど、怖いから車からは降りないからね～。」とここで、まず水鳥が妥協してしまった。すると狩場沢も、「やだ、私一人だけここに残されても、もっと怖くなりますから、それじゃ私も水鳥さんと同じように一緒には行きますけど、車にずっ

と乗ったままでいますからね～。」と前進案の方に折れた。

「それじゃぁ、上の方に行きますか。」と梅原の促しを合図に、四人は再び車に乗り込んで、狭い山道を少しずつ登って行った。右側に四つほど教社やお堂を過ぎると、赤倉山神社という所に着く。ここで道が左右に分かれていて、分かれ目には記念碑が立っている。右に進めば三重塔があると言うが、ここは村中堂に向けて左に進む。左右にお堂や寺を五～六ヶ所過ぎると大石川に出るので、そのまま川を渡ると小さな広場にミニトラックが停まっていた。ちょうど初老の夫婦と思しき二人が着替えをして、長靴を履いて山に分け入る仕度をしていた。夫は作業帽を被り、妻らしき女は手拭いで頬被りをした作業スタイルなので、信者がお堂の清掃か下草狩りにでも行くところなのであろう。助手席に座っていた渡辺が、窓を下ろして聞いてみる。

「あのう、すみません。みそぎの滝ってこの上の方ですかぁ？」すると作業着姿の二人は一言も喋らず、示し合わせたように川の上流方向を指差した。ここから先は道が更に狭いので、ここからは歩かなければ、みそぎの滝の奥にあるという村中堂までは行けない。梅原ら四人はここで車を切り返して駐車させた。

「だから嫌だと言ったんだ。車から降りて歩いて行くなんて怖すぎる～。」

「私も怖いですぅ。無理せず途中で引き返しても構いませんからね～。」

とゴネながらも、仕方なく水鳥も狩場沢も村中堂を目指さざるを得なかった。四人が全く人気のない山道を少しずつ登っていくと、途中に金木や五所川原、出雲大社といった名前のついたお堂や教社が左右に点在している。しばらくすると別れ道に出て、さっきの地図によれば、ここが目印の住吉堂なのだろう。ここから道を左に取れば、やがて赤倉山方向に向かうので、若く勇気のある渡辺を先頭に、一行は道を右に取って更に細くなってきた山道を一歩ずつ進んで行った。分かれ目の住吉堂から二〇分ぐらい歩くと、漸くみそぎの滝に出た。高さ一〇mほどもある崖の上から水量豊かに滝が流れ落ちている。滝の真ん中辺りには人一人が立ったり座ったりできるほどの岩があって、修行者はこの滝に打たれて呪文やお経を一心に唱えて、ひたすら禊ぎ(みそぎ)を行うという神聖な場所だ。この滝のそばを抜けて少し行くと、小さな朽ちかけた行小屋があった。

「ハアハア、ここが村中堂ですか、ハア。」とさすがの若い渡辺も、息を切らしながら辿り着いた。不思議なことに、この広い赤倉霊場で出会ったのは、先ほどの夫婦のみで、他は誰とも会わず、人気(ひとけ)も全く感じられなかった。

　この赤倉地域は津軽の人々に、古くから巖鬼山(いわきやま)の通称で呼ばれてきた。現在はこの赤倉霊場を通って、岩木山頂上への登山コースの一つとしても位置付けられている（赤倉コース）。川倉賽の河原地蔵尊や恐山がイタコの聖地であるとすれば、この赤倉霊場は御巫祖(ごみそ)やカミサマの聖地であるとされている。津軽地方で古くから信仰を集めていた岩木山は、奈良時代末期の宝亀一一年（七八〇）に、津軽開拓と北門鎮護を期して山頂に岩木山神社(いわきさんじんじゃ)が祀られた。それを平安時代初頭の延暦一九年（八〇〇）に、この地にまで進出してきた征夷大将軍坂上田村麻呂(さかのうえのたむらまろ)がこれを再建して奥宮とすると共に、北麓の十腰内(とこしない)村（現在は弘前市十腰内、近くに巖鬼山神社(いわきさんじんじゃ)がある）に下居宮を建立したものである。

平安時代後期の寛治五年（一〇九一）になって、その下居宮を反対側の岩木山東南麓の百沢地域に奉遷して現在に至っている。

岩木山神社のご祭神は次の五柱である。

顕國魂神（大国主命と同神で土着の国津神の頭領）出雲系と思われる

多都比姫神（宗像三女神の二番目湍津姫神と同神）宗像市大島中津宮鎮座、海人族

宇賀能賣神（伊勢神宮外宮の豊受気毘売神と同神）穀物と豊かな食物の女神

大山祇神（山の神）

坂上刈田麿命（坂上田村麻呂の父苅田麻呂、奈良時代の武人）

この岩木山神社とは別に岩木山北東麓に位置する赤倉霊場は、中世以前から鬼伝説が伝わる信仰の場であった。それが中世には修験道場となり、津軽修験として有名になってきた。江戸時代には弘前藩から「不思議の場所」として特別に扱われ、権力の及ばぬ神聖な祈禱地とされた。しかし明治時代に入り神仏分離令によって伝統的な修験道は衰退していった。そんな中で、新和村種市（現在は弘前市内）の少年太田永助は、一〇代後半からぼんやりした性格になったという。寒い日でも白衣一枚で、外に座って瞑想し、やがて近隣で生き神様と呼ばれるようになり、請われるまま病気治しの護符を与えたりした。その後二三歳頃から時々赤倉霊場に入って行をするようになり、明治一五年（一八

八二）の三二歳の時に赤倉霊場に行に出掛けたきり行方不明となった。永助はそのまま赤倉の神となったと言われ、捜索隊が発見した着物の場所には赤倉山神社（現在の奥之院）が建てられた。その後大正一二年（一九二三）になると、赤倉霊場中興の祖と言われる工藤むらが行小屋を建設し始めた。旧鼻和村（現在は弘前市鼻和地区）で生まれた工藤むらは、大石神社で行を重ねるうちに霊感を得て、御巫祖（カミサマ）になり、後に赤倉山神社を建立した。その赤倉山神社縁起を抜粋すると次のようになる。

大正五年　（一九一六）娘さだの病気を心配し神信仰の道に入り三年三ヶ月水垢離行
大正八年　（一九一九）赤倉神が枕元に立ち、お告げを授かり、大石神社で行を開始
大正一二年（一九二三）信者と共に赤倉霊場に行小屋を建設
昭和六年　（一九三一）無免許治療で弘前警察署に拘留、昭和八年にも再拘留
昭和二一年（一九四六）娘さだが満州から引き揚げ帰国、翌年から母むらと共に修行
昭和四〇年（一九六五）工藤むら死去（七九歳）
平成元年　（一九八九）娘さだ死去
令和四年　（二〇二二）神裕典が代表役員（宮司）に就任、現在に至る

みそぎの滝の奥にあるこの古びた行小屋が、おばば様が普段住んで、修行も続けているという村中

堂であるに違いない。何となく気後れしたため、四人は抜き足でそっと近づいた。先頭の渡辺が、ガラス戸越しに中を窺(うかが)ってみたが、誰もいる気配はない。お堂の中央には大きな祭壇のようなものがあって、所狭しと様々な神符や供物や色とりどりの着物を着せた人形類が並んでいる。

「ごめんくださ〜い、どなたかいますかぁ？」と渡辺がことさら明るい声で呼びかけてみる。しかし何処からも返事はない。

「誰もいないようですね、出掛けてるのかな。」と振り返って三人の顔を見る。すると狩場沢が新人ながら記者魂を示そうと、渡辺の後ろから手だけ伸ばした。

「この辺りでは留守でも鍵を掛けないことが多いんですよね。ちょっと失礼して……ほら、やっぱり開いてます。」と手だけでガラス戸を少し開けた。しかし中からは何の反応も無い。そこで今度は思い切って、渡辺の横からスルリと前に抜け出ると、小さな声で、

「ごめんくださ〜い。」と言いながら、恐るおそる中に足を踏み入れてみた。しかしやはり誰もいない。祭壇や室内には外から見るより雑多な道具類が散らかっている。誰もいないようなので、急に勇気づいたのか、狩場沢が引いてある襤褸(ぼろ)いカーテンを少しめくって、祭壇の裏側を覗いてみた。その瞬間、狩場沢が、

「ぎゃあ〜！」

と叫んでそのまま倒れてしまった。何事が起こったのかと吃驚した三人は、倒れて気を失った狩場沢を助けようと後ろから祭壇裏になだれ込んだ。しかしその瞬間に、三人とも凍り付いて動けなくなっ

た。

「なっ、なっ、これは一体……」と、倒れた狩場沢を抱えながら渡辺が、辛うじて言葉を発した目線の先には、白装束に白鉢巻をした女が祭壇の裏側に背を向けて胡坐をかいていた。死んではいないようで、両手には大きなイラタカ数珠を握りしめて瞑想しているように微かな呼吸の動きがある。気を取り直してよく見ると、頭は金髪で、若い女のようだ。しかし両頬も閉めた唇も生気なく青ざめている。つぶった眼からはみ出ている睫毛は長すぎるので、もしかしたら付け睫毛だろうか。数珠を握っている手や顔の張りからすると、高齢と聞いているおばば様でないことは明らかだ。おばば様は一人暮らしで、身内もいないと聞いてきた。一体誰だろう。こんな山中の、しかも他人の行小屋でたった一人で瞑想しているなど尋常ではない。やがて失神していた狩場沢がうっすらと眼を開けて気が付いたのを機会に、気を取り直したように年長者の水鳥が礼儀正しく訊ねてみた。

「あの～、修行中のご様子なのに大変申し訳ありませんが、私達はこの家に住んでいる村中ハルさんに会いに来たのですが、何処にいらっしゃるか分かりませんでしょうか?」

しかしその白装束は微動だにせず、瞑想を続けているようだった。

「あの～……」と今度は梅原が訊ねようとしたその時に、それまでつぶっていた両眼をゆっくり開けて、聞いたこともないような凄味のある大きな声で、

「何者じゃあ～! ここはあんたらのような人間が来るところやないぞ。さっさと帰りなされ～。」

と、突然の大音声(だいおんじょう)に、恐怖のあまり渡辺の腕の中で、狩場沢は再び気を失ってしまった。しかしそ

の一瞬だけじろっとこちらを見たその顔に、渡辺はどこかで見覚えがあるような気がして、「おやっ?」と思った。

「済みません。これ以上修行のお邪魔はしませんので、村中さんの居場所だけ教えていただけませんでしょうか?」と梅原がダメを押すと、その女は若いような老年者のような調子で一言だけ言って、また元の瞑想状態に戻った。

「おばば様は恐山の大祭に出掛けてここにはもうおらん。早う出て行きや。」


気が付いても未だ震えて怖がる狩場沢に急かされて、四人は村中堂から逃げ出した。そのまま下り坂を転がるように駆け降りて、下に駐めてあった車を見てホッとした。勢いよく車に乗り込んだ四人は、もと来た道を車で駆け下り、大石神社の鳥居を右にやり過ごして初めて、赤倉霊場の結界から抜け出せたような気がした。それでも未だ背後から追いかけてくるザワザワしたものを振り切るように車を飛ばし、先ほどまでのんびり走ってきた青森県道三〇号線(リンゴ道)まで戻り着いた。ここで漸く同乗の四人が、示し合わせたかのように一斉に大きな溜息をついた。

「あ~、怖かったぁ。あそこは何だか凄かったですねぇ。とても記事にはできないような霊気というか、怖いというか、異様な雰囲気でしたねぇ。」と狩場沢が未だ身体を震わせながら一息ついて、額の冷汗を拭った。

「ホントでしたね。確かにここなら本物のイタコやカミサマを育てることができる雰囲気や伝統が有りそうでしたね。」と渡辺もホッと胸をなでおろしながら答えた。

「でもあの人は一体誰なんでしょうかねぇ？　他人の行小屋に上り込んで、修行しているなんて有り得ないですよね？」と、やっと口が利けるようになった水鳥が、怖かった行小屋を思い出して皆に聞いた。

「いや、分からん。何者なんだろう？　地元じゃあ見たことない感じだったな。」と梅原が答えれば、狩場沢も同調する。

「私も八戸では会ったことがない感じの人でしたね。あの言葉は津軽弁じゃないようでしたし、若いのか年寄りなのかもよく分かりませんでした。」

「あれはもしかしたら大阪弁じゃないでしょうか？　私も自信は無いのですが、何となくアクセントがそんな感じがしましたね。でも大阪の人が津軽半島の、しかもこんな山奥にまで来るはずも無いしおかしいですねぇ。さっき一瞬だけですけど、何だか一年ほど前にどこかで見掛けたことがあるような気もしたんですよね。でもそんなこと有りえませんよね。」と渡辺も首を傾げるばかりであった。


ここで一息ついた四人が、もと来たリンゴ道を横切って降って行くと、直ぐそこが大森勝山遺跡であった。もし両者を横に分けるリンゴ道が無ければ、地続きといっても良いほどの近距離だ。ここは三内丸山遺跡や他の縄文遺跡と共に、令和三年（二〇二一）に北海道・北東北の縄文遺跡群として、ユネスコ世界遺産（文化遺産）に登録された一六遺跡のうちの一つである。左にこの一六遺跡について年代順に列記してみると、遺跡は次のように北海道と北東北三県に点在している。

（縄文時代草創期）
大平山元遺跡（青森県外ヶ浜町）、内陸河川近接、最古級土器出土
（縄文時代早期）
垣ノ島遺跡（北海道函館市）外洋沿岸丘陵、道内同時代最大規模
（縄文時代前期）
北黄金貝塚（北海道伊達市）～中期、外洋沿岸丘陵、北海道内縄文貝塚の二〇％面積
田小屋野貝塚（青森県つがる市）～中期、内海沿岸、ベンケイガイ出土多い
二ツ森貝塚（青森県七戸町）～中期、湖沼沿岸、鹿角製櫛、榎林式土器の標式遺跡
（縄文時代中期）
大船遺跡（北海道函館市）外洋沿岸高台、盛土遺構、フラスコ状土坑
三内丸山遺跡（青森県青森市、特別史跡）内海沿岸、沖館川右岸河岸段丘に立地、大規模
御所野遺跡（岩手県一戸町）内陸河川近接、環状集落
（縄文時代後期）
入江・高砂貝塚（北海道洞爺湖町）～晩期、外洋沿岸高台、漁労文化
小牧野遺跡（青森県青森市）山岳立地、ストーンサークル

大湯環状列石（秋田県鹿角市、特別史跡）丘陵、ストーンサークル
伊勢堂岱遺跡（秋田県北秋田市）丘陵河川近接、ストーンサークル
（縄文時代晩期）
キウス周堤墓群（北海道千歳市）丘陵立地、集団墓八基
是川遺跡（青森県八戸市）内陸河川近接立地、一王子・堀田・中居の三遺跡総称
亀ヶ岡石器時代遺跡（青森県つがる市）内海沿岸、遮光器土偶シャコちゃん出土
大森勝山遺跡（青森県弘前市）山岳、ストーンサークル、冬至の日入が岩木山頂に沈む

大森勝山遺跡は岩木山北東麓の標高約一四四mの舌状丘陵上に立地しており、南西方向を望めば岩木山の秀麗が全貌を現していて、後背地には広大な落葉広葉樹林が広がっている。縄文人は、ここの環状列石広場を作るために、まず丘陵全体を平坦に整地した上に、最高で四〇mほどの盛土をして、直径四〇mほどの円形状に整地した広い平面上に、七七基の組石を配置した巨大ストーンサークルを造成した。大きさは約四九×三九mの岩木山に向かってやや長い楕円形を採り、組石には遺跡の南北を流れる大石川と大森川で採れる輝石安山岩を使った。遺跡からは、土器や石器に加えて、祭祀用と思われる岩版や石剣などが見つかっていて、特に同じ大きさの円盤状石製品（直径一〇㎝×厚さ数㎝）が約二五〇個も出土していて、この場所での祭祀に用いたものと推定されている。もしかしたら元々は一年の日数を表す三六五個あったのかも知れない。特筆すべきことに、この広場から一本道が

岩木山頂方向に向けて伸びており、その先に丸い大型竪穴建物跡が一棟のみ配置されている。従ってここが祭祀目的の特別施設であることは明らかで、縄文時代における太陽信仰の実態を考えるうえで重要な遺跡となっている。

「この写真がそうなんですね。」と遺跡入口の案内所前にある掲示板を見て水鳥が指を差す。そのまま続けて水鳥が、「面白いですねぇ。そうするとここは冬至の日入（ひのいり）を集団で礼拝するための特別な施設だったわけだ。しかもこの大きな広場から一本道が岩木山方向に伸びていって、その先に集会所のような竪穴建物が建っていたんですよね。一年で一番日が短い冬至の日の岩木山頂に、夕日が沈むなんて幻想的でしょうねぇ。でもなぜ縄文人は冬至翌朝の朝日ではなくて、冬至当日の日入を礼拝したんでしょうかねぇ。特にこの辺りは冬は曇天が多くて、丁度冬至の日入（ひのいり）が見られるのは数年に一度ぐらいしか無いんでしょう。現代日本では初日出は拝みに行きますが、大晦日の夕日を拝みに行く人は殆どいませんよねぇ。現代の世界中でも大晦日のカウントダウンはどこの国でも大イベントですが、それは夜中一二時に新しい年が来るから、それを祝っているのであって、決して過ぎ去っていく時間への惜別のために集まっているんじゃないですよね。縄文人は面白いねぇ。」

「それはつまり太陽信仰というのは二つあって、昇り来る新年の太陽を崇拝するものと、沈み行く旧年の太陽を崇拝するものとが有るということですか？　そして世界中の殆どは昇り来る太陽に新生の祈りを込めて祝福し、ひとり縄文人だけが去りゆく旧年の太陽を惜しんだということなのかなぁ。」

「梅原さん、そのような冬至の日の沈みゆく太陽を信仰したのは、ここ大森勝山遺跡（おおもりかつやまいせき）だけではなく、国内では他に群馬県安中市の天神原遺跡や神奈川県伊勢原市の田端環状積石遺跡（それぞれ妙義山系大桁山と丹沢山地蛭ヶ岳への日入）でも、同様の冬至日入祭祀が行われていたので、縄文時代は比較的ポピュラーだったのかも知れませんね。縄文時代から現代まで、私達は山そのものも偉大なもの、美しいもの、聖なるものとして信仰して来ましたよね。特に縄文人にとっては山は彼方にある死後世界にも繋がっていたでしょうから、単純な太陽信仰というよりは、神の如き高い山とその向こうに沈んでいく太陽の遠い残照の中に、死後世界との交流をしていたというような精神性がそこにはあったのかも知れませんね。それは言わば日没信仰あるいは落日信仰とでも言うようなものでしょうか？太宰治の小説・斜陽が人気なのも、縄文時代から続く斜陽信仰ともいうべき精神性が幅広い読者に共感をもたらしているのかも知れません。しかし弥生時代になると祭祀が政治的な色彩を強めて、太陽の運行と祖霊の力を支配者の権力強化のために利用して行きましたね。」

「そうなんだぁ。滅び行くものに対する哀惜の念というか、さっき三内丸山遺跡で見てきたメインストリート両側の土坑墓の列もそうだったけど、何だか死者と共に生者が生きているというか、生と死との間に余り距離なく日常生活の中に入り込んで、仏教で言ったら煩悩即菩提というか、而二不二というか、色即是空というか、表裏不可分なものという考え方で生きていたのかなぁ。」と珍しく水鳥も考えた。

「私さっきの赤倉霊場ではとても怖くて気を失ってしまったんですが、この大森勝山遺跡に来て今のお話を聞いたら、イタコやカミサマ達が死んだ人達を私達に近づけてくれているのは、何だか日本で仏教や神道が始まるずうっと以前の、縄文時代から現代まで繋がっているんじゃないかと思いました。逆に言ったら、日本に仏教が伝来したり、畿内朝廷による神道の普及などがあって、お寺や神社が多数できてそれぞれの宗派や教義もそれなりに広まりましたけど、でもその中にどこか縄文時代一万五〇〇〇年間で積み上げてきた死生観というものを手放すことなく心の中心に持ち続けて、その上に新しい信仰も上手く取り入れてきたんじゃないかって思えるんですよ。さっきの赤倉霊場だって、お寺もあるし神社もあるし、つまり究極はどちらでも構わないもっと根源的な生命というものに向き合ってきた場所が赤倉霊場なのかなぁって。それはこの大森勝山遺跡の時代から、仏教文化の波を受け、神道文化の波を受けて少しずつ変容しながらも、底流には同じ魂が連綿と続いてきたんじゃないかと今感じました。」

「なるほどねぇ。そういえば日本人は神も仏も両方とも受け入れられるように、平安時代初期からは本地垂迹説なんてものを発明して、神仏習合が進んで鎌倉時代頃までには殆ど全ての神社で本地仏が定められたんだから凄いよねぇ。それが明治時代になってそれはけしからんと上から厳しく分離令まで出して規制したけど、今でも寺社内に摂社や末社などとして大事に残しているよねぇ。日本人は大らかだというか、やっぱり縄文時代一万五〇〇〇年間で培ったものは、弥生時代一三〇〇年間や畿内朝廷誕生後の一五〇〇年間ぐらいじゃ、そう簡単には変われないよね。」と梅原。

「僕は学生時代に山陰旅行したことがあって、八月初めだったかなぁ、益田市の駅から益田川を渡った先の鴨島跡地展望台という所で日本海に沈む夕日を見たことがあるんです。そこは万葉歌人柿本人麻呂の流刑地である鴨島が、丁度日の沈む方角約一㎞沖に万寿三年（一〇二六）の大地震津波で海中に沈んだ場所が、今では大瀬と呼ばれる海中の丘になっているんですね。夕方の七時前後に三〇分ぐらい眺めていたんですが、天上は雲なく晴れ、水平線上のかすかな雲の後ろに太陽が沈んでゆく様子がとても美しかったのを覚えています。

鴨山の岩根し枕ける我をかも　知らにと妹が待ちつつあらむ（万葉集巻二、第二二三）
（死に臨む時に自ら傷みて作る歌。鴨山の岩を枕としていま死のうとしている自分を、何も知らずに妻は待ち続けていることだろう。）

丁度その日は夏祭りの花火大会があるというので高津川左岸に戻ってみたんです。そうしたら夜八時から一時間ほど大きな花火が咲き乱れ、目の前の高津川にも祭り船が三艘も繰り出して、川原は浴衣姿の大人も子供も太鼓やら奉納歌やらで盛り上がり、高津川の向こう側から丁度満月も昇ってきて最高の祭りでしたよ。ここは一個五〇〇gもある巨大な鴨島ハマグリの産地でもあるので、その夜はこのハマグリを三個も食べたらお腹が一杯になったのを覚えていますね。今思えば縄文時代の日没信仰も、こんな感じだったかも知れませんねぇ。」と渡辺が若い頃の体験を振り返る。
「私さっきの続きで感じたことなんですけど、縄文人というのはどこまでも美というものを追求した人達だという観点から考えると、冬至翌朝の初日出より、冬至の日入を崇拝したというのも、何か新しく昇り来る黄金色の太陽の力強さよりも、沈みゆく赤色の古い太陽の方に美を見出したんじゃないかとも思えるんですよね。つまり美のために この大森勝山遺跡まで作っちゃったんじゃないかとも。」

「アハハ、狩場沢さん、それは面白いです。確かに世界中の太陽信仰は、一般には豊穣祈願や農耕周期と結びつけられることが多いですが、美という観点で位置付けたのは縄文人が最初かも知れませんね。頂上に白雪を頂いた高い山々、地上から真直ぐに天高く屹立した木や柱、高いところから大量の水が流れ落ちる滝、新しい命を生み出す人間の身体、そういった美しいものを聖なるものと感じた人々だったんでしょう。その人々は、後から流布した仏教でも神道でもキリスト教でも、教養そのものよりはその美しいところを取り入れただけで、本当のところは何も変わってこなかったのが日本人というものかも知れませんねぇ。」と渡辺も同感した。

「それはつまり、日本人は聖徳太子が作った『和を以て貴しとなす』を生きてきたと言われてるけど、本当はもっとずっと古い時代から『美を以て貴しとなす』って感じで生きてきたのかも知れないねぇ。」と水鳥も感想をまとめた。

「これから岩木山麓を降って皆を青森駅まで送っていくけど、その途中に津軽富士見湖ってのがあって、そこに日本一長い三連太鼓橋で有名な鶴の舞橋が架かっているのよ。その直ぐそばにある砂沢遺跡からは水田遺構が発見されてるから、弥生時代前期には既にこの本州最北端まで稲作が伝播してたんだろうよ。だけど何だか、根っこの所は水田稲作が始まっても変わらなかったということなのかなぁ。三人はこれから青森駅に行って恐山に向かうんだよね。それじゃあ、そろそろ行こうか。」との梅原の号令で、四人は赤倉霊場と大森勝山遺跡を後にした。

一五　下北半島

大森勝山遺跡から青森駅には、梅原の車で小一時間ほどで着いた。

「梅原君、このたびは大変お世話になりました。お陰様で改めて津軽の凄さというものを勉強させて貰ったよ。これから三人で恐山まで行くから、東京に戻ったらまた連絡するよ。」と水鳥が同級生にお礼の挨拶をすると、渡辺と狩場沢も交互にお礼を述べた。

「いや、なに却ってこちらこそ、色々と楽しい勉強をさせて貰ったさ。それじゃあ三人とも気を付けてね。おっと、狩場沢さん、恐山はさっきの赤倉霊場よりもっと怖い所らしいから気を付けてね、アッハッハ～。」と梅原が豪快に笑いながら車で木造町に帰って行った。

水鳥と渡辺、狩場沢の三人は、先ず午後二：三七青森駅発の青い森鉄道八戸行きに乗って乗換地点の野辺地まで行く。列車は意外に乗客が多く、二両編成の車内は結構立ち乗り客もいた。午後三：二一に野辺地駅に着く一つ手前には狩場沢駅というのがあった、

「あれっ、この駅は狩場沢さんと同じ名前ですよ。」と渡辺が吃驚して向かい席に座る本人に聞くと、

「そうなんですよ、ウチの曾お爺ちゃんがここの出身で、明治時代に今の八戸に出てきて以来ずっと我が家は八戸なんですけどね。もう既に曾お爺ちゃんの実家もなくなってるみたいで、何だか名前だ

けが八戸の我が家に残ってる感じなんですよ〜。」と経緯を教えてくれた。

「なるほどね〜。」と渡辺・水鳥の二名が返す。

「それより、私の特集新聞記事のことで気になるんですが、先ほど大森勝山遺跡で話の出た太陽信仰ですけど、畿内朝廷が作った現在の日本は国旗も日の丸ですし、昔の海軍は旭日旗を掲げていたと聞いてるので、同じ太陽信仰でも、やっぱり最終日入信仰ではなく、初日出信仰なんでしょうね？」と、勤務先の八戸が近くなってきたせいもあるのか、狩場沢の取材が真剣味を増してきた。

「そうですね、確かに先ほどの大森勝山遺跡や他の縄文遺跡のような最終日入信仰ではなく、他の国々と同様な、初日出信仰なんでしょうね。でもこの大きなユーラシア大陸の西端から東の国まで、とにかく日出の太陽を求め続ければ、その最終地点はこの日本になるわけですよね。その日本でも九州や近畿地方から見れば、関東や東北地方がさらに東方ということになりますね。ただ東北地方は、関東から東というよりはむしろ北に伸びて行きますから、敢えて言えば宮城県の牡鹿半島の東海上に浮かぶ金華山が、古代日本あるいは信仰上のユーラシア東端ということにはなるんでしょう。ですから陸地としては、関東でも東の端である茨城県の鹿島や筑波、千葉県の香取辺りが最も日出に近い最終地点ということになりますね。」

「あ〜、鹿島神宮も香取神宮も正月の初詣に行ったことがありますよ。そりゃ、大変な人出でしたねぇ。あの辺りは武の神様かと思っていましたが、太陽信仰とも関係があるんでしたかね？」と水鳥が関東在住者として反応した。

「そうですね、日本の創世神話によれば、夫神イザナギからカグツチが生まれ、そのカグツチの血からタケミカズチが生まれたんですよね（図８）。その後火傷して死んで黄泉の国に行ってしまった妻神イザナミを追いかけて行って、戻ってきた夫イザナギの顔の一部からアマテラスとスサノオが生まれたわけです。そのスサノオの数代後が大国主神なので、世代から言えばタケミカズチ→アマテラス・スサノオ→大国主神の順番となるんですね。

　古事記では何もない世界から高天原が出現し、そこに造化三神をはじめとしてイザナギ・イザナミや天照大神、須佐之男命、オシホミミ、カグツチ、大山祇神、綿津見大神などの神々が生まれたとされています。やがて須佐之男命は天上界（高天原）から地上界に追放されて出雲に行き、八岐大蛇を退治して、六代後に大国主命が登場するわけです。一方、オシホミミの子供であるニニギノミコトが天照大神の孫として地上界に第二次天孫降臨したことになっていますね。つまり高天原とは日本神話において天照大神などの天津神が住んでいる世界のことで、その実在性には多くの仮説が提唱されてきました。そもそもその呼び名でさえ、記紀編纂時の奈良時代には、タカマノハラあるいはタカアマノハラと呼ばれていたのが、江戸時代以降にタカマガハラと膾炙するようになったものです。第二次世界大戦までは天上界にあるという説が主流でしたが、戦後になるとこれは単なる創作神話で何処にも実在しないという反論が主流となりましたね。まあそれも仕方ない時代の流れでしょう。それでも一部の学説では、神話の一部には無視できない真実が織り込んであるので、高天原も実在したとするものもあります。その実在説は次のようになっています。」と渡辺が揺れる電車の中で紙に列挙してくれた。

一　奈良県金剛山地説（大和政権以前ここに葛城王朝あり、高天彦神社もある）
二　宮崎県高千穂町説（ニニギ降臨伝説の高千穂町に高天原地名が存在する）
三　熊本県山都町説（幣立神宮社伝に高天原＋天孫降臨地とある）
四　茨城県多賀郡説（新井白石提唱、多珂阿麻播羅とは多賀付近の海辺とした）
五　茨城県鹿島市説（常陸国風土記に関連記事あり、高天原町名もある）
六　朝鮮半島説（鬼界カルデラ大噴火で朝鮮に避難した南九州人が帰還した）
七　古代イスラエル王国説（古代イスラエルの失われた一〇支族が日本に来朝した）

「へ～、色々と面白い説があるもんですね。もし高天原が遠い記憶に基づいた神話だとしたら、実在していた可能性も有りうるということなんでしょうね。そういえば私が昔読んだギリシャ神話だって、シュリーマンが発掘してトロイ遺跡の実在性が確かめられたって言う事実もありますよね。」と狩場沢が取材活動を進める。

「あ～、それ面白いね、狩場沢さん。私の記憶では、確かギリシャ人は元々イラン系民族だったけど、紀元前二〇〇〇年頃つまり日本の縄文時代後期で土偶が再び作られ始めた頃に、ペロポネソス半島に進出して次第に南下したものが、紀元前一六〇〇年頃にミケーネ文明を花咲かせたんだよね。それが約四〇〇年間続いて、紀元前一二〇〇年頃に一旦滅亡したんですよ。それから次の四〇〇年間は暗黒時代と言われる破壊の時代があって、紀元前八〇〇年頃だから、丁度日本の弥生時代はじめ頃にフェニキア文字を改良したアルファベットを発明してから、急速に発展して記録として残る歴史時代に突入したんだよね。この時代はギリシャ・ルネッサンスとも言われている華々しい発展を遂げて、地中海各地に植民都市も作り、今日のイタリアや南仏にエトルリアやニーカイア（のちのニース）なども建設したんです。そして紀元前七七六年には古代オリンピックを開催するまでになり、多くの都市国家ポリスが地中海沿岸に誕生した訳です。アテネの絶頂期が紀元前五～四世紀で、有名なソクラテスなんかは紀元前四六九～三九九年だから、日本で言えば弥生時代中期だよね。一旦滅亡したミケーネ文明時代の遠い記憶が、暗黒時代に語り継がれる中で神話として残り、やがて文字の発明と共に遠い記憶が神話として生き返ったということでしょうかねぇ。だから今話の出た高天原（たかまがはら）だって、あながち全くの作り話では無くて、かつて存在した文化的に優れた場所や英雄の記憶が文字の導入によって、その片鱗が神話として記録された可能性もあるよね。エヘン、私もたまには面白いこと言うでしょう！」と何時になく水鳥が鼻を高くした。

そんな会話をしているうちに、列車は野辺地駅に着いた。ここで乗り継ぎに三〇分ほどあって、大湊線の午後四：〇〇野辺地駅発列車は快速大湊行で、下北半島の頸部を陸奥湾沿いに北上していく。二両編成の車両には乗客がまばらで、水鳥達三名が乗った車両には他に観光客らしい柔らかな花柄帽子を被ってリュックを背負った中年女性二人連れが乗っていて、楽しそうにペチャクチャおしゃべりをしている。そこから少し離れた座席にもう一人、夏なのに黒い薄手のジャケットを羽織って黒いツバが短く上がっている涼しげなポークパイハットを被った中年男がいて、ズボンも黒く靴も黒エナメルだった。この男は長掛けに座り、両足を列車の中央に伸ばして居眠りをしている風だ。四人掛け座席からその黒い男が目に入った水鳥は、「おやっ?」と思った。確かこの雰囲気は昨夜青森市内の居酒屋で見かけた感じだ。そうだ、あの帽子は間違いない。だけど何で同じ列車で、どこまで行くのだろうかと訝った。

大湊線の快速列車は、野辺地駅を出ると車窓から所々に陸奥湾が覗ける。この辺りは確かホタテの養殖が盛んなはずだ。

「この辺りはホントにのんびりして、陸奥湾も穏やかですねぇ。今晩は帆立貝で一杯やりたいですねぇ。」と水鳥が対面の二人を見比べながら、恐るおそる訊いてみる。

「それなら水鳥さん、下北名物のみそ貝焼きが良いですよ! あれでお酒をやったら、そりゃもう堪りませんよ〜!」と狩場沢が、すかさず地元料理を推薦してくれた。

「みそ貝焼き?」と渡辺も初めて聞いたと聞き返す。

「ハイ、この辺りのホタテ貝は大きいので、その貝殻を鍋の代わりにして、帆立や豆腐、ネギなどお好みの具材を入れて、卵を溶いた味噌味で頂くんですよ。寒い日なんかホント身体の芯から温まりますし、みそ貝焼きってのはこの辺りのソウルフードなんですよ。」と狩場沢が教えてくれた。

「ひゃ〜、そりゃもう、涎が出てきた! よしっ、ほいじゃ今晩はそれで一杯行きましょうね!」と、話を聞いただけで水鳥は力が湧いてきたから、不思議な身体である。

「確かに美味しそうですねぇ。今まで食べたこと無いし、僕も今晩はそれを頂きたいです。」と渡辺も期待が高まってきた。

「さっきの太陽信仰ですが、渡辺さん。そうするとやっぱりユーラシア大陸の東端としての日本、そしてその日本の中の東端としての鹿島神宮や香取神宮、筑波山などは重要ということになりますか？」と水鳥が振り返って関東人として聞いてみた。

「その通りなんですよね。特に鹿島神宮については、出雲の国譲り後に力を付けてきましたので、特に重要とされていますね。」と渡辺が次のように解説してくれた。

出雲での国譲りについて、古事記と日本書紀では記述が異なっている。古事記では現地に赴いて大国主命（おおくにぬしのみこと）を説得した主神を鹿島神宮ご祭神の建御雷神（たけみかづちのかみ）とし、副神が天鳥船神（あめのとりふねのかみ）と書き、香取神宮ご祭神の経津主神（ふつぬしのかみ）については何も触れていない。一方、日本書紀では香取神宮ご祭神の経津主神（ふつぬしのかみ）を主神とし、副神を武甕槌神（たけみかづちのかみ）としている。日本書紀では、初めに派遣した天穂日命（あめのほひのみこと）が出雲に行ったきり三年経っても戻らなくなり、続いて派遣した天稚彦（あめわかひこ）も任務を果たさず大国主命（おおくにぬしのみこと）の娘の下照姫と結婚してしまったので、怒った高皇産霊尊（たかみむすひのみこと）の矢で殺されてしまった（図8）。そこで今度は経津主神（ふつぬしのかみ）に命が下ったが、この時武甕槌神（たけみかづちのかみ）が進み出て、経津主神だけが丈夫（ますらお）で自分は丈夫ではないというのかと抗議して、随伴を求めたので副神として派遣したとある。この食い違いについては、古事記編集時の中臣氏＝藤原不比等が、物部氏系である香取神宮の経津主神（ふつぬしのかみ）に代わって、主導権を中臣氏系の鹿島神宮建御雷神に持たせたためと考えられる。元々両神ともイザナギ・イザナミの子である火之迦具土神（カグツチ）の血から生まれたものであり、いわば兄弟神でもある。

鹿島辺りは石器時代から縄文海進の頃まで、殆ど島のように浮かんでいたので、昔は香島と呼ばれていた。はじめ今日の北浦の対岸の潮来町大生原にある大生神社あたりにいたが、やがて霞ケ浦を下って大海（太平洋）に出て、鹿島陸地東岸の明石の浜に戻ってきて上陸し、初代神武天皇元年辛酉の年に現在地に鎮座して日本最古の神社の一つとなった。つまり潮来町大生原から、より東南方に移動したことになる。その後第一〇代崇神天皇の御世には弊物が山のように奉納されたと伝わる。

奈良時代初期の養老七年（七二三年）になって香島が鹿島になった。鹿島がかつて四面すべて水に囲まれていたこともあってか、現在の鹿島神宮の一ノ鳥居は東西南北に各一ヶ所ずつあり、この四ヶ所の鳥居で囲まれた内側は全て神域とされている。東の一ノ鳥居（明石）は建御雷神が再上陸した地点である明石の浜に建ち、現在では防波堤越しに足元の砂浜の向こうに、遠く鹿島灘と東方海上が望める。比較的質素な白木の神明鳥居で、頂上の笠木は右が太く左やや細い丸木で、下の貫は長方角材を用いているが、この鳥居は平成二三年（二〇一一）の東日本大震災にも倒れずに耐えたという。西の一ノ鳥居（大船津）は大船津地区にあって、安芸厳島神社のように水上鳥居として北浦湖畔に神明様式で建っている。広島の厳島神社より大きいというこの朱塗り水中鳥居は、夕景の名所で夏は花火大会場にもなっている。南の一ノ鳥居（日川）は、神栖市の息栖神社にある川沿いの神明様式大鳥居で、ここは鹿島神宮、香取神宮と並んで東国三社と呼ばれて、古くから信仰を集めてきた。鹿島臨海鉄道臨海大洗鹿島線は、最南端の鹿島サッカースタジアム駅から北上して水戸駅まで延びるが、北の一ノ鳥居（浜津賀）は、この鹿島サッカースタジアム駅から三駅目に当たる鹿島大野駅で下車すれば、北方向に徒歩七分の戸隠神社境内にある。この鳥居は平成二九年（二〇一七）に再建されたばかりで、水戸方面から鹿島神宮へお詣りに行く場合は、朱色も真新しいこの北の一ノ鳥居を潜って南に進む。

　鹿島神宮は常陸一ノ宮で、神武天皇元年（紀元前六六〇）の創建で、下総国一ノ宮である香取神宮創建の神武天皇一八年（紀元前六四二）より、一七年早いとされている。鹿島神宮境内には二ノ鳥居から入って、東方に進むと現在の本殿が北に向かって建っている（図9）。これは江戸時代の元和五年（一六一九）に二代将軍徳川秀忠が新しく本殿を造営したものである。それより前の慶長一〇年（一六〇五）に初代将軍徳川家康が作ったばかりの本殿は、境内やや東方に移築して、奥宮本殿としたもので、ご祭神も武甕槌大神荒魂としている。本殿は一間社流造で茅葺屋根となっており、奥宮は三間社流造、向拝一間、檜皮葺屋根となっている（図9上）。この本殿から東方に進んで奥宮を右に見て、境内を抜けると下津通りに出る。これをそのまま東方に進むと、高天原地区を南隣に見ながら、やがて鹿島灘に至り（現在は下津海水浴場）、そのすぐ北に東の一ノ鳥居（明石浜）が控えている。

　この鹿島神宮の本殿の構造については、鹿島神宮の古文書（鹿島宮社例伝記）にも、日本に神社は数多いが北向きの本殿は稀と記してある。これは鬼門降伏や北方警護のためとされているが、内陣のご神体（神座）は北ではなく東に向けて安置してある（図9下右）。一方、武甕槌大神が国譲りさせた出雲大社の本殿は南面しており、神座は西方に向けて鎮座してある（図9下左）。つまりこの両社は、最も重要な内陣の構造において鏡像になっているわけだ。この点について、田中英道氏の研究によれば、神座が参拝者に対して横向きであることも共通しており、これらの鏡像構造が両神社の歴史的関係性を示唆していると洞察している。つまり鹿島神宮が高天原であるとすれば、国譲りの交換条件として大国主命が求めた大社を高天原の天日隅宮（つまり鹿島神宮）を真似て作るという約束を建御雷神が実現してやったとも考えられる。

「へ〜、するとさっきのギリシャ神話じゃないですけど、日本でも縄文時代と弥生時代の移行期に残った遠い繁栄の記憶が、後の古墳時代や飛鳥時代になって高天原伝説が生まれる素地を作ったというようなことが有るかも知れませんね。」と水鳥が納得した。

「ということは、高天原伝説は全くの創作ではないかも知れないということですよね？」と狩場沢が渡辺に確認すると、「まぁ、確かにそうかも知れせんねぇ。」と学者は控えめに答えた。

野辺地駅を出た大湊線は、途中陸奥横浜駅と近川駅しか停まらずに、午後四：四七には終点大湊駅一つ手前の下北駅に着いた。さっきの青森─野辺地間が四四分だったから、この野辺地─下北間がこの距離で四七分とは意外に速かったというのが水鳥の印象だった。乗継時間の合間に、野辺地駅で買ったワンカップの日本酒は、向かい席の渡辺と狩場沢のやや厳しめの視線があったためか、二カップ目の終わり頃で下車しなければならなくなったほどである。慌てて最後の二〜三口分を一気にグイっと飲み干して、水鳥達三人は下北駅に降り立った。夕方ではあるが七月下旬であるし、しかも北国なのでまだまだ日は高く明るい。今日の三人の宿泊は次の終着大湊駅であるが、一つ手前のこの下北駅で下車したのは、水鳥が行きつけの神楽坂料亭まきのの馴染みの芸妓雪乃（本名北斗有希）に、ここがご先祖の出身地だと聞いていたからだ。北斗有希自身は秋田県能代市の生まれで、そこから東京に出てきて現在は神楽坂の売れっ子芸妓として活躍しているが、江戸時代までは会津藩の武家だったそうだ。それが幕末の戊辰戦争で負けてから、新政府によって藩ごと下北の地に流罪となり、のち斗南藩として再出発したと聞いている。その後直ぐに廃藩置県となり、斗南藩も主君を失って散りぢりとなり、有希の先祖は遠縁を頼って秋田県能代市に引っ越し、名前も斗南の一文字を残して北斗と改姓してわずかな意地を張ったのだと言っていた。

　戊辰戦争の徳川方として最後まで薩長軍に抵抗した会津藩は、明治元年（一八六八）九月に白虎隊の悲劇を生んで降伏した。しかし翌明治二年（一八六九）一月には松平容保の嫡男容大に家名存続が許された。一旦八戸地方の三戸郡辺りに三万石を与えられて三戸藩として立藩したが、旧会津藩士四七〇〇名余が謹慎を解かれたのは明治三年（一八七〇）一月のことであった。そこで六月に藩名を斗南藩と改め、下北に移った。下北では現在も田名部川が流れるむつ市新町の円通寺に藩庁を構えた。ここは室町時代末の大永二年（一五二二）に開山した曹洞宗の寺で、現在までずっと恐山菩提寺の本坊として、その管理も行っている。斗南藩に与えられた藩領の多くは、火山灰地質の厳寒不毛の地であり、実際の収納高（現石）は一万石以下の七三八〇石に止まったとされている。新しく藩名となった斗南とは、漢詩の北斗以南皆帝州（北斗星より南はみな帝の治める州）から採ったものとされているが、一説には薩長への恨みを込めて、南（薩長政府）と斗うという内意が隠されているとも言われている。斗南藩は明治四年（一八七一）七月に、廃藩置県によって斗南県となり、その後合併等を経て最終的に青森県に編入され斗南の地名も消滅した。当初会津からの移住人員一万七〇〇〇人余りのうち、この青森県発足時点で既に約三三〇〇人は他地への出稼ぎ等で離散してしまっており、青森県内には残り一万四〇〇〇人程度が居住していた。しかしその後も廃藩置県によって旧藩主が下北を離れたため求心力を失い、明治七年（一八七四）末までに約一万人が会津に帰郷してしまい、下北に残った人々はほんの僅かとなった。

下北駅前に出て左側を振り返ると、高い山が聳えており、頂上が鍋を被ったような形の山が見える。

「水鳥さん、渡辺さん、あれが釜臥山ですよ、面白い形をしてるでしょ。」と狩場沢由子が指差した。

「ホントだ、頂上がポコンとしてますねぇ。あれなら何処から見てもすぐ見分けがつきますよねぇ。」と渡辺が応じると、

「だから陸奥湾や遠く津軽海峡からも船の上から山アテに使われたらしいですよ。今は頂上に自衛隊のレーダーがあったり、途中には展望台もあるんですよ。」と狩場沢は新聞記者らしく地元情報に詳しい。

このむつ市には旧斗南藩の足跡が残されている。曹洞宗円通寺と斗南藩史跡地、旧斗南藩士の墓地などである。円通寺は明治四年（一八七一）二月に、数え年三歳の松平容大を藩主に迎え、斗南藩の

仮館として父容保と共に起居を供にした場所であり、現在も容大愛玩の布袋像などが保存されている。明治三三年（一九〇〇）になって、この地に残った旧斗南藩人士によって容大揮毫の大きな招魂之碑がこの境内に建てられ、三三回忌の供養をした。令和二年（二〇二〇）は、斗南藩立藩からちょうど一五〇年（一八七〇—二〇二〇）となり、境内にはその幟が立っている。この円通寺からほど近い場所に、斗南藩史跡地が小さな公園として復元保存されている。雑草が生い茂る小公園の看板には次のように記されている。

斗南ヶ丘市街地跡

斗南藩が市街地を設置し、領内開拓の拠点となることを夢見たこの地は、藩名をとって斗南ヶ丘と名づけられました。明治三年一戸建て約三〇棟と二戸建て約八〇棟を建築し、西にはそれぞれ大門を建築して門内の乗打ちを禁止し、十八ヶ所の堀井戸をつくりました。そして市街地は、一番町から六番町までの大通りによって屋敷割され、一屋敷を百坪単位として土塀をめぐらせて区画したといいます。しかし過酷な風雪により倒壊したり野火にあうなどした家屋が続出し、さらに藩士の転出はこの地にかけた斗南藩の夢をはかなく消し去り、藩士達の努力も水泡に帰してしまいました。現在はわずかに残った土塀跡に当時をしのぶことができます。

小公園を低く巡らす土塀跡も今はすっかり夏草に覆われており、ところどころにエゾスカシユリの鮮やかなオレンジ色の花が通路脇に群生しているのが、水鳥の眼には痛々しく感じられた。会津若松市の木である赤松が会津若松市長とむつ市長との連名で、一本寂しく小さな枝を広げている。井戸跡の小屋根の裏側には、この施設整備事業への寄付者五〇名ほどの木札が打たれてあった。昭和三年（一九二八）に皇弟秩父宮擁仁殿下（やすひとでんか）と松平節子姫（松平容大（かたはる）の姪、婚礼後勢津子（せつこ）と改名）が結婚したことは、朝敵・逆賊の汚名を着せられてきた旧会津人ならびに旧斗南藩人士に希望を与えたという。結婚後八年目の昭和一一年（一九三六）に秩父宮殿下・勢津子妃殿下が下北郡に巡遊したことを記念して、昭和一八年（一九四三）に会津相携会（現在の斗南会津会）が、この小公園内に大きな石碑「秩父宮両殿下御成記念碑」を建立した。

そこから車で二〜三分も走ると、旧斗南藩墳墓の地の標識が見えてくる。四〇段ほどの木の階段を登った小高い丘の上に、大きな斗南藩追悼の碑をはじめ、約三〇基ほどの墓区画が整備・保存されており、斗南ヶ丘最後の生き残りである島影家の立派な墓石も残されている。幼少の松平容大（かたはる）に代わって執政したのは、斗南藩権大参事の山川浩であったが、豊かな会津盆地から過酷な寒冷地に移入してきた時に、次のような歌を詠んだと記録されている。

みちのくの斗南（となみ）いかにと人問（と）はば　神代（かみよ）のままの国と答へよ

明治二二年（一八八九）の市町村制施行により、田名部村、川内村、大湊村、大畑村、脇野沢村が誕生した。その後、明治三二〜昭和九年（一八九九〜一九三四）にこの順番で町制を施行した。田名部川に開けた水運を利用して、長年にわたり下北地方の政治や経済、流通の中心地として成長してきた田名部町と、明治時代に海軍水雷団が設置され、戦後は自衛隊の基地として発展してきた大湊町が合併して、昭和三四年（一九五九）に大湊田名部市となり、翌年に全国初のひらがなの市＝むつ市に改称した。その後もホタテ養殖で有名な陸奥湾に面した河内町や、室町時代から続くヒバ林業やイカ漁で有名な津軽海峡に面した大畑町、さらにタラ漁や北限のニホンザルで有名な平館海峡に面した脇野沢村の三町とも平成一七年（二〇〇五）に大合併して、新しいむつ市が誕生して今日に至っている。つまり現在のむつ市は、下北半島の殆どを占めていると言っても過言ではなく、それ以外の行政区域では半島北西部の大間町や風間浦村、佐井村だけとなっている。

「戦に負けた会津藩の人達は、筆舌に尽くせない苦労をしたんですねぇ。」とは水鳥の感想。神楽坂芸妓の雪乃（北斗有希）のご先祖もさぞ大変だったんだろうな、とは口の中だけで呟いた。

「何といっても会津藩主松平容保は尊王攘夷運動で荒れていた幕末の京都守護職として長州と激しく対立して、戊辰戦争でも越後長岡藩と同じように最後まで抵抗しましたからねぇ。でも京都所司代として兄容保を京都治安維持の面で支えた桑名藩主松平定敬は、家老酒井孫八郎の説得を容れて新政府に帰順したので、その後のこの二藩の命運は別れましたよね。」と渡辺の感想。

「でも神代のままって、入植や開墾でホントに辛かったでしょうね。私にはとても無理だわ。会津戦争で亡くなった白虎隊の少年剣士達に、斗南藩の人々は恐山に行って口寄せして貰うこともあったんでしょうかねぇ。」とは狩場沢の感想。

三人はタクシーで下北駅まで戻ってきて、明朝恐山に行くバスの時刻を確かめると、バスは一日三便あり、朝九時台と一一時台、午後二時台と出ている。所要時間は約四〇分程度と聞いた。運行期間はいずれも五月一日～一〇月三一日となっている。冬期は雪に閉ざされるので、一般には入山できないのだろう。ちょうど大湊行の列車が来たので、飛び乗った三人は、約五～六分で大湊駅に着いた。

大湊駅は「てっぺんの終着駅」と駅看板に出ている。確かにここは本州最北端の鉄道終着駅である。大湊線は青森県の野辺地駅とこの大湊駅を結ぶ軽便鉄道として大正一〇年（一九二一）に全面開業し、現在ははまなすベイライン・大湊線の愛称で親しまれている。駅構内には青森ヒバの風呂桶や枡おちょこ、うさぎ木工品、ヒバ籠（かご）、備前焼に似た肌感の宇賀焼（うがやき）、薄緑色の釉薬が美しい下北半島八峰焼（はっぽうやき）（武太郎窯）、薄いヒバ板の一部を木目に沿って削り役者絵や盆踊り風景などを透かし彫りした時雨彫（しぐれぼり）などの郷土品が展示してある。駅前広場に出ると釜臥山（かまふせやま）のポコンとした山容が、先ほどの下北駅よりグッと近くまで高く迫ってくる。

「あの釜臥山の展望台に夜行くと、むつ市街の夜景が宝石をまとった蝶々のように見えるんで、光のアゲハチョウって言われてるんですよ。わたし以前取材で行ったら、ホントにきらきらしたチョウが舞っているようで、有名な函館の夜景にも負けないぐらいキレイでしたよ。」と新人記者が教えてくれた。

大分日が傾いてきたが、まだ明るいので水鳥ら三人は、大湊駅前のホテルフォルクローレにチェックインだけして、バスに乗って町中を過ぎ、海上自衛隊前バス停で降りた。大きな昭和天皇お手植えの松を過ぎると、すぐ自衛隊基地に着き、高台にある構内から見下ろすと、手前には右手から左手に葦崎が長く伸びて小さく細長い天然の軍港を形成し、その向こうには陸奥湾越しに左手に横浜町や六ヶ所村方面が望める。右手には遠く八甲田方面も望める。軍港には小さな軍船が二～三艘停泊している。基地内は公園としても整備されており、一般市民も散策できる公園区域には、蓮池近くに並んだソメイヨシノの古木の間に青紫色の紫陽花や、オレンジ色のエゾスカシユリ、赤色のサルビアなどが花盛りであった。

再びバスで駅前広場に戻った三人は、駅近くにあるという斗南藩士上陸地に散歩することにした。それは駅から歩いて四～五分の場所にあり、陸奥湾に接して建っている。会津若松市の市木の赤松とむつ市木のはまなすに囲まれて、陸奥湾からそのまま上陸できるように整備されている。大きな台座には、最後の藩主松平容大の孫である会津松平家第一三代当主松平保定揮毫によって斗南藩士上陸之地と刻まれ、その上に縦長の白い石が数本林立している。この記念碑は故郷会津若松方向を向いて建てられているという。その右側には会津若松市の市章（会津藩の旗印會を図案化）が、左側にはむつ市の市章（ひらがなのむつを図案化）が各々白と黒の玉石でデザインされている。石碑そばの四阿には、この白い石が会津若松市から寄贈されたもので、会津鶴ヶ城の石垣にも使用されている慶山石だと説明板がある。再興を許された旧会津藩士の一部は、陸路で三戸から野辺地を経て田名部入りしたが、残りの一団は海路を取って新潟港からこの新天地を目指した。陸奥湾に到着した船上から見上げると、目の前に聳える釜臥山（かまふせやま）が故郷の磐梯山に似ていると、口々に話しながら上陸したという。三人が説明板を眺めていると、核燃料リサイクル貯蔵関係という会社員で、会津から転勤でむつ市に来たという若い男性二人が、遠く津軽海峡側のむつ市関根から車でお詣りに来て、上陸記念碑の前で掌を合わせていた。

　さすがに日もとっぷりと暮れて、薄暗くなって来たので水鳥、渡辺、狩場沢の三人で夕食を食べに行くことになった。大湊駅前のホテルフォルクローレを出ると、目の前が大湊駅前広場で、大きな看板に「ようこそ大湊へ、下北の郷土料理みそ貝焼き（かやき）」と出ている。

「これこれ、これ行こう！」と水鳥が嬉しそうに看板を指差（ゆびさ）すと、

「ハイハイ、分かってますよ。さっきホテルのフロントで聞いたら、二〜三軒おススメを教えて貰いましたよ。」と狩場沢が上手にツアーコンダクターを務める。フロントで勧められた道を三人でブラブラ歩いて行くと、道路沿いに数軒みそ貝焼き（かやき）の幟（のぼり）が立っているので直ぐそれと分かる。そのうちの一軒の縄のれんを潜ると、店内左側の小上り席は既に二テーブルとも満席だったので人気店らしい。店内右側のカウンターは四人掛けに一人しか座っていないので、丁度三人が運よく座れた。のみくい処番屋（ばんや）というその店は、地元むつ市出身の七五歳ぐらいの元気の良い老女将と、北海道釧路市出身の八〇歳ぐらいの旦那の二人で手際よく客の注文に応えている。壁のメニューを見ると、刺身おまかせ三点盛をはじめ、海峡サーモン大トロ、つぶ貝、たこ、しめさば、かんぱち、ホヤ酢、くじら、ホタ

テ貝、にしん、いか、大間マグロ赤身、ほほ肉、あんきも（自家製）など陸奥湾や津軽海峡の海の幸が列挙してあって、水島は既に涎が出そうになっていた。入ってみて気づいたが、この店はＮＨＫテレビで黒いサングラスをしたタ○リという人が、ぶらぶら歩いて土地土地を散策するブラタ○リという番組で、恐山を放送した令和四年（二〇二二）に番組スタッフが慰労会をしたそうで、その時のテレビ番組写真が掲示されていた。三人は生ビールに、刺身おまかせ三点盛とホヤ酢、つぶ貝、海峡サーモン大トロ、いか一夜干し焼、そしてみそ貝焼きを注文した。次々に出てくる料理はどれも鮮度抜群で、水鳥だけでなく渡辺も狩場沢も直ぐにビールをお代わりした。地元の人達らしい小上がりのテーブル客もワイワイ盛り上がっている。出てきたみそ貝焼きは、中皿の上に高さ一〇㎝の加熱用器具が乗り、その上に直径二〇㎝はあろうかという大きなホタテ貝が鍋代わりに載っている。女将がニコニコしながら加熱用器具のロウソクに着火してくれると、出汁で溶いた味噌を敷いた上に載せたホタテ貝柱やサーモン、ぶなシメジ、刻みネギなどが少しずつ煮えてくる。隣には割った卵が付いており、具材に火が通ったら卵を溶きいれなさいと、元気の良い老女将から指示が出た。流し込んだ卵にも火が通ってきて食べ頃になってきたかと思うと、ご飯と胡瓜沢庵の漬物がスッと出てきた。貝鍋から一口ずつ食べても美味しいし、みそ貝焼きをご飯に載せても美味しい。

「うんま、これは最高ですね！」と若い狩場沢が食欲満点で、みそ貝焼き掛けご飯を掻き込む。

「うまうま、うんま、ホンマですわ。」と思わず渡辺も関西弁が出てしまう。

「こりゃ、堪らんわ〜。」と水島はビール三杯目を頼む。

みそ貝焼きは下北半島や津軽半島地域を中心に親しまれている郷土料理で、太宰治も『津軽』という昭和二六年（一九五一）に発行した紀行文で次のように書いている（一部順不同）。

「この卵味噌のカヤキなるものに就いては、一般の読者には少しく説明が要るように思われる。津軽においては、牛鍋、鳥鍋の事をそれぞれ牛のカヤキ、鳥のカヤキという工合に呼ぶのである。貝焼の訛りであろうと思われる。いまはそうでもないようだけれど、私の幼少の頃には津軽に於いては、肉を煮るのに帆立貝の大きい貝殻を用いていた。卵味噌のカヤキというのは、その貝の鍋を使い、味噌に鰹節を削って入れて煮て、それに鶏卵を落として食べる料理である。貝殻から幾分ダシが出ると盲信しているところも無いわけではないようであるが、とにかくこれは先住民族アイヌの遺風ではなかろうかと思われる。私たちは皆、このカヤキを食べて育ったのである。」

このみそ貝焼きについては、むつ市田名部地区と大湊地区を中心に、「下北の永久グルメみそ貝焼きガイド」なるパンフレットも作って各所に置いて広報している。三十数店舗の名前と住所、予約電話番号、各店の一言メッセージなどが満載で、裏面にはみそ貝焼きの作り方も指南してある。このパンフレットによれば、みそ貝焼きの具材は何でも構わないようで、山の部としてネギやキノコ、玉ねぎ、ニラなど一一種類、里の部として豆腐や豚肉、鶏肉、ちくわ、カマボコなど八種類、海の部はホタテを筆頭にイカ、タコ、エビ、ウニ、つぶ、サケ、塩鯨など二一種類が候補として挙がっている。江戸時代元禄期の延宝二年（一六七四）に刊行された江戸料理集には、集め貝焼、玉子貝焼、腸貝焼、味噌貝焼の四種が掲載されていて、下北半島のみそ貝焼きはこのうちの玉子貝焼と味噌貝焼を合わせたものであるという。パンフレットを読んだ水鳥は、昨日青森駅前大通りで見た七子八珍の看板を思い出して再び涎が出た。太宰治はみそ貝焼きを先住民族アイヌの遺風と言ったが、昨日の何でもありの七味八珍も、同じく何でもありの今日のみそ貝焼きも、水鳥には自由で何でもありだった縄文人の遺風であろうと確信した。旨いものは美である！　旨いものは神である！

「いやぁ、食った食った。」と、突き出たお腹をポンポン威勢よく叩きながら、水鳥が店を出る。続いて渡辺と狩場沢も珍しい美食に満足げな表情で後に続く。

「今日は一日楽しかったですねぇ。明日はいよいよ恐山ですから、今日はこの辺りでお休みしましょうか。」と渡辺の良識的な発言に、飲み足りない水鳥は少し頬を膨らませたが、

「ハイ、了解しました。敬礼！」と大湊自衛隊員よろしくおどけてみせた。

一六　恐山大祭

七月二二日は、恐山夏の大祭中日である。午前一〇時から最大イベントである山主上山式の行列がある。大湊駅を朝八：〇八発八戸行きの列車に乗ると、五～六分で次の下北駅に着く。バス停に行くと、大祭中日だからかバス会社の社員二人が簡易テーブルを持ち込んで、乗客へ案内をしていた。バスの出発は九：一五だが、もう既に一二～一三人ほど並んでいた。水鳥と渡辺と狩場沢の三人も早速最後尾に並んだが、前を見ると先頭に近い辺りに背が高くて薄い金髪の太った中年外国人男性や、列中ほどには赤いTシャツ・青色ジーパン姿の若い外国人女性もいる。すぐ前には台湾語か中国語でぺちゃくちゃ喋る若い女性五～六人のグループが並んでいる。あとは日本人中年男性二～三名と、明るい原色のリュックを背負った山ガール風中年女性のグループが三～四人だろうか。乗客案内のバス会社員は、列に並んでいる乗客の質問に答えたり、外国人には英語で話しかけてアドバイスなどをしているようだ。

「恐山は初めてだけど、結構外国人さんもいるんだね～。」と水鳥が驚くと、地元新聞社の狩場沢が、「そうなんですよ。恐山みたいな口寄せは、他の国では殆ど無いみたいで、SNSの普及に伴って、最近では恐山にも海外からのインバウンド客が増えているんです。」と最近のトレンドについて教えてくれた。

「恐山凄いですね～。でもイタコは外国人の口寄せもできるんですか？　あの世から呼び出す時に、英語でやるんでしょうかねぇ？　それともそれぞれの外国語で？」と渡辺。

「私も外国人については詳しく知らないですけど、津軽弁はフランス語に似ていると言われてますから、フランス人の口寄せはできるんじゃないですか？」とホントか冗談か分からない返答が、新人記者から飛び出した。

「アハハ、狩場沢さん、それは面白いや～！」と水鳥が大笑いした。やがて恐山行きの赤いバスが来て、順に乗り始めたが、乗客の列はいつの間にか三〇人ぐらいに増えていた。バスは直行便ではなく、普通の路線バスなので、むつ市内の田名部地区をいくつか回りながら、少しずつ恐山に向けて進んで行く。田名部地区途中の大きなスーパーで、先ほどの台湾語・中国語をぺちゃくちゃ喋る若い女性グループが全員降りたので、彼女らは恐山ではなくスーパーに買い物に来たのか、あるいはスーパーにお勤めしているのかも知れない。バスはまさかりプラザ前を過ぎると、念仏車、岩菜、二又、長坂と、意味深長な名前のバス停を過ぎながら次第に山中深く登って行く。途中のバス車中からは三二丁、一八丁などと恐山からの距離を示す一里塚のような高さ四〇㎝ほどの石が見える。また道の両側にはヒバや杉が高く聳え、バス車中でも日影では空気が冷んやり感じるほどである。終点近くの冷水というバス停では、運転手の粋な計らいで、客は観光用の臨時降車をさせて貰った。道路左手に、赤いべべを着せられた小さな地蔵が二～三体あり、その脇から細い竹筒が三本突き出して、ほどよい勢いで清水が流れ出ている。乗客はこの冷水で手を洗ったり、手で掬って飲んだ。

「冷たいわね～。手が気持ちいいわ。」

「やっぱり不老水っていうぐらいだから美味しいわね。」などと乗客が手を洗ったり、喉を潤す。生水を怖がる外国人も、他の乗客に勧められるままに一口飲んでみると、

「ビューティフル！」などとその美味しさに感激している。青森ヒバで作られた掲示板には次のように墨守してある。

下北国定公園　恐山冷水
霊場恐山は貞観四年（八六二）慈覚大師開山、山道ひば原始林の実から霊水噴きいで、その冷水なる水は不老水ともうたわれ登山する人を喜ばせている（むつ営林署、むつ市）

この冷水は長寿の水とも呼ばれ、一杯飲むと一〇年若返り、二杯飲むと二〇年、そして三杯んだら死ぬまで若返り続けると言われている。ここで思い思いに記念写真を撮ったりなどして、乗客は五分ほど臨時停車した路線バスに再び乗り込んだ。やがてバスが緩やかな下り坂に入ったかと思うと、急に視界が開け、左手に湖面が見えてきたと同時に硫黄の臭いが鼻を突いた。

「今日はここが終点ですよ」と渡辺が指差した太鼓橋前バス停の周りは、既に山主上山式への参加者や観光客でごった返していた。普段は次の恐山バス停が終点だが、今日は大祭中日の行列があるた

め、ここから先は車両通行止めになっている。乗客全員が降りたこの場所は、恐山宇曽利湖から三途の川が流れ出す地点で、その幅五～六ｍの川を跨ぐように赤く大きな木製の太鼓橋が渡されている。恐山では古来より、この三途の川を渡れば、生きたままあの世へ行けて、そこで亡くなった人と会うことができると言われている。

「それじゃあ、こちら側がこの世で、この川の向こう側があの世で死の世界ということなんですね。」と、小心者のはずの水鳥が、珍しくニヤニヤしながら狩場沢を脅かした。

「いやぁ、私渡るの怖いですぅ！」と、若く生命力溢れる狩場沢が駄々をこねる。

「大丈夫ですよ、狩場沢さん。ほら、橋は老朽化して今は渡れないみたいですよ。」と渡辺が指を差すと、「石造り太鼓橋新設大勧募中」との看板が立っている。現在は老朽化のために通行止めとなっている木製太鼓橋の手前には、賽の河原のように小石が沢山積まれ、色とりどりの風車が同期したように右周りにクルクル回っている。この場にある小さな地蔵の隣には、誰が置いたのか同じ大きさの仙台四郎が、いつものように坐って腕組みをして友達に接するように地蔵を見ている。その手前には、坐り姿の奪衣婆と立ち姿の懸衣翁の大きな石像が薄笑いを浮かべている。二人の間にある石碑には次のように書いてある。

　中国由来の経典「十王経」には、死後の世界の話が記されています。それによりますと、人が亡くなって三途の川までやってくると、そこに奪衣婆が待ち構えていて、身ぐるみ剝がしてしまうのだそうです。その衣類を懸衣翁が受け取って、かたわらの柳（衣領樹）の枝に懸け、その枝の垂れ具合で生前の悪業の軽重を推量します。この後、閻魔様などの前に出て、地獄か極楽か、どこに行くのか言い渡されるということです。日本では江戸時代末に民間で信仰されました。

この説明石碑の下に無造作に積まれた夥しい数の小銭は、白く小さな一円玉を除いて、殆どの五円玉や十円玉が真黒に変色している。一円玉は一〇〇％アルミ製であるが、五円玉は銅が約六五％、亜鉛が約三五％の黄銅合金で、一〇円玉は銅が九五％、亜鉛三・五％、錫一・五％の青銅合金である。アルミは酸素や硫黄による腐食に強い金属であるが、銅は銀と同様に硫黄（硫化水素、H_2S）によって腐食しやすい性質がある。パソコンや自動販売機などの電子機器は、極低濃度の〇・〇〇三ppm（三ppb）から影響を受けるとされ、恐山では硬貨は一晩で変色し、パソコンも自動販売機も約一ヶ月で壊れてしまうという。

午前一〇時になり、山主上山式が始まった。元々は江戸時代の南部藩主の恐山入りを模したものと言われているが、この日は現在の山主であるむつ市円通寺住職の熊谷紘全師が駕籠に乗り込んだ。三途の川に架かる太鼓橋に集合した参加者は、ここから先ず御詠歌を歌い唱えながら婦人信者達が行列を先導して歩き始めた。続いて一〇名ほどの僧侶集団が続き、最後に山主の乗った駕籠と、後ろに続く笠裃袴姿の武士行列（むつ市田名部にある本坊円通寺の檀家の人々）が歩き出す。山主の駕籠は前後二名ずつ合計四名で担いで、多数の信者や見物客が見守る中をゆっくり菩提寺総門までの約二㎞ぐらいを、宇曽利湖沿いに厳かに進んで行く。水鳥・渡辺・狩場沢の三人も、ここを渡ったらもう二度とこの世には戻ってこられないというふうに首を縮めながら、意を決して車道の上から三途の川を渡り、他の観光客達と共に恐山に足を踏み入れた。

「私達医者仲間では、重態の患者が臨死体験をして、三途の川を渡らずに奇跡的に回復したなんて話題が時々出るけど、まさか自分が三途の川をこの歳で渡るとは思わなかったなぁ。」と水鳥がしみじみと言うと、渡辺が「日本では他にも三途の川があるんですよ、水鳥さん。」

「ひゃ〜、他にもあるんですか？　ほいじゃ、もしかしたらこれが二回目か三回目だったりして〜！」と水鳥が初耳に吃驚した。

三途の川は、仏教用語で此岸（この世）と彼岸（あの世）の境界線と考えられている。現世で犯した罪の重さによって、六道のうち地獄道、餓鬼道、畜生道と三通りある深さの川のうちどの川を渡るのかが決まる。生前の罪が軽かった人は、浅瀬を自力で渡るか、六文銭を船頭に支払えば渡して貰える。生前に重罪を犯した人は、三途の川の下流にある強深瀬を鬼や大蛇に苛まれながら渡らなければならない。日本では他にも利根川の支流や、千葉県の一宮川の支流に三途の川がある。日本以外では、古代ギリシャ神話で、生まれたばかりのアキレスを不死身にするために、母親がアキレスの両足首を持って、頭から浸したステュクス川がそれである。この時川に浸からなかった足首が、後年アキレス腱として致命的な急所になった。またペルシャでは、三途の川幅が伸縮し、善人では広くなるが、悪人では狭くなって渡れずに橋下の地獄に堕ちるという。北欧ではヨル川にモットグットという美しい巨人の少女が橋番をしていて、黄金が敷き詰められた橋を渡ってあの世に行くと伝わる。

行列が進む湖畔の道は、左手に湖への転落防止柵がずっと向こうまで続いている。限りなく透明な湖水の底からは、何ヶ所もガス泡と温水がぶくぶくと噴き出している。その付近の湖底が黄緑色に変色しているのは、ガス泡に含まれる硫黄成分のためであろう。ここはまさに地獄の池だ。ふと前を見ると、同じバスに乗ってきた赤いTシャツ・青色ジーパン姿の外国人女性が、行列をやり過ごしたまま、柵に両手を掛けてガス泡が噴出している湖面を覗き込んでいる。

何か困っているのかと思い、

「(英語で)何処から来たんですか?」と水鳥が訊くと、

「(英語で)インスブルックから来ました。」と淡々とした口調が返ってきた。

「(英語で)インスブルックって、オーストリアの?」

「(英語で)そうです。一昨年母が急に心臓発作で亡くなって、私一人になって二年間寂しかったけど、恐山に来れば死んだ人と話ができるってSNSに出てたので、今回思い切って来てみたんです。」

「(英語で)あ～、インスブルックは昔国際学会で行ったことがありましたよ。ミュンヘンから鉄道で行ったけど、とても美しい町でしたねぇ。」と水鳥が懐かしそうに話かけると、

「(英語で)おぉ、そうでしたか。それは嬉しいです。私マリアと言います、マリア・ペーヴェです。今晩は宿坊に泊まるのです。」

「(英語で)そうですか、マリアさん。今日は大祭中日で、私達も二日間宿坊に泊まるので宜しくお

願いします。」と水鳥が応じると、地獄に仏のようなマリアも軽く笑みを返した。

行列に遅れないように再び歩き出すと、少し汗ばむほどの気温なのに、空はどんより薄雲が掛かって暗く、辺り一帯が異様な霊気に包まれているような雰囲気だ。右手は遠くに低い外輪山の丘が続き、近くには頭より高い所に白い百日紅のような花が幾つも咲いている。道路脇には、青い小さな紫陽花の間に挟まれて、高さ四〇cmぐらいの弐丁と彫られた白い道標石があるので、恐山菩提寺まではもう少しであろう。

全国からの信者や見物客も付き従った長い行列が、総門前まで来ると山主は駕籠を降りた。地蔵様のように右手に錫杖を突き、左手に赤い扇子（地蔵は一般に宝珠）を持ち、頭上に赤い日傘を差し掛けられながら、歩いて総門を潜る。ここから先は御詠歌の先導無しに、僧侶による鐘の音を先導として、僧侶集団と武士行列のみが山門、地蔵殿へと向かう。一旦地蔵殿に入った行列は、暫くして出てくると、もと来た道を戻って山門を抜けたら左手に折れて、社務所の中に入って行った。

恐山県立公園への観光客数変化（年間）は、一九六〇年代から急増している。

昭和三二年（一九五七）四万人
昭和三五年（一九六〇）一二万人
昭和三九年（一九六四）二〇万人
昭和四五年（一九七〇）二四万人
昭和四八年（一九七三）三六万人

平成二二年（二〇一〇）二六万人
令和元年　（二〇一九）八万人

このように昭和四〇～五〇年代をピークに年々減少してきているのは、時代そのものの変化と、イタコの高齢化・後継者不足の両方が影響している。現在は青森県いたこ巫技伝承保存協会が、現代的なクラウド・ファンディングなども活用して後継者育成を行っている。同協会によれば、正統なイタコは現在わずか六名となり、そのうち二名は超高齢のため既に引退しており、口寄せをしているのが三名、お祓いや祈禱を行っているのが一名だという。八戸地方のイタコは南部イタコとも呼ばれており、目の見えない山伏修験者の妻がイタコを始めたので、イタコが唱える般若心経には山伏修験の言葉が混じっているという。弟子は初めは時々師匠に就いて学びながら、やがて師匠と常に寝食を共にしながら口から口への伝承（口伝）を受け継ぎ、二～三年掛けて独り立ちしていく。口寄せやお祓いのために般若心経や観音経などの経文を唱え、神事では祝詞や祭文を唱えるので、修行期間中には何十種類にもおよぶ経文や祭文を学び、お祓い方法や占い方法なども学ぶ必要がある。こうした修行が完了すると、師匠からイラタカ数珠（イタコ数珠）とオダイジ（背中に背負う竹筒）が授けられる。イラタカ数珠は無患子の実をつなぎ合わせた長い数珠で、両側には猪の牙や鹿の角、寛永通宝などの古銭が付いている。野獣の牙や角はお祓いや悪魔祓いのおまじないで、古銭は三途の川の渡し銭である。一方オダイジには、師匠イタコが選んだ経文を中に入れて、新人イタコが悪霊や生き霊に取り憑かれないよう守っている。つまりイタコはある日突然、カミが憑依してなれるのではなく、修行を通して師匠イタコの技法を身につけた存在なのであり、イラタカ数珠とオダイジは師匠イタコの下で修行した正統イタコの証明となっている。

江戸時代の探検旅行家菅江真澄は恐山に五回も登っている。江戸時代中期の宝暦四年（一七五四）に三河国で生まれた菅江真澄こと本名白井英雄は、本草学と国学を学んだのち、三〇歳で蝦夷地（現在の北海道）や南部・津軽・秋田など北東北を踏査して、各地での見聞を日記地誌として書き続け、七六歳で秋田県角館において病没した。蝦夷地松前から寛政四年（一七九二）に奥戸湊（現在の大間町）に上陸し、寛政七年（一七九五）に津軽へ旅立つまでの二年半を下北で過ごし、この間に「牧の冬枯れ」や、「奥の浦々」、「牧の朝露」、「尾駮の牧」、「奥の冬籠」、「奥の手風俗」を書き残し、また未発見文書として「蝦夷が巌」、「千引の石」、「牧の夏草」も書き記した。これら菅江真澄の記録によれば、当時ここは山の湯と呼ばれて湯治に来る人々もいて、岩手県宮古から湯浴みに来た女達や、富山県礪波から来た修行者に会ったという。現在では七月下旬に行われている大祭は、当時は地蔵会と呼ばれ、旧暦六月二三〜二四日に行われたという。優婆堂に大勢の参拝者が泊まり、卒塔婆塚の前には棚が出来て、人々が花や銭、馬形などを饌え、六文で戒名を書いて貰ってくる。賽の河原では女が米を撒き、水を注いでいる。お堂も尊宿寮も人で充ち、臥す所がない。夜も明けぬ頃から人々は念珠をおし揉み、額に手を合わせて伏し、亡きわが子の霊を数えて、泣きながら南無伽羅陀山延命菩薩と唱えている。大祭二日目の午後になると人々は去って行き、自分も馬の迎えが来たので山を降りたと記してある。

　　おやは子の子はおやのためなきたまを　よばふ袂のいかにぬれけん（奥の浦々）

　この菅江真澄を、明治時代になって柳田國男は民俗学の祖と呼んだが、当の柳田自身も恐山を訪ねている。この時の様子を、太平洋戦争前の昭和一五年（一九四〇）八月の国民学術協会公開講座で「現代文化の問題」と題して講演している。この中で柳田は、明治維新以降に、日本が近代化への道を歩むにつれて人々が余り泣かなくなったとし、後にこれをまとめた記録の中で次のように記している。「七月二四日の地蔵会の晩に、幼い児を失い、盛りの男に死に別れた人々が登って来て、今でもまだ夜一夜、泣いては踊り、踊りを止めては賽の川原の岸に出て泣いている。」（涕泣史談）

　水鳥や渡辺、狩場沢の三人が行列に従ってゆっくり歩いて行くと、大型観光バスが二〇台も停められる大駐車場に着いた。ここには露店が二～三軒出ていて、いずれも境内で供える草鞋やロウソク、手拭い、おもちゃ、風車、花などを売っている。風車は赤色のものが多く、羽根の先端に小さな花びらが五～六個ついて、ガクアジサイのように明るくクルクル回っている。駐車場には既に大型バスが四～五台停まり、一般車も二〇～三〇台程度停まっている。ふと見ると、駐車場のアスファルトの割れ目からも、シュウシュウと硫黄の臭気と共に湯気が噴き出ている。広い駐車場の正面には参拝受付所があるが、その右手にはおみやげ処の明壽屋があって、ロウソクや杖、暖簾などを売っている。更にその右側には大きなお食事処として蓮華庵がある。ここは大人数の団体客にも対応できるほどのテーブル席と奥に座敷席が広がっている。受付所の左前方には大きな地蔵尊が六体鎮座しているのが見える。受付所で手続きをして、総門前に進むと、看板があって次のように書いてある。

　　恐山奥の院
　地蔵菩薩は中心にして不動阿字の本体なり、若し衆生有って是の心を知らば、決定して成就す（仏説延命地蔵菩薩経より）。

　右の一句は地蔵菩薩と不動明王の而二不二を意味し、不動明王は地蔵菩薩の化身というのであります。それ故に当山本尊伽羅陀山地蔵大士を中心に、奥の院地蔵山不動明王、奥の院釜臥山嶽大明神本地釈迦如来が一直線上に奉納され、三者が一体であることを意味しております。当山は伽羅陀山地蔵大士を本尊に仰ぐ霊場であります。地蔵菩薩の「地」という文字は大地をあらわし、「蔵」は生命を産み出す母胎、母の心を表しております。人に踏まれても、ひたすら人を支えていく大地と、子の痛みを我が痛みとしてしかと受け止めてくれる母の心こそ地蔵菩薩そのものなのであります。即ち釈迦如来の附属を受けた本尊の慈悲心と一切の煩悩を打ち砕く確固たる不動心の現成が、蓮華の花びらのような八峰（地蔵山、鶏頭山、大尽山、小尽山、北国山、釜臥山、屏風山、剣の山）に囲まれた蓮華台の如き恐山そのものなのであります。ご参拝の皆様には「釈迦地蔵不動一体義」の元、右の三聖地をお参りなされることによって、当山参拝の結願が決定成就されるのであります。　恐山菩提寺

これはつまり恐山地蔵堂にある地蔵菩薩と北裏山の地蔵山中にある奥の院不動明王と、南遠方にある釜臥山（かまふせやま）頂上のレーダー直下の祠中にある釈迦如来像が一直線上にあるので、この三聖地を一体のものとして参拝すべしという参拝者への案内なのである。奥の院現地に祀ってある現在の釈迦如来像は石像であるが、元々の木像は損傷など被害に遭わないよう恐山本坊であるむつ市田名部の円通寺に保管してある。境内には総門から入り、そこから奥の方に向かって一直線に山門、そして地蔵殿へと白い石畳の参道が続いている。水鳥と渡辺、狩場沢の三人は、一礼して総門を潜る。するとすぐ左側の広い敷地内に白い仮設テントが三つ並んでおり、イタコの口寄せが行われているようで、各テントの外には既に一五名ぐらいの行列ができている。中でも一つのテントは人気があるようで、倍の三〇名程度が並んでいる。参道両脇に並ぶ永代常夜灯には、江戸時代の北前船の交易関係者から奉納されたものがあり、大坂や越前、松前などの地名も彫られている。これらの石灯籠を見ながら参道を進むと、左側に無漏館（むろうかん）という参拝者用無料休憩所があり、その奥の一部もイタコ口寄せ所になっているようだ。参道を更に進むと、左手に古く大きな本堂（菩提堂）があり、大聖釈迦如来安置と看板が出ている。昭和初期の大火によって恐山は伽藍の多くを消失してしまった。この時にむつ市田名部町にあった武

道場を仮本堂として、ここに移築したものだという。この本堂の前には、小石や中石が胸の高さぐらいまで積まれ、その上には沢山の草鞋やミニ地蔵などがお供えされ、赤や黄色の風車がクルクル右に回っている。丸い滑らかな小石には、マジックペンで○○家先祖代々とか△川△子とか書いてあり、中には□橋□雄、□橋□子などと夫婦だろうか連名の小石も置いてある。大きな山門は二層造りで、一層目が徳川家の葵の御紋が染め抜かれた横断幕に包まれている。戊辰戦争で薩長軍に負けて、下北に移って再興した旧会津藩＝新斗南藩が徳川幕府方であったことから、恐山では葵の御紋の使用が許されているのだという。山門の両側には高さ三m以上の大きな阿形と吽形の仁王像が、両眼をかっと見開いてこちらを睨んでいる。岩絵具で着色された二体の仁王像は、大本山成田山と総本山四天王寺で大仏師を務める松久宗琳の製作だという。松久宗琳はこの恐山の他にも、蔵王堂のある奈良金峯山寺の役行者像や、大阪四天王寺の聖徳太子孝養像、千葉成田山新勝寺の五智如来像（大日如来像、阿閦如来像、宝生如来像、阿弥陀如来像、不空成就如来像の五体）などの製作や、東京国立博物館の伎楽面迦楼羅・呉女（重要文化財）の復元など現代を代表する大仏師である。この山門を出て直ぐ左側には、小高い丘の上に塔婆堂が建っており、高さ四～五mもあろうかという巨大な塔婆が林立している。

「水鳥さん、僕さっきから気になっていたんですけど、この参道の両脇の水路はみな黄色いですね。これは硫黄の色でしょうか？」と渡辺が訊くので、

「そうでしょう。いわゆる湯の華ですよね。ほらっ、そこに温泉が湧いてるみたいですよ！」と水鳥

が指差すと、参道左側には古滝（ふるたき）の湯（胃腸に効用）と冷抜（ひえぬき）の湯（神経痛やリウマチに効用）の二棟小屋が建っており、両方とも女湯と書いてある。一方、右手にも一小屋あり、こちらは薬師（やくし）の湯（男湯とFor menと英語でも併記、眼に効用）と書いてある。薬師の湯の奥が、今日泊めて頂く宿坊吉祥（きっしょう）閣（かく）のようだ。

「ちょっと男湯を覗いてみましょう。」と水鳥が引き戸を開けると、手前に小さな脱衣所があって、その奥の長い浴室内には浴槽が二つがあり、奥から熱い源泉が出てきて、溢れたお湯が手前に流れてくるような仕掛けになっている。エメラルド色と言える緑色に白濁したお湯には、奥の熱い方には頭上に手拭いを載せた日本人が一人、手前の浴槽に白人男性が浸かっている。湯温はかなり熱いようで、二人とも真っ赤な顔だ。温泉の成分分析表を見ると、恐山一二号泉（薬師の湯）とあり、pH一・八九（強酸性）、泉温七四・二℃（高温度）と書いてある。分析試料一kg中のイオンは多い順に塩化物イオン一六〇一mg、ナトリウムイオン八三九mg、硫酸イオン六一〇mg、硫化水素イオン二六五mg、カルシウムイオン一四五mg、溶存ガス成分として遊離二酸化炭素五六一mg、遊離硫化水素一八mgと、硫酸成分の多い硫化水素型低張性酸性高温泉と表示されている。群馬県の草津温泉などと同様の緑礬（りょくばん）泉と呼ばれる含鉄（がんてつ）泉である。

「これは身体に良さそうだねぇ。」と水鳥が眼で渡辺を誘った。その声が聞こえたのか、頭上の手拭いを取ってチラッとこちらを見た奥の日本人は、黄色いパンチパーマで少し顎ヒゲを生やし、何となく目つきが悪かった。その時、「ハ～イ、ハワユ～。」と言って、入浴外国人の友人らしき別の外国人が脱衣所に入ってきたので、水鳥と渡辺はあきらめて脱衣所から外へ出た。

三人が参道に戻って、両脇に並んで建っている四八燈に見守られながら進むと、正面の地蔵山を背景に大きな地蔵殿が目の前に迫ってくる。正面の扁額には伽羅陀山と大書してある。ここの本尊は地蔵大士である。そばに下北観光協議会の立札があって、田名部海辺三十三観音巡礼、三十三番札所恐山菩提寺聖観音及び十一面観音と書いてある。恐山は平安時代初期の貞観四年（八六二）に天台宗の慈覚大師によって開山されたと伝えられる。それが室町時代中期の康正二年（一四五六）、蛎崎蔵人の乱に巻き込まれて焼き払われてしまい、一旦廃寺となった。蛎崎蔵人の乱（別名田名部乱）とは、宇曽利郷田名部の蠣崎城主蠣崎蔵人信純による南部氏に対する反乱で、南部氏の反撃に負けた蠣崎は蝦夷地（北海道）に落ち延びた。その後、室町時代末期の享禄三年（一五三〇）になって、田名部に曹洞宗吉祥山円通寺を開山した宏智聚覚和尚が再興したのである。従って現在まで恐山菩提寺の本坊は、むつ市田名部の円通寺であり、恐山菩提寺の住職は正確には住職代理（院代）ということになっている。この下北観光協議会の立札の左隣にも、多数の小石の石積みがあって、風車やミニ地蔵、枯れた花、犬の写真、小銭などが供えられている。昔は幼児のおもちゃと言えば、風車とでんでん太鼓だった。恐山では硫化水素ガスで花がもたないので、風車は生花の代わりにもなっている。風を受けてクルクル回る風車は、どことなく子を亡くした親の無念さが感じられる。

以前は年三回あったという恐山の大祭は、現在は夏と秋の二回あり、イタコ口寄せなどを求めて全国から多数の参詣者が訪れる。夏は毎年七月二〇～二四日で、秋は毎年一〇月第二週の三連休となっている。通常朝六時半と午前一一時、午後二時の三回行われている法要祈禱に加えて、大祭期間中は大施餓鬼法要（二〇～二四日）や大般若祈禱（二二～二四日）が行われる。大般若祈祷は、全部で六〇〇巻もある大般若経典を、扇のようにパラパラ流し落としながら、一部の経文を唱えて全巻読んだことにするものである（転読）。そして大祭中日の二二日には山主上山式が行われる。この行列には全国から多数の見物客も訪れる。イタコは普段は津軽地方の川倉賽の河原や今泉賽の河原などで活動しているが、江戸時代頃から恐山大祭時期になると少数ながら出張して口寄せを行うようになった。最近は盲目イタコの減少により、眼の見える晴眼者イタコや赤倉霊場で修行しているカミサマなども、大祭時に出張するようになってきた。特に令和五年（二〇二三）は、東京新宿のギャルイタコとして評判のアイドル占師が来ているということで、例年にも増して口寄せテントが賑わっている。「さっきのあれか！」と水鳥は特に長い行列が並んでいたテントを思い出した。大祭の時期に恐山地蔵菩薩に祈れば、亡くなった人の苦難を救うことができると言われているので、大祭期間中は境内の宿坊やむつ市内の田名部・大湊地区のホテルも満室になるという。関東地方や、北陸・関西地方など遠方からも、大型バスで観光と参詣のために大勢でやって来ているようで、境内は参詣者でごった返している。地蔵堂の中でも既に十数人が座ってお経を唱えているので、三人はそっとお参りだけして、先ず参籠手続きをしに宿坊に向かった。

江戸時代中期の元禄一三年（一七〇〇）にむつ市円通寺の九世住職法山正淳が書いた円通寺誌には、恐山が死者供養の地であると共に境内の温泉が諸症の治療に利用されていると書き記している。

従って遅くともこの頃までには、現在のような信仰の場になっていたことは間違いない。後年菅江真澄(すがえますみ)が訪れた九三年後（一七九三）も、同様であったと記録が残っている。この大祭中日の山主上山式(さんしゅじょうざんしき)は夏の大祭のハイライトで、これが終わって午後になると恐山は少しずつ観光客が帰ってゆく。

参籠の確認と手続きだけでもと思って宿坊の玄関に行くと、近代的なお堂のような真新しい建物に三人は吃驚(びっくり)した。思いがけず宿泊手続きも済ませ、部屋の鍵(かぎ)まで渡された。水鳥と渡辺は電話予約した際既に相部屋をお願いしていたので、千寿という名前の部屋に入った。

「荷物を置かせて貰ってラッキーでしたねぇ。」

「いや、まったく。」

と、幸運を喜んだ二人の部屋は一〇畳と四畳半と二間もあって広々としている。掃除も行き届いて、布団も一〇畳間に二つ敷いてある。優(ゆう)に五～七人は泊まれる広さである。狩場沢の方は分からないが、やはり誰かと相部屋だという。三人は一旦ここで荷物を下ろして、地蔵殿左側に広がる地獄山や、その先にある賽の河原と極楽浜を見に行くことにした。

先ほどの地蔵殿左脇の石積みを出ると、直ぐ右手の白いガレ岩のなかに奥之院不動明王参道と立て看板がある。この参道は地蔵堂の裏山である地蔵山の中腹まで続いており、突き当たりに不動明王が鎮座しているという。参道入口に三〇㎝ぐらいの小さな白い狛犬が控えていて、小さい割に怖い顔で参道入口をしっかり守っている。若くて元気の良い渡辺と狩場沢は先を行き、あっという間に見えなくなってしまった。最近は平地でも歩くと息切れがして、山道なんてとんでもないっといった健康状態の水鳥は、ほんの一〇ｍぐらい緩い坂道を登っただけで、ヒイヒイ、ゼイゼイといいながら、二分登っては八分休むといった調子で、参道左側の手摺りに摑まりながら少しずつ二人を追いかけて行った。途中まで来て振り返ると、丁度さっき出発した地蔵殿が真下に見え、その向こうに山門、総門、宇曽利湖、そして遠い山々の中で、三角形の美しい稜線を描いて、宇曽利湖面に逆さ富士を映しているのは大尽山（おおづくしやま）（標高八二七ｍ）である。その奥が釜臥山（かまふせやま）だから、確かにこの不動尊から見ると、下の地蔵堂、そして遥か向こうの釜臥山（かまふせやま）山頂にあるという釈迦如来は一直線になり、釈迦地蔵不動一体義であることが実感できる（図2、3）。しかしこの山道はどこまで続くのだろうかと、水鳥が気を取り直して上りに戻ろうとしたところ、目の前に「熊に注意」という看板が出てきて、これが熊かと思ったほど吃驚した。確かにここから先は両側から笹が迫って、道も人一人が漸く通れるぐらいの幅となり、こんなところで熊に遭遇したらもう終わりだと思ったら急にめまいがしてきた。大きく深呼吸を数回して気を落ち着かせてから、二人を追いかけようと緑色も真新しい笹竹の葉の中を、また少しずつ上り始めた。漸く中腹の不動明王に辿り着くと、渡辺と狩場沢がニヤニヤしながら待っていた。それでも「結構きつかったでしょう、水鳥さん。」と渡辺が慰めてくれなかったら、流れる汗か鼻水が分からないような、涙が出そうなほど水鳥の息は上がっていた。

「ゼイゼイ、ハアハア。イヤァ、お二人とも早かったですねぇ。私はもうグロッキーですわ。」と両膝の上に両手を突っ張って、息も絶え絶えに背を屈めていた。

「水鳥さん、大丈夫ですかぁ？　途中熊さんに会いませんでした？」と狩場沢が冗談を飛ばして慰めようとしたつもりが、却って水鳥の疲労を倍加させた。それを渡辺が、

「アハハ、狩場沢さん、その冗談は今の水鳥さんには却ってきついかも知れませんよ、アハハ。」と明るくフォローしてくれた。

広さ五ｍ四方ほどある中腹の平地で背を屈めていた水鳥が、がっくり落とした顔をようやく上げてみると、参道の入口にいた狛犬二頭が、ここの壇上にも左右に控えていて、中央には手前に中サイズ、左手に小サイズ、そして奥に大サイズの不動明王が合わせて三体も鎮座していた。壇上には線香のそばに、花やジュースなどが供えられている。

「お不動さんはどこでも怖い顔をしてるけど、ここのお不動さんも自分には怖い感じだなぁ。」などと水鳥が思っていると、下から黒帽子の若い男が上ってきた。白いＴシャツに黒いジャケット、黒いズボン、黒い靴、そして黒いポークパイハット。間違いなくあの男だ。しかし自分のあとを尾行しているのだとしたら、目立つ服装ではないかと再び不審に思った。

不動明王の参道を下りてきた三人は、今度は左前方に広がる地獄山のガレ場に向かうことにした。ガレ場に足を踏み入れると、黄色い硫黄臭のする熱い蒸気が、今しも地獄の底から出てきたかのように、あちこちの岩々からシュウシュウと噴き出して、真っ白な岩肌を真っ黒に焼け焦がしている。噴気温泉活動は地表部に強酸性の環境を作り、岩石を強く溶脱する結果として、多孔質で軟らかい珪質岩を残した。またそれらを覆って、浸蝕作用や熱水性爆発のために破壊された珪華（けいか）が散在している。

白と黒と黄色の正に地獄絵図のようなゴツゴツした岩々には、どれも小石が山のように積まれ、赤い風車が風に吹かれてカラカラと右に回っている。ここには人間の罪業と同じ数だけの一三六地獄があると言われ、主な場所には名前が付いている。無間地獄、みたま石、塩屋地獄、地獄谷、金堀地獄、重罪地獄、修羅王地獄、無縁塔、胎内くぐりなどいずれも恐ろしい地獄そのもの様相を呈している。中でも重罪地獄と修羅王地獄は噴出ガス量が多く、危険という立看板も出ているほどである。この地獄山一帯の小高い所にある慈覚大師堂（じかくだいしどう）は、「開山慈覚大師説法之地」と大きな石柱が立っており、四阿（あずまや）の中に一体ある地蔵には夥しい数の小石や草鞋、ミニ地蔵、風車、小銭等が供えられている。ここからやや下方遠くに宇曽利湖が望める。高知県出身で、明治時代の有名な歌人である大町桂月の歌が掲示されている。

恐山心と見ゆる湖を　囲める峰も蓮華なりけり

慈覚大師堂から千手観音を過ぎて、遠くに八葉塔と慈覚大師坐禅石を見ながら緩やかな坂を下って行くと、賽の河原に出る。左手には水子供養御本尊があり、右手には地蔵堂と扁額がある八角円堂がある（図3）。水子供養御本尊では、幼子を抱いた地蔵菩薩が池の中島（なかのしま）に立って、池の周りを埋め尽くした多くの赤い風車がカラカラと音を立てて回っている。脇に延命地蔵尊像が立っている八角円堂の内部は、中心に大鉢の鐘と賽銭箱があって、それ以外は正面奥の祭壇にもその前のお供え台にも、周囲の残り六面にもびっしりと折鶴や草履やスリッパ、写真、手拭い、飲み物、衣服、帽子、バッグなどが隙間なく奉納されていた。

「これは、川倉賽の河原で見たのと同じような凄さですね。」とその状況に渡辺が感嘆すると、

「ホントに凄いですねぇ。少しでも亡き人の往く道を楽にしてあげたいという母心が溢れていますねぇ。母親は有難いものです。」と、水鳥もさすがにしんみり答えた。この八角円堂の裏手には、林の木々の枝に手拭いが多数結びつけられており、中には傘や草鞋もぶら下がっている。

「ここにも死出の道に迷わぬよう、あるいはここに迷わず帰ってこられるようにという祈りが満ちていますね。特に夏場は、この林の中でも暑いでしょうからねぇ。このような供養の仕方は、全国的にも珍しいんじゃないでしょうか。三内丸山遺跡の縄文時代にも、死者に対するこのような素朴な行為は有ったんでしょうか?」と渡辺が自問自答するように呟いた。

「あっ、それ頂いても良いですか？　当社の今回の特集テーマが縄文時代の精神性と信仰ということですので、もし縄文時代でも同じような習俗があったとしたら、現代まで数千年も繋がっていると言うことができますよね！」と、さっきまで怖くて足がすくんで声も出なかったのに、新人記者は取材ネタを摑んだと思ったら、急に元気が出てきたようだ。

「縄文時代ではないですけど、飛鳥時代に天智天皇が亡くなった時に、倭姫王（やまとひめのおおきみ）皇后が詠んだ歌が万葉集に残っていますね。

青旗の木幡の上を通うとは　目には見れども直に逢はぬかも（万葉集巻二、第一四八）

その意味は、青々と繁った木々の上を、亡くなった大君の魂が風のように通うことが自分には感じられるのに、現実にはお逢いできないことですと言った感じですね。ですから恐らく日本人の心象の中に、縄文時代から連綿と続く死者に対する考え方というものが、時代が弥生になっても、飛鳥になっても、奈良になっても、恐らく現代まで続いているのかも知れませんね。これは後に宗教として神道が興っても、仏教が入ってきても、変わらずにその底流として、死者を身近に感じて生き続けるというような、生き残された人々の気持ちがあるのでしょうか。」と渡辺が分析してみせると、思い出したように狩場沢が、

「あれっ、それって以前中高年世代に大流行した歌がありましたよね？　自分は本当はお墓の中にはいなくて、大きな風になってあなたを見守るみたいな？」

「それです！　あの歌が大流行した理由もそこにあって、日本人の心象にぴったり嵌ったので、多くの人達から支持されたのでしょう。ですからあのような歌は、縄文時代を経験していない外国人には理解できないかも知れませんね。縄文時代に文字は有りませんでしたが、言葉も記憶も有りましたので、音韻の記憶や音韻の意味するもの、人間や自然や対象物への考え方は、死者への接し方も含めて私達日本人の遠い記憶の中に今でも刻まれているのではないでしょうか。何しろ一万五〇〇〇年間ですからね。文字は無くても、この記憶がゼロということはあり得ないでしょう。」と水鳥を見る渡辺。

「いや、現代の脳科学でもその辺りは未だ解明されていないようだけど、間違いなく世代から世代へ引き継がれてきている大切なものはあるような気がするねぇ。」と、水鳥も頷きながら答える。

ここから少し下って水子供養御本尊の池まで来ると、その傍に血の池地獄がある。やや四角い二m四方ぐらいの池の中央に地蔵菩薩が蓮華座に坐っている。

「あれっ、血の池地獄って書いてあるけど、全然赤くないどころか、完全な緑色だねぇ。」と水鳥が首をひねると、

「ホントですねぇ、可笑しいなぁ、立札が間違っているのかな？　緑色なのは池の底にある藻の色なのかな？」と渡辺も首を傾げる。そこは新人とはいえ、地元新聞記者である狩場沢が、次のように解説してくれた。

「あ〜、それはですね。元々は鉄分の赤茶色が染み出して溜まってた場所を血の池地獄と呼んでいたんですよ。でも最近作ったこの池では、池の底の藻の色が赤く変色する時に血の池地獄と呼んでいるんです。」

ここを過ぎると急に視界が開けて、遠くに綺麗な宇曽利湖が見える。極楽浜に出たのである。白い砂浜の中央には、平成二三年（二〇一一）の東日本大震災・大津波の慰霊碑が建っており、石造りの大きな蓮の蕾の中に大きな地蔵一体と小さな地蔵二体がいて、その両脇には鎮魂の鐘と希望の鐘も併置されている。高さ三mはあろうかというこの白い御影石の慰霊碑には、背面に大小六〇ほどの手形を押した窪みが付いている。これは現在の恐山山主で恐山本坊のむつ市円通寺二五世住職も務める熊

谷紘全師が、訪れた人々がそこに自分の手を重ねて犠牲者へ思いを馳せることができるようにと発案したものである。この慰霊碑の前で水鳥、渡辺、狩場沢の三名が合掌して鎮魂祈念し、そのまま湖水に近づいて行った。すると何を思ったのか、水鳥が水際で急にしゃがみこんで湖水に手を浸し、そのまま口に運んで舐めてみた。

「あっ、水鳥さん、そんなことして大丈夫ですか？」とそれを見た渡辺が慌てて制止しようとしたが遅かった。やや酸味があるが、飲もうと思えば飲めなくもない軽い酸味である。

「うん、意外と酸っぱくないな。」とは、のんびりした水鳥の反応だ。

宇曽利湖は第四紀更新世である約四八万年前から継続する活火山として、恐山菩提寺の裏山にある剣山の噴火で形成されたカルデラ湖である。湖水面の高さは標高二一四ｍで、東西約二㎞×南北約一・五㎞に広がり、面積は約二・六八㎢である。湖底は全体的に平坦で平均水深は一五ｍと浅いが、一ヶ所だけカルデラの底になって急激に深くなっている場所があるという。宗派を問わない恐山信仰は江戸時代頃から全国的に広まり、特に北前船で遭難した仏のために、宇曽利湖の畔で小舟を流す小舟供養も行われて、海難者の口寄せをすることもあったという。八葉といわれる外輪山からの流入河川は十数本あるが、流出河川は三途の川の一本のみである。これが次第に正津川と名前を変えて北に向かい、やがてむつ市大畑町で津軽海峡に注ぐ。宇曽利湖のpHは約三・五と強酸性である。一般に水はpH七・〇の中性であり、酸性側では食酢や梅酒がpH三、ブラックコーヒーがpH五で、逆にアルカリ側が海水のpH八なので、宇曽利湖水は食酢や梅酒と同程度の酸性ということになる。その要因は、湖底から硫化水素ガスや炭酸ガスがシュワシュワと噴出していることや、菩提寺周辺の地獄山から流入してくる沢がpH三以下の強酸性のためである。このような強酸性のために、宇曽利湖では殆どの生物が生存できないので透明度が高い。魚類は唯一特殊なウグイが一種のみ生息しており、その他はわずかに酸性環境で生存できるプランクトンやプラナリア、ヤゴなどが生息しているだけである。宇曽利湖に生息する特殊なウグイは、宇曽利湖ウグイと呼ばれ、世界中の魚類の中で、最も酸性度の強い湖に棲む特殊な魚類である。これまでの研究によれば、宇曽利湖ウグイが生存可能なのは、他のウグイには無い特殊な塩基細胞をエラ部分に持っているためとされている。

面白いことに通産省地質鉱物資源部の調査によれば、恐山には大量の金鉱脈が眠っているという。平成二年（一九九〇）までの調査で、恐山の金埋蔵量は鹿児島菱刈鉱山（ひしかりこうざん）の三倍近い一トン当たり四三六gもの埋蔵量とされている。それを受けて平成一九年（二〇〇七）には、この恐山金鉱脈が日本の貴重な自然資源に選定されている。一般に金鉱床は約一〇PPMあれば採算可能な鉱山とされているが、恐山での調査では局所的には六〇〇〇PPMを超える驚異的な場所もあり、現在世界的にも高品位とされている鹿児島県菱刈鉱床が一〇〇PPMなので、恐山の金鉱脈としての潜在的価値は極めて高い。地獄山から賽ノ河原付近にかけての一帯が、噴気活動が盛んで、温泉水にも金が含まれており、ヘドロ状の中に七PPMの金が含まれている。このような特殊な金鉱脈は温泉型金鉱脈（恐山型金鉱床）と呼ばれて大変珍しい。

宇曽利湖から境内に戻る途中の小高い丘に登ると、五智如来（ごちにょらい）と書かれた五体の地蔵があり、少し開けたその場所は五智山展望台となっている。ここからの眺めは右手に薄エメラルド色の宇曽利湖とその向こうに外輪山の山並みが望め、左手下方には地蔵堂や山門、総門、駐車場がよく見える。この五智如来地蔵にも多数の小石や真黒に酸化した十円玉と五円玉、白いままのアルミの一円玉、〇〇カズや碧水△△信女、□□雪花□女などといった名前や法名が書かれた小石が積まれている。左手下方に遠く太鼓橋辺りを見ると、湖面に突き出て一列に並んでいる古い木杭に留まって、時々羽を広げている黒い鳥がいる。

「やっぱり、結構カラスが多いな。」とは水鳥の印象である。

「水鳥さん、あれはカラスではなく鵜ですよ。ダジャレじゃないですけど、水鳥さんと同じ水鳥の鵜です。ほらっ、嘴がカラスより長くて色も薄いでしょ。それから羽が大きくて首も長いでしょ。」と狩場沢。

「えっ、でも宇曽利湖は酸性だし、魚は殆どいないんですよね？」

「その通りなんです。ですから、あれは川鵜でしょう。私の会社の八戸のやや北に大きな小川原湖があって、更にそのちょっと北に六ヶ所村という湖沼地帯があるんですが、あの辺りが日本における川鵜繁殖の北限とされていて、留鳥または漂鳥として生息しているのが、夏になると下北半島にも飛んでくるんですよ。宇曽利湖は酸性で魚が殆どいませんが、ここに流れ込む川自体は中性水で普通の川魚が棲んでいますから、夏の間だけこの辺りで過ごすんでしょうねぇ。」とは地元記者ならではの解説。

「そうなんだ、私と同じ水鳥かぁ。医者として若い頃あちこちの病院を転々としてきた私なんかは、定めし漂鳥の川鵜か、それともやっぱり旅ガラスかもなぁ。」と自分を振り返る。

「それじゃあ、そろそろ宿坊に戻りましょうか?」と渡辺に促されて、三人は山門脇を抜けて宿坊に向かった。無漏館も仮設テントにも、イタコ口寄せの行列は未だ長く連なっていた。

宿坊に戻ってよく見ると、洗面所とトイレは各部屋に付いているが、テレビや冷蔵庫、エアコンなどが無いのに気が付いた。

「あれっ、携帯電話が圏外になりましたよ。」と渡辺が気づいて、窓際にぎりぎり近づくと、通常四本立っている電波状況の棒が、辛うじて一本立つか再び圏外になったりするようだ。先ほど鍵と一緒に渡された予定表が座卓に置いたままにしてあったので、もう一度見てみると、次のように書いてある（カッコ内は口頭で案内された）。

当山宿坊はサービス業ではありません。参籠とお心得の上ご利用ください。

厳守事項
一　薬石（夕食）時間　六時（七時には院代の法話がある）
二　消灯・就寝時間　十時
三　起床時間　六時（六時半に朝のお勤めが地蔵堂と本堂である）

四　小食（朝食）　七時三十分

「薬石まではちょっと時間があるから、宿坊裏の温泉に入ってきましょうか？」と水鳥が誘うと、二つ返事で渡辺も「行きましょう。」ということになり、タオルを持って二人で宿坊の玄関を出た。ブラブラ歩くと直ぐに温泉小屋が見えてきた。しかし小屋の前には数ヶ所に危険の立札と共に規制線が張られており、その中では地面に丸い穴が開いて、黒い液体がボコボコ湧き出している。出てくる蒸気は硫黄臭が強く、穴の周囲も硫黄色に染まっている。その規制線箇所を避けながら温泉小屋に近づいてみると、屋上に小さな煙出し屋根の付いた赤い屋根で、「花染の湯（混浴）」とある。

どこの温泉でも混浴風呂というのは、仄かな期待があっさり裏切られるものと相場が決まっているが、ここでは別の意味で度肝を抜かれた。そっと引戸を開けて中を覗いてみると、この浴槽は奥の源泉浴槽から手前まで三槽に繋がっており、エメラルドグリーンの湯はきれいに透き通っている。水鳥が驚いたのは、この浴槽周りの幅一mほどの板敷の上に、相撲取りのような巨体の男が、局部だけを手拭いで隠した状態で、手足を伸展して仰臥していたのである。何も素晴らしい美人との混浴など初めから期待していない。しかし目をつぶってこのような格好をした真白な巨体というのは、全く想像していなかった。死んでいる訳ではなさそうだ。微かにお腹が上下しているので、静かに呼吸をしているのだろう。動きが止まった水鳥の後ろから覗き込んだ渡辺と、お互いに眼と眼で合図して、ここまで来たら入るしかないということになった。

「失礼しま～す。」と、一応先客に小さく声を掛けたが反応は無い。三つある浴槽は各一・五×一m位の長方形をしている。服を脱ぎ、なるたけ音を立てないように気を遣って、男と反対側の板敷からそっと真ん中の浴槽に水鳥が入る。続いて何かあったら直ぐに逃げられる入口に近い三つ目の浴槽に渡辺が浸かる。

「いや、かなり熱いですねぇ。」と渡辺が身を縮めて小声で囁くと、「ほんと、なかなか沁みるよねぇ。花染の湯とは入浴で身体が紅色に染まるためと聞いたけど、こんだけ熱いと確かに真赤になるかもねぇ。」と水鳥も湯船で自分の膝を抱く。反対側に仰臥している白い大男は、相変わらずピクリともしないで眠っているのか、瞑想でもしているのか分からなかった。すると小屋の外の方で、きゃっきゃっと若い女性の声がしたかと思うと、

「やだ～、ここ混浴って書いてあるわよ。わたし無理～！」とか、

「でもちょっと覗くだけ覗いてみようか？」などと二～三人の話し声が聞こえてきた。

「失礼しま～す！」と先ほどの水鳥と同じ掛け声で引戸が開けられた瞬間、

「きゃあ！」と中を覗き込んだ女性が、絶叫に近い大きな声で叫んだので、思わず水鳥と渡辺は浴槽内で首を縮め、潜水艦よろしく鼻孔の辺りまで深く沈み込んだ。

「やだ～、凄い太っちょのオジサンと、おジイちゃんが入ってるわよ～。もう絶対ムリ～！」

「ひゃあ、怖～い！　二人もいたの？　あたし太っちょダメ～。」

「いや、もう一人オジサンの頭が見えた！　しかも太っちょ、何だか死んだ人みたいに横たわって

た！」

と小屋の外で、中の入浴者に遠慮ない大声で叫ぶので、水鳥も渡辺もますます浴槽内に深く沈み込んだ。

「ひえ〜、恐山で死人が出た〜？　オジサンが三人もいるなんて、もう駄目よね。それじゃ、やっぱりあのギャルイタコのキミカさんに占って貰って帰ろ。」などと言いながら、次第に声が遠ざかっていく。

声が遠ざかったので二隻の潜水艦は、漸く安心して浴水面に浮上してきた。対面の男は騒ぎが聞こえなかったのか、微動だにせず未だそのまま仰臥姿勢を続けている。怖くなってきた水鳥と渡辺は、そぉ〜っと風呂から上がり、そそくさと着替えをして小屋の外に出た。

「いやぁ〜、何だか不気味な人でしたねぇ。生きているんだか死んでいるんだか、よく分かりませんでした。顔も髭もじゃでしたし、何かの修行者でしょうか？」と訝しげに問う渡辺に、

「いやぁ、私も何だか怖かったですわ。夕方近くなってきたし、さっきの川鵜と違ってホントのカラスも鳴き出して、辺りが不気味になってきましたねぇ。」と水鳥が心細そうな声を出す。

水鳥と渡辺の二人がブラブラ宿坊に戻ると、ちょうど館内アナウンスがあり、参籠者がぞろぞろと一階の食堂に向かっていた。

「水鳥さん、渡辺さ〜ん！」と遠くから手を振って、元気よく近づいてきたのは新人記者の狩場沢由子である。

「私さっきのマリアさんと同室になったんですよ。ほら、オーストリアから来たって言う。」とみると、背の高いマリア・ペーヴェが狩場沢の後ろから付いてきている。

「ハロ～。ラッキートゥスィーユーアゲイン。」などと、さっきまでの恐怖はどこへやら、渡辺がスマイルまでして余裕で社交辞令をしたので、水鳥も慌てて愛想笑いを返した。

広い食堂には長いテーブルが二列に並んでおり、既に四〇名ほどの参籠者が椅子に着席していた。部屋番号ごとに夕食が配膳されており、何かお経のような紙も置いてある。水鳥ら四人も急いで着席する。すると一人の若い僧が入ってきて、皆が揃ったのを確認したところで簡単な説法を行い、続いて目の前の紙にある五観の偈の、食前の偈を皆で唱和する。

一には功の多少を計り、彼の来処を量る
（この食事が沢山の人の手を経て今はじめて頂けることに感謝します）
二には己が徳行の、全缺を忖って供に応ず
（自分がこの食事を頂けるほど精進しているかどうかを反省します）
三には心を防ぎ過を離るることは、貪等を宗とす
（心を正しく保ち、過ちを避けるために、貪り食べたり食べ残したりしません）
四には正に良薬を事とすることは、形枯を療ぜんが為なり
（食は良薬と同じことであり、身体が痩せたり命が絶えたりないしないために戴きます）

五には成道(じょうどう)の為の故に、今この食(じき)を受く
(自分自身がより良き人間として生き続けるために、今この食事を戴きます)

若い僧に合わせて全員で、いただきますと唱和して薬石(やくせき)(夕食)が始まった。テーブルの上に並ぶお膳は、禅の精進料理とは思えないほど豪華なものだった。八〇㎝ほどの長方形のお盆の上に一個ものお椀が並び、それらは全て漆の朱塗りである。精進料理なので野菜や山菜が中心であるが、ご飯と味噌汁の他にナスとシシ唐のてんぷらや、タケノコと椎茸・山芋の煮物、こごみの胡麻和え、豆腐の上に小味噌、人参と大根の千切り酢の物など種類も豊富で、デザートにメロンやグレープフルーツ、パイナップルまで揃っている。ご飯はお代わり自由である。しかしこのような豪華な食事はあくまでも参籠客用のものであって、修行僧が実際に食べる食事はと言えば、朝はお粥に沢庵漬けとゴマ塩のみで、昼はご飯に味噌汁、野菜の煮物か炒め物が一皿のみ、夕はご飯と味噌汁に野菜の煮物や炒め物など二皿程度であろう。あちこちで同じテーブルの者同士の会話が始まった。

「あれっ、お酒は無いのかな?」と風呂上がりで喉も渇いた水鳥が、周りを見渡してもビールやお酒はどこにも無さそうだ。それを隣で聞いていた渡辺が、小さい声で、

「水鳥さん、ここはお寺の宿坊ですからお酒はありませんよ。」と助言した。神社の宿坊ではビールやお酒も可能で、食事には肉魚類も供される。お寺の宿坊ではさすがに肉魚食は出ないが、ビールやお酒などは般若湯(はんにゃとう)という名目で供されることがある。しかしここは霊場恐山である。通常のお寺より

一層死者と向き合うための場所なのである。

「あ～、そうだった。これは失礼しました。」と頭を掻きながらも、

「でもさっきの八角円堂には、ワンカップ日本酒がお供えされていたけどなぁ。」などと未練がましくブツブツ独り言ちながら夕食を頂き始めた。

「そう言えば、宿坊の部屋に入ったら、立派な床の間に掛け軸が掛かっていましたね。難しくてよく読めなかったけど、こんな句でしたね。」と渡辺がテーブルナプキンに書いてみた。

山色谿聲無古今（さんしきけいせいここんなし）

「あぁ、あれは禅語で、山の色も渓谷の声も古来変わらないということで、つまり山の姿も谷のせせらぎも全てそのままで仏の姿であり、仏の声であるという意味かな。」と珍しく水鳥が年長者らしい解釈ができた。

「へ～、私達の部屋にも掛け軸があったけど、それはこんな句でしたよ。」と今度はテーブルの対面にいる狩場沢が別なテーブルナプキンに書いてみた。

説似一物即不中（せつじいちもつそくふちゅう）

「あぁ、それも禅語の一つで、一物に似たるも即ち中たらずという読みで、物事をどのように言葉で説いてみても、的外れになってしまって真実には届かないって意味かな。そもそも人間はある対象物をありのままに見ることができないんだな。一定の見方や認識の仕方でしか見られないのよね。それをキチンと自覚することが大切だということなのかな。つまり意識を通して知っているあるいは見ている物を、意識を通して知っている言葉で表現してみても、決してその真の姿を捉えることはできないってことかなぁ。これは難しいなぁ、やっぱりここは禅寺だからなぁ。」と今度は苦しい年の功。するとと片言の日本語が理解できるというマリアが割り込んで、「あのう、ココンとかフチュウとか何ですかァ?」と聞いてきたが、これについては説明しようも無く、他の三人は顔を見合わせて全員肩をすぼめるしかなかった。

さて薬石(夕食)も三〇分ほどして皆が食事を終えた頃、先ほどの若い僧が再び食堂に入ってきて、皆で次のような食後の偈を唱和した。

願わくは此の功徳を以て普く一切に及ぼし、我等と衆生と皆共に仏道を成ぜんことを(ごちそうさま)

夕食で使った箸は各自一旦部屋に持ち帰り、明日の朝食で再び使うという。朝食後は使い終わった箸を、記念に持ち帰ることができると言われた。

　一旦宿坊の部屋に帰った参籠者達は、午後七時からの恐山院代（代理住職）の法話があるということで、長い渡り廊下を地蔵堂の方へ緩やかに昇りながら歩いて行った。水鳥達四人が地蔵堂に入ると、既に大勢の参籠客が畳の上に思い思いに座っていた。恐山の院代である南直哉師の法話は一時間に及んだが、時に怖がらせ、時に面白く、時に笑い、時に成程と水鳥の腑に落ちるものがあった。南直哉師は、昭和三三年（一九五八）長野県の生まれで、早稲田大学第一文学部を卒業して一般企業に就職した後、昭和五九年（一九八四）に二六歳で曹洞宗に出家得度したという。その後福井県の曹洞宗大本山永平寺で約二〇年間修行を続け、現在は福井県内に四ヶ所ある霊泉寺のうち越前市にある霊泉寺の住職を務める傍ら、平成一七年（二〇〇五）から、雪に閉ざされる冬期を除いた五月一日の開山式から一〇月三一日までの代理住職もしている。真冬の恐山は、例年三〜四mの積雪となり、宇曽利湖は完全に結氷してその上に積雪し、強風に雪煙が舞い上がるという。ただ温泉地熱や火山ガスの噴気によって、所々に雪が溶けている箇所もあるというから不思議な光景だ。

　地蔵菩薩は、自分の成仏を止めて僧侶の姿のままこの世に留まり、迷える人々を救ってくれる有難い存在である。元々地蔵菩薩は、インドのバラモン教の神話に登場する大地女神プリティヴィーを起源とし、大地を守護し、財を蓄え、病を治すといった利益信仰があった。これが仏教にも取り入れられて、地蔵菩薩の概念が成立したとされる。だから地蔵の地は文字通り大地を表し、蔵は母胎を意味している。釈迦牟尼仏が亡くなってから、次に弥勒菩薩が救済にやって来るまでの五六億七〇〇〇万年間は無仏時代と呼ばれ、現世に仏が不在となってしまう。そのためこの間は地蔵菩薩が六道(りくどう)全ての世界（地獄、餓鬼、畜生、修羅、人間、天上）に現れて、あらゆる人の苦悩を救済すると言われている（六道能化(ろくどうのうけ)）。このため庶民から幅広く親しまれ、特に泣き苦しむいたいけな子供達を救済する子供の守り神として、日本では道祖神としての性格も合わせ持ち、迷わないよう村はずれに立っている。以前南院代(みなみいんだい)が恐山の岩場を歩いていたら、人の名前や戒名が書かれた積み石の中に、「もう一度会いたい」と書かれた石があったという。その時院代は、「この気持ちの中に死者はいる。恐山はそれが純粋に何ら飾ることなく表れているところなのだ。」と感じたという。生き残された人が、亡くなった人に対して人形や服を供えることで、何とかその亡くなった人をこの恐山の地で存在させようとしているのである。死は消滅ではなく、不在なのであって、生き残された人々はここに来て死者と再会し、話しかけたり慰撫することができる。そして死者から新しい何かを受け取って、再び生の世界へ戻って行く場所になっている。

霊場恐山はガレ場の恐ろしい地獄山やイタコの口寄せなどがあり、幽霊も出る恐ろしい山だと言われている。しかし恐山で一番恐ろしいのは地獄山ではなく、月夜あるいは星空の極楽浜の方なのだという。真暗ではなく青黒い闇の中で、風がさわさわと吹いてきて風車がカラカラ回り、自分が歩く足音の後から別の誰かが付いてくるような足音がする。恐山は幽霊が出て怖いところだと思って来たが、来てみるとあまり怖くなくて何だか却って懐かしい気がしたという。それは自分の死を感じたからだと思う。人は死んでから火葬となりあるいは土葬されて、物理的に見えなくなっても、死者として生き続けることができる。実際に例えば現代の我々日本人は、二五〇〇年前のインド人（お釈迦様）に未だに支配されている。あるいは実在したかもどうかも分からない神武天皇や天照大神にいまだに支配されている。キリスト教もイスラム教も同様である。すべての宗教は人の死をこの世から別の世界への移動であると説明して、生き残った人を慰め納得させてきた。しかし生と死とは直線的に繋がっているのではなく、表裏一体で生の裏に常に死があり、死があるから生が大切なのである。つまり生と死は常に不可分のものとして並行して走っているものなのだ。もし死がなければ生の意義も価値もまた失われるのではないか。

このような禅の教えに基づいた院代の法話は、水鳥には自然に受け入れることができるもので、何か昨日まで見てきた亀ヶ岡遺跡や三内丸山遺跡での縄文文化そのもののような気すらしたのは不思議である。縄文時代から始まっていた死者への弔いは、ずっと後になって伝来してきた仏教やその他の宗教がそのための儀礼として器を整備してくれた。しかし弔い自体はそのずっと以前から始まっていたであろう。イエズス会のフランシスコ・ザビエルは、一五四一年にポルトガルのリスボンを出航したあと最初の地インドのゴアで、最も布教に適した国と聞いて、八年後の一五四九年に日本を訪れ鹿児島に上陸した。胡椒と救霊を東洋布教の基本としたイエズス会に送った手紙の中で、「日本人は生来好奇心が旺盛で、自然と道理に従って生きており、何事にも進んで耳を傾ける。これまで見た様々な国民のなかで、最も礼儀を重んじ、仏教が伝来する以前から殺生や盗みを嫌い、キリスト教以上に情けと憐みを身上としている」と述べている。このザビエルの日本人評は、そのまま縄文時代の日本人評にも通用する洞察であろう。

院代の法話を聞き終わった参籠者達はそれぞれの宿坊部屋に戻って行った。就寝時間には未だ間があったので、水鳥と渡辺は宿坊内の入浴施設に行った。一階のメインロビーの食堂(じきどう)を右手に見ながら奥へ進んで左に曲がると、御法の湯と書かれた大浴場がある。左の男湯と右の女湯の間には、木像の跋陀婆羅菩薩(ばったばらぼさつ)が立っていた。柔和な顔に熱いお湯を掻き混ぜるしぐさで、「浴室のご本尊様です」とカッコ書きの解説まで付いている。

脱衣所は広いが、窓が少し開いているのは硫化水素などの火山性ガスが籠らないように自然換気しているのである。入る前に温泉成分表を見てみると、泉温は外気温九℃の時の測定温度が五八・五℃で、利用時は四〇・五℃と書いてある。pH二・二五と強酸性で試料一kg当たりの溶存イオンは多い順に硫酸イオン六九四mg、塩化物五四四mg、ナトリウムイオン三三一mg、硫化水素イオン一三一mg、カルシウムイオン一〇六mg、溶存ガス成分として遊離二酸化炭素七八六mg、遊離硫化水素四〇mgとなっており、ここも硫化水素型低張性酸性高温泉と表示されている。さっき覗いた薬師の湯より酸性度は少し緩やかで、溶存イオンも少なくすっきり入れそうだ。ただ溶存ガス成分の方は薬師の湯より大分多いので、より換気が求められるのであろう。浴室内は広々としており、三～四人位の先客がいた。浴槽は巨大と言って良いぐらいの五m×二〇m程度あり、洗い場も一度に二〇名ぐらいは使えるほどの大浴場である。石造りの浴槽内は白濁して、表面に硫黄の粉が浮いている。窓側の中央が噴出口になって、口には近づかないようにと注意書きされている。温度はほどよく三九～四〇℃位で、熱い湯が苦手な水鳥でもゆっくり浸かることができる。窓が開けっ放しなので余り話し声は反響しないが、それでも溢れ出る源泉とコーンコーンと言う洗い桶の音が響いている。

「いや～、このお湯は気持ち良いねぇ。さすがに天然温泉だわ～。」

と頭の上にタオルを載せて、水鳥がのびのびと手足を伸ばすと、

「ホントですねぇ。ここが恐山でなければ、風呂上がりに一杯キュ～ッとビールでもいきたいところですねぇ。」と、渡辺も今日一日の緊張がほぐれたのか、薄いエメラルドグリーンの湯に、顎まで浸かってゆっくり寛いでいる。

「お～、確かにビールが欲しくなるねぇ。おっとそうだ渡辺さん、ここは火山性ガスが多いので、入浴は最長一〇分までと注意書きがあったから、ぼちぼち出ましょうか？」といつになく慌てた雰囲気で水鳥が促したのは、洗い場の奥にあの巨体男と黒ポークパイハット男らしい姿が目に入ったからである。

「いやぁ、良いお湯だった。ホントにビールが欲しい所だねぇ。いや、ちょっと待てよ。」と自分のリュックを探して、「あった～！」と勝ち誇ったように両手に一本ずつ持ち上げたものは、ワンカップの日本酒であった。

「あれっ、水鳥さん、それどうしたんですか？」と吃驚して渡辺が問うと、

「な～に、それがね。」と答えたのは、昨夜大湊の居酒屋番屋で飲んでフォルクローレホテルに帰った後、飲み足りなかったので自動販売機でワンカップの日本酒を二本買って、飲もうと思っているう

ちに、そのまま寝込んでしまったのだという。

「な～んだ、そうでしたか！　この宿坊では食堂(じきどう)ではもちろん飲酒禁止ですが、部屋への持ち込みは大丈夫と聞きましたから、それじゃあ寝酒に軽く一杯いきましょうか？」と渡辺も急に嬉しくなって、ワンカップの蓋を開けて乾杯をした。

「ウィ～、美味いっ！」とごくりと喉を鳴らして、水鳥が一気にワンカップを半分ほど空けた。

「水鳥さん、さすがに飲みっぷりが良いですねぇ。」と釣られて渡辺もワンカップ三分の一程度をグイっと呷(あお)る。

「渡辺さんねぇ、この部屋に置いてあるこの小冊子を、さっき休憩時間にごろ寝して読んだら面白いことが書いてありましたよ。」と水鳥が得意の酒飲み話を始めた。

　鎌倉時代末期の延文元年（一三五六）の諏訪大明神絵詞(すわだいみょうじんえことば)によれば、蝦夷島(えぞがしま)（現在の北海道）に居住する蝦夷(えぞ)に三種あると記されている。鎌倉時代もこの頃になると現在の青森県付近の本州最北端地域も和人との混血が大分進んで、この時代の蝦夷という言葉は、飛鳥朝～平安朝期に蝦夷（エミシ）と呼んだ大和政権に服従しない先住民という意味から、同じ文字でも蝦夷（エゾ）と呼んで、和人と混血せず次第にアイヌとして独自の文化を発展させてきた人々を指すようになってきた（北海道・北東北におけるアイヌ文化期、表1）。このうち、日の出る東方地域である北海道東岸から南海岸一帯（東蝦夷地(ひがしえぞち)）に居住するアイヌを日ノ本蝦夷(ひのもとえぞ)と呼んだ。日ノ本蝦夷は、更に東方の千島列島やカムチャッカ半島などとの交流があったという。これに対して北海道の日本海側（西蝦夷地(にしえぞち)）に居住するアイヌは唐子蝦夷と呼ばれた。唐子とは外国人の子という意味で、更に北方の樺太（唐太）に居住する樺太アイヌとの交流もあった。アイヌは川や沢を「ペッ」と呼ぶペッ族と、「ナイ」と呼ぶナイ族とに大別され、日ノ本蝦夷はペッ族で、唐子蝦夷はナイ族が多いという。ペッ族の日ノ本蝦夷は渡島半島の東側から、直ぐ目の前の下北半島に渡り、その後南下して奥州の東側に広がった。一方、ナイ族は渡島半島西側から、これもすぐ目の前にある津軽半島の西側（十三湊あたり）に上陸し、その後南下して津軽地方から秋田県北部地域に広がった。下北半島の中心部であるむつ市田名部地区は、ペッ族の日ノ本蝦夷が、アイヌ語で「タンネペッ（長い川）＝田名部」と呼んだのが今日まで残っている。三つめは北海道南の渡島半島沿岸部（現在の江差町あたりから、上ノ国町、松前町、知内町、木古内町、函館市あたりまで）に居住していたアイヌで渡党蝦夷と呼ばれる。渡党蝦夷は、この地において東の日ノ本蝦夷や西の唐子蝦夷と、安藤氏配下や蛎崎土豪などの和人が混血したものと考えられ、津軽海峡を往来して盛んに交易を行った。鎌倉幕府によって蝦夷管領に任ぜられた安藤氏は、配下の武将を道南十二館（上述の渡島半島沿岸部）に配置したと伝えられている。一三世紀頃から成立しはじめたアイヌ文化は、前代の擦文文化を継承しつつオホーツク文化と融合し、和人の文化を摂取して形成された。前代の擦文文化と後のアイヌ文化との大きな相違点は、本州の和人との交易によって、鉄製品などの移入品が飛躍的に増大したことである。またむつ市田名部地区に伝わる「おしまこ踊り」という盆踊り歌は、本州の人間が蝦夷島から来た人間をお島子と読んだことから来ている。

元寇は鎌倉時代中期の一二七四年と一二八一年の二度に亘って、中国の元王朝（モンゴル帝国）が日本の九州北部を侵攻したものである（文永の役と弘安の役）。ところが、元王朝はこの前後の一三世紀半ば～一四世紀初頭にかけて、樺太アイヌへの攻撃も断続的に行っていた。西暦一二〇六年にチンギス・カンが打ち建てたモンゴル帝国は、その孫である五代皇帝フビライ・カンが一二七一年に大元と国号を改めてから、たった九七年目の一三六八年に朱元璋率いる明国に攻められ、大都（北京）を放棄して北に逃亡した。この時、黒竜江下流の奴児干（特林）に駐屯していた元軍は孤立衰退して、黒竜江を下って樺太島に落武者として土着し、現地のアイヌ民族に同化していったという。北元朝（中国名韃靼国）として再興した逃亡政権も、一三八七年にはフビライの皇統が絶え、細い命脈を保ったものの一六九七年には清朝によって完全に滅亡した。

蝦夷島（北海道）のアイヌは日出の方角をチュプカと言い、千島アイヌのことをチュプカグルと呼ぶ。古代の近畿地方を中心とした倭人は、日出の方角にある津軽半島の現地人がチュプカグルと呼ばれていたことから、これを津軽と表記したという説もある。また宇曽利はアイヌ語のウショロケシ（ウスケシ＝湾の端、函館）から来ているという。むつ市大湊の宇田地区は、海上自衛隊大湊地方総監部に隣接して大湊港に向かう砂浜が広がっているが、元はアイヌ語の砂浜（オタ）の訛りで、津軽海峡対岸に点在する類似オタ地名（北海道福島町宮歌、北海道江差町中歌）などと対応している。また下北半島の有名観光地である仏ヶ浦も、昔は仏ヶ宇多と呼ばれていたのも同じアイヌ語源である。

「へ～、東のペッ族と西のナイ族とは面白いですねぇ。確かに秋田県辺りは〇〇ナイとかいう地名や苗字が多いですよねぇ。私も初めて恐山にお詣りに来てみて感じましたけど、ここは民間信仰も仏教も神道もイタコも様々な信仰が混在した場所であり続けて来たんですよね。現在の恐山菩提寺は曹洞宗が運営していますが、殆どの参拝者には特定の宗派は関係無く、またそれを押し付けられることも無いのでしょう。良質の温泉も湧いていますし、古来から自由な祈りの場とでも言いましょうか、ただひたすら亡き人の成仏と冥福を祈り、再会するために存在し続けてきたのですよね。いつの頃からか仏教の地蔵信仰とも結びついて、死者供養の中心地として発展してきたということがよく分かりました。」とは渡辺。

「今日チラッと見たけど、イタコが着ているあの白い服は何ていうのかなぁ」と水鳥。

「あ〜、あの白い木綿の薄い上着ですね？　一般に白衣(はくえ)は袖のあるもので、笈摺(おいずる)は袖のないベストを指すとされているんですが、例外も結構あるんですよね。白衣(はくえ)は実際にそれを着用して巡礼するもので、四国のお遍路さんでは背中に南無大師遍照金剛とかの文字が印刷されていますよね。一方、笈摺(おいずる)というのは亡くなった方に着せて棺桶(かんおけ)に入れ、永久の旅立ちをさせる時のものですよね。ですからその時のために、生前に御朱印を押して結願(けちがん)しておくこともあるんです。イタコは死者と生者を結びつける人たちでしょうから、私も今日見たら、やっぱり笈摺(おいずる)みたいな感じでしたね。」と渡辺の解説。

「そうか、渡辺さん、明日はいよいよおばば様に長髄彦(ながすねひこ)の口寄せを頼んでみるんだよね。二〇〇〇年近い昔の人の口寄せだから、容易じゃないと思うけど、果たして呼んでくれるかな？　出てきてくれるかなぁ？」

「そのために大阪から、はるばる此処まで来ましたからドキドキですね。水鳥さんは誰か口寄せして貰わないんですか?」

「いや、私は特に出てきてほしい人はいないけど、そのギャルイタコって人に一度占ってみて欲しいね。東新宿のサブナードでもアイドル占師って人気だって言うじゃないの。ウチの神楽坂診療所からだって、車でほんの二〇分ぐらいだもんね。」

「今日はいろいろ歩きましたね。明日は大祭四日目で口寄せもありますからぼちぼち寝ましょうか。」

「何でも恐山の宿坊に泊まると、夜中に必ず目が覚めてその後眠れなくなるそうだから、やっぱり幽霊なんかが出るんだろうか?」と、水鳥は急に心細げな声を出した。内障子を少し開けてサッシ窓越しに真暗な外を見て、ぶるっと一震えした。ところが、そのまま布団に潜り込んだと思ったら、いきなりガァガァ高いびきを掻き始めた。これに呆れた渡辺も、いつの間にか睡魔に引き込まれて行った。

一七　大阪・星降り祭

　降星伝説のある大阪府交野市の星田妙見宮では、星が降りたと言われる七月二三日に毎年星降り祭が行われている。平安時代の弘仁年間に弘法大師空海が私市の獅子窟寺の岩屋で仏眼仏母の修法をした時に、この妙見山に七曜星（北斗七星）が降臨し、大師自ら三光清岩正身の妙見と称して、北辰妙見大慈悲菩薩独秀の霊山、神仏の宝宅諸天善神影向来会の名山、星の霊場として祀ったものである。降臨した光はこの星田妙見宮と光林寺、星の森の三点（各辺八丁＝約八八〇m）であったため八丁見所と言われ、この村は三宅庄星田村と称された（表4－1）。この祭神は、神道では天之御中主大神、仏教では北辰妙見大菩薩、陰陽道では太上神仙鎮宅霊符神である。

「わ〜い、わ〜い、変な顔〜！」

「こら〜、待て〜！」

　いたずらな弟が、姉の顔に墨でも塗ったのか、浴衣を着た姉弟のような子供二人が、騒ぎながら、かき氷や綿飴、光るおもちゃ、焼きそばなどの露店が並んでいる星田妙見宮一ノ鳥居をくぐって、表参道を二ノ鳥居の方に向かって駆けてゆく。表参道の両側には、百済聖明王の第三子琳聖太子による妙見信仰の伝来や、弘法大師による星田の七曜星降臨伝説が分かり易く漫画パネルで示されている。

北斗七星は七個それぞれに名前が付いており、杓子器の先端から柄先まで次のようになっている。

一　貪狼星（真言オンダランヂダランヂウン、本命星子）欲望、歓楽、大胆
二　巨文星（真言オンクロダラタウン、本命星丑・亥）弁舌、知識、執着
三　禄存星（真言オンハラタギャウン、本命星寅・戌）財産、寿命、守護
四　文曲星（真言オンイリダラタウン、本命星卯・酉）学問、芸術、優雅
五　廉貞星（真言オンドタラニウン、本命星辰・申）権威、勝負、聡明
六　武曲星（真言オンギャトロウン、本命星巳・未）権力、財産、決断
七　破軍星（真言オンバサダカンタウン、本命星午）変動、禍福、刺激

また生年月日の十二支に合わせて、自分の守護星（本命星）が次のように決まっている。

子＝貪狼、丑＝巨文、寅＝禄存、卯＝文曲、辰＝廉貞、巳＝武曲、午＝破軍、未＝武曲、申＝廉貞、酉＝文曲、戌＝禄存、亥＝巨文

つまり十二支を一から七まで順に行き、そこから六・五・四・三・二と戻ってくるのである。またこの本命星とは別に、十二支から選ばれた男女別の元辰星があり、こちらは一生の間の貧富や栄枯盛衰の運命を司る星と言われている。星田妙見宮の境内には、この七星塚が参道の七ヶ所に分かれて

点在しており、各自に決められた本命星（ほんみょうしょう）と元辰星（がんじんしょう）にお詣りするのである。四番目の文曲星（もんこくじょう）の右隣には、小さな祠があって中に烏枢沙摩明王（うすさまみょうおう）がいる。烈火をもって不浄を転じて清浄となし、胎内にいる女児をも男児に変化させるという力を信じた平安貴族の名残か、ここでは女陰の中で一面六臂（いちめんろっぴ）の姿で憤怒の炎に包まれている。星田妙見宮の場所は、日本での隕石落下伝説上、四番目に古いとされる弘仁七年（八一六）の星の降臨によって（表4－1）、この山の大部分が吹き飛ばされて馬蹄形に抉（えぐ）られた場所と言われており、落下地点が現在の滝壺となって登龍（とうりゅう）の瀧（たき）からの降水を受けている。この時落ちた隕石は、北斗七星と同じ方向のペルセウス座流星群とその母星スイフト・タットル彗星からのものと言われている。スイフト・タットル彗星は公転周期約一三〇年で、後漢書での中平五年（一八八）の記述から一三〇×五を足すと西暦八三八年となり、また西暦一七三七年のケーグラーの観測から一三〇×七を引いて逆算すると西暦八二七年となり、弘法大師獅子窟寺（ししくつじ）の弘仁七年（八一六）に近いと言えば近い。このスイフト・タットル彗星は、平成四年（一九九二）に再び現れ、この時は日本のコメットハンター（彗星探索家）木内鶴彦が再発見し、その著「宇宙の記憶」に、「私の再発見したスイフト・タットル彗星のかけらの鉄の部分が、星田妙見宮に落ちた可能性は非常に高いです」と記している。手水舎で手を清め、三ノ鳥居をくぐると、ここから先は長い階段を昇っていく。頂上にある本殿に辿り着くと奥に鳥居があり、その先にご神体の影向石（ようごうせき）（別名織女石（たなばたせき））が三体鎮座している。本殿の絵馬には七福即生七難即滅とあり、多くの願が掛けられている。拝殿前に立って後ろを振り返ると、ここからの眺望は最高で、遠く枚方市や高槻市方向が一望できる。本殿には先の神仏

（神道の造花三神、仏教の北辰妙見大菩薩、道教陰陽道の太上神仙鎮宅霊符神）が祀ってあるが、隣の太上神仙鎮宅靈符神社では須佐之男尊、鎮宅霊符尊、饒速日尊の三神を祀っている。拝殿下の社務所では、黒く丸い鎮宅霊符神鈴と書いた土鈴が売られている。陰陽道最高神である鎮宅霊符のこの鈴は、妙見信仰の篤かった楠木正成や加藤清正などの武将が常に拝していたものである。古来から鈴は魔を防ぎ清めるとされ、神鈴上部の玄武（亀と蛇が見つめ合っている）は、北斗七星の妙見神の眷属である。この玄武を摘まんで揺すってみると、中に入っているのが小石や素焼き玉ではなく小鈴のようで、金属製の高い音と外側の土器の低い音が合わさって、ちょうど縄文時代と弥生時代の移行期にいるような錯覚に陥る。

ここで行われる星降り祭は、令和五年（二〇二三）も前年同様に開催された。二ノ鳥居を過ぎると左手に参集所があり、その前の参道脇には臨時のテントが張られ、特別祈禱の受付や、午後四時からのお火焚き祭で祈願する護摩木（一願祈禱木）に、子供と祖母や若いグループなど数人の参拝客が一心に願いを書いている。参集所では色彩豊かで華やかな、星降り祭限定御朱印の授与を求める参拝客が列をなしている。

「見て見て～、これキレイでしょ！」

「ホンマやなあぁ、ウチのもキレイやろ、ほら！」とお互いに御朱印と御朱印帳を見せ合っているのは若い女性グループだ。祭り当日は、神社境内において午前一一時から『海神族の星の記憶～北斗七星と弘法大師～』と題して、笛とピアノ、唄、語り、舞の奉納があった。午後四時から登龍の瀧でお火焚き祭があり、夕方六時半からは三ノ鳥居の手水舎前の広場で湯立神楽が催される。一方、一ノ鳥居より外の妙見河原には、露店が多数並んで大勢の子供達で賑わっている。妙見橋の下の手では、星田だんじり保存会主催の神振行事（氏子の奉納行事）として、夕方六時からカラオケ大会、夜七：一〇から南中ソーラン奉納、夜八：五〇から妙見太鼓奉納が予定されている。

　午後四時になり、登龍の瀧の前の神域でお火焚き祭が始まった。神域突き当たりの滝は上方から流れ落ち、滝壺のそばでは赤い光背の白い不動明王がこちらを睨んで立っている。神域の滝壺側は禁足地となっており、誰も立ち入ることはできない。神域の手前側は一段高い石造りの祭壇が設えてあり、その上の木組みの神棚の上には三方が七つも並び、お神酒や塩、昆布や高野豆腐などの乾物、祝酒一升瓶、メロンやミカン、ナスやシイタケ、芋や人参やゴボウ、リンゴ、バナナやパイナップルなどの果物などが多数供えてある。その下には、既に二本のロウソクに火が灯されている。その手前には八角形の大きなお火焚き場が設置されて、檜の角棒を四角形に組んで高さ一ｍほどの七段重ねにした上に、檜の青葉が堆く積まれている。

　修祓の儀のアナウンスがあり、主神官（宮司）をはじめ副神官達、法被姿の氏子数名、一般参加者約一〇〇名など一同が低頭した。祭壇の前で副神官が三回小榊と小紙垂を振って祭礼が始まった。修祓ののち、宮司が低頭しつつ、お火焚き場正面に立って滝壺方向を見つめ、出席者全員で大祓詞を合唱する。続いて宮司が正面を向いて二礼二拍一礼したあと、一同低頭の中で宮司が祝詞を奏上した。次いで祭壇の前に進み出てフツミタマの間にまになどと唱えながら、神棚のロウソクを法被姿の氏子二名に持たせて、手前に戻ってそのままお火焚き場で火を付けた。初めヒノキの青葉がジュウジュウと大きな音を立てて、白煙がモクモクと滝壺の方へ高く舞い上がっていたが、やがて大きな火柱が立ち上り始めた。このあと参加者全員で大祓詞を再唱し続ける間に、半年分およそ三〇〇本以上の護摩木を神官四人で組み木の中に投げ入れていった。続いて天地一切清浄祓、そして六根清浄祓を合唱し終わる頃にようやく火勢が衰え始めた。宮司が薬師如来のオンコロコロセンダリマトウギソワカなど真言を数種唱え、供物棚から紙に包んだ護符のようなものを持ってきた。のち宮司二拝、真言を手で描き、さらに宮司二拝、そして全員で一礼し、「おなおり～」の号令で一同頭を上げた。このあと宮司から次のような内容の教話（きょうわ）があった。「私達は朝起きて太陽を拝んで体内にエネルギーを満たし、また夜は月の光が身体を癒してくれる。当社では宇宙の根源にある北斗七星を奉じ、高天原の天之御（あめのみ）中主神（なかぬしのみこと）をはじめとする造化三神（ぞうかさんしん）、仏教では北辰妙見大菩薩、道教・陰陽道では太上神仙鎮宅霊符神をご祭神として祀っている。私達は、大きな宇宙の実相世界の中にあって、常に未知の世界に向かって進んで行かなければならない。その時には確かな目でものを見、判断する眼力が求められるが、妙見菩薩の妙見とはそのような優れた目を持つ（仏眼）ことであり、全ての人がそうあって欲しいという仏母の誓願が、妙見菩薩として現れている。本日見た火と水の力は大きいもので、火はホと呼んであらゆる物を変化させて天に昇り、水は天から降りてきて私達を潤した後、自ら形を変えて前に進んで行く。この天と地を結ぶものを真柱（まはしら）と呼ぶが、天と地の狭間で生きる私達は、その両方の恵みを受けて生きている。弘法大師が、人は生きながらにして成仏できると言われたように、天地の恵みに感謝して毎日を健やかに過ごしてください。」

一般参加者は先ほどお清めした護符を一名一名宮司から手渡しで頂き、祭壇の所まで進み出て一礼してお火焚き祭が終わった。学者肌の伝教大師と比べて、比較にならないほど弘法大師の方が人気があるのは、杖を突いたところから井戸が湧き出したというような庶民のための現世利益的逸話だけではなく、一応仏教という衣を被せてはいるが、元々日本人の心底にある縄文的な自由さ寛容さ大らかさと言ったものを、率直に表現しているからではないだろうか。二〇年の予定だった大唐留学を、恵果和尚から遍照金剛の灌頂名まで受けて、たったの二年で大同元年（八〇六）に帰国したことに対して、怒った朝廷は大同四年（八〇九）まで入京を許可しなかった。この四年間に空海は博多で東長寺を開いたりなどしたが、恐らく大唐で学ぶべきことがこれ以上無いことを確信しての帰国であった。留学前に悟っていた縄文人的自然思想の方が、些末な密教教義よりも重要であることを自分の眼で確かめたのであろう。つまり空海にとっての大唐留学というのは、当時の世界レベルを確認しただけのことであって、それ以上学ぶべきものがないということは師匠の恵果和尚も見抜いていたものと思われる。空海は、中国語の能力の高さや医薬知識を活かしただけの推薦で、全く無名の一沙門の長期留学僧として渡唐し、長安の都で密教を学んだ。これに対して、既に天皇の護持僧（内供奉十禅師）の一人として確固たる地位を築いていた最澄は、初めから遣唐使に同行して往復するだけの短期還学生として天台山修禅寺で見聞しただけであった。

夕方六時となり一ノ鳥居下の妙見河原では、納涼星田妙見まつりの紅白横断幕で飾った演台でカラオケ大会が始まった。それに続いて夕方六時半から、境内の表参道付近の縄張りをした結界の中で湯立神楽が始まった。カラオケ大会の音楽が遠くに聞こえる中を、神前にてまず宮司が祝詞を上げ、次いで大幣にて、斎場と大鍋や笛太鼓演奏者など舞に使う全ての道具をお祓いする。蓋をした大鍋一杯に張られた湯は、先ほど薪で沸騰させてある。一般参加者も全員低頭してお祓いを受ける。次いでゆったりとした真白な千早に胸元だけ赤紐（胸紐）で結んで、髪も丸い筒状の丈長ではなく、和紙で平たくまとめて水引で縛って髪留めとする絵元結をした背の高い美しい巫女が登場した。その時、一般参加者から、歓声とも溜息とも感嘆ともつかないどよめきが湧き起こった。

「ねぇねぇ、あの人すごい美人よ。顔色も透き通るようだし、この辺りにはいないようだわよねぇ。」

「確か去年はいなかった感じだから、今年からの巫女さんかしら？」

「いえ、コロナがあったから暫くぶりだけど、三～四年前にも見かけたような気がするよ。何せあんな美人だから目立つしね。」

「噂では大阪の梅田辺りで占いをやってるとか、友達から聞いたことがあるわ。何でもすごくよく当たるって人気らしいわよ。」

「へ～、アイドル占師ってこと？」

「僕も今度梅田に行ったら一度占ってもらおうかな～。」などの囁きが、あちこちから聞こえてくる。

その背の高い美しい巫女は、紙垂と赤白緑黄紫の五色帯のついた神楽鈴（三番叟）を持って進み出て、神事の対象となる産土神と火の神、水の神を招くために、笛と太鼓に合わせてゆったりと優雅に舞った。やがて塩を運んで大釜の前に進み、拝礼してこれを撒き入れ、次に同様に米も撒き入れた。最後に再び大鍋の前に進み出て拝礼し、お神酒の入った瓶子を取り上げて四方を拝礼し、その後大鍋に注ぎ込む。そして御幣を持って四方と大鍋を清めたあと、御幣の柄で湯釜を掻き混ぜる。その時立ち上がる湯玉の状態で豊凶を占うのだという。いったん大釜を離れて千早を脱いだ巫女は、既に両腕をまくって両タスキを掛けていた。その白袴白タスキ姿で再び大釜の前に進み出て、三方の上の木桶に杓子で大鍋から熱湯を掬い、この三方ごと四方を礼拝した。この熱湯桶を渡された宮司が捧げ持って行き、手水舎脇の神前に供える。次いで巫女はよく葉の茂った細笹を両手で捧げ持ち、少し蹲踞して一心に祈った。その後、すくっと立ち上がったかと思うと、両手に分け持った細笹を、鍋の中に入れてかき回して浸し、葉に付いた熱湯の雫を両肩の後ろに向けて交互にひょうと周囲に勢いよく跳ね飛ばした。そのままぐるりと一回転したり、だんだん片手ずつ交互に前方や左右に熱湯を跳ね飛ばし続けた。この湯座と呼ばれる仕草を最後に、再び蹲踞して祈ってから、細笹を鍋上に納めて二拍して湯立神楽が終了した。一般参拝客が息をのんで一挙手一投足を見守ったその美しい巫女の所作が終わり、人々がまだ見惚れた余韻にぼーっとしている間に、いつのまにか巫女は姿を消していた。

この奉納神楽は以前は一晩中、式神楽（星神楽、里神楽）や四方神楽、あずま神楽、大里神楽、浪速神楽などの他の神楽も舞いつつ、夜が明けるまで続けられたという。そもそも湯立とは、神前に大きな釜を据えて湯を沸かして、神懸かりの状態にある巫女が持っている笹や幣串を浸した後に、巫女自身や周囲に振りかける儀式のことで、釜で湯を沸かすのはそれを勧請した神々に対して献上するためと言われている。この神事はお祓や禊、また神意を占う目的で行われ、問湯とも呼ばれていた。巫女舞や湯立神楽、霜月神楽はこの儀礼が民俗芸能に変化していったものとされ、無病息災や五穀豊穣などを祈願したり、その年の吉凶を占う。特に撒かれた湯の飛沫を浴びたり、冷ました釜湯を飲むと無病息災になるとされ、現代でも香川県や大阪府、京都府、長野県、山梨県、千葉県など全国で広く行われている。この星田妙見宮では、使用された笹を参加者が自宅に貰い下げすることができ、長野県下伊那郡天龍村にある池大神社では釜の湯を瓶などに小分けして自宅に持ち帰ることもできるという。

いつの間にか妙見河原ステージで行われていたカラオケ大会も終わり、今度は南中ソーラン踊り（北海道稚内市立稚内南中学校が考案したソーラン節踊り）の賑やかな奉納演舞が行われているようだ。このあと夜八：五〇から同じステージで妙見太鼓奉納が行われて星降り祭は無事に終了し、子供達も大人達もコロナ明けで久しぶりの夏祭りを満喫して家路に就いた。ところが、事件はその翌早朝に滝壺内で起こった。

一八　口寄せ

　夜中に必ず目が覚めると広く言い伝えられているが、水鳥と渡辺はその例外なのか、恐山の宿坊に泊まっても全く眼が覚めず、昨夜はぐっすり眠った。昨日渡された予定表通り、朝六時に起床して、六時半からの朝のお勤めに向かうべく地蔵殿への長く緩やかな上りの渡り廊下を歩いていた。すると後ろの方から、

「水鳥さ〜ん、渡辺さ〜ん。」と二人を見つけて狩場沢由子（かりばさわゆうこ）が駆け寄ってきて、

「ねぇねぇ、聞きました？　出たそうですね？」

「えっ、出たって何が？」

「何がって、そりゃ幽霊ですよ〜！　ユウレイ！」

「へっ、幽霊が出たんですか!?　それは何処に？」

「それがね、さっき宿坊のロビーで話してる団体客に聞いたら、あの地蔵殿の隣の地獄山を、夜中二時頃に白っぽい女の幽霊がゆっくり行ったり来たりしていたんだそうですよ。やっぱり出るんだわ、ここ。ますます怖くなって来ました〜。」

　朝六時半からの祈禱に集まった宿泊参拝者は、既にこの話題で持ちきりだった。

「え～、ホントですかぁ？」と面白がる少年達と、怖がって祖母や祖父に縋り付く少女達。

「どんな幽霊やった？」

「何でも背が高いって言うてたから、子供の幽霊じゃ無さそうやな？」

「顔はどんなんやった？」などと賑やかなグループは、大阪から来たという霊場参拝ツアーのグループだ。

　定刻の六時半になり、広間に控えていた二〇歳位の若い丸坊主僧が鐘を鳴らして時を告げると、遠くから僧衣の衣擦れと静かな足音が近づいてきた。少し背の低い太った僧を先頭に、続いて黒衣に茶色い袈裟掛けをした三名の中年僧が入ってきて、続いて長身の南院代、最後に少し遅れて落ち着き払った老僧が入ってきた。ご祈禱はこの七名で五体投地のような深い拝礼を三回行うことから始まった。続いて全僧が非常に早口で太鼓をどんどん鳴らしながら時々鐘をカーンと鳴らして、ひたすら早口に読経を続ける中で宿泊者の住所氏名を読み上げなどした。水鳥にはこの読経の大音声とスピードと太鼓などの合奏が、まるで津軽三味線の演奏会のような賑やかさに感じられた。いやむしろ佞武多祭りの跳人のように踊りだしたくなるようなリズムにも感じられた。読経の後に、院代から簡単な法話があり、悪いことを止め良いことを進めることが仏の道であること、善悪は予め分からないことも多いので、先ずやってみてご縁が広がり人々が喜べば善、そうでなければ悪と言うこともできるといったような内容であった。このあと朝のご祈禱参加者は、左手から祭壇裏に案内されて、本尊である地蔵菩薩を拝観させて頂くと、これは真黒な顔と手に法衣を着た巨大な木像であった。恐山の本尊である地蔵菩薩像は高さ二m近くもある大きな木彫で、慈覚大師円仁が刻んだものとされている。この大きな地蔵菩薩像は、珍しいことに僧衣を着ており、昼間はお堂に立って人々の参拝を受けているが、夜になるとお堂から出て地蔵殿から続く地獄山を回って、苦しみに悶える魂を救って歩くと信じられてきた。その証拠に地蔵菩薩の来ている僧衣の袖がボロボロに裂けているのは、多くの亡者が助けを求めて取り縋った証なのだという。脇侍として左側に善を進め仏心を育てる掌善童子が、右側に悪を抑え煩悩を滅ぼす掌悪童子が付き従っている。参加者はそのまま更に奥に案内されて、慈覚大師の木像も拝観させて頂くことができたのは感激であった。

　宿坊参籠者は、このあと一旦外に出て、釈迦如来が安置してある本堂に進んで供養会に臨んだ。本堂への渡り廊下から見ると、朝六時半から始まっているイタコ口寄せには既に多くの行列ができていた。お寺の開門とイタコ口寄せは、どちらも朝六時半からなのだが、宿坊参籠者は境内に宿泊しているので、朝のご祈禱と供養会に出席せずに朝六時半前から順番待ちに並ぶ人もいるのだという。お釈迦様を本尊とする本堂（菩提堂）では、主に参拝者の先祖供養を行っている。この本堂の供物は多数に上り、特に夏の大祭時にはリュックを背負ったり、段ボール一杯に詰めて持ってくる参拝者もいるという。供物は形見や新しい衣服、草履や草鞋や靴などの履きもの、子供のおもちゃやジュース、果物など多数に上る。この本堂での供養会からは、一般参加者も合流参列して約六〇名ほどが、読経と木魚が流れる中を回し焼香して供養の祈りを捧げた。読経中に右後ろを振り返ると、花嫁人形や新郎新婦人形のガラスケースが二〇〇個以上も密集して置いてあるのが目に入り、自然に涙を誘う。結婚せずに亡くなった息子や娘のため、せめてあの世で幸せな結婚式を挙げさせたいという一心なのだろう。これは今でも毎年二〇ケースぐらいずつ増え続けているそうだ。この本堂では内段に大きな卒塔婆が多数立て掛けてあり、読経が終了すると人々はその卒塔婆を持って外に出て、ぐるり回って隣の塔婆堂の中に収める。外に出てみると、朝七時過ぎの時点で、村中ハルの口寄せには一五人ほどが無漏館の中で座って並んでいた。総門前の三つのテント前にも、各々約一〇人ほどが立って行列していた。

朝のお勤めが終了した参籠者は宿坊に戻って、昨日部屋に持ち帰った箸を持って食堂に向かう。七時半から昨夕と同様に先ず食前の偈を皆で唱和したが、小食（朝食）と言っても、朝から一〇椀もある大ご馳走である。ご飯に豆腐とふのりが入った味噌汁、味海苔に切干大根、ヒジキにお浸し、金平ごぼうに味昆布、お新香に食後のトマトとフルーツなど、肉魚食こそ無いが、まるで高級旅館のようなメニューに一同吃驚して有難く頂いた。

「（英語で）マリアさん、私ゆうべ宿坊で夜中に眼が覚めたら、いませんでしたよね？　どこかに行ってたんですか？」と狩場沢が訊くと、驚くべき答えが返ってきた。

「（英語で）私は亡くなったお母さんに一日会うために、インスブルックからこの恐山に来たのです。だから一日会いたくて昨晩夜中に地蔵殿脇の地獄山の辺りを探し歩いたんですよ。あちこち歩いてお母さんの名前を呼び続けたのですが、昨夜は結局お母さんには会えませんでした。残念です。今日は昼間イタコさんにお願いしてみて、夜はまた地獄山で頑張ってみます。」と悲しそうに肩を落とした。

「（英語で）えっ、でも私が夜中に眼を覚ました時に、確か服は枕元に畳んで置いてありましたよ。まさか寝巻の浴衣で地獄山に行ったんじゃないですよね？」

「（英語で）ハイ、そうですよ。着替えるのが面倒だったので、浴衣のままで玄関にあった下駄を借りたのです。」

「（ここで日本語となり）え～、じゃあ昨夜の幽霊って、もしかしたらマリアさんだった!?」と大きな声で狩場沢が驚きの声を上げた所、向こうの大阪から来た団体客が、

「ほやなぁ、確かに夕べの背の高い幽霊は、日本人ぽく無かったでぇ。もしかしたらその外人さんだったかも知れへんなぁ。」と反応したので、朝食の人々全員がざわざわして、やがて大笑いの渦となった。

「な～んだ、そう言うことだったのか。良かった～。」と一同恐怖から解放されて、安堵の胸をなでおろした。そこにちょうど若い僧が入ってきたので、皆で昨夕と同じ食後の偈を唱和して、朝食が終了となった。昨夕と今朝続けて使用した箸は箸袋に入れて各自持ち帰った。

　境内では無料休憩所にもなっている無漏館と、白い三つのテントでイタコ口寄せが行われている。今年は合計四人のイタコが口寄せに来ているようで、看板には次のような簡単な案内が書いてある。

村中ハル　（おばば様、赤倉）無漏館

苫米地（とまべち）　愛（あい）（八戸）第一テント
鍋塚（なべづか）ひとみ（青森）第二テント
光明谷君香（こうみょうだにきみか）（東京）第三テント

その看板の前で、どのイタコにお願いしようかと多くの希望者が思案している。

「そりゃ、何と言ってもおばば様よねぇ。盲目イタコの最長老で、歳も九〇近いらしいわよ。長年の修行で、どんな人でも呼び寄せるって言うから凄いわよねぇ。」

「そうそう。村中のおばば様は生まれつき眼が見えないのに加えて、旧斗南藩士（となみはんし）の末裔として、これまでの苦労も並大抵じゃなかったから、その分だけイタコとしての修行を積んできたらしいわよ。」

「そうなんだ。でも私はこの八戸在住の苫米地（とまべち）さんに呼んで貰おうかな？　歳はまだ若くて六〇歳ぐらいらしいけど、さっき聞いたらこの人は正統な修行をした最後のイタコなんだって。眼も辛うじて見える程度で、ほぼ全盲らしいわよ。やっぱり眼の見えない人の方が、心の眼っていうか霊感が強いと思うわ。」

「そうかしら？　私はこの鍋塚（なべづか）って人に、呼んで貰おうかしら？　年恰好は苫米地（とまべち）さんと同じぐらいだけど、インターネットで調べたら普段は青森市内の自宅でイタコをしながら、有名な津軽の川倉賽の河原や八戸の寺下観音なんかのイベントには必ず呼ばれる有名なイタコなんだって。何でも遠いご先祖様が、大和朝廷が始まった時に初代神武天皇に抵抗して十三湊（とさみなと）に落ち延びてきたんだって。」

「私もそれ聞いたことあるわ。そのご先祖様って長髄彦っていう人でしょ。だからこの鍋塚さんも、足が長いらしいわよね。」

「そうそう、その親戚が石木一族って言って、そのご先祖様を十三湊オセドウ神明宮に祀っていたり、川倉賽の河原でカミサマをしていたりしているらしいわよ。」

「それなら先祖代々の血筋が凄いから、霊力も強そうね。」などとしきりとイタコの品定めをしている。その隣には若い女性四～五人のグループがいて、

「私は口寄せなんて怖くてできないと思ってたけど、この光明谷さんはキミカ様って東京の新宿でも超ユウメイらしいから、お願いしてみようかしら？」

「キミカ様でしょ！　インターネットで見たわよ。そしたらね、東新宿のサブナードっていう所でギャルイタコって大ブレークして、とにかくタロット占いが良く当たるらしいのよ。それがね、東京のアイドル占師なのに修行のためとかいって、最近は毎年この恐山にも口寄せしに来てるんだって。スピリチュアルっていうの？　深い所から相談者にピッタリの助言が出てくるって評判みたいよ。青森県に来てくれるなんて滅多にない機会だから、私もキミカ様にお願いしてみようかな？」などと若い世代には気軽さもあってか、光明谷君香が人気のようだ。

　村中ハルによる口寄せは信頼度が桁違いに大きいようで、大祭期間中は無漏館に特別室が用意され、青森県内はもとより広く東北地方一円、さらに遠く関東地方や関西地方からも口寄せ希望者が長蛇の列を作るという。確かに大祭も四日目（七月二三日）になるのに、午前一〇時頃には無漏館から溢れ

た希望者が、境内に二重三重に連なっていた。総門を入って直ぐ左の境内に置かれた三つの臨時テントでは、総門に近い方から苫米地愛と鍋塚ひとみとギャルイタコ光明谷君香（キミカ様）が口寄せをしている。テントでの口寄せは、簡素な衝立かカーテンはあるものの密室ではないので、テントを覗いてみるとチラッとイタコと相談者が垣間見えることがある。渡辺は午後三時頃から村中ハルに並び始めた。狩場沢は稀に見る特ダネを期待して渡辺の後ろに控えている。水鳥はギャルイタコ君香の行列に並び、マリア・ペーヴェは先祖代々の霊力があるという鍋塚ひとみにお願いすることにした。水鳥は子供の頃に飼っていたスピッツ系の雑種愛犬コロと、先年亡くなったコーギー種の愛犬ロマネを口寄せして貰おうと思った。

　青森県の三八地方では、江戸時代中期に太祖婆と呼ばれる盲目の巫女がいて口寄せなどを行っていたが、山伏修験者の鳥林坊と妻で同じ盲目の高舘婆（高舘イタコ）にイタコの技法を伝え、その後この鳥林坊と妻の高舘イタコが盲目の女性を組織化し伝承していった。青森県内には各所にイタコが在住して、嫁姑関係や夫婦関係の相談から、健康問題、近所の揉め事、引越しなど身の回りの相談事に日常的に対応しつつ、一月の小正月の時期にはオシラサマアソバセの儀式を行い、お盆やお彼岸のような特別な期間には死者の口寄せを行っていた。そのような場所はイタコマチと呼ばれ、津軽地方では十三湊今泉観音堂や川倉賽の河原地蔵尊、岩木山麓赤倉神社、三八地方では八戸市南郷村島守虚空蔵菩薩堂や階上町寺下観音、おいらせ町法運寺などが知られていた。赤倉神社はイタコマチとしてよりは修行場としての存在なので、イタコマチとしては現在は川倉賽の河原地蔵尊以外は殆ど消滅してしまったというような状況になっている。オシラサマアソバセは、一月の小正月の時期に家々に守り神（屋敷神）として祀られた男女一対のオシラサマを出して遊ばせる新年の儀式である。以前は口寄せだけをするイタコ、オシラサマアソバセだけをするイタコ、お祓いと加持祈禱だけをするイタコなど様々なイタコが分業もしていたが、オシラサマ専門のイタコは平成一二年（二〇〇〇）頃に絶えてしまったので、現在は残ったイタコがオシラサマアソバセも行っているという。医療システムが整備されていなかった時代には、医者も少なく治療費も高額だったので、病気になったら先ずはイタコのところへ相談に行くことも多かった。ただカウンセラーや医者には本音を隠したままでも相談できるが、先祖の霊や神様、仏様を背負って仕事をしているイタコに対しては嘘をついたり隠し事ができないので、相談者は本音を全てさらけ出さなければならない。嘘をつけば罰が当たり、死者の本当の声を声を聞くことができないという点が、カウンセラーと決定的に異なる点であろう。

社会的需要の増加に伴って、昭和三五年（一九六〇）頃から晴眼（せいがん）のイタコも活躍するようになってきたが、それまでの盲目女性を前提としたイタコの歴史は、先天的な視力障害や後天的な感染症と関係が深い。麻疹（ましん）（はしか）や天然痘、梅毒などは風眼（ふうがん）と呼ばれる感染性の眼疾患である。麻疹（ましん）は江戸時代頃には「命定めの病気」とも言われ、人々から恐れられていた。誰でも罹（かか）るので、「はしかに罹（かか）って一人前」などとも言われた。幼児が麻疹に感染すると高熱が四～五日間続き、この間状態が悪いと肺炎や脳炎となり死亡する。また後遺症として角膜炎による視力障害や中耳炎による聴力障害を残すこともあった。昭和五三年（一九七八）に日本国産の麻疹ワクチンによる定期接種が開始されるまで、国民は長い間麻疹による急病や後遺症に悩まされてきた。天然痘は発熱と共に全身に広がった発疹が、やがて化膿して膿疱となり眼を襲うことで失明に至る。フランスのルイ一五世が六四歳で天然痘で亡くなり、独眼竜政宗が五歳の時に天然痘（疱瘡）で右眼を失明したことは有名である。日本の近代医学の祖と言われた緒方洪庵は、江戸時代末期に大阪に適塾を開き、人材を育てつつ種痘に大きく貢献した。適塾はのちの大阪大学医学部に発展していく。眼梅毒ははじめ瞼や結膜に硬結が出来、次第に強膜（白目部分）やブドウ膜、網膜、視神経へと拡大して失明に至る。日本が貧しく社会制度も進んでいなかった時代には、盲目男性は按摩や鍼灸師、三味線弾きとなり、盲目女性はイタコなど神事に関わって生きることも多かった。つまりイタコという職業は、当時の弱者救済システムでもあったと言える。それがワクチン接種や治療薬の登場による風眼の減少や厳しい修行への敬遠などによって、盲目イタコが減少し、その代わりに晴眼イタコが増加したと考えられる。

「イタコって言ったら、ちょっと古いですけど私なんかは寺山修司の映画を思い出しますねぇ。」と水鳥がまた古い話を持ち出した。

「寺山修司って誰ですかぁ？」と若い狩場沢が初耳だという感じで訊く。

「それって確か『田園に死す』ってタイトルの映画ですよねぇ？　むかし大阪の名画座でリバイバル上映をした時に観たことがありますよ。内容は難しくてよく覚えてないなぁ。」と渡辺が頭を掻きかきフォローした。『田園に死す』は寺山修司が昭和三七年（一九六二）に、恐山の麓の村で母と二人で暮らす中学生が、八千草薫演ずる人妻と東京へ逃げようとするテレビドラマの脚本を書いたものである。三年後の昭和四〇年（一九六五）には同名の第三歌集を発表したが、これは青森県弘前市出身で、八戸市、三沢市、青森市を転々としながら少年時代を過ごした作者の自伝性が強い作品となっている。テレビドラマから一二年を経た昭和四九年（一九七四）になって、今度は寺山自身が脚本・監督として同名作品を映画化し、昭和五九年（一九八四）には作曲家の三善晃が混声合唱曲を献じている。一〇〇首を所収したこの歌集は、『現代の青春論』などのエッセイで一躍青少年のカリスマとなった時期に発表し、後に寺山の最も代表的な歌集となった。内容は恐山や母殺し、家出など作者の生い立ちや故郷、肉親への怨恨に満ちているが、劇中劇を取り入れるなど現実と虚構の入り混じった挑発的な作品となって寺山の名声を高めた。恐山観光が昭和三九年（一九六四）頃の二〇万人から増え始め、そのピークが昭和四八年（一九七三）頃の三六万人であったから、寺山修司脚本のテレビドラマが初期の観光客増加に寄与し、一二年後の同名映画が観光ピークに貢献したかも知れない。

口寄せの行列に並んだ三人のうち、最も早く順番が回ってきたのは、鍋塚イタコの行列に並んでいたマリア・ペーヴェだった。

「(片言の日本語で) わたしは母親が一昨年二月に急に亡くなったので、ここで会いたいです。クチヨセお願いします。」と鍋塚ひとみにお願いすると、イタコは、

「(日本語で) ここに名前と年齢と亡くなった年月日を書いて。国は？　あぁ、オーストリアね。」と、海外客にも意外に慣れた感じで指示した。鍋塚イタコは白髪交じりの六〇歳がらみで、小太りではあるが身長が少し高く見えたのは、やはり長髄彦の子孫だからであろうか。薄い長袖の上着に、白い笈

摺を羽織ってテントの中に正座している。マリアが必要事項を書くと、それを見て直ぐにジャリ、ジャリジャリとイラタカ数珠を数度擦り合わせ般若心経を唱え始めた。それがいつの間にか三途の川や六道、地蔵様、念仏、キリスト様など、呪文のような真言のような仏降ろしの言葉をムニャムニャしたかと思うと、急に声の調子が変わって落ち着き払ったような声音で、母親が降りてきた。

「わざわざこんな遠くまでよく来てくれたねぇ。私も台所であんなに急に旅立つとは思わなかったけれど、今思えばあの少し前から時々心臓の辺りが苦しくなることがあったんだよ。あれが心臓発作だったなんて、死んでから分かったのサ。お前には何もしてあげられなかったけれど、こんなに立派に成長して嬉しいよ。私はいまキリスト様の天国にいて、お前もお父さんも見守っているから、安心して暮らしていってね。いつまでもお父さんを大切にしてあげてね。」続けて、「何か聞きたいことはあるかな?」と問うてきたので、マリアは、

「(片言の日本語で)ママ、これまで私を育ててくれて有難う。私好きな人がいるので、結婚しても良いかしら?」

「それは良かったねぇ。お前のことをずっと見守っているから、きっと幸せになるんだよ。」との言葉で、

「はい、終わりました」

四〇〇〇円の料金を払って、テントから出てきたマリアは泣いていた。未だ順番が来ない渡辺の傍から一旦離れて、マリアの口寄せも取材に来た狩場沢は、貰い泣きしながら、

「(英語で) マリアさん、良かったね。」

「(英語で) ホントに良かったわ。でもお母さんがキッチンで、しかも心臓発作に見舞われたことなんか言っていないのに、ピタリと当たったわ。やっぱり鍋塚(なべづか)さんは先祖代々の霊力があると言われるだけあるわ。狩場沢さん、有難う。これで日本まで来た甲斐があったわ。」とマリアは涙を拭って空を見上げた。

次に順番が回ってきたのは、ギャルイタコのキミカ様の行列に並んでいた水鳥だった。ひとり前の高齢女性にギャルイタコは、最後に男のような声で「今日はこれからまた、石を積んで帰ってくれ。」と口寄せをしているのが聞こえた。ギャルイタコは、胸までの長い金髪の下の方が、クルクルと複雑にカールしていた。顔は色白で美人の方だろう。青黒いアイシャドウの下から付け睫毛が長く伸び、指先の爪も長くカラフルに彩られている。思いがけなく白い半袖シャツから長い腕が伸び、笈摺(おいずる)こそ羽織っていなかったがキチンと正座している。金髪美人の前で身を縮めながら水鳥がおずおずと、

「あのう、私は子供の頃に飼っていた愛犬コロと、先年亡くなった愛犬ロマネをお願いしたいんですが……」と言うと、柔らかく高い声で、

「動物はできませんよ！　亡くなった人で。」

と言われたので、

「あ〜、そうですか。それでは家内のために、大分前に亡くなった義父をお願いしたいんですけど……」

「それは何年前ぐらいになりますか？」

「そうですね、結婚する前ですから四〇年ぐらい前だと思います。」

「あぁ、三三回忌を過ぎた人は、できないんですよ。三三回忌を過ぎると、亡くなった人の魂が完全にお釈迦様の方に往ってしまって、この世に戻れなくなるからなんですよ。口寄せする人がいないなら、タロット占いもできますよ？」と、自分よりかなり年長の水鳥を諭すように話してくれた。

「あれぇ、そうなんですね。タロットまでは結構です、有難うございました。」と、的外れなお願いを繰り返したため完全に恐縮してしまった水鳥は、料金四〇〇〇円を置いて引き下がろうとした。

「あっ、それは結構ですから、お持ちください。」とギャルイタコに言われたが、門前払いとはいえ、手間を取らせたことに変わりはないので、

「いえ、ほんの気持ちだけですから。」と言い置いて、這々の体でテントを出てきた時は、冷汗で全身がびっしょりだった。これも近くで取材していた狩場沢が寄ってきて、「水鳥さん、残念でしたね。ちょっと不発って感じですかね。」と慰めてくれた。

大祭中日だった昨日をピークに観光客が少しずつ山から下りて行き、夕方になって辺りが少し寂しくなってきた。午後五時近くになって、ようやく村中ハルの行列に並んでいた渡辺の順番が回ってきた。村中ハルの口寄せは、テントではなく無漏館の特別室で行われる。それまでおよそ一人一〇分ぐらいで回っていた順番が、ひとり前の中年男性では大分長く、二〇~三〇分は掛かっただろうか。男の声で途中何度か「キン」とか「ダセ」とか大きな声も漏れてきたので、こんな口寄せもあるのかと

渡辺は訝しく思った。それまでの客は、丁寧にお辞儀をして引き戸を閉めながら、あるいはしんみり涙を拭きながら、あるいは爽やかな泣き笑顔で特別室から出てきた。ところがこのひとり前の中年男性は、突然ガラッと引き戸を開けると、バタンと乱暴に閉めて、喧嘩でもしてきたような形相で飛び出してきたのである。渡辺が擦れ違いざまに見たら、中肉中背の五〇歳がらみの感じで、浅黒い顔に短く黄色いパンチパーマ頭だったような気がした。

いよいよ渡辺の番が来て引き戸を開けると、村中ハルは身体の小さな白髪で、淡い草色の着物の上に薄く白い半袖の笈摺を羽織って正座している。部屋に入って村中ハルの正面に座ると、盲目の眼は静かに閉じたままで、顔中に八八年の歳月が刻み込まれているようであった。まるで眼が見えているかのように、渡辺の顔をじっと見つめて、

「今日最後の人じゃな。お若い方かのぅ。それでは降ろす人の命日と亡くなった歳を教えて下さい。」と静かな声で問う。促しに応えて恐るおそる渡辺が返す。

「それが、そのぉ、お願いできるかどうか分からないのですが、先日川倉の賽の河原に行ってお願いしたら、そこではできないので、恐山のおばば様に訊いてみなさいと言われて来てみたのです。大分昔の人なのでお願いできるかどうか……」

「ん？　それは川倉の誰から言われたのじゃ？」

「それが、確か石木莉子さんていうカミサマで……」

「ふむ、莉子ができないとは不思議なことがあるものだで。それは一体どなたの霊かな？」

「それが縄文時代の終わり頃か、弥生時代の大和の国あたりに住んでいて、戦に負けたために、その後津軽地方に落ち延びてきた長髄彦という人なんですが?」

「なっ、なっ、ナガスネヒコ〜!」

そう行ったきりおばば様こと村中ハルは、雷に打たれたようにその場でウ〜と悶絶して、正座したまま横向きに倒れ込んだ。仰天したのは渡辺とその後ろで取材していた狩場沢である。引き戸の外で控えていた水鳥も、物音に吃驚して中に入ってきた。

「大丈夫ですか、おばば様?」渡辺。

「お婆ちゃん、大丈夫?」狩場沢。

「どれ、ちょっと診せて。」と、この場面で落ち着いているのは、一応医者の端くれ水鳥である。

「脈もしっかりしているし、呼吸も整ってきたから、もう直ぐ元に戻るだろう。」と足を伸ばして仰臥位を取らせた。すると二〜三分して気が付いたようで、村中ハルがゆっくり起きて、元の座布団の上に正座し直した。その後おもむろに口を開いた村中は次のように言った。

「わしも長いことイタコをしているが、長髄彦様の口寄せを頼まれたのは初めてじゃな。それはあんた方が会ってきた川倉の石木莉子と十三湊の石木脛夫のご先祖じゃろう。わしはあの者達とも付き合いが長いから、長髄彦様の話はよく聞いておる。今日も外のテントでイタコをしていた鍋塚ひとみも同じ一族ぞ。そう言えば長髄彦様の妹美炊屋姫の子孫が、登美夜ひかりと言うて、この頃は大阪で占師をしているらしいな。わしはご先祖が会津からこの下北に移住してきた子孫じゃが、同じ朝敵と言われた苦しみは、あの者達もわし達も同じじゃからの。長髄彦様を降ろすなんて、このわしにとっても恐れ多いことじゃ。わしも昔は行方不明になった娘を降ろしてくれって頼まれて、探し当てたこともあったが、長髄彦様は二〇〇〇年ぐらい前の人じゃから、それはわしでもできんかも知らん。だけんど、津軽地方を中心とした青森県一帯は縄文時代からイタコのようなお祀りをしてきた所じゃから、その伝手を辿って試してみようかの？　丁度今日はこれが最後の客だから時間もあるしな。」

と気を取り直したのか、一応試してだけみることに決めたようだった。

「はい、是非お願いします。長髄彦様が今あの世でどうしているのか、あの時の負け戦をどう思っているのか聞いて頂きたいのです。」

「まんず、やってみるか。」と了解したところで、イラタカ数珠で般若心経を唱え始めた。それがいつの間にか三途の川や天道、地蔵様、鳥見、ニギハヤ、オセドウなど呪文のような仏降ろしの言葉をムニャムニャしたかと思うと、急に身体が止まって動かなくなった。それから再びムニャムニャしたかと思うと、「ぎ～」と口を横一文字に伸ばしたり、「ぐ～」と眉をひそめ歯を食いしばったりして、大分苦戦している様子が傍からも見て取れた。そんな格闘を続けながら、ややあって「ひゃ～」と合わせた両掌を頭上に高く挙げて大きな声で叫んだ。次の瞬間に村中の声の調子が変わって、長髄彦が降りたのだろうか、男のような野太い声音で言った。

「ハ、レラヌ、ルアプカシ」

「えっ？　もう一度？」と渡辺が身を乗り出して耳に手を当てる。

「レラヌ、ネアピルカ」

それだけ語ると二〇〇〇年前への憑依で力尽きたのか、村中ハルは再びバッタリ横向きに倒れて動かなくなった。

「呪文みたいな口寄せで、何が何だか分かりませんでしたね。あれは何か真言のようなものだったんでしょうか？」と渡辺ががっかりして肩を落とすと、思いがけなく狩場沢が、

「いえ、わたし最後にピㇽカって聞こえたんですよ。あれってもしかしたら縄文語かも知れないので、会社のアイヌ語に詳しい人にちょっと訊いてみますね。」と早速電話をしに外に出た。横臥したまま動かない村中ハルは、疲れ果てて眠っているようでもあり、再び脈を取った水鳥は、

「大丈夫だと思います。通常三三年前までしか行わない口寄せを、一気に二〇〇〇年ぐらい前まで仏降ろしに行ってきたのですから、疲労困憊したのでしょう。もう少ししたら起こしてあげますよ。」と近くにあったブランケットを掛けてあげた。

「それにしても短い言葉でしたね。出てくるまでかなり長い口寄せ作業でしたが、出たらほんの一瞬でしたもんね。一体何て言って降りてきたんでしょうかねぇ。」

「僕も早く知りたいです。」

二人で少し話をしていると村中ハルが眼を覚まし、憑依からも抜けだしたようだ。そこに狩場沢も戻ってきて、

「会社の詳しい人に解読をお願いしました。少し時間をくださいですって。」

「なるほど。それではおばば様有難うございました。お陰様ではるばる大阪から恐山まで来た甲斐がありました。口寄せの内容は今調べて貰っていますが、大分日も暮れてきましたから、今日はこれで失礼します。本当に有難うございました。」と、渡辺が少し多めに料金を差し出すと、

「こんなに要らないよ。気持ちだけ頂くだんべ。お陰様でこちらも今日は特別な日になった。それじゃぁ、達者でなぁ。」と三人の顔を交互に見たが、その表情にはどこか決死の覚悟が感じられた。最長老イタコに特別無理をお願いしたので、通常料金だけで帰るわけにもいかず、渡辺はそっと追加のお礼を紙に包んで特別室の引き戸の外に置き、三人は宿坊に戻った。

前後に偈（げ）の唱和（しょうわ）を挟んで夕方六時からの薬石（やくぜき）（夕食）を頂いたあと、三人とも疲れたので、南院（いんだい）代の法話は聴きに行かずに、大浴場に入ったあと、その夜は宿坊部屋で早めに就寝した。


大祭も最終日である五日目（七月二四日）の朝となった。昨夜疲れて早く就寝したので、今朝は水鳥も若い渡辺も朝五時頃に自然に目覚めた。少し内障子を開けて窓ガラス越しに外を見ると、未だ薄暗い中に霧が立ち込めている。一昨日の大祭中日は大勢の参拝客で賑わっていたが、流石に参籠者も一昨夜、昨夜と次第に少なくなってきていた。よく見ると濃い霧が小雨模様となって、小さい雨粒が地面に落ちる音も聞こえる。布団にもぐり直して、天井を眺めながら水鳥と渡辺がぼんやり昨夕のことを思い出した。

「それにしても、流石におばば様と皆から呼ばれるだけあって、二〇〇〇年も前の口寄せができるな

んて凄かったねぇ。口寄せしてる時の顔を見たら、かなり苦悶状態だったから、おばば様も相当苦しかったんだろうね。私はギャルイタコに門前払いを食らわせられたけど、渡辺さんは無事に目標達成できて良かったね。」

「いいえ、水鳥さん達のお陰でここまで来れましたので、ホントに有難うございました。それにしても昨日の呪文のような口寄せは、一体どういう意味だったんでしょうかねぇ。狩場沢さんの会社の方が解読してくれるということでしたが、結果が気になります。」と宙ぶらりんの渡辺。

朝六時を過ぎても濃い霧は立ち込めたままだったが、もう雨粒は落ちていないようだった。今朝も変わらず朝六時半からの祈禱があるので、少なくなった宿坊への参籠者は、定刻に間に合うように地蔵殿に集まり始めた。ところが今朝は定刻を過ぎても院代は現れず、人々が不審に思ってざわめし始めた頃に、遠くからドスドスドスという慌てた足音が聞こえてきた。何があったのか分からないが、院代が遅刻するには余程のことがあったのだろう。昨朝は七名ほどの僧侶が揃って祈禱したが、最終日の今朝は僧侶の数も五名に減っていた。水鳥は僧侶の読経スピードが昨日より更に速くなり、時を焦っているかのような気がして、「おやっ?」と思った。太鼓の力強さも昨日と違って、何となく弱く不安そうな音を響かせている。一通りの祈禱を型どおりに、しかし何となく慌しく終えると、

「今朝の法話は無しとします。またこれに続くご本殿での供養会も今朝は中止とさせて頂きますので、ご供養の方は各自で卒塔婆を奉納してください。なお今日は地蔵殿横の地獄山から賽の河原、極楽浜までの一帯が立入禁止となりますのでご了承ください。」と、僧侶の一人から説明があった。これに

驚いて呆気に取られたのは宿泊者達である。

「え～、どうしたんだろう？」

「何かあったのかしら？」

と口々にざわつく中を、院代はじめ僧侶達がそそくさと、地蔵殿を後にして社務所の方に去って行った。そこにさっきまでいなかった狩場沢が、息を切らして駆け込んできた。

「水鳥さん、渡辺さん、大変ですよ！　境内に警察が大勢来ています。何でも地蔵殿横の地獄山で死人が二人も見つかったんですって。殺人事件の可能性も有るからって、新聞社の名刺を渡しても、詳しくは教えて貰えませんでした！」

これを聞きつけた宿泊者は全員顔が青ざめ、口々に手を当てて「え～、死人って一体誰かしら？ウチらの部屋じゃないよねぇ？」などとお互いに顔を見合わせながら、蜂の巣をつついたような状況になった。

一旦各部屋に戻った宿泊客に、改めて館内アナウンスがあった。

「ご宿泊の皆様にご連絡致します。今朝早く当山境内の地獄山で死者が二名発見されました。青森県警むつ署からの指示により、宿泊者は午前八時から全員事情聴取がありますので、捜査へのご協力をお願いいたします。なお朝食は予定通り七時半から開始しますが、通常のような食前食後の偈(げ)の唱(しょう)和(わ)は有りませんので、各自で八時までにお済ませください。」

この館内放送の後、狩場沢とマリアが、「ちょっと宜しいですかぁ？」と言いながら水鳥と渡辺の部屋に顔を出した。

「マリアさんがオーストリアに帰る飛行機の都合で、今日は朝のうちに恐山を発って、むつ市から青森空港まで行かなきゃならないので、警察の事情聴取を早めて貰うように頼んできますね。」

宿泊者全員は通夜のように沈鬱な朝食を早々に済ませて、各部屋に戻った。暫くすると、狩場沢とマリアの二人が戻って来て、

「大変です、ビックリですよ～！　亡くなったのは昨日のおばば様なんですって。それからもう一人は未だ身元が分からない顎ヒゲの中年男性だそうです。二人は近くではあるけど、別々の地獄でうつ伏せに倒れている所を、今朝六時頃に発見されたんだそうです。取り急ぎむつ署から捜査関係者が駆け付けましたけど、もうすぐ青森県警本部から鑑識なんかも応援に来るらしいですよ。」

「え～、あのおばば様が!?　どうして？　自殺ですか、まさか他殺じゃあないでしょう？」

「それが警察も自殺と他殺の両面で捜査を始めるそうです。むつ警察署の相馬刑事課長の話では、現場の状況から死亡推定時刻が昨夜一二時頃だというんで宿泊者も宿坊職員も僧侶も、一応全員容疑者の可能性があるということみたいです。」さすが新聞記者ならではの情報収集力である。文芸部記者のはずが、狩場沢は急遽サツ回りの記者に変身したようだ。

昨夕元気を取り戻したはずのおばば様が急死したと聞いて、水鳥は医者として何か見落としはしていなかったかと思案していたが、もう一人が顎ヒゲの中年男性というのを聞いて「ん？」と何かが引っ掛かった。

「マリアさんはどうでした？」と渡辺が訊くと、

「それは掛け合って正解でした。マリアさんはパスポートのコピーを取られて、簡単な事情聴取を済ませたので帰国して良いと言われました。序に私の事情聴取も終わりましたよ。」とちょっと舌を出した。

「それにしてもショックです。昨日あれほど渡辺さんのために頑張ってくれた、あのおばば様が急死するなんて……」と狩場沢も肩を落とす。暫くして水鳥と渡辺も臨時事情聴取室となった宿坊の空部屋へ呼ばれた。昨夜の宿泊客は全員で一八名おり、宿坊職員が四名、僧侶が五名と言うことで、帰らなければならない宿泊客から先に事情聴取をしているようだ。事情聴取は二部屋に分かれて、水鳥は相馬裕介という刑事課長から、昨日の昼間から今朝までの行動について直接聴取された。水鳥が医者と言うこともあって、相馬刑事課長からは、特に昨夕最後の口寄せの内容や、二度気を失った時の身体状況について詳しく聞かれた。また顎ヒゲの中年男性については、その死人と同じかどうか分からないが、渡辺の直前に村中ハルに口寄せをして貰っていた男が、途中「キン」とか「ダセ」とかいう大声が聞こえてきたあと、怒ったような顔で飛び出してきたこと、その男は顎ヒゲがあり、五〇歳ぐらいに見えたことなどを話した。

「そうですねえ、確か背恰好は中肉中背ぐらいで、頭は短い黄色のパンチパーマだったかなぁ。」などと、質問に答えていると、そこへ鑑識官のような女性が入ってきて、いきなり、

「あんたねぇ、何度言ったら分かるのよ～！　これは未だ自殺か他殺か分からないうちから、他殺だ

なんて決め付けられたら困るのよねぇ。あんた昔からそうだったけど、はるばる青森市から駆け付けてきた私達県警本部の鑑識を舐めてるんじゃないのぉ！」

「何を言ってるんだ！　俺がいつ他殺と決めつけたって言うんだ。捜査も鑑識もこれからだろ。お前こそいい加減に、俺に対するいちゃもんは止めにしろよな！　誰のおかげで出世できたと思ってるんだ！」と怒鳴り返した。

「ふん、いつもながら馬鹿々々しい！」

警察も怖い女性も苦手な水鳥は、間に挟まって小さくなるばかりであったが、これを機会に事情聴取から解放されてホッとした。むつ警察署刑事課長の相馬裕介は、長年青森県警鑑識係長の野内優代と一緒に仕事をしてきたのである。いつも見込み捜査で独断専行する相馬に対して、科学的な鑑識の野内とが反発し合いながら事件の解決に取り組んできたもので、喧嘩腰の言葉の応酬は二人にとっての言わば挨拶代わりとなっているようだ。事情聴取を終えて宿坊に戻ってきた水鳥と渡辺の所に、マリアが帰国の挨拶に来た。

「（片言の日本語と英語を交えて）私は一〇：一〇のバスで下北駅に戻って、そこから電車とバスを乗り継いで青森空港に行き、今日の夕方の便で成田空港からオーストリアに帰ります。今回恐山に来て本当に良かったです。急に死んでゆっくり話せなかったお母さんと再会することができました。でも昨日イタコさんにクチヨセして貰ったので、昨夜は地獄山を歩かずに済んでラッキーでした。もし昨夜また夜中に歩いたら、今日は容疑者にされて帰国できなかったかも知れませんもの。お母さんに会いたくなったら、また恐山に来ますね。有難うございました。」

「アハハ、確かにマリアさん、昨朝は幽霊扱いされたもんね～。」と三人で笑ってマリアを見送った。

むつ警察署の相馬刑事課長による事情聴取で、重要な証言が三つ得られた。一つは五所川原市出身の温泉好き風来坊で、東北地方の温泉各地を廻っている津島洋治（つしまようじ）からである。昨夜就寝時刻を過ぎた午後一一時過ぎ頃に、境内にある外湯の薬師の湯にこっそり入って出てきたら、参道反対側にある女湯の古滝（ふるたき）の湯と冷抜（ひえぬき）の湯の間を通って、中肉中背の男が足音を忍ばせるように地獄山の方に向かって行くのが見えたという。自分はいつも黒いポークパイハットに黒上着と顎ヒゲがトレードマークになっているが、昨夜のその男は自分と同じ顎ヒゲを生やしていた。しかし男の服が白っぽいTシャツで、夜目にもよく見えたので覚えているという。この津島洋治（つしまようじ）と宿坊同室のオスカー・ベナベンテという外国人男性は、頭は薄い金髪で、体格が大きく、大きな顔に大きな黒い眼で、相馬刑事課長に次のように二つ目の重要証言をした。

「(片言の日本語で) 私は二年前に交通事故で年若くして亡くなった妹に会いに、スペインのマドリッドから来ました。インターネットでこの恐山のことを知りました。昨日は長い時間行列に並んで、苫米地愛（とまべちあい）というイタコさんにクチヨセして貰い、本当に嬉しかったです。ハイ、妹は天国で幸せに暮らしているそうです。宿坊の就寝時間の一〇時になったので、ツシマさんと私は消灯して布団に入りました。でも私は妹に会えた喜びで、直ぐには寝付けなかったのです。そうしたらツシマさんが私の寝息を窺（うかが）うようにしてから、そっと部屋を出て行ったのが分かりました。私はそのあと少し眠ったようでしたが、ツシマさんが帰ってきて、そ～っと襖を開ける音で眼が覚めました。ハイ、それは夜中の一一時半頃だったと思います。ツシマさんが帰ってきてしばらくすると、境内か地獄山の辺りで何か怒鳴るような声がしましたが、空耳だろうと思ってそのまま朝まで眠ってしまいました。」

三つ目の重要証言は、死んだ安東幸一と宿坊同室だった斗米司から得られた。斗米司は水鳥と渡辺が外湯の花染の湯に入った時に、浴槽脇の板敷の上に、相撲取りのような巨体で、死んだように仰臥していた男である。

「ハイ、私はむつ市大湊で会社に勤めているんですが、小さい頃から皮膚が弱いので、この恐山にはよく湯治に来ています。特に花染の湯は、一応混浴ということになっていますが、恐山の中でも皮膚病に一番効能があるんです。今週は大祭なので、混雑を避けて、中日の午後から入りに来たのです。その日は夕方になって初老と若い男二人が入りにきた後、数人の若い女の声が外から聞こえただけでした。昨日も午前中から同じ花染の湯にずっといて、浴槽に浸かったり、上がって板敷の上で寝てたりしていたら、夕方六時頃になって中年の男が入ってきました。自分は板敷の上で仰向けに休憩していたのでよく覚えていませんが、男は何だか「今日こそは」とか、「イタコ」とか、「金の地蔵」とか、「夜中」とか、ブツブツ独り言を呟いていました。その男が風呂を出る時に、丁度自分も起き上がったので、チラッと見えたら黄色いパンチパーマみたいな頭で顎ヒゲが生えていました。その後で宿坊に戻ったら、今日はその男と同室だと分かりました。確か安東幸一という名前だったと思います。よく顔を見ると何だか暗い目つきで、獲物を狙う狐のような顔だと思いました。自分は怖い人は苦手だし、関わりになりたくないので余り話などせずに、入浴疲れもあってか、夕食後は直ぐ布団に入って眠ってしまいました。ところが夜中の、確か一一時頃に、同室の安東がす〜っと布団を出て、浴衣を脱いで服を着替え始めた音で目が覚めたんです。あれっと思って薄目を開けて見ると、白っぽいTシャツみたいな服装で、そのまま部屋を出て行ったのです。そりゃ、こんな夜中に服まで着替えて何処へ行くんだろうとは思いましたが、まさか事件になるなどとは夢にも思いませんでしたので、そのまま又眠ってしまいました。でも自分も眠かったたし、まさか事件になるなどとは夢にも思いませんでしたので、そのまま又眠ってしまいました。今朝五時頃に目が覚めて、トイレに行く時も安東の枕元には浴衣が脱ぎ捨てたままでしたので、昨晩あのまま帰らなかったのだと気が付きました。そのあと朝六時頃から社務所の方が何かざわざわしているのが聞こえ始めましたが、自分は朝六時半からの祈禱のため地蔵殿に行くまで事件のことは全く知らないままでした。」

マリアを見送った狩場沢が、警察関係者や宿坊関係者に聞き込み取材をしてきたようで、事件の概要が見えてきた。

これまで恐山に大きな金鉱脈があることは殆ど知られていなかったが、一部イタコの間では秘密裏に語り継がれてきた。平成二年（一九九〇）までの通産省の調査によれば、恐山の金埋蔵量は鹿児島菱刈鉱山の三倍近い一トン当たり四三六gもの埋蔵量とされている。ところがこのような近年の公的調査のずっと以前、江戸時代中頃からイタコ長老の間で隠された秘密の黄金があったという。それはこの下北地方を襲ったかつてない大嵐の後に、偶然極楽浜の波打ち際に小さな金粒が多数打ち上げられたのである。一つ一つは小さな金粒とはいえ、その数が多かったので集めた総重量が一三三両（約五kg）にも及んだ。当時のイタコ仲間は、これは神様から自分達に霊力向上のために授かったものであるとして、南部藩には届け出ず秘密裏に田名部の鍛冶屋に頼んで、金の地蔵に鋳造して貰ったのだという。この重量は、金の比重から換算すれば約二五九㎤の体積となるので、牛乳ビン程度の大きさの輝く地蔵様が出来上がった。それ以降代々イタコの長老が受け継いできて、現在は村中ハルが保管していたものである。因みにこの重量の金が純金だとすれば、令和五年（二〇二三）の時価にして五〇〇〇万円以上という大金になる。

地獄山の中で村中ハルは、みたま石の大きな岩の下でうつ伏せに倒れて発見された。そばには一本の黄色い風車が通常と逆向きに左回りにカラカラ回っていたという。このみたま石のところは火山性ガスの噴出がない場所である。一方、男が死んでいた金堀地獄は、大きな岩がゴロゴロしている場所の最奥から、黄色い硫黄ガスが噴き出している。男は信じがたいことにこの硫黄ガス噴出口に顔を突っ込んだ状態で発見されており、顔面も熱と硫黄とで真黄色に変色していたという。恐山菩提寺の地蔵殿に設置された臨時捜査本部の調べでは、死亡したのは安東幸一という八戸市在住の五五歳男で、プラスチックの風車を自宅で細々と製造販売していることになっている。しかし実際は八戸市内で頻繁に恐喝や暴力事件を起こして、八戸警察署管内では有名人なのだという。それが時々恐山にも風車の販売に来るようになった折に、長老イタコが黄金の地蔵を隠し持っていると何処からか聞きつけたようで、昨夕は何度か目にその話を村中ハルに確かめに来て、持っているなら金を出せなどと脅したらしい。恐らく「金を出せ」、「そんなものは無い」といった押し問答を繰り返したが埒が明かなかったのだろう。否定し続けて無漏館の仮眠室にいた村中ハルを、夜中に地獄山に呼び出して、もう一度金の隠し場所を教えるように迫ったものと思われる。一計を案じた村中ハルが、近くの金堀地獄の噴出孔の中に埋めてあると指を差した。安東がそこに向かおうとした隙に逃げようとした村中ハルを、捕まえようとして揉み合いになり、はずみで突き飛ばされた村中ハルは、みたま石の所に倒れ込んでそのまま絶命したものと思われる。安東は倒れて動かなくなった村中ハルの傍の石の間に、黄色の逆回り風車を刺して、金堀地獄の奥の硫黄噴出口に飛びつき、手で石を次々に取り除けて深く掘った。恐らくその時に奥から噴出した高濃度の硫黄ガスを、直接顔に浴びたのが致命傷になったものと思われる。

温泉ガスには致死的濃度の硫化水素や二酸化炭素が含まれ、また酸欠で死亡することもある。特に硫化水素ガス中毒においては、ノックダウンと呼ばれて、吸い込んだ瞬間に意識消失や呼吸停止、心停止を起こす。硫化水素ガス中毒患者に、口対口の人工呼吸を行って、救助者自身が硫化水素中毒に陥った事例もあるので、現場での不用意な救命処置はできないことになっている。

硫化水素濃度

〇・〇〇三　PPM　パソコンなど精密電子機器に悪影響

〇・〇五～〇・一　PPM　腐敗卵臭を感じる

五〇～一五〇　PPM　嗅覚麻痺し、独特の臭気を感じなくなる
一五〇～三〇〇　PPM　粘膜刺激症状（流涙、結膜・角膜炎、気管支炎、肺水腫）
五〇〇　PPM以上　意識消失、呼吸停止、死亡

硫化水素（H_2S）は、分子量三四で比重も一・一九と空気より重いため、火山地帯や温泉の噴き出し口などの窪地に滞留しやすい。恐山は常に風が吹き抜けているので基本的に安全であるが、噴気孔に直接顔を近づけたりなどした場合は、時によって危険となる。硫化水素は肺や消化管から容易に吸収され、ミトコンドリア内のチトクロームオキシダーゼに含まれる三価鉄と結合して酵素活性を失活させるため、細胞はエネルギー産生ができなくなって、一瞬で全身臓器障害を惹き起こして死に至る。

むつ警察署による事情聴取で、宿泊客は昼までに全員解放、宿坊職員と僧侶も全員嫌疑なしということになり、あとは青森県警本部に持ち帰った鑑識試料の結果待ちということになった。宿泊していない外部からの侵入者については、三途の川付近の監視カメラで確認したところ、乗用車一台が夕方に下山してからの来山者は無く、山上寺院というほぼ密室状態での事件となった。死人に口なしとはいえ、状況証拠から村中ハルと安東幸一の接点が明らかとなり、口寄せ場面や同室者からの幾つかの重要証言、前科者のファイルから安東幸一の動機も推定できるようになってきたので、他殺か、自殺か、事故死か、偶然の自然死かは、今後の鑑識結果も総合して検事の判断に委ねられることになった。

一九　大阪・禁足地（きんそくち）

「たっ、たっ、大変です～！」と氏子の青年が、七月二四日早朝五時前の星田妙見宮（ほしだみょうけんぐう）に血相を変えて駆け上がってきた。

「こんな朝早くどうしたのだ？　昨夜大事な星降り祭（ほしくだりさい）が終わって、皆さっき起床したばかりなのだ。」と宮司が鼻白（はなじろ）んで表に出てきた。

「宮司さん、それがホントに大変なんです！　ハアハア、ゼエゼエ。いま境内のお清め清掃をしていたら、何と禁足地（きんそくち）の登龍（とうりゅう）の滝壺（たきつぼ）の中で、若い女が気が狂ったようなうわ言を繰り返して、滝壺（たきつぼ）から出（で）なさいといくら言っても聞こえないのか、ひたすら呪文みたいな変な言葉を繰り返しているんです！」と、一気に坂道を駆け上がってきた氏子の青年は、なかなか上がった息が収まらない。

「ん、呪文（じゅもん）？　それは何と言っているのか？」と宮司が問いただすと、

「それが自分にもよく分からないんですが、キレイは汚いとか、汚いはキレイとか、訳の分からない言葉をひたすら唱えてるんですよ～。ハアハア、ゼエゼエ……」

「ん、それは真言（しんごん）ではないな？」と宮司がまだ眠たげな首を傾（かし）げた。

「禁足地（きんそくち）だから私も中には入れませんし、遠目に見ると何だか凄い形相で髪の毛も振り乱して、滝に

打たれているんです。でもどこかで見たことのある女のような気もするんです。」と次第に呼吸が整ってくるのに応じて、目撃情報を詳しく報告し始めた。

「とにかく行ってみよう。」と宮司とその氏子青年の二名が参道を駆け下りて、登龍の瀧に走り着くと、そこには確かに禁足地の最奥で若い女が座ったまま、細長く降りてくる滝に打たれて、鬼気迫る形相で呪文を唱えているではないか！

「こら～、そんなとこ入ったらあかんでぇ。そこは神聖な神様の場所なんやから、直ぐに出てきいやぁ。」と宮司が大きな声で呼びかけるが、聞こえないのか夢中なのか全く反応がなく、女はその滝行を一心に続けている。

「えぇい、仕方ない。神様、失礼しますぅ。お前も付いてこい！」と緊急事態につき神様に許可を得て、宮司が氏子青年を連れて禁足地内に踏入り、呪文を唱えている女の元に走り寄った。

「こら～、早う止めんかいな。早うここを出えや。」と、二人掛かりでつまみ出そうとしたが、これがどういう訳か梃子でも動かない。二人で何度かつまみ出そうと動かした時に、ふと振り乱した髪の間から見えた顔を見て今度は宮司が腰を抜かした。

「お前、ひかりやないか？　星宮ひかりやろ？　こんなとこで何してるんや？」と、抜かした腰を滝壺底の砂利に打ち付けながら問い質した。

騒ぎを聞きつけて、神社の若い神官や近所の氏子達も駆けつけてきた。

「これは明らかにいつものひかりと様子が違うから、救急車を呼んでくれ。」と叫ぶ宮司の指示で、滝に打たれて呪文のような言葉を繰り返していた星宮ひかりは、数人掛かりで禁足地から担ぎ出された。昨夕のお火焚き祭が行われた場所に運ばれたひかりは、薄い白衣に白袴姿で長い時間滝水に打たれて体温が低下しているのか、身体はブルブル震え、乱れ落ちた髪の間から垣間見える唇も青ざめて生気を失っていた。それを神官や氏子達十数名が取り巻いて心配そうに見守っている。このような状況においても、ひかりの狂気のような呪文は絶え間なく唱え続けられ、「キレイは汚い、汚いはキレイ」と繰り返していた。両眼は閉じているような、開いているような際どい眼裂で、表情はよく分からないが、声の調子は強くなり、弱くもなり、怒るようになり、か細く縋るようにもなり、それでも一心不乱に繰り返された。

そうこうしているうちに、救急車がやってきた。星宮ひかりは救急車に乗せられ、近くの病院に運ばれたが、車中でもひたすら同じ呪文を唱え続けていたと言う。

「あれは明らかにおかしいぞ。昨日の星降り祭ではいつもと変わりなかったのに、昨夜なにか有ったんやろか？　一体ひかりはどうしてしまったんやろう？」と宮司や他の神官達は首をひねった。

「いつもとても穏やかで優しい子なのにおかしいねぇ。」

「昨日の星降り祭で疲れが出たんやろか？」

「あれは巫女として神懸かりになって、気が触れたんやろか？　それとも何かの薬物中毒とか？」

「えぇ〜！　それってまさか今流行のオーバードーズじゃないわよね。」

「何やそれ？　オーバードーズって聞いたことないわ？」

「え、知らないの？　オーバードーズったら、最近大阪でも東京でも若い子の間で結構流行ってるらしいわよ。大阪やったら心斎橋のグリ下とか、東京やったら新宿歌舞伎町のトー横なんて言われてるわよね。」

「グリ下ってあの心斎橋グリコの看板の下のこと？」

「そうよ。それからトー横ってのは、歌舞伎町のＴＯＨＯシネマズ横の広場のところで、家出した少年少女なんかがたむろしてるところよ。」

　トー横という言葉は、二〇一九年頃から使われ始め、世界的なコロナ感染症の最中の、二〇二一年頃からＳＮＳで「#トー横界隈」として定着してきた名称である。この頃からトー横界隈に入り浸る「トー横キッズ」と呼ばれる少年少女が巻き込まれる痛ましい事件が相次いで発生して、社会問題にもなってきた。一方、大阪の道頓堀と言えば、多くの観光客が戎橋の上でグリコの看板を背に記念撮影をする国際的にも有名な観光スポットだ。そのグリコ看板の下の遊歩道が最近ではグリ下と呼ばれ、虐待や不登校などのために家や学校に居場所を失った未成年が集まる場所となり、こちらでも様々なトラブルに巻き込まれるケースがある。薬物中毒や依存症といえば、以前はヤクザなどのプロが、覚醒剤や麻薬など規制の厳しい薬物を使用したり密売したりなどが多かったが、最近では中高生や大学生などの素人が同様の薬物に手を染めたり、それらより少し規制の緩い一般市販薬の過量使用による中毒が大きな社会問題となってきている。

「それってＯＤ（オーディー）でしょ、市販薬の過剰摂取のことよね？　この前うちの中学生の娘が言ってたけど、最近ではなとりさんていう人が作ったおーばーどーずって言う歌まであるらしいわよ。去年の今頃だったかな、娘の同級生が友人関係に悩んだ時に、市販の風邪薬を二〇～三〇錠くらい飲んで救急車で搬送されたことがあって、何でも薬を飲むと嫌なことを考えなくて済むから楽になるんだって。それから東京に住んでる妹が職場で聞いたらしいけど、トー横では地方から若い子が上京してきて、ＳＮＳで知り合った友達と一緒にＯＤしたりするらしいわよ。リストカットと違って痛くないから、行き詰まったら直ぐにやってしまうんだって。最近の若い子達も悩んでるのよね～。」などと救急車を見送りながら、近所の住民が噂話をしている。

「私の隣の家の子なんだけど、幼少期に両親が離婚して、中学生の頃から学校になじめずに不登校になっちゃったらしいのよ。そして高校一年の時に家を飛び出して水商売なんかを転々としながら上京したんやけど、今はトー横キッズとか言って、その辺りの安ホテルに友達と住んでるってお母さん頭抱えてたわ。でも何だかね、そのトー横辺りには占師も沢山いてるらしくて、特に地下街のサブナードって所には、キミカ様っていう有名なアイドル占師がいるらしいのね。その占師に、あなたはこれまでの経験が将来必ず花咲く時が来るから、そのために今はもう少しトー横生活をしても構わないわ。でもそれから先は自分のためと人のために生きなさいとか言われて、少しずつその気になってきてるって。私には占いなんてよく分からないけど、波長が合えば信じる人もいるのかしらねぇ。」

　二〇二〇年初頭から始まったコロナ禍において、コロナ感染拡大防止対策として行われたステイホームが、家庭環境の悪い一部生徒の居場所を減らし、トー横やグリ下への少年少女の殺到に拍車をかけたとも言われている。トー横やグリ下に集まる少年少女の多くは自分と同じ境遇の子を探して、仲間としてお互いに認め合い、家庭や学校での嫌な出来事を忘れることができるとして、それなりの居場所になっているという。そのような仲間とODに走ることもあり、場合によっては処方薬を売買する闇市や、反社会的勢力の罠(わな)に嵌(はま)っていくこともあるという。

埼玉医科大学臨床中毒センターの喜屋武玲子医師らによる調査では、二〇二一年五月から二〇二二年一二月の間に解熱鎮痛剤などの市販薬を過剰に摂取して救急搬送された患者一二二人の平均年齢は二五・八歳で最年少は一二歳だった。また女性が七九・五%と八割近くを占めたという。また学生が三三・六%と最も多く、次いでフルタイムワーカーが二六・二%となっており、八割以上が家族やパートナーと同居していた。また搬送患者は殆ど入院し、その半数以上は集中治療を必要としたという。つまり、ODで緊急搬送された患者の多くは、家族と同居したり職場で働いているが、そこでは言いだせない悩みや生きづらさを抱えているのだという。「そう言えば、喘息専門のウチの診療所にも、咳止めなんかとして常備してあるけど、エフェドリンとか、ブロムワリレル尿素、プソイドエフェドリン、コデイン、ジヒドロコデイン、メチルエフェドリンの六つの成分を含む製剤を、厚労省が乱用などのおそれがある医薬品に指定していたような気がするなぁ。」と、ニュースを自宅で見たときに、水鳥が呟いたことがあった。

救急車で交野(かたの)市内の病院に搬送された星宮ひかりは、救急室で看護師が血圧測定をしている時に、急にガバッとストレッチャーの上で上半身を起き上がらせた。その時一瞬正気に戻ったように見えたが、かっと眼を見開いて正面を見据え、大声で「おばば様が殺された」と叫んだと思ったら、そのままたバッタリ元の仰臥位に戻って気を失って、それっきり呪文は唱えなくなった。不審に思った救急医が、おばば様って誰ですかと何度も耳元で聞いたが全く反応はなく、七〜八度目にようやく「オソレザン」と一言だけ弱々しい答えが返ってきたのである。

「いま、オソレザンて言うたか？」と救急医が近くの看護師に確かめたが、血圧測定や採血などに忙しい看護師は首を横に振って、

「いえ、何て言うたかよく聞こえませんでした。それより先生、さっきまで高かった血圧が一一〇／六六まで下がってきて、脈拍も一二〇ほどあったのが七四まで落ち着いてきましたで。呼吸も安定してきています。」と全身状態の報告をした。

「そうか、それは良かった。でも、さっき確かにオソレザンで誰かが殺されたとか言っていたよなぁ。オソレザンって山、この辺りに有ったかなぁ？　まさか青森県の恐山じゃ無いやろ？」と、救急医は星宮ひかりの口走った言葉が気になり、一応交野警察署に概要を通報した。電話で通報を受けた側の交野警察署では、確かに近隣ではオソレザンなどと言う山は無いので、念のため青森県むつ市の警察署に電話を入れてみた。ところが、その電話に仰天したのは、むつ警察署の方である。当地大阪交野警察署管内の女性救急患者が、恐山でおばば様が殺されたと口走って救急外来に搬送されたのですが、何かそちらで殺人事件のような事態は発生していませんかとの問い合わせに、丁度この事件でてんてこ舞いだったむつ警察署は蜂の巣を突ついたような騒ぎになった。青森県下北半島の恐山で起きた高

齢女性の死亡事件と、大阪府交野市における星宮ひかりの救急搬送とに何らかの関連があるのかどうかを両警察署で捜査協力することになった。

「星宮さん、星宮さん。検査の結果が出ましたから、起きて下さい。」と救急医に呼びかけられて、ひかりは眼を開けた。さっきから意識は戻っていたようだ。看護師の力を借りてストレッチャーから降ろされた星宮ひかりは、救急医から血液検査が全く異常なく、脳ＭＲＩ検査も全く異常がなかったので、今日はこのまま帰って宜しいと言われた。後日脳波の検査をすることになったが、これも多分心配は無いでしょうとの予測も告げられた。つまり星宮ひかりのうわ言ような発作は、何らかの違法薬物中毒による幻覚や、一般薬のＯＤによる一時的な精神症状でもなく、特殊な能力を持った人間の神懸かりに近いものだったとの診断だった。救急医が驚いたのは、現場にいないはずの星宮ひかりが、恐山のおばば様と言う高齢女性の死亡について、どのようにして知ることができたのかと言うことであった。

「医者の私がこんなことを聞くのはおかしい話ですが、あなたは透視能力があるんですか？　あるいは何か霊感のようなものが働いたのでしょうか？　あなたがうわ言で言った恐山のおばば様と言う方は、あなたの言葉通り死亡しているところを今朝発見されたと、青森県むつ警察署から連絡があったと聞きました。あなたが口走ったおばば様が殺されたと言うことが、一体どういうことなのか教えていただけませんか？」

「いいえ、先生。この間私には何の記憶も無く、何も知らないのです。おばば様には一度だけ青森県の赤倉霊場と言う所に会いに行きましたが、一言よく来たと言って、見えないはずの眼を私にじっと向けていました。暫く私の顔を遠く見るような表情をしていましたが、やがて何故かゆったりと微笑んで、そのまま恐山大祭に一人で出かけて行ったのです。でも私がうわ言のような状態の中で、おばば様が殺されたと口走ったとしたら、私以外の何者かが私の身体に憑依て、そのように私の口を使って話したのでしょう。あるいはおばば様自身が私に乗り移って語らせたのかも知れません。えっ、私がうわ言のようにキレイは汚い、汚いはキレイと繰り返していたということですか？　確かその文句はシェイクスピア劇『マクベス』の冒頭で魔女三人が不気味に繰り返す言葉でしたよねぇ。これも私が何故そんな言葉を口走ったのか全く分かりません。」何だか狐につままれたような話に、救急医はそれ以上聞くことができなくなり、星宮ひかりはそのまま自宅に帰された。後日交野警察署から呼び出された星宮ひかりが、事情聴取に答えた内容は以下の通りである。

私こと星宮ひかりは、本名は登美夜ひかりです。刑事さんは知らないかも知れませんが、一七〇〇年ぐらい昔に、この辺りに住んでいた長髄彦の妹美炊屋姫が、兄長髄彦が戦で負けたので、一人息子可美真手命を夫饒速日命に託して、兄と一緒に現在の青森県津軽地方に落ち延びた者の子孫です。美炊屋姫が別名鳥見屋姫あるいは登美夜毘売とも呼ばれていたので、それ以来津軽の地では登美夜姓を名乗って今日まで代を繋いできました。美炊屋姫がここ交野に残していった息子の可美真手命は、可哀想なことに新しい支配者に宇摩志麻遅命（生まれて来なければ良かった男）という酷い名前を付けられて辛い歳月を送りました。しかし幸いその子孫は物部連や穂積臣、采女氏などとなって、それなりの命脈を保ってきました。采女氏の同族である筑簞命は、筑波国造となって関東に下り、それまで紀の国と呼ばれていたのを筑波国と改め、その後この筑波一族が筑波山神社を奉じて祭政一致によりその地を治めました。それは縄文人の子孫として遠き都に帰ったということかも知れません。また今では遠縁となってしまった長髄彦ご本家は、当主の石木脛夫が青森県十三湊オセドウ神明宮で長髄彦の墓守をしており、その娘石木莉子は川倉賽の河原でカミサマをしています。私はその川倉賽の河原で同じようにイタコをしていた母の一人娘として生まれました。昔大きな光が空から降りてきて信仰が始まったと言われている青森県川倉地蔵尊と大阪府星田妙見宮とが、どうしても関係あるように中学生の頃から思えてきてなりませんでした。この交野は自分達のご先祖様の本拠地でもあった所なので、母が亡くなった高校卒業時に大阪に出てきて、星田妙見宮に無理をお願いして巫女見習いをさせて頂くことになりました。星田妙見宮では、宮司さんはじめ神官の皆さんにもホントによくして頂いて、巫女としての勉強を沢山させて頂きました。

　刑事さんは信じないでしょうけど、私は二〇歳を過ぎた頃から、他人の先祖や将来が見えるようになってきたのです。それでこの能力を自分で試してみたい気持ちが出てきたので、最近は時々梅田ヘップフォアの占いの館にも出て、若い子達の悩みや将来について相談に乗ったりするようになりました。私にとっては見えるから当たり前なんですが、何だか私の占いがよく当たると言うことで、最近は若い子以外にも中年やもっと年配のお客様も相談に来るようになりました。亡くなった主人があの世で今どうしているか見て下さいとか、亡くなったお母さんを口寄せできないかなどと言う要望も増えてきました。これはもうイタコの仕事だと思いました。私にはそれもある程度できるんですが、本格的に見てあげるには未だ私自身の霊力が足りない気がしていたんです。また大阪のお客様が皆はるばる恐山や川倉に行くこともできないでしょう。それならイタコの第一人者である恐山のおばば様に直接師事して、私自身の実力を養いたいと思って先日おばば様が修行しているって聞いた赤倉霊場の行小屋に行ったんです。おばば様は村中ハルという名前で、もう八八歳になるそうです。戊辰戦争（ぼしんせんそう）に大敗して、明治初頭に会津から下北半島に移住させられた旧斗南藩士（となみはんし）の末裔で、生まれた時から全く眼が見えず、小さい頃にイタコ修行に弟子入りして、とても苦労して育ったそうです。イタコも今は眼の見える人もいますが、それでも年々その数が減少してきて、おばば様はイタコとしても、また盲目イタコとしても最長老として頑張ってきたんです。遠い昔に逆賊とされて津軽の地まで落ち延びてきた者の子孫として川倉に生まれた私には、近い昔に同じように逆賊として下北の地に追いやられた会津藩の子孫であるおばば様のご苦労がよく分かるんです。私がおばば様の門を叩いた日は、おばば様がちょうど恐山大祭に出かける時だったので、ほんの二〜三分しか一緒にいられませんでした。それでも、おばば様には私が何のために来たのかが、お見通しだったような気がします。おばば様が見えないはずの眼でじっとこちらを見ていた時に、私はとんでもない所に来てしまった、そしてとんでもない人からとんでもない大切なものを託されたように直感したんです。私のその直感が分かったのか、おばば様は一度だけでしたけどゆったり微笑んでから、そのまま私を置いて恐山に出掛けて行ったのでした。

この世に人が生まれ、人が生き、そして人が死んで逝く。それは全てが苦しみの連続であり、真暗闇の中の地獄を彷徨い続けるということかも知れません。そんな中でおばば様は自身では見ることを許されなかった光明というものを、本来自分にも与えられるはずだった分まで、人々のために分け与え続けたのだと思います。おばば様が恐山で亡くなったと救急外来の先生から聞きましたが、私にはそれが分かっていました。えっ、私がうわ言でおばば様が殺されたと口走ったことですか？　それは全く覚えていないんです。刑事さんには申し訳ありませんが、私にはそれが他殺だろうが、自殺だろうが、事故死だろうが、病死だろうが、そんなことはどうでも良いんです。この世に光明薄く生まれたおばば様という人が八八年間生きたこと、その間人々に光明を与え続けたこと、そして私がそのおばば様から何かを託されたこと、それだけです。

二〇　川風

恐山菩提寺横の地獄山における事件現場で、安東幸一から採取した血液検体から高濃度の硫黄ガスが検出され、この鑑定結果によってむつ警察署のノックダウンによる即死という捜査が裏付けられた。一方、村中ハルの血中からは火山性ガスは検出されなかった。ただ恐山で死んだ村中ハルの無漏館に残されたバッグから、大阪の星宮ひかりに宛てたと思われる、次のようなメモ書きが、小刻みに震える筆跡で残されていた。

　私の全ての技は、あなたと初めて会った赤倉の行小屋で、あなたに引き継いだと思っています。私たち巫女が縄文時代からずっと一万年以上も引き継いできた大切なものを、今はイタコの私からあなたに引き継ぎます。あなたは勿論イタコでは無いし、イタコになる必要もない。時代が変われば私達巫女の仕事も呼び名も変わっていきます。私達はみな縄文時代は縄文時代の、弥生時代は弥生時代のやり方でやってきたのです。ここ数百年間はイタコやカミサマと言った形で巫女を続けてきました。しかし現代には現代の巫女が必要でしょうし、未来には未来の巫女が登場してくるでしょう。しかし大切なことは私達巫女が常に死んだ者達や弱く虐げられた者達の側に立って、今を生きる者達へ多少の慰めと希望への手助けができるかということです。私は生まれつき眼が見えませんでしたが、自分に与えられたかも知れなかった光明（こうみょう）を、少しでも多くの人々に分けてあげようと思ってイタコを続けてきたのです。いつの頃からか、このようなイタコにとって最も忘れてはならない大切なものの証として、この恐山で採れた黄金を代々受け継ぐことになってきました。私も約三〇年前に当時の最長老イタコに託されたものを、大切に守ってきました。ところが今日また、あの変な男がやって来てその黄金を今日こそは渡せなどと言い続けたのです。イタコの最も大切な一万年以上も前から引継いできたものの象徴を渡すことはできません。本当はこの黄金はあなたに渡すべきものだったかも知れませんが、これからもそのような悪い輩（やから）が出てきて、奪い取ろうとしないとも限りません。私は今日あの長髄彦（ながすねひこ）様の口寄せをさせて貰いました。長髄彦様が私に乗り移って何とお話しされたのか私には分かりませんが、きっと何か良いことを仰（おっしゃ）ったものと信じています。私の八八年間の人生は、もうこれで命が尽きました。後継者のイタコも年々少なくなりました。あと何年持つか分かりません。そんな中で後でまた地獄山に来いと呼び出されましたので、あのような男に奪われる前に、私はこの最も大切な地蔵様を宇曽利湖の湖底深く沈めて、永遠に恐山に守って貰おうと思います。先ほど極楽浜の端にある小舟で、受け継いできた黄金の地蔵様を宇曽利湖にある最も深い秘密の湖底に沈めてきました。これで私たち巫女の最も大切なものは永遠に失われることはありません。あなたは今そのままに、これからも真直ぐ生きていけば良いのです。あなたが生きている間、ずっと私はあなたを見守っています。

恐山から帰った水鳥はまた平凡で暇な日常診療に戻っていた。帰路にも野辺地まで一緒だった渡辺は、その後ある古墳見学会で額田恭子と偶然に再会したそうだ。二人は一緒に大阪梅田のヘップフォアに行って、星宮ひかりにタロット占いをお願いしたところ、二人とも大当たりだったと葉書に書いて寄越した。そういう水鳥も、恐山で門前払いを食らったギャルイタコ君香に、今度こそキチンと占って貰おうと、休日に東新宿のサブナードに出掛けてはみたが、その長い長い行列に怖気づいたし、行列の殆どが若い女性であることも水鳥を尻込みさせた。まぁ良いさ、キレイは汚い、汚いはキレイだ。そのうちにまたお願いしてみようと自分を慰めてその日は空戻りした。丁度その次の日に、東奥日々新聞社八戸支社の狩場沢由子から、先日のお礼として八戸名物のいちご煮の缶詰が二本送られてきた。その中に、その後の捜査の進展についての簡単な報告も入っていた。それによると、この事件は、村中ハルが最長老イタコとして保管していた黄金の地蔵を安東幸一が奪い取ろうとしたことが動機であること、事前に宇曽利湖の湖底深く沈めた村中ハルは、安東に突き飛ばされた弾みで、心臓発作を起こし、そのまま石に倒れ込んで病死したものであること、村中ハルが指さした金堀地獄の中に黄金地蔵が埋められていると思い込んで、ガス噴出口に顔を突っ込んで穴を掘った安東幸一は突如噴出した硫化水素ガス中毒で即死したことなどが書いてあった。つまり村中ハルは病死、安東幸一は恐喝の疑いとガス事故死ということになった。ただ今でも未解決なことは、死んだ村中ハルが右手に小さな土偶を握りしめていた理由で、これについては相馬刑事課長も野内鑑識係長も担当検事も、首をひねるばかりなのだという。それから渡辺が村中ハルに頼んで口寄せして貰ったあの言葉は、アイヌ語に詳しい会社の専門家に見てもらったところ、やはり縄文語と思われるが、現在では縄文語の復元ができないので、あくまでも現代のアイヌ語から類推した翻訳だから自信はないが、およそ次のような内容ではないかと言うことだった。

「ハ、レラヌ、ルアプカシ」（直訳すると、あぁそうか、風を聞く、道を歩く）

「レラヌ、ネアピルカ」（直訳すると、風を聞く、それで良い）

これをわたし狩場沢（かりばさわ）が縄文人の長髄彦（ながすねひこ）様に代わって、勝手に意訳すると次のようになるかも知れませんと結んであった。

私達縄文人は、風の音を聞いて、それに従って道を歩いた、それで良い。

あなた達は、今の風をよく聞いて、信じた道を歩いて行きなさい、それで良い。

「なるほどなぁ。」と水鳥は、暇な診察室でこの簡単な報告を読んだ。夕方になったので、届いたいちご煮の缶詰の一つを、親父の代からの老看護師長にあげると、

「わ〜、いちご煮だぁ〜。私これ大好物なんですよ、院長！　美味しいんだよね、ご馳走になりま〜す。」と、喜んで帰宅していった。丁度今週はつまらない医師会の集まりも無いので、神楽坂芸妓組合の自称顧問としての仕事を務めようと思った。それはつまり、料亭まきのの二階に久しぶりに雪乃（ゆきの）

（北斗有希）と芸妓達を呼んで、能代や五能線の話でもしながら、芸妓達の踊りを観させてもらおうという魂胆である。齢八〇歳になる女将の解説で、雪乃が一人で踊る団扇舞「川風に」は夏の舟遊びでの涼しい川風が感じられた。

〽川風に
つい誘われて涼み船
文句もいつか口舌して
粋な簾の風の音に
漏れて聞こゆる忍び駒
意気な世界に照る月の
中を渡るる隅田川

続いて「神楽坂さわぎ」という三人が団扇で踊る一〇年前ぐらいからの新曲では、「舞妓も一緒にサァサはやせや、長さんググッと飲むとこ見てみたい、それっ一回二回三回・・十回。長さんはお強い、良い男！」などとおだてられてすっかり鼻の下を伸ばしたのである。
「こういう風もあるんだなぁ。あ〜ぁ、やっぱり神楽坂芸妓組合の（自称）顧問は止められないなぁ。」と、これで今年の水鳥長造の夏が終わりつつあった。

参考文献

単行本・文庫本・論文等

『古史通』（新井白石 著、一七一六年）
『津軽』（太宰治 著、新潮文庫、一九五二年）
『地名アイヌ語小辞典』（知里真志保 著、楡書房、一九五六年）
『日本の伝統』（岡本太郎 著、光文社、一九五六年）
『日本再発見～芸術風土記』（岡本太郎 著、新潮社、一九五八年）
『新十八史略詳解』（辛島驍、多久弘一共 著、明治書院、一九五九年）
『司馬遼太郎が考えたこと1』（司馬遼太郎 著、新潮社、一九六〇年一月）
『沖縄文化論～忘れられた日本』（岡本太郎 著、中央公論社、一九六一年）
『下北半嶋史』（笹澤魯羊 著、下北郷土会、一九六二年）
『邪馬台国の研究』（重松明久 著、白陵社、一九六九年）
『水底の歌～柿本人麿論』（梅原猛 著、新潮社、一九七三年）
『下北の海運と文化』（鳴海健太郎 著、北方新社、一九七七年）

『地名の語源』（鏡味完二・鏡味明克 著、角川書店、一九七八年）
『日本語の誕生』（安本美典・本多正久 著、大修館書店、一九七八年）
『姓氏家系大辞典』（太田亮 著、姓氏家系大辞典刊行会、一九七九年）
『富士山はなぜフジサンか』（谷有二 著、山と渓谷社、一九八三年）
『縄文時代～コンピュータ考古学による復元』（小山修三 著、中公新書、一九八四年）
『神々の流竄』（梅原猛 著、集英社文庫、一九八五年）
『日本の深層～縄文・蝦夷文化を探る』（梅原猛 著、集英社文庫、一九八五年）
『白鳥伝説』（谷川健一 著、集英社、一九八五年）
『博物誌』（プリニウス 著、中野定雄・中野里美・中野美代訳、雄山閣、一九八六年）
『王家の移動伝説の原型について』（奥田尚 著、追手門学院大学東洋文化学科年報、第三巻、六四～七六頁、一九八八年）
『恐山の温泉型金鉱床』（青木正博 著、地質ニュース、第四一三号、一九八九年）
『長髄彦の実像～縄文言語からのアプローチ』（進藤治 著、幻想社、一九八九年）
『邪馬台国～中国人はこう読む』（謝銘仁 著、徳間書店、一九九〇年）
『オセドウ貝塚発掘調査概報』（青森県市浦村教育委員会、四～八頁、一九九二年）
『恐山型金鉱床』（青木正博 著、地質ニュース、第四五三号、二四頁のみ、一九九二年）
『古事記の神武東征物語考～その地名ウダなど～』（奥田尚 著、追手門経済論集、一九九二年）

『民俗宗教と救い～津軽・沖縄の民間巫者』（池上良正 著、淡交社、一九九二年）
『世界文様事典』（西上ハルオ 著、創元社、一九九四年）
『津軽の荒吐神伝承と赤倉信仰』（太田文雄 著、文芸協会出版、一九九四年）
『アイヌ語地名の研究』（山田秀三 著、草風館、一九九五年）
『この一冊で宗教がわかる！』（大島宏之 著、三笠書房、一九九六年）
『延久二年北奥合戦と諸郡の設置』（入間田宣夫 著、東北アジア研究、第一号、八九～一〇八頁、一九九七年）
『日本の地名』（谷川健一 著、岩波新書、一九九七年）
『日本文化の多重構造』（佐々木高明 著、小学館、一九九七年）
『あおもり草子』（森勇男 著、青森県地方誌、第一一九号、一九九九年）
『鬼道の女王～卑弥呼』（黒岩重吾 著、文藝春秋、一九九九年）
『地名津軽について～その地域と語源～』（福士壽一 著、弘大地理、第三五巻、二一～三三頁、一九九九年）
『津軽と原風景～太宰とイタコ』（佐藤時治郎 著、神経心理学、第一五巻、二〇～二六頁、一九九九年）
『魏志倭人伝を読む』（佐伯有清 著、吉川弘文館、二〇〇〇年）
『三内丸山遺跡の六本巨大柱列と二至二分』（太田原潤 著、縄文時代文化研究会、二〇〇〇年）
『白神のブナと水とけもの道』（市川善吉・佐尾和子 著、海洋工学研究所出版部、二〇〇二年）

『縄文語による地名語源の解釈』（永田良茂 著、人文系データベース協議会、第九巻、六一〜七〇頁、二〇〇三年）
『全駅ルーツ事典』（村石利夫 著、東京堂出版、二〇〇四年）
『日本の歴史』（井上光貞 著、中公文庫、二〇〇五年）
『楽器の考古学』（笠原潔 著、日本音響学会誌、第六二巻、五九三〜五九八頁、二〇〇六年）
『言語年代学における日本語系統、縄文語を推定する』（永田良茂 著、人文系データベース協議会、第一二巻、六一〜七四頁、二〇〇六年）
『菅江真澄が描いた縄文土器と土偶』（関根達人 著、真澄学、第三号、六二〜七五頁、二〇〇六年）
『比較言語学と比較神話学』（河崎靖 著、京都大学ドイツ文学研究、第五一巻、三九〜五〇頁、二〇〇六年）
『隠された物部王国「日本」』（谷川健一 著、情報センター出版局、二〇〇八年）
『本州における蝦夷の末路』（喜田貞吉 著、河出書房新社、二〇〇八年）
『青森県の地質』（根本直樹・氏家良博 著、大地、第五〇巻、五二〜六八頁、二〇〇九年）
『縄文遺跡の立地性向』（枝村俊郎・熊谷樹一郎 著、地理情報システム学会講演論文集、第一七巻、六一三〜七二頁、二〇〇九年）
『蘇我氏の正体』（関裕二 著、新潮文庫、二〇〇九年）
『物部氏の正体』（関裕二 著、新潮文庫、二〇一〇年）

『なぜ饒速日命は長髄彦を裏切ったのか』（関裕二著、PHP研究所、二〇一一年）
『青森県の森林・林業』（青森県林政課、二〇一二年）
『恐山』（南直哉 著、新潮新書、二〇一二年）
『真実の東北王朝』（古田武彦 著、ミネルヴァ書房、二〇一二年）
『高天原は関東にあった〜鹿島神宮とタケミカズチの神の研究』（田中英道 著、日本国史学、第三号、二〇一二年）
『東北地方北東部における縄文時代の生態系史』（松本優衣、東京大学学術機関レポジトリ、二〇一二年）
『出雲と大和〜古代国家の原像をたずねて』（村井康彦 著、岩波新書、二〇一三年）
『恐山、生きていく者たちへ』（禅の風、水曜社、第四〇号、一六〜三二頁、二〇一三年）
『古代の地形から記紀の謎を解く』（嶋恵 著、海山社、二〇一三年）
『神祇祭祀及び信仰に関わる服飾表現』（楢﨑久美子 著、奈良女子大学紀要、一〜二六頁、二〇一三年）
『赤倉を中心とした民間信仰に関する調査』（安達知郎 著、弘前大学教育学部研究成果発表会、一〜五六頁、二〇一四年）
『旧石器時代・縄文時代草創期における遺跡分布の変遷〜遺跡データベースとGISを利用して〜』（高鹿哲大 著、東京大学考古学研究室研究紀要、第二八号、一〜二五頁、二〇一四年）

『本当はすごい！　東京の歴史』（田中英道 著、ビジネス社、二〇一四年）
『生駒市内遺跡発掘調査概要報告書二〇一四年度版』（生駒市教育委員会二〇一五年三月）
『現代巫女研究』（村上晶 著、筑波大学文学博士学位請求論文、二〇一五年）
『刺さる言葉～「恐山あれこれ日記」抄～』（南直哉 著、筑摩選書、二〇一五年）
『神秘日本』（岡本太郎 著、角川ソフィア文庫、二〇一五年）
『東北太平記に関する考察～下北半島の中世史資料』（澁谷聰志 著、二北印刷、二〇一五年）
『日本神話におけるユーラシア神話モチーフ』（松村一男 著、和光大学表現学部紀要、第一五巻、七三～九三頁、二〇一五年）
『「イタコ」の誕生～マスメディアと宗教文化』（大道晴香 著、弘文堂、二〇一七年）
『オシラの魂～東北文化論～』（岡本太郎 著、小学館、二〇一七年）
『縄文早期以後の北海道人口密度』（高田純 著、札幌医科大学医療人育成センター紀要、第八号、二九～三六頁、二〇一七年）
『纒向学研究』（桜井市纒向学研究センター紀要、第五号、二〇一七年）
『縄文文化が日本人の未来を拓く』（小林達雄 著、徳間書店、二〇一八年）
『ユーラシア大陸の縄文語地名』（鈴木浩 著、多元的古代史研究会、二〇一八年）
『信長の軍師』（岩室忍 著、祥伝社、二〇一九年）
『むつ市と恐山イタコ観光』（宮﨑友里 著、国際協力論集、第二七巻、第一号、二〇一九年）

『ものがたり日本音楽史』（徳丸吉彦 著、岩波ジュニア新書、二〇一九年）
『山田秀三「アイヌ語地名を歩く」の教材化④』（谷口守 著、国語論集、第一九巻、二一七～二四〇頁、二〇二二年）
『オーストロネシア語圏の言語文化』（河崎靖 著、京都大学ドイツ文学研究、第六八巻、一～五五頁、二〇二三年）
『縄文塾』（遠藤勝裕編、三内丸山縄文発信の会、ものの芽舎、二〇二三年）

インターネット記事・ブログ・新聞報道・YouTube動画等（日付順）

「NHKスペシャル 日本人はるかな旅」（二〇〇一年）
「えひめ弥生土器文様素描」（愛媛県埋蔵文化財センターまいぶん愛媛第二九号、二〇〇二年）
「蘇る饒速日命の史跡を訪ねる」（交野古文化同好会、バスツアー二〇〇八年一二月三日）
「三内丸山遺跡の六本柱と太陽」（最上ひと美、藤林美里、福岡早紀、後村友花里、青森県立青森南高等学校　自然科学部、日本天文学会、二〇〇九年）
「神武天皇は二〇〇〇年前に実在」（産経新聞記事、二〇一七年一〇月二日、近畿地方版）
「村治佳織 オフィシャルホームページ」（エターナル・ファンタジア、二〇一七年）
「縄文人はどう生きたか。縄文授業～音楽編～」（Discover Japan、二〇一八年八月号）

「森の宮遺跡と河内地方」(大阪歴史博物館、第一一三回特集展示、二〇一八年)
「大阪、縄文時代は海の底」(産経新聞記事、二〇一九年五月二〇日)
「先史時代の日本列島に形成された狩猟採集民の文化」(山田康弘 著、二〇一九年一一月二八日)
「あなたの知らない神社仏閣の世界」(鈴子 著、AERAdot.、二〇二一年二月二七日)
「神武東征の謎を解く」(飯田眞理 著、日本古代史ネットワーク・解明委員会、二〇二一年八月二八日)
「豆知識で知る神秘の宇曽利山湖」(佐藤史隆 著、季刊あおもりのき、二〇二一年)
「Overdose 歌詞」(なとり作詞、二〇二二年六月九日リリース)
「アラハバキは足の守護神」(高橋御山人 著、歴史・都市伝説、二〇二二年一〇月二六日)
「イタコはいま②」(共同通信社、二〇二二年一一月二二日)
「青森県観光入込客統計」(青森県ホームページ、観光企画課、二〇二二年一二月二三日)
「卍赤倉霊場崇敬会ホームページ」(二〇二三年)
「いこま歴史散歩」(生駒市デジタルミュージアム、二〇二三年)
「石神の村」(平谷美樹 著、ササラ風土見聞録、二〇二三年)
「イタコ写真集制作プロジェクト」(蛙企画、クラウドファンディング、二〇二三年)
「大阪の縄文遺跡」(大阪府ホームページ、二〇二三年)
「オーバードーズ~救急搬送の多くが若い女性」(NHKニュース、二〇二三年九月六日)
「最後のイタコ松田広子 オフィシャルホームページ」(二〇二三年)

「白神山地の由来」（永井雄人、白神自然学校一ッ森校、二〇二三年）
「白神マタギの伝説」（永井雄人、白神自然学校一ッ森校、二〇二三年）
「JOMONぐるぐる」（世界遺産北海道・北東北の縄文遺跡群、ユネスコ二〇二三年）
「縄文太鼓・ジャンベ演奏家、茂呂剛伸」（北の縄文道民会議ホームページ、二〇二三年）
「神社建築」（日本大百科全書ニッポニカ、二〇二三）
「菅江真澄すみかの山より」（角谷正樹投稿、和楽web、二〇二三年）
「津軽で生まれる子らに」（水土の礎、農業農村整備情報総合センター、二〇二三年）
「VR作品DOGU美の始まり」（東京国立博物館、二〇二三年六～一〇月）
ブログ「週刊マミ自身」（二〇〇九年一二月一四日、第三六六号）
ブログ「神武天皇御東遷聖蹟考～草香山」（勝井純投稿、二〇一一年一二月一六日）
ブログ「縄文語の名残を話していた人たち」（久米さんの科学映像便り投稿、二〇一五年一月二七日）
ブログ「神武が奈良（橿原）を選んだ理由」（歴史の祠投稿、二〇一六年一〇月一五日）
ブログ「天照大神、素戔嗚の時代は特定できます」（歴史の祠投稿、二〇一七年一二月二三日）
ブログ「誰も紹介しない津軽～赤倉霊場此岸の端」（ワシミミズク投稿、二〇二〇年二月二日）
ブログ「長髄彦の哀れな最後をひもとく」（hanaasagi投稿、草の実堂、二〇二〇年三月一八日）
ブログ「巨大な骨！　オセドウ貝塚人！」（ピグの部屋投稿、二〇二〇年八月二〇日）
ブログ「アイヌ語と日本語の中に残る縄文語」（atteruy21投稿、二〇二一年四月五日）

ブログ「大宮氷川神社とアラハバキ神」（yamanecoakiko投稿、二〇二一年四月一四日）
ブログ「青森あちゃこちゃ、松尾神社」（かつ投稿、二〇二一年七月一一日）
ブログ「鹿島神宮」（鎌倉タイム管理人投稿、二〇二二年三月四日）
ブログ「長髄彦または登美彦について」（生駒の神話投稿、二〇二三年四月五日）
ブログ「縄文時代・弥生時代の人口密度」takami ihf＝
https://www.pinterest.jp/pin/832251206111018018/
YouTube動画「田中英道の文化散歩」『鹿島神宮』（田中英道、二〇一六年三月）
YouTube動画「田中英道の文化散歩」『香取神宮』（田中英道、二〇一六年四月）
YouTube動画「田中英道の文化散歩」『縄文文明とは何か』（田中英道、二〇二一年一〇月）
YouTube動画「縄文文明と東北の日高見国」（田中英道、二〇二二年六月）

著者プロフィール

日高 けん（ひだか けん）

昭和31年（1956）宮城県女川町生まれ
女川町立第一小学校、女川町立第一中学校を経て、宮城県立石巻高校に入学
昭和50年（1975）東北大学医学部入学
昭和56年（1981）東北大学医学部卒業、岩手県立胆沢病院内科研修医勤務、2年間
昭和58年（1983）東北大学大学院入学（脳神経内科学）
昭和63年（1988）米国ハーバード大学留学（脳神経内科学）2年間ボストン市在住
平成7年（1995）東北大学病院講師
平成8年（1996）東北大学医学部助教授（脳神経内科学）
平成10年（1998）岡山大学医学部教授（脳神経内科学）23年間奉職
令和2年（2021）国立精神・神経医療研究センター病院長
令和5年（2024）石巻市立牡鹿病院長（現職）

著書
医学論文多数、医学書多数
『ギリシャ神話の花とハーブたち』（近代文藝社）1997年
『金華山黄金伝説殺人事件』（V2ソリューション社）2023年

恐山イタコ伝説殺人事件

2024年6月15日　初版第1刷発行

著　者　日高 けん
発行者　瓜谷 綱延
発行所　株式会社文芸社
〒160-0022　東京都新宿区新宿1－10－1
電話　03-5369-3060（代表）
03-5369-2299（販売）

印刷所　株式会社フクイン

ISBN978-4-286-25410-4